UN WEEK-END À NANTUCKET

Elin Hilderbrand

UN WEEK-END À NANTUCKET

Traduit de l'anglais (États-Unis)
par Alice Delarbre

LES ESCALES

Titre original : *The Five-Star Weekend*

Première publication par Little, Brown and Company, New York

Édition française publiée par :

92, avenue de France
75013 Paris – France
Courriel : contact@lesescales.fr

ISBN : 978-2-36569-861-0
Dépôt légal : juin 2025
Imprimé en France

Couverture : Hokus Pokus Créations
Mise en pages : Nord Compo

À Michael Carlisle et David Forrer,
avec amour et éternelle gratitude.
Cinq étoiles ne suffisent pas.

Prologue

Nantucket

Un nouvel été s'annonce sur notre île et, comme toujours, nous avons beaucoup de sujets à évoquer. Le chef Mario Subiaco a fait sa demande en mariage à Lizbet sur le toit-terrasse de l'Hôtel Nantucket ; une équipe de cinéma tourne à Monomoy (Sharon la Blonde tient d'« une source sûre » qu'il s'agit d'une mini-série produite par Netflix) ; le chef de la police, Ed Kapenash, a été hospitalisé au Nantucket Cottage car il se plaignait de douleurs thoraciques… sans oublier les débats houleux pour savoir s'il faut ou non autoriser les femmes à bronzer seins nus sur les plages de notre île. (Nous aimons à penser que nous sommes à la fois progressistes et raffinés mais, soyons honnêtes, nous ne sommes pas la France.)

Il nous faut aussi évoquer une rumeur… Hollis Shaw organiserait ce qu'elle appelle un « week-end cinq étoiles », chez elle, dans l'incroyable hameau de Squam.

Voilà une information qui a, bien sûr, retenu toute notre attention.

Hollis Shaw est une perle rare.

Elle a toujours vécu parmi nous. Elle est la fille de Tom Shaw, qui possédait l'entreprise de plomberie la plus sollicitée de l'île, et de Charlotte Shaw, institutrice en maternelle. Hollis n'avait pas encore fêté ses 2 ans lorsque sa mère est décédée d'une rupture d'anévrisme, survenue alors qu'elle se douchait. Tom Shaw se serait retrouvé seul pour élever sa fille… si nous n'avions pas volé à son secours ! On dit bien qu'il faut tout un village… Nous lui avons apporté notre soutien moral pendant l'enfance d'Hollis. Nous avons assisté à ses récitals de danse et à ses matchs de softball, nous l'avons vue encourager son petit ami Jack Finigan lors des rencontres de l'équipe de foot des Nantucket Whalers. Hollis était une bonne élève, une remarquable lanceuse (l'année de sa première, son équipe a remporté le championnat régional de softball, et l'année de sa terminale, celle-ci est montée sur la seconde marche du podium) et elle n'a jamais rechigné devant l'effort. La petite maison où elle vivait avec son père à Squam était modeste (même si le terrain sur lequel elle était située valait une petite fortune), et dès qu'elle a été en âge de le faire, elle s'est chargée de son entretien et de la préparation quotidienne du dîner. Elle a trouvé un boulot sur les quais, où elle ouvrait des coquilles Saint-Jacques après ses cours, et l'été, avec sa meilleure amie, Tatum, elles étaient embauchées comme serveuses au restaurant le Rope Walk, dans le port.

En terminale, Hollis a rédigé un essai pour l'université que sa professeure de lettres, Mme Fox, a qualifié de « meilleur devoir jamais lu en trente et un ans de carrière ». Il prenait la forme d'une lettre adressée à la défunte mère d'Hollis, Charlotte. Elle commençait ainsi : *Chère maman, je crois que tu serais fière de ce que je suis devenue. Voici pourquoi...*

Notre joie a été teintée de tristesse lorsque Hollis a décidé d'aller étudier à l'université de Caroline du Nord, à Chapel Hill. Nous étions fiers d'elle – elle avait obtenu une bourse grâce à ses brillants résultats scolaires –, mais elle nous manquerait.

Après avoir obtenu son diplôme, Hollis a emménagé à Boston, pour travailler comme assistante de rédaction au service culinaire du magazine *Boston*. Ça a été l'occasion pour elle de tester toutes les « nouvelles adresses les plus alléchantes » de la ville, aux frais de la revue. Elle n'a pas tardé à faire la rencontre d'un interne en chirurgie à la Harvard Medical School, Matthew Madden. Ils se sont mariés à Wellesley, où ils ont aussi acheté une maison et élevé leur fille, Caroline.

À la mort de son père Tom, en 2007, Hollis a hérité de la propriété de Squam. Durant l'hiver, nous avons suivi le chantier qui a conduit au déplacement de la maisonnette où Hollis avait grandi à la lisière du terrain pour permettre la construction, à sa place, d'une magnifique construction moderne en bois.

C'est officiel, avons-nous pensé. *Hollis Shaw est devenue une estivante.* (Au moins passait-elle ses vacances chez nous ! Après tout, rien ne l'empêchait de migrer à Martha's Vineyard...) Elle s'est inscrite au Yacht-Club pour jouer au tennis ; elle a aussi pris l'habitude de participer bénévolement au Festival du livre de Nantucket ; et le dimanche après-midi, on la croisait généralement à La Terrasse, installée à l'une des meilleures tables près de la balustrade donnant sur les ruisseaux de la plage de Monomoy, à boire du rosé et rire avec des gens qui nous étaient inconnus.

Prenions-nous ombrage du fait qu'Hollis ne se conduisait plus comme une vraie fille de l'île, ne revenant à Nantucket que pour les mois d'été et les fêtes de fin d'année, avec, ponctuellement, une visite pour Thanksgiving ou pour la fête de la Jonquille fin avril ? Voici une réponse honnête à cette question : certains en étaient chagrinés, mais d'autres se réjouissaient simplement de son bonheur.

Nous nous sommes cependant empressés de revendiquer les liens qui nous unissaient à elle dès qu'elle est devenue une star d'Internet !

Durant les jours les plus sombres de la pandémie – lorsque les commerces ont été obligés de fermer leurs portes, que la bourse s'est effondrée, que les restaurants ont été contraints de se tourner exclusivement vers la vente à emporter et que le nombre de morts a grimpé, grimpé, grimpé –, Hollis a pris l'habitude de poster des contenus bien pensés sur son blog dédié à la nourriture *En cuisine avec Hollis,* à l'audience encore confidentielle (sa « communauté » comptait à l'époque 274 abonnés). Un jour, elle s'est filmée dans sa cuisine de Wellesley en train de préparer un sandwich à base de pâté, de cornichons au vinaigre, qu'elle avait fait mariner elle-même dans son réfrigérateur, et de pain de mie japonais qu'elle venait de cuire. La vidéo est devenue virale. Comme celle de l'Italien qui jouait du violon pour ses voisins sur son balcon à

Bologne. Les images tournées par Hollis ont parlé aux gens. Le sandwich était sophistiqué : le pâté, aux saveurs riches dues aux oignons et aux herbes, était agrémenté d'une sauce rose « spéciale » en plus des cornichons bien croquants et acidulés, et le pain de mie japonais – un chouchou d'Instagram – se révélait à la fois moelleux et suffisamment résistant pour garantir l'intégrité du sandwich.

Fallait-il du temps pour le préparer ? Oui ! Mais les gens en avaient brusquement à revendre, du temps.

Était-il bon marché ? Oui ! On pouvait en fabriquer quatre avec seulement 17 dollars. Et il existait une version végane.

C'était ce dont tout le monde avait besoin : une nourriture réconfortante et exigeante.

Le blog d'Hollis n'a soudain plus rien eu de confidentiel. On ne voyait même plus que lui ! En une semaine, plus d'un demi-million d'internautes s'étaient inscrits à la newsletter. Hollis a publié sa recette de gaspacho crémeux à la tomate jaune et celle, fracassante, de poulet frit. Ses fans étaient admiratifs de son travail mais aussi de sa personnalité. Elle est devenue la meilleure amie dont ils rêvaient tous. Elle irradiait d'ondes positives. « Tout ira bien. » Les gens adoraient que dans ses vidéos elle se présente sous son jour le plus naturel – avec ses rides, ses taches de rousseur et son léger double menton. (Les quadras et les quinquas du lot se disaient : *Tant mieux que ce soit elle qui s'y colle, je n'aurais jamais laissé une caméra me filmer d'aussi près* ; les milléniaux et membres de la génération Z pensaient : *Si elle ne veut pas se maquiller, c'est son droit, mais pourquoi ne pas utiliser un petit filtre ?*) Il y avait une touche de gris dans ses cheveux blonds, raides, qu'elle se contentait de coiffer avec la raie au milieu, en les glissant derrière ses oreilles. Son cou était toujours impeccable. (*Quels produits utilise-t-elle*, se demandaient-ils tous, *est-ce qu'elle nous donnera les références un jour ?*) Elle portait toujours une chemise en coton soignée – elle possédait ce modèle dans toutes les couleurs de l'arc-en-ciel, même si tout le monde s'accordait à dire que le bleu ciel était la couleur la plus seyante sur elle –, avec le col bien repassé et relevé, et des créoles en or de la taille d'une pièce de vingt-cinq cents. Un internaute l'a d'ailleurs interrogée sur celles-ci, et elle a confié qu'elles lui avaient été offertes par son père à la fin du lycée, en 1987. Les fans d'Hollis la félicitaient de « rester simple », même s'ils avaient bien remarqué sa bague de fiançailles avec son énorme diamant (qui devait faire au moins trois carats !), et son alliance en diamants et saphirs.

Après la vidéo d'une recette de tarte à la pomme de terre et au cheddar avec une pâte croustillante au bacon, sa newsletter a franchi le cap du million d'abonnés. (On peut toujours compter sur le pouvoir du bacon !) Avec l'aide de sa fille, Caroline, étudiante en cinéma à l'université new-yorkaise NYU et très douée en technologie, Hollis a ajouté deux outils à son blog. Le premier, appelé *Lumières en cuisine*, consistait en une carte du monde interactive. Dès qu'un internaute se connectait au site, un point lumineux apparaissait, ce qui permettait au reste de la communauté d'imaginer un autre membre à, disons, Spokane, dans l'État de Washington, ou Grand Island, dans le Nebraska, occupé à hacher de la ciboulette et du persil dans sa cuisine pour préparer la salade de tortellinis d'Hollis.

Le second outil, *Le Tableau*, permettait aux abonnés fidèles de poster des messages, mais aussi des recettes, des critiques de restaurants ou de livres de recettes, ainsi que d'interpeller les autres internautes. Pourquoi est-ce que certaines marques s'échinent-elles à inclure des noix du Brésil dans leur mélange à grignoter alors que personne n'aime ça ? Hollis y postait un message une ou deux fois par semaine pour informer ses followers de ses derniers succès : une marque d'ustensiles de cuisine l'avait contactée pour concevoir sa ligne, un éditeur lui avait proposé un contrat pour un livre, on parlait même d'une émission de télé, avec des recettes de cuisine et des conseils « *lifestyle* ».

Oui, oui, oui ! Les millions de fans d'Hollis acquiesçaient à tout. Ils ne se lasseraient jamais d'Hollis Shaw (et nous, nous étions enchantés qu'elle ait gardé son nom de jeune fille). Elle avait une vie si formidable, si ordonnée, si bénie des dieux que la leur en était améliorée par le simple fait de la côtoyer. Elle avait 1 670 abonnés à Nantucket (parmi lesquels son ancienne professeure de lettres, Mme Fox, qui avait « toujours su qu'elle ferait de grandes choses »). L'été 2022, *En cuisine avec Hollis* était aussi populaire que l'application Wordle ou que les brioches de notre boulangerie préférée. Nous ne pouvions pas mettre les pieds chez notre coiffeur favori ou aller boire un verre en ville sans entendre parler d'Hollis Shaw.

Elle était devenue une véritable star de Nantucket.

***

Aux abonnés d'*En cuisine avec Hollis*,

Mon mari, Matthew, est décédé ce matin de façon brutale. Je vous demande de respecter mon intimité le temps, pour moi, de surmonter cette tragédie dévastatrice. Je suis certaine que vous comprendrez mon absence en ligne pendant cette période. J'espère trouver la force de reprendre mon activité un jour, même si, à ce stade, cette perspective me semble du domaine de l'impossible.

Prenez soin de ceux que vous aimez.

Avec toute ma gratitude,

Hollis

Mme Fox retient un cri de surprise en découvrant le message. *Oh, non ! Que s'est-il passé ?* Elle tape *Matthew, mari d'Hollis Shaw* dans un moteur de recherche. Elle savait qu'Hollis était mariée – elle a remarqué les bagues, évidemment ! –, même si celle-ci ne mentionnait jamais son mari dans ses vidéos. (Mme Fox aurait aimé, et elle n'est pas la seule, qu'il soit plus présent, comme ceux d'autres blogueuses.) Chaque fois qu'elle a imaginé le compagnon d'Hollis, elle s'est représenté son petit ami du lycée, Jack Finigan, avec ses adorables fossettes.

Le lendemain matin, nous découvrons tous la nécrologie dans le *Nantucket Standard* : « Le Dr Matthew Madden, qui passait ses étés sur notre île, a été tué dans un accident de voiture. » Son décès est également mentionné dans le *Boston Globe* : « Un chirurgien renommé du Massachusetts General

Hospital, qui enseignait aussi à la Harvard Medical School, a péri dans un accident n'impliquant aucun autre véhicule à Wellesley... » Et dans le *New York Times* : « Le Dr Matthew Madden, brillant chirurgien cardiaque qui intervenait dans des conférences internationales, trouve la mort à 55 ans. »

Mme Fox veut apporter son soutien à Hollis, et elle n'est pas la seule. En quelques heures, *Le Tableau* affiche 17 262 témoignages de soutien dans cette période difficile, pour certains postés par des internautes ayant eux-mêmes perdu un mari, une épouse, un parent, un frère, une sœur, un enfant. Les abonnés du site ont été si touchés par la sincérité brute du message d'Hollis qu'ils se la sont immédiatement figurée tapant sur son clavier avec des doigts tremblants, qu'ils ont entendu ses sanglots hoquetants. Tous voudraient lui apporter leur soutien... mais leurs motivations ne sont pas purement altruistes. Quand Hollis recommencera-t-elle à alimenter son site ? À la Saint-Valentin ? (Non, ce serait trop tôt.) À Pâques, peut-être ?

Ici, à Nantucket, nous méditons sur les injustices de l'existence. Hollis, qui a déjà perdu sa mère bien trop jeune, traverse de nouveau cette épreuve avec son mari. Reviendra-t-elle passer l'été sur l'île ? Aura-t-elle envie de jouer au tennis au Yacht-Club, ou d'aller boire du rosé à La Terrasse ? Eddie Pancik, ou Eddie l'Éclair, notre agent immobilier toujours à l'affût d'un bien, demande à sa sœur Barbie s'il serait mal venu d'interroger Hollis sur ses intentions concernant la maison de Squam.

— Évidemment, espèce d'idiot, lui rétorque-t-elle.

Le 21 juin, qui marque officiellement le début de l'été, Romeo, employé à la direction générale maritime, rapporte qu'Hollis Shaw vient de descendre du ferry dans sa fidèle Volvo, remplie de cartons, de valises et de ce qui ressemblait à travers les vitres à un four à pizza portable. Et Henrietta, son berger yougoslave, somnolait sur la banquette arrière. *Bonne nouvelle !* avons-nous tous pensé. *Elle est de retour au bercail.*

Les premières semaines, rares sont ceux qui aperçoivent Hollis sur l'île. Elle ne participe ni au Festival du livre ni à la réunion annuelle des copropriétaires de Squam. Johnny Baylor, l'un de nos livreurs préférés, raconte lui avoir apporté des sushis du Bar Yoshi et, à une autre occasion, un sandwich toasté au homard du Sea Grille. Sa voisine de longue date, Kerri Gasperson, la voit sortir Henrietta au crépuscule, mais elle porte ses AirPods, et Kerri n'ose pas la déranger.

Nous comprenons qu'il faut beaucoup de temps pour digérer une perte aussi soudaine. Et nous en déduisons qu'Hollis passera l'été seule, afin de prendre soin d'elle et de pleurer tranquillement l'homme qui a été son mari pendant vingt-quatre années.

Pourtant, lorsque nous entendons parler de son « week-end cinq étoiles » – quelle créativité ! quelle originalité ! –, nous avons tous la même réaction : c'est exactement ce qu'il lui faut !

1

L'ACCIDENT I

Il est encore tôt en ce matin du 15 décembre ; Hollis Shaw se trouve dans la cuisine de son domicile de Wellesley et elle prépare une pâte pour des tartelettes au cheddar. Son mari, le Dr Matthew Madden, décolle à 10 heures pour l'Allemagne – il a prévu de présenter un article sur de nouveaux travaux de recherche lors d'une conférence de cardiologie à Leipzig et sera absent cinq jours.

Cette scène d'ouverture, si Hollis en faisait une vidéo, passerait pour une illustration parfaite du bonheur conjugal. Elle porte un pyjama en tissu écossais rouge et une barrette dans les cheveux. Elle a placé un bol à pied rempli de café au lait fumant à côté de la plaque de marbre froide et veinée de gris sur laquelle elle étale sa pâte. La chaîne stéréo diffuse des chants de Noël, et c'est justement son préféré, *The Holly and the Ivy*, qui passe et qu'elle accompagne en essayant d'imiter le lyrisme des chanteurs. La cuisine d'Hollis est entièrement décorée pour les fêtes : des branches de sapin habillent les poutres en vieux bois et, sur les étagères, les récipients en cuivre brillent autant que s'il s'agissait de pièces de monnaie qui viennent d'être frappées. Elle a orné un petit sapin – son « arbre de Noël de cuisine » – avec des ustensiles : minuscule fouet en métal, rouleau à pâtisserie en bois, boîte à biscuits en porcelaine. Elle a aussi accroché de petites couronnes sur toutes les façades vitrées des placards. (Sa fille, Caroline, jugerait sans doute « excessives » les couronnes, ainsi que les pots à pharmacie anciens remplis de cannes à sucre d'orge et de boules de gomme.) La baie vitrée au-dessus de l'évier où Hollis fait la vaisselle donne sur les chênes matures et les conifères de son jardin. Cette vue est une source de distraction plaisante, surtout ce matin, car des flocons de neige aussi gros et duveteux que des boules de coton dévalent vers le sol. Hollis aime les Noëls enneigés plus que tout au monde.

Le minuteur du four sonne, et elle sort une plaque couverte de tranches de bacon bien croustillantes. Comme par magie, Henrietta, sa chienne, arrive en carillonnant dans la cuisine (c'est Hollis qui a suspendu des clochettes à son collier) et lève vers elle sa tête poilue.

— D'accord, lui dit sa maîtresse en lui en donnant un bout.

Elle éponge les autres tranches sur une feuille d'essuie-tout à côté de la quiche au poivron rouge et au gouda fumé qu'elle a préparée plus tôt dans la matinée. Elle en coupe une part, qu'elle dispose sur une assiette avec quelques tranches de bacon et des quartiers d'une orange Cara Cara, à la chair d'un rose surprenant et réjouissant.

Quand elle entend Matthew dans l'escalier, elle ferme les yeux et prend une profonde inspiration.

N'en parle pas maintenant, se dit-elle. *Laisse-le partir sans faire d'histoires.*

À la vérité, ce voyage à Leipzig chagrine Hollis ; et elle a passé la moitié de la nuit à ruminer sa contrariété. Matthew présentera son article le lendemain matin, et il pourrait sans mal quitter l'Allemagne dans l'après-midi afin d'être de retour pour leur fête de Noël annuelle, qui se tiendra le surlendemain. Ils ont pris l'habitude de recevoir tous les ans depuis leur emménagement à Wellesley, et la fête a toujours lieu le troisième samedi de décembre. Matthew prétend qu'il s'est emmêlé dans les dates, ce qui explique pourquoi il a prévu de rester à la conférence jusqu'à la toute fin, puis de partir à Berlin voir son mentor, le Dr Emmanuel Schrader, à qui on vient de diagnostiquer une maladie de Parkinson et qui n'est plus en capacité d'opérer.

— Mais tu ne peux pas rater notre fête ! s'est écriée Hollis quand il lui a annoncé la nouvelle.

Matthew a ri de bon cœur.

— Je crois qu'on se mettra aisément d'accord pour dire que c'est ta fête, ma chérie. Avec tout le gratin de Swellesley[1], tu ne te rendras même pas compte de mon absence.

Son ton était léger, taquin même, mais Hollis n'en a pas moins été blessée. Certes, elle organisait la fête quasiment seule chaque année. Elle préparait toute la nourriture – les tartelettes au cheddar, les sandwiches au filet mignon, les rattes coupées en deux et garnies de caviar –, elle polissait les flûtes à champagne, disposait des lampes le long de leur allée, concoctait des sachets de caramels maison qu'elle offrait à chaque invité au moment du départ. Elle se chargeait également d'envoyer les invitations, et sa liste s'allongeait d'année en année (à l'exception de celle de sa rupture avec Electra Undergrove et sa bande).

En dépit de cela, Hollis refuse de s'imaginer accueillir ses convives seule, sans Matthew à ses côtés. C'est tout bonnement impensable.

Enfin, pas pour lui, apparemment.

Matthew la rejoint dans la cuisine. Il porte toujours un costume pour prendre l'avion, et aujourd'hui il a mis sa cravate rouge avec des pères Noël en hors-bord – qu'Hollis lui a justement offerte pour leur fête ! Il fredonne sur le chant de Noël diffusé à présent – *Once in Royal David's City* – et tend son poignet droit à Hollis pour qu'elle puisse lui mettre son bouton de manchette, un renne argenté. On peut dire qu'il célèbre l'esprit des fêtes.

Elle respire le parfum de sa lotion de rasage. Elle en est folle ; c'est celle qu'il met pour leurs sorties en amoureux et qui persiste les matins (de plus en plus rares) où elle se réveille dans ses bras.

Elle n'en revient pas qu'il parte.

Elle s'ordonne de dire : « Ton petit déjeuner est là » ou « Je vais te servir un café » – il le boit noir et brûlant, elle attend

1. Jeu de mots sur *swell,* qui signifie « sensass », et Wellesley. Toutes les notes sont de la traductrice.

donc qu'il soit à côté d'elle pour le verser dans une tasse. Et pourtant, c'est une autre phrase qui sort de sa bouche :

— J'aimerais vraiment que tu modifies ton vol retour.

Après le départ de Matthew pour l'aéroport – bien plus tard que prévu –, Hollis reforme une boule avec sa pâte à tarte, l'emballe dans du film alimentaire et la place au frigo. Elle n'a plus envie de cuisiner. Matthew n'a pas touché à son petit déjeuner, mais au lieu de couvrir l'assiette avec du papier d'aluminium et de la garder pour plus tard – elle déteste le gâchis, c'est l'une des conséquences d'avoir été élevée par Tom Shaw –, elle verse son contenu dans l'écuelle de la chienne. Puis elle détache une feuille d'essuie-tout et se tamponne les yeux. Elle ne se remet pas de la vitesse à laquelle leur conversation a tourné au vinaigre.

— Ces derniers temps, tout passe avant moi, lui a-t-elle asséné. Le travail, les voyages, et maintenant le Dr Schrader.

— Cet homme était mon mentor, Hollis. Berlin se trouve à deux heures de route de Leipzig. Ce serait odieux de ne pas lui rendre visite compte tenu des circonstances.

Au lieu de lui concéder ce point, elle s'est lancée dans une énumération d'inquiétudes plus profondes. Elle sent qu'ils s'éloignent depuis le départ de Caroline pour l'université. Hollis a toujours rêvé d'un mariage comme celui de ses beaux-parents – ils sont restés romantiques et fidèles jusqu'à la toute fin.

Mais depuis quand, s'est-elle alors demandé, leur mariage ne pouvait-il plus être qualifié d'idyllique ? Il le redeviendrait si Matthew annulait ce voyage, ce qu'il ne fera pas. Elle l'a bien vu à la façon dont il a carré les épaules et crispé la mâchoire ; il était impatient de partir.

— J'ai parfois l'impression qu'on est devenus des colocataires, a-t-elle ajouté.

Elle a été tentée de lui rappeler depuis combien de temps ils n'avaient pas fait l'amour, mais elle était aussi fautive que lui. Elle s'affairait tellement pendant la journée que le soir elle s'écroulait dès qu'elle se mettait au lit.

Matthew s'est livré à sa ruse habituelle – un acquis de sa profession –, il a donné l'illusion d'écouter, alors qu'en réalité il n'était pas vraiment impliqué dans la discussion ; Hollis a bien compris qu'il attendait simplement qu'elle termine, ce qui était à la fois exaspérant et décourageant. Il s'est raclé la gorge et a regardé l'heure à sa montre. Elle a retenu ses larmes pendant qu'il mettait son trench et ses gants de conduite en cuir. Il s'est accroupi pour gratter la tête d'Henrietta, puis il a serré Hollis de toutes ses forces – elle a enfin ressenti quelque chose.

Juste avant de partir, il s'est retourné.

— Tu as changé, lui a-t-il dit en soupirant. Et on a changé.

Il est sorti affronter la neige et a refermé la porte derrière lui.

Ces mots résonnent dans le crâne d'Hollis. « Tu as changé. Et on a changé. » Elle aurait aimé lui répondre qu'elle ne voyait pas du tout où il voulait en venir… mais elle craint de très bien voir au contraire. Depuis que son site Internet a décollé et que les propositions pour exploiter sa popularité récente affluent, elle est devenue une autre femme, une femme qui a du mal à savourer un moment pour lui-même, sans être tentée de l'enregistrer afin d'en parler dans sa prochaine newsletter. Elle passe désormais sa vie sur un écran, que ce soit celui de son téléphone, celui de son ordinateur, ou les deux. Elle a changé, oui, et par conséquent, ils ont changé, sans doute. Mais Matthew pourrait tout de même comprendre qu'après avoir consacré vingt années de sa vie à ses rôles d'épouse et de mère, Hollis est enthousiaste à l'idée d'avoir un projet personnel, non ?

Elle décroche le téléphone pour l'appeler, bien décidée à lui présenter ses excuses d'avoir agi comme un éléphant dans un magasin de porcelaine émotionnelle, mais elle tombe directement sur son répondeur. Elle rappelle… encore le répondeur. Elle patiente jusqu'au bip cette fois et lui dit :

— Mon amour pour toi n'a pas changé.

Pour le cas où Matthew n'écouterait pas sa messagerie (est-ce qu'il existe encore des gens qui le font ?), elle lui envoie un texto : Je t'aime, Dr M. Tu es essentiel pour moi. On est essentiels pour moi.

Elle patiente quelques instants, mais n'obtient pas de réponse. Elle éprouve soudain un besoin urgent de lui transmettre ce message, il doit l'entendre prononcer ces mots : « Je t'aime. Tu es essentiel pour moi. » Elle tente de le rappeler et tombe une fois encore sur le répondeur.

Bon, se dit-elle, *il a besoin de temps pour que sa colère retombe.* Elle retentera de le joindre plus tard, une fois qu'elle sera certaine qu'il est installé dans le salon de la Lufthansa. Cependant la seconde phrase qu'il a prononcée, « et on a changé » la travaille. Que voulait-il dire par là ?

Elle sent qu'elle est en train de dramatiser, ce qui ne lui ressemble pas. Tout ira bien. Matthew va rater leur fête, oui, mais il sera rentré largement à temps pour leur Noël en famille. Le Dr Schrader a la maladie de Parkinson. Il est normal que Matthew lui rende visite.

Hollis s'installe à son ordinateur ; elle va faire une réservation pour deux au Mistral le 31 au soir. Ils iront à Boston en Uber pour pouvoir boire autant de champagne qu'ils le voudront. Elle s'achètera une nouvelle robe, noire et affriolante. Elle compte ensuite se connecter à son site Internet – ses abonnés attendent sa recette des tartelettes au cheddar –, mais elle fait d'abord un tour sur Facebook. Après quelques secondes vaines à tenter de résister à ses pires impulsions, elle finit par se connecter au profil de Jack Finigan, son petit ami du lycée. Il n'y a pas de publications récentes ; il n'en rédige que deux ou trois par an. La dernière remonte à l'automne : une photo de lui devant un lac dans l'ouest du Massachusetts, en train de brandir une truite. Il n'a pas posté de photos de Mindy, sa compagne de longue date, depuis l'été de l'année précédente. Hollis a fait ce qu'on fait toujours dans ces cas-là : elle a voulu regarder le profil de Mindy, mais celui-ci est privé, et Hollis n'a donc eu accès qu'à sa photo de couverture, qui représente un édredon, sans doute de sa fabrication. Hollis a conscience de fouiner, toutefois ses intentions sont innocentes : elle ne cherchera jamais à contacter Jack. Elle se demande s'il a entendu parler de son blog *En cuisine avec Hollis* – ou peut-être Mindy ?

Les coups à la porte d'entrée la font sursauter ; elle se sent prise en défaut. Elle referme aussitôt Facebook et se dépêche d'aller ouvrir. Des lumières bleues et rouges se réfléchissent sur la pelouse enneigée.

— Madame Madden ? lui demande le policier.

Il est jeune, à peine quelques années de plus que Caroline peut-être, et Hollis n'a aucune idée de la raison de sa présence ici. Il est si tôt, elle est encore en pyjama. Elle se retient de le reprendre d'ailleurs : c'est Shaw, son nom de famille, pas Madden. Elle comprend alors qu'il doit être ici à cause de Matthew – pour un sujet en lien avec lui ?

— Oui ? répond-elle de façon interrogative.

Elle n'enregistre pas bien les mots précis qui suivent mais saisit qu'il y a eu un accident impliquant des animaux, une biche et son petit. Matthew a perdu le contrôle de son véhicule qui a fait des tonneaux dans Dover Street.

Dover Street ? Ils empruntent cette artère constamment, tous les jours ; depuis des années, des décennies. Et oui, il y a toujours du gibier qui traverse la chaussée, surtout pendant la période de la chasse.

— Il est blessé ? demande-t-elle d'une voix qui conserve son timbre normal en dépit de la panique qui la gagne.

Elle se penche pour apercevoir la voiture de police derrière l'épaule de l'agent. Matthew se trouve-t-il sur la banquette arrière ? A-t-il été… transporté à l'hôpital ? Elle croise alors le regard du policier et ajoute :

— Il va bien ?

— Il est mort, Madame.

Soudain, Hollis est par terre, elle hurle et sanglote ; elle se moque d'être en présence d'un inconnu. Henrietta arrive en carillonnant et lèche le visage de sa maîtresse. Celle-ci remarque les notes d'un chant de Noël en provenance de la cuisine et se bouche les oreilles. Le policier lui demande s'il peut prévenir quelqu'un.

— Mon mari ! crie-t-elle. Prévenez mon mari !

À ce moment-là, cela semble rester une possibilité. Matthew est médecin, il est habitué à régler les problèmes. Il va tout arranger. Il est le seul à le pouvoir.

En lieu et place de la fête annuelle, il y a des obsèques. Ils enterrent Matthew près de ses parents dans le cimetière de St Andrew. Après l'inhumation, la maison d'Hollis se remplit de monde – leurs voisins de Wellesley, le personnel médical de l'hôpital, les camarades de barre au sol d'Hollis et ses amies de longue date, rencontrées à la sortie de l'école, parmi lesquelles Brooke Kirtley, qui a commandé des plateaux de sandwiches au Linden Store et qui reste après le départ de tout le monde pour aider à ranger. La seule personne dont Hollis veuille s'occuper est sa fille, mais leurs rapports sont tendus. Caroline reste très digne – pendant l'office elle a lu un poème de Robert Frost – et elle se montre polie avec sa mère en public, même si en privé elle la rejette. Elle l'interrompt pour corriger ses souvenirs, elle remet en question sa décision d'accueillir les gens chez elles après la mise en terre.

— Papa est mort, et toi, tu organises une fête.

— Je reçois chez nous, je ne fais pas la fête. C'est ce que les gens font dans ces circonstances.

Elle sait bien, et ça lui brise le cœur, que Caroline assiste à son premier enterrement en tant qu'adulte.

— C'est ce que tu fais, toi ! rétorque Caroline avec amertume. Je t'ai entendue demander à Brooke d'apporter 5 kilos de glace. Mon père est mort, et toi tu t'inquiètes de ne pas avoir assez de glace !

Hollis est persuadée que tout ira mieux dès qu'elles se retrouveront seules et qu'elles pourront avoir une discussion à cœur ouvert. Elle les imagine bien au chaud, toutes les deux, dans le salon, Henrietta à leurs pieds ; elles passeront des journées entières à feuilleter des albums photos, à verser des larmes et peut-être même à rire.

En réalité, la situation se détériore. Caroline se barricade dans sa chambre toute la journée, et le soir elle sort avec son amie Cygnet. Elle rentre complètement ivre, passe en titubant devant sa mère, attablée dans la cuisine à feuilleter sans énergie de vieux numéros de magazines culinaires histoire de se changer les idées. Elle n'envisage pas de se coucher tant qu'elle ne sait pas Caroline rentrée, et entière. Elle ne trouverait pas le sommeil de toute façon.

— Tu t'es bien amusée, ma chérie ? lui demande-t-elle un soir.

— Amusée ? répète Caroline avec mépris. Non, je ne me suis pas amusée, maman.

Puis elle monte au premier en tapant des pieds, la fidèle Henrietta sur les talons.

Quelques jours après le passage à la nouvelle année, après avoir jeté la nourriture des dernières semaines à laquelle elles ont à peine touché et retiré toutes les décorations de Noël pour les ranger dans des cartons, Hollis s'attaque au tri des affaires de Matthew : ses costumes sur mesure, ses lunettes de vue, sa pile de tee-shirts achetés lors de concerts (Hootie and the Blowfish, Social Distortion, Dave Matthews) et qu'il n'a jamais portés.

Elle est interrompue en pleine tâche par Caroline, qui exige de savoir pourquoi sa mère éprouve le besoin de se débarrasser des affaires de son père.

Hollis la dévisage.

— Je veux juste...

— Te débarrasser de lui ? Oui, ça, j'avais compris. Tu as besoin de place dans le placard pour tes « chemises signature » ? Et tu comptais vraiment faire ça sans moi ?

— J'ai eu peur que ce soit trop douloureux encore. Je cherchais à te ménager.

Caroline déplie le tee-shirt de Hootie and the Blowfish.

— Tu comptes le donner ? Papa l'adorait, enfin !

Hollis s'apprête à se défendre, mais avant qu'elle n'ait pu ouvrir la bouche, Caroline se déchaîne et l'accuse de ne pas l'avoir assez aimé, de ne pas le pleurer comme il faudrait.

— Tu ne portais même pas son nom ! Tu trouveras un autre mari, mais moi, je n'aurai jamais, jamais d'autre père.

— Je sais que tu souffres, mon trésor.

D'après Caroline, Hollis ne sait pas. Elle ne sait rien. Sa fille arpente la chambre parentale, on dirait un lion en cage. Elle lui envoie des horreurs au visage – à peu près toutes celles imaginables à l'exception de « J'aurais préféré que tu sois dans cette voiture » –, pourtant sous la façade de fureur, Hollis aperçoit une petite fille dont le monde vient de voler en éclats. Elle s'assied donc sur le lit en songeant : *je vais attendre que sa colère s'épuise, je suis l'adulte, la mère, c'est mon rôle d'accepter cette punition.* Matthew et Caroline étaient proches, ils avaient un lien unique. Il avait la préférence de leur fille.

— Je suis désolée, mon trésor. C'est dur pour moi de dormir dans une chambre pleine des affaires de ton père... de poser les yeux sur tel ou tel vêtement en me disant qu'il ne le portera plus jamais.

Elle soutient le regard de Caroline et ajoute :

— Je fais de mon mieux pour ne pas m'effondrer complètement.

Elle s'attend à ce que, à ces mots, Caroline lui tombe dans les bras en s'excusant, et elle se trompe cruellement. Avant de quitter la pièce en trombe, elle lui assène l'estocade finale :

— Il faut toujours que tout tourne autour de toi !

Elle avance de trois jours son billet de train pour rentrer à New York, laissant Hollis sonnée, seule.

La police de Wellesley lui adresse un mail avec, en pièce jointe, le rapport officiel de l'accident, mais elle ne se sent pas en état de le lire. Elle ne veut pas savoir à quelle vitesse roulait Matthew, sur quelle portion de Dover Street il a perdu le contrôle ni combien de tonneaux la voiture a faits avant de s'immobiliser sur le toit. (Elle sait que la voiture a fait des tonneaux puisque le jeune policier le lui a dit. C'est le seul détail qu'elle a retenu, avec l'histoire de la biche et de son petit, que Matthew a voulu éviter et qu'il a fini par tuer malgré tout.) Elle brûle d'envie de supprimer ce message puis de vider définitivement la corbeille – Matthew est parti, les circonstances de l'accident n'ont aucune espèce d'importance –, pourtant elle choisit de le classer dans un dossier intitulé MM, où elle conserve toute la correspondance en lien avec son décès.

Elle ne cuisine plus, elle mange à peine. Son médecin, la Dr Karen Lindstrom, lui propose de lui prescrire un anxiolytique pour la journée et un somnifère pour la nuit. Hollis n'a pas envie de prendre des médicaments. Elle se sert de temps en temps un verre de sancerre, mais il la conduit aussitôt dans les endroits qu'elle cherche à fuir : l'odeur de la lotion après-rasage de Matthew, ses derniers mots – « Tu as changé. Et on a changé » –, les coups à la porte.

Ses amis et ses voisins passent la voir régulièrement. Que peuvent-ils faire pour elle ? « Rien », leur répond-elle. Ils ne peuvent pourtant pas s'empêcher de lui prodiguer des conseils – yoga, méditation en autonomie, accompagnement psychologique du deuil, huiles essentielles, voyages, un ashram, une voyante, le tricot.

Le tricot ? s'étonne-t-elle.

Elle met de côté son projet de création d'une ligne d'ustensiles à son nom, ainsi que son livre de recettes et son émission. Quelle importance maintenant ?

Elle se demande comment son père a fait pour tenir bon après le décès subit de sa mère. Il a dû se concentrer sur elle, sa fillette de moins de 2 ans, sur son travail. Elle garde le souvenir d'un homme stoïque et déterminé. Il ne pouvait pas se permettre de s'effondrer.

Hollis prend régulièrement des nouvelles de sa fille, qui abrège systématiquement leurs échanges ; quant à ses textos, ils lui valent toujours la même réponse : Ça va. Ou pire : OK. Au moins Hollis a-t-elle l'assurance que Caroline respire encore. Elle consulte son site Internet préféré, qui dispense des conseils aux parents de grands enfants, pour savoir quelle attitude adopter. Prendre le train jusqu'à New York pour avoir une discussion avec sa fille en personne ? Cesser entièrement les appels et messages ? (Ça paraît si cruel, Caroline vient de perdre son père.) Cesser de lui verser de l'argent de poche ?

(Là, c'est sûr, elle retiendrait son attention.) Hollis sait que les enfants sont narcissiques par nature, et elle est consciente que le développement du cortex préfrontal ne s'achève qu'aux alentours de 25 ans. Elle ne doit pas en vouloir à sa fille, car celle-ci n'a pas entièrement achevé sa croissance. Hollis voudrait pourtant lui hurler : « Tu me fais du mal. On surmonterait tellement mieux cette épreuve si on se soutenait ! »

Hollis a appris à ne pas liker ni commenter les publications de sa fille sur Instagram, même si elle visite son compte plusieurs fois par jour. Il n'y en a eu qu'une seule depuis la mort de Matthew – plus précisément un message d'anniversaire à sa meilleure amie, Cygnet, postée dans les stories. Hollis l'a regardé plusieurs fois, parce qu'il est composé de photos des deux jeunes femmes dans leur enfance, à Wellesley : Caroline et Cygnet dans une tente – plantée dans le jardin –, leurs jeunes visages éclairés par des lampes torches ; tenant des mini-pancakes placés au bout de piques en bois pour faire comme des sucettes – une requête de Caroline pour ses 10 ans. Hollis presse l'écran avec son index pour stopper le défilement des images. *Je veux retourner à cette époque*, songe-t-elle. Celle des soirées pyjama et des petits déjeuners d'anniversaire festifs.

Hollis a l'impression d'avoir perdu sa fille en plus de son mari.

Une seule chose lui permet d'oublier un peu son chagrin : son échange, par texto, avec une femme qui l'a contactée sur son site Internet il y a plusieurs mois – une internaute qu'Hollis n'a jamais rencontrée mais qu'elle n'a pas non plus tout à fait choisie au hasard. Le message privé de Gigi Ling, d'Atlanta, en Géorgie, a retenu son attention. C'était elle qui avait indiqué à Hollis les adresses secrètes le long de Buford Highway, à savoir les meilleurs restaurants de toute la région pour se régaler de dim sum, de barbecue coréen et de tacos. Elle lui avait aussi conseillé le livre de recettes de Laurie Colwin, *Cookies pour jours de pluie*, qu'Hollis adore. (Comment avait-elle pu passer à côté ? Elle en a immédiatement parlé sur son site Internet avec un lien vers un site marchand en ligne.)

Oui, de toute la communauté d'*En cuisine avec Hollis*, Gigi Ling est son abonnée préférée, même si Hollis ne devrait pas faire de distinction – ce qui est absurde, nous avons tous nos chouchous, c'est ce qui fait de nous des humains.

Une semaine après la mort de Matthew, Gigi lui a envoyé un MP avec une seule phrase : Je suis là si vous avez besoin de parler. Ces mots ont fait l'effet d'une planche de salut à Hollis, et elle s'est rendu compte qu'elle attendait un signe de cette abonnée depuis qu'elle avait publié l'annonce du décès de son mari.

À compter de ce jour, elles se sont écrit plusieurs fois par semaine ; Hollis lui enverrait volontiers des messages quotidiens, mais elle ne veut pas être un poids. Gigi se connecte habituellement les mardis et vendredis, parfois le dimanche soir. Raconte-moi ta journée. Comment te sens-tu ? Je suis là, tu sais, je suis là. (Elles sont naturellement passées au tutoiement.) Au début, ça lui a fait tout drôle d'échanger avec une parfaite inconnue, mais Hollis s'est raisonnée : les gens le font constamment sur les applications de rencontre comme Tinder, Bumble ou Hinge. Et rapidement, ça lui a paru plus libérateur que bizarre. L'enjeu est minime. C'est même plus facile de se confier à une inconnue.

Hollis s'est d'ailleurs mise à partager des détails très personnels. Entre Matthew et moi, c'était... tendu au moment de sa mort.

Tendu dans quel sens ? a répondu Gigi.

Hollis lui a décrit la distance qui s'était installée entre eux. Elle l'attribuait en partie au syndrome du nid vide ; Caroline n'était plus là pour cimenter leur vie de famille. Mais elle savait que l'audience internationale de son site Internet n'y était pas non plus étrangère.

Gigi lui a écrit : Il a dû se sentir menacé par ton succès subit.

Vraiment ? s'interroge Hollis. *Menacé* n'est pas le bon terme – après tout, on parlait du vénérable Dr Madden –, mais, pour une raison un peu mystérieuse, il n'avait jamais réellement montré d'enthousiasme pour le succès d'Hollis. Il semblait… *dérouté*. Et parfois agacé. Caroline et lui se moquaient de l'admiration excessive de ses fans. Matthew s'était-il un jour dit fier de ce qu'elle avait accompli avec son site Internet ? Non.

Durant les mois qui suivent, Hollis se rapproche tant de Gigi qu'un beau matin de la mi-juin, elle se sent suffisamment en confiance pour lui raconter ce qui s'est passé avant l'accident de Matthew – la conférence à Leipzig, la maladie du Dr Schrader, la fête de Noël.

Je lui ai fait part de ma tristesse au moment où il franchissait la porte, écrit-elle. J'ai dramatisé son absence à notre fête annuelle, et il s'est défendu en me disant que j'avais changé, qu'on avait changé. Je ne le pensais pas à l'époque, mais depuis j'ai réfléchi et ça m'obsède : je suis persuadée qu'il allait me quitter. Je l'ai appelé pour m'excuser, et il n'a pas répondu. J'ai laissé un message sur son répondeur, puis je lui ai envoyé un texto pour lui dire que je l'aimais. Je ne sais même pas s'il a écouté le premier ni lu le second. J'ai envie de croire que c'est le cas, mais comment en être certaine ? Ce dont je suis certaine en revanche, c'est que je l'ai mis en retard. Il fonçait sur Dover Street parce qu'il avait un avion à prendre. Je me sens coupable. Je suis… responsable.

Après avoir appuyé sur la touche « envoi », elle se sent aussitôt plus légère. Mais elle a aussi l'impression de s'être exposée. Elle a libéré cette idée dans l'univers : elle aurait, à sa petite – ou grande – échelle, contribué à la mort de Matthew. Elle se félicite – ô combien ! – de ne pas avoir dit à Gigi que quelques secondes avant que le policier ne frappe à sa porte, elle était sur Facebook, pour regarder le profil de Jack Finigan. Elle ne lui en parlera jamais. Elle n'en parlera jamais à personne.

Elle s'attend à une réponse du style : *Ne sois pas bête, Hollis, tu n'y es pour rien. C'était un accident. La chaussée était glissante, il neigeait, les animaux ont surgi de nulle part.* Pourtant Gigi n'en fait rien, et elle n'envoie pas non plus des formules de réconfort toutes faites : *Je suis certaine qu'il a écouté ton message et fait lire ton texto par l'ordinateur de bord de sa voiture*. Pendant un jour puis deux, elle n'a pas de réponse, pas même des points de suspension dans une bulle indiquant que Gigi sélectionnerait ses mots avec soin.

Hollis est blessée. Elle rédige une demi-douzaine de brouillons pour s'enquérir de ce qui ne va pas, s'assurer que Gigi n'a pas été horrifiée par cet aveu, qu'elle ne se sent pas trop impliquée. Au final, Hollis n'envoie aucun message. Gigi est sans doute simplement débordée. Elle a une vie, après tout... même si Hollis ne dispose pour ainsi dire d'aucune information à son sujet. Elle a dix ans de moins qu'elle, soit 43 ans, elle est célibataire et sans enfant, elle a une chatte qui s'appelle Mabel, elle vit dans le quartier de Buckhead à Atlanta, elle est pilote de ligne, employée par la compagnie Delta Air Lines, elle n'est pas présente sur les réseaux sociaux, elle a découvert l'existence d'*En cuisine avec Hollis* par l'entremise d'une hôtesse de l'air, qui lui avait dit que ce site valait le détour – *et elle avait raison !* a observé Gigi. Voilà ce qu'elle a livré. De son côté, Hollis a déduit de leurs échanges que Gigi lit beaucoup, qu'elle cuisine quand elle est à la maison et qu'elle apprécie les bons restaurants ; elle est cultivée et perspicace. Néanmoins, tous leurs échanges se sont concentrés sur Hollis. Pas étonnant que Gigi l'ignore ; elle en a sans doute assez de cette amitié à sens unique.

Une semaine s'écoule sans qu'Hollis ne reçoive la moindre nouvelle de Gigi. Tant et si bien qu'elle se connecte à son propre site pour voir si, sur la carte de *Lumières en cuisine*, il y en a à Atlanta. Oui, des tas, et impossible de savoir si l'une d'elles correspond à Gigi. Elle décide ensuite de vérifier que son internaute préférée ne s'est pas désabonnée de la newsletter – heureusement, son mail figure toujours dans la liste. Elle a dû avoir un planning de vols chargé, à moins qu'elle n'ait fait tomber son téléphone dans une piscine, qu'elle n'ait rencontré quelqu'un, que sa chatte Mabel ne soit morte ou que son père, qui vit à Singapour, ne soit tombé malade. (Gigi a mentionné en passant que sa mère était morte lorsqu'elle était jeune, ce qui leur fait un point commun.)

Hollis se dit que c'est sans importance, qu'elle lui refera signe si c'est leur destin, ou quelque chose dans ce goût-là.

Cependant, avec le silence de Gigi, l'état mental d'Hollis se détériore. Et le texto que lui adresse sa fille ne contribue pas à l'améliorer : Au fait, je ne viendrai pas à Nantucket cet été. Isaac Opoku m'a prise en stage. Je vais aller à New York. J'ai trouvé une sous-loc sur la 82e qui coûte 1 800 $ par mois. Merci.

Hollis décroche aussitôt son téléphone, mais elle tombe sur le répondeur de Caroline. Elle laisse un message bredouillant que sa fille n'écoutera jamais, elle en est sûre : « Je suis très fière de toi, ma chérie, tout ton travail, ta super lettre de motivation, tes notes excellentes... ton père serait fou de joie ! Bravo ! » Caroline rêve de décrocher ce stage depuis l'automne, et un millier d'aspirants réalisateurs ont déposé leur candidature auprès d'Isaac Opoku. Il n'est évidemment pas rémunéré, et Hollis sait très bien lire entre les lignes : elle devra payer le loyer de sa fille.

Égoïstement, elle aurait aimé avoir Caroline avec elle cet été pour leur permettre d'arranger les choses, mais elle sait que ce stage est crucial et que c'est sans doute ce dont celle-ci a besoin après la mort de son père.

Le 21 juin, soit le premier jour de l'été, Hollis prend la route pour Nantucket, son véritable chez-soi. Wellesley, c'était chez Matthew, et même si elle a adopté cet endroit, elle est certaine que tout ira mieux une fois qu'elle aura retrouvé la maison de Squam Road. Le changement de décor, et de saison, l'océan au bout du jardin... tout l'aidera. Elle ne pensera plus à la disparition de Gigi, ni à la distance de plus en plus irrémédiable entre Caroline et elle.

Et pourtant, retrouver Nantucket n'est d'aucune aide, car là-bas elle doit faire le deuil d'une autre version de Matthew, une version estivale, plus détendue.

***

C'était le deuxième été qu'ils passaient dans leur résidence secondaire, conçue avec tant de soin, à la charpente si solide qu'Hollis n'arrivait toujours pas à croire que c'était la sienne.

Le genre de maison dont elle rêvait à l'époque où son père et elle vivaient dans leur petit nid dont elle craignait qu'une bourrasque ne puisse, comme dans *Le Magicien d'Oz*, l'emporter. Ils se chauffaient avec un poêle à bois. Ils prenaient leur repas sur la table ronde de la cuisine, tout en regardant la télévision qui se trouvait dans le salon. Ils partageaient la salle de bains et n'avaient qu'un seul téléphone. Tout l'hiver, Hollis avait l'habitude de se réfugier sous sa couette avec son gros pull irlandais et une paire de chaussettes en laine. L'eau dans la douche mettait cinq bonnes minutes à chauffer, et Tom Shaw venait toujours se racler la gorge juste derrière la porte, pour faire comprendre à sa fille qu'il fallait qu'elle se lave sans patienter, que ça lui plaise ou non.

Hollis gardait les enfants de leurs voisins, les Gasperson. Ils avaient une maison de dix-neuf pièces, certaines pourvues de terrasses individuelles ou de balcons donnant sur l'océan ; il y avait un espace avec plusieurs lits superposés au sous-sol, et une loggia sur laquelle on pouvait dormir au deuxième étage – elle était protégée par des moustiquaires. Les Gasperson n'avaient pas de téléviseur. Lorsque les parents et les grands-parents sortaient dîner au Chanticleer à Siasconset, les enfants jouaient aux cartes et à des jeux de société, ou bien ils s'occupaient de leurs collections de coquillages et de verres polis. Ils aimaient qu'Hollis leur raconte des histoires de fantômes à la lueur des bougies. Elle aurait travaillé pour ces gens gratuitement. Elle aurait voulu faire partie de cette immense famille. Son rêve était de ne vivre sur Squam Road que l'été.

Et ce rêve était devenu réalité.

Hollis et Matthew se sont engagés dans la route bordée d'oliviers et de rosiers du Japon ; des panneaux peints à la main étaient fixés sur les clôtures : RALENTISSEZ ! PRÉSENCE DE PIÉTONS ! Pendant l'enfance et la jeunesse d'Hollis la chaussée était si abîmée, si semée de nids-de-poule qu'il était impossible de rouler à plus de 15 kilomètres à l'heure, mais dorénavant, chaque année, pour le week-end de la fête des Mères, l'association des voisins faisait reprendre le bitume pour qu'il forme un beau ruban jaune bien lisse. Hollis et Matthew ont dépassé un voisin en bermuda saumon et lunettes de soleil en écailles, à la Jack Kennedy, qui promenait un labrador chocolat, puis une voisine en chapeau de paille qui coupait des cosmos et d'autres fleurs sauvages au bord de la route – Hollis s'est dit que ce serait parfait pour un bouquet près de l'évier de la cuisine. Ils ont remonté leur nouvelle allée en gravier blanc, flanquée de part et d'autre de jeunes hortensias plantés à intervalles réguliers et qui finiraient par « s'étoffer », leur avait promis Anastasia, la paysagiste. Leur fillette de 6 ans, Caroline, venait de s'endormir sur la banquette arrière avec leur setter irlandais, Seamus.

Quand Matthew s'est garé devant la maison – il fallait qu'ils lui trouvent un nom, à elle et à la maisonnette qui servait désormais de dépendance, car toutes les résidences d'été en avaient une –, il a dit :

— Laissons-les dormir une minute. J'ai quelque chose à te montrer.

— Mais...

Les vitres de la voiture étaient baissées, Caroline et Seamus ronflaient de conserve, et Hollis brûlait d'impatience de vider le coffre pour tout ranger et s'installer.

— Fais-moi confiance, amour, a-t-il insisté. Ça vaut le coup.

Il a conduit Hollis sur le côté de la maison et ouvert le portillon menant à la piscine (oui, ils en avaient fait creuser une ; ce qui était honteux quand on habitait à moins de 100 mètres de l'océan, et Tom Shaw devait se retourner dans sa tombe, mais Hollis en rêvait tellement !). Ils se sont arrêtés près de la mare et du sentier qui menait à la plage.

Hollis a retenu un cri de surprise. La mare en question – véritable verrue dans son enfance, boueuse et infestée de moustiques – avait été entièrement... repensée. Sa surface, d'un beau vert transparent, était ponctuée de nénuphars, pour beaucoup en fleurs. Mais le plus impressionnant, c'était le petit pont avec ses rambardes délicates qui enjambait à présent l'étendue d'eau.

— C'est toi qui as fait ça ? lui a-t-elle demandé avant d'éclater de rire.

Évidemment que c'était lui ! La mare ne s'était pas nettoyée toute seule, le pont n'avait pas été construit par une armée de petits elfes.

— Tu as tellement aimé Giverny.

Le jardin de Claude Monet, visité lors d'un voyage en France pendant qu'elle attendait Caroline. Et c'était vrai qu'elle avait été fascinée par le célèbre pont japonais. Elle avait acheté une reproduction dans la boutique de souvenirs. Elle n'en est pas revenue que Matthew s'en soit souvenu ; elle n'en est pas revenue qu'il soit aussi attentif.

— Est-ce qu'on peut... marcher dessus ? a-t-elle murmuré.

Il lui a tendu la main.

***

Hollis est otage de son chagrin : elle ne mange plus, ne dort plus. Elle craque, appelle la Dr Lindstrom et lui demande une ordonnance pour un somnifère. Les comprimés l'aident à s'endormir, mais dès 1 heure du matin elle est parfaitement éveillée et se rend dans la cuisine pour ouvrir son ordinateur portable. Le visage baigné de lumière bleue, elle s'abîme dans le vortex d'Internet. Elle tape les mots *que faire à la mort de son mari* dans le moteur de recherche. Plusieurs résultats apparaissent : *Comment gérer la mort d'un être cher, Guide pour tenir un journal de deuil, Sex and the Widow...*

Sexe et la veuve ? Si seulement..., se dit-elle.

Elle grignote un bout de tel article, puis un bout de tel autre, ils ne sont d'aucune aide, d'aucune ! Elle se connecte au profil Facebook de Jack Finigan. Il n'y a toujours pas de nouvelle photo avec Mindy, mais elle n'arrive même pas à en être réconfortée.

Elle envoie un message à Caroline pour savoir si elle se plaît à son stage.

Ça va.

Et l'appartement ? (*Que je te paie*, ajoute Hollis à part elle.)

Ça va.

Pourrais-tu décrocher quand je t'appelle, Caroline ?

Pas de réponse.

Puis, le 15 juillet, soit sept mois pile après la mort accidentelle de Matthew – elle appréhende toutes les dates anniversaires –, Hollis fait une découverte inattendue.

Sur le site Auxi-Mère, dont Hollis n'avait jamais entendu parler, elle lit l'histoire de Moira Sullivan, une femme de 59 ans, dont le mari, qui partageait sa vie depuis trente ans, est mort brusquement à la quincaillerie où il était allé acheter des graines pour les mangeoires à oiseaux de son épouse.

J'étais dévastée, écrit-elle. Je me suis effondrée.

Évidemment, pense Hollis.

Puis j'ai eu une idée. Moira raconte qu'elle a organisé un séjour avec ses meilleures amies, chacune correspondant à une phase importante de sa vie. La photo qui illustre l'article montre une brochette de quinquagénaires souriantes devant une maison de location en bord de mer, à Destin, en Floride. Moira, qui porte un chapeau de paille souple, se trouve au centre, elle est comme le soleil autour duquel tournent les planètes.

Je voulais être entourée des personnes qui me connaissaient le mieux, poursuit-elle, même si je n'avais pas parlé à certaines d'entre elles depuis des années, même si nous n'avions plus beaucoup de points communs. Mes amies ne se connaissaient pas bien, voire pas du tout. L'important, pour moi, c'était de célébrer les relations qui avaient fait de moi celle que j'étais devenue.

Moira avait convié ses meilleures amies : celle de l'adolescence (Cate), celle des débuts dans la vie (Paige), celle de la force de l'âge (Phoebe) et celle de la maturité (Liz). Toutes les cinq s'étaient prélassées sur la plage en lisant *Là où chantent les écrevisses* ; elles avaient loué un bar flottant pour une croisière arrosée sur les eaux émeraude de Destin, en Floride ; elles avaient préparé, pour leur premier dîner, des lasagnes accompagnées de beaucoup de vin et d'une playlist conçue par Moira ; puis « on est toutes sorties danser sur la terrasse » (témoignage de Cate). Pour la seconde soirée, elles s'étaient « lâchées » (pour citer Phoebe) au bar local. Elles avaient pris des tonnes de photos sur leurs smartphones, qu'elles avaient ensuite partagées sur Facebook via un groupe privé, et Moira avait fait imprimer un album en souvenir. Le titre de l'album, et de l'article, était *Un week-end cinq étoiles.*

Hollis n'en revient pas de n'avoir jamais entendu parler de cette idée avant. Elle est non seulement touchée par l'émotion que celle-ci fait naître en elle (un parcours de vie résumé par ses amitiés) mais aussi par le courage nécessaire – Moira a réuni pour un week-end entier quatre femmes dont elle était le seul point commun.

Hollis réfléchit à quelles amies elle inviterait.

Pour l'adolescence : Tatum McKenzie.

Pour les débuts dans la vie : Dru-Ann Jones.

Pour la force de l'âge : il y a bien eu Electra Undergrove, mais elles ne s'adressent plus la parole. La dauphine pour ce titre serait sans doute Brooke Kirtley, qui s'est révélée d'une aide précieuse à la mort de Matthew.

Et pour la quatrième période ? L'amie de la maturité (Hollis se rend alors compte qu'il s'agit en réalité de l'amie du présent) ? Elle n'en a pas vraiment. Pourquoi ça ? Il est plus difficile de rencontrer des gens une fois que les enfants ont grandi, surtout quand on travaille de chez soi. Il y a l'adorable Zoe Kern, qu'Hollis croise aux cours de barre au sol – mais elle a 29 ans et elle est enceinte de sept mois.

Tout à coup, Hollis s'avise qu'elle a une nouvelle amie, en réalité. Elle s'appelle Gigi Ling.

Hollis laisse l'article « Un week-end cinq étoiles » ouvert sur son navigateur. Elle fait les cent pas dans sa cuisine de Nantucket, étrangement gagnée par un regain d'énergie, motivée, même, par la perspective d'organiser son propre « week-end cinq étoiles ». Elle adore le double sens de l'expression – cinq femmes pour un week-end, lui-même constitué d'expériences exceptionnelles dignes de mériter cinq étoiles (et s'il y en a bien une capable d'assurer dans ce domaine, c'est Hollis). Mais ce qui la touche le plus dans ce projet, c'est le fait, pour citer Moira Sullivan, d'honorer les amitiés qui ont fait d'elle celle qu'elle est aujourd'hui.

Elle n'a pas la naïveté de penser que cette parenthèse ressemblera à un téléfilm idyllique, que ses sentiments de culpabilité, de mélancolie et d'isolement disparaîtront comme par enchantement dès qu'elle sera entourée de ses amies.

Mais au fond si, c'est un peu ce qu'elle pense.

Rien d'autre n'a marché.

Et ça ne peut pas être pire de toute façon (si ?).

Elle va organiser ça, décide-t-elle. Un week-end cinq étoiles ici, à Nantucket, qui aura lieu dans deux semaines.

Elle retourne à son ordinateur pour rabattre l'écran, puis elle emprunte le couloir et se recouche. Pour la première fois depuis la mort de Matthew, elle trouve le sommeil sans mal.

2

L'INVITATION

Le lendemain matin, Hollis envoie à chacune de ses quatre « étoiles » le même message (séparément) : Est-ce que tu serais partante pour un week-end entre filles à Nantucket du 28 au 31 juillet ? Il te suffit de t'organiser pour être sur l'île à ces dates. Je m'occupe de tout le reste.

Brooke Kirtley est (sans surprise) la première à répondre : Un week-end entre filles ? Oh, Hollis, quelle bonne idée ! Tu es sûre que tu es prête ? Si oui, tu peux BIEN SÛR compter sur moi !!!

Le cœur d'Hollis se serre légèrement ; Brooke accorde trop d'importance à l'attention des autres.

Dru-Ann est la suivante : Est-ce que tu as la possibilité de changer les dates ? Ma vie en ce moment, c'est... J'ai l'impression d'être dans un blender.

Ici encore, pas de surprise. Hollis partageait sa chambre à la fac avec Dru-Ann Jones, qui est devenue l'agent star des athlètes féminines du pays. Elle co-présente une émission de télévision intitulée *Joue-la comme une fille*, diffusée le mardi après-midi, et écrit pour le magazine *New York* des articles sur les politiques de genre et de mixité dans le sport.

À la mort de Matthew, Dru-Ann était à Fremantle en Australie pour signer un contrat avec une nageuse en lice pour les prochains Jeux olympiques. Elle a demandé à Hollis si elle pouvait faire quelque chose, elle était même prête à tout laisser en plan pour sauter dans un avion et traverser la moitié de la planète, mais Hollis l'en a dissuadée.

— J'aurai besoin de toi plus tard, quand tous les autres m'auront laissée tomber.

— J'espère que tu es sincère et que tu ne cherches pas à jouer les martyres, lui a rétorqué Dru-Ann. Le jour où tu auras besoin de moi, je serai là.

À la mort de Matthew, tu m'as demandé si tu pouvais faire quelque chose, lui écrit Hollis. Tu peux venir passer ce week-end à Nantucket.

La réponse se fait attendre, et Hollis connaît un moment de désespoir. Si personne d'autre n'est disponible, elle annulera le week-end, mais elle sait que Brooke voudra venir malgré tout, et se sent-elle capable de le passer en tête à tête avec elle ? (En toute franchise, non.) Elle envoie un autre message à Dru-Ann : J'ai un vélo d'appartement dernier cri. Et je t'achèterai de la tequila. Avec des citrons verts bio.

Pour la tequila je ne dis pas non, mais ne t'embête pas pour le reste, écrit Dru-Ann. Je serai là.

Déjà deux, conclut Hollis. Elle tente d'imaginer un week-end à trois, avec Brooke et Dru-Ann, et c'est un autre type de panique qui la gagne. Les deux femmes ont fait connaissance il y a quelques années, à l'occasion du brunch que Matthew et elle avaient organisé le jour du marathon de Boston – Dru-Ann était là parce qu'elle représente l'une des meilleures coureuses, une Kenyane. Après coup, elle a qualifié Brooke d'« équivalent humain d'un aliment coincé entre deux dents. Tellement irritant ! ». De son côté, Brooke est devenue obsédée par Dru-Ann. Elle regarde *Joue-la comme une fille* toutes les semaines et elle trouve ça « trop cool » qu'Hollis soit allée à la fac avec une présentatrice de télévision qui figurait, l'an dernier, en soixante-quatorzième position du classement *Forbes* des Américaines les plus influentes.

Un peu plus tard, l'écran du téléphone d'Hollis s'allume parce qu'elle vient de recevoir un message de sa meilleure amie de jeunesse, Tatum McKenzie, qui vit à Nantucket à l'année.

Est-ce que par week-end entre filles tu veux dire que je passerais la nuit chez toi à Squam ?

Hollis lui répond : Oui, ce serait marrant, non ?

D'accord, écrit Tatum, ce qui n'est pas vraiment une réponse à la question. Mais ça ressemble à un oui, et Hollis sent un doux soulagement l'envahir. Depuis qu'ils ont, Matthew et elle, fait construire la nouvelle maison sur le terrain qu'elle a hérité de son père, Hollis invite, chaque été, Tatum et son mari Kyle à dîner et, chaque été, Tatum trouve un prétexte pour se défiler. Elle n'est jamais venue chez Hollis. Un dimanche, il y a quelques années, elle a reçu un texto sans raison apparente. On est sortis faire un tour avec Kyle, cet après-midi, et on a atterri chez toi, à Squam. On a collé nos nez aux fenêtres pour regarder à l'intérieur, dansé sur la bâche de ta piscine et fait l'amour dans ta douche extérieure. (Je déconne !) Tu es officiellement devenue une vacancière, Holly. Comme tu en as toujours rêvé. Le message se concluait par l'émoticône qui verse une larme.

Hollis a tenté de répondre avec humour : Vous avez fait l'amour dans la douche. Je le sais.

Tatum lui a envoyé l'émoticône doigt d'honneur.

Hollis est tombée sur elle à quelques reprises depuis – à la pharmacie, à la poste et à St Mary, où elles étaient toutes deux enfants de chœur, petites –, mais si elle était honnête, elle reconnaîtrait que leur relation est loin d'être bonne depuis son départ pour l'université.

Oublie le téléfilm idyllique... Ce week-end cinq étoiles avait plus de chances de ressembler à l'émission de téléréalité *Les Real Housewives.*

En tout cas, trois de ces quatre invitées avaient répondu présentes. Impossible de faire marche arrière à ce stade.

***

Une fois que les heures les plus chaudes sont passées, Hollis sort Henrietta en laissant son téléphone à la maison. Les hortensias rose et pervenche qui bordent l'allée se sont étoffés, comme Anastasia l'avait promis, même si Hollis ne parvient pas à admirer leur beauté autant qu'elle le souhaiterait.

À mon retour, se dit-elle, *Gigi m'aura répondu.*

Mais elle se trompe. Le seul message qu'elle a reçu provient de Brooke. Je suis tellement impatiente !!! J'ai réservé le ferry, j'arrive à 16 h 05 le vendredi !!! Maintenant dis-moi ce que je peux apporter ??!

Hollis s'apprête à répondre : Rien, juste toi ! Sauf que se lancer dans une conversation avec Brooke, c'est comme se retrouver prisonnière d'un piège à doigts chinois, plus on répond, plus on a du mal à s'extirper ensuite. Brooke réagira au message d'Hollis avec un cœur ou un double point d'exclamation (quel genre de sadique a imaginé cette fonction ?), puis elle enverra une question, du style : Qu'est-ce que tu dirais de steaks d'aloyau du Fells Market ? Hollis se sentira obligée de répondre, Brooke réagira à ce message-là aussi… et ainsi de suite jusqu'à ce que, d'exaspération, Hollis cesse de répondre (un message en soi) et que Brooke finisse par envoyer une ribambelle d'émoticônes cœur et bisous.

Elle laisse donc le message sans réponse. Elle clique sur le nom de Gigi pour s'assurer que son invitation lui est bien parvenue – le réseau est parfois capricieux à Squam.

Oui, le WhatsApp a été distribué à 9 h 38 ce matin.

De toute évidence, Gigi ne veut plus entendre parler d'elle. Hollis ne sait pas très bien pourquoi ça la chagrine autant. Ce n'est pas comme si Gigi était son âme sœur – on ne les rencontre pas en ligne. (Enfin, certaines personnes peut-être, mais pas Hollis.)

Et pourtant, quand elle se réveille le lendemain matin, elle a reçu un message, envoyé à 3 h 15 dans la nuit : Je me sens tellement flattée que tu me le proposes. Tu es sûre de toi ?

Hollis fixe les mots en clignant des yeux, les relit puis vérifie qu'ils proviennent bien de Gigi Ling. Ils lui ressemblent en tout cas : charmants et délicats. Hollis doit d'ailleurs se retenir de répondre : Où étais-tu passée ? Pourquoi m'as-tu ignorée ?

Mais elle se contente de taper : Sûre et certaine. Je suis impatiente de te rencontrer en vrai !!! Puis elle efface aussitôt son message (tous ces points d'exclamation, on dirait Brooke) et écrit à la place : Sûre et certaine. J'ai hâte de faire ta connaissance.

Elle appuie sur la touche « envoi ».

3

TALON D'ACHILLE

Caroline Shaw-Madden reçoit un message de sa mère requérant sa présence à Nantucket pour le week-end.

Non, se dit-elle, avant de se raviser.

Depuis dix-sept jours, elle vit une passion enfiévrée avec son patron, le documentariste Isaac Opoku, couronné d'un Oscar.

Caroline n'aurait jamais osé imaginer que les choses pourraient prendre ce tour entre eux, non seulement à cause de leur différence d'âge (quatorze ans tout de même) et du gouffre qui sépare leurs deux carrières (Caroline a encore une année d'études à l'université de NYU et elle n'a pas encore réalisé de court métrage), mais aussi parce qu'Isaac est en couple. Sa compagne, Sofia Desmione, est un mannequin star (on la voit dans *Vogue*, version américaine et version italienne, et dans des pubs pour les marques Valentino ou Dolce&Gabbana) ; ils vivent ensemble dans le loft d'Isaac à Chelsea, où il héberge aussi son bureau.

Et Sofia... est rarement dans les parages. Quand elle n'est pas en séance photo, elle fait la fête jusqu'à l'aube au Zero Bond. Isaac, lui, a un trouble d'anxiété sociale ; il a d'ailleurs chargé Caroline de passer ses mails en revue pour décliner toutes les invitations. Dès le début, elle s'est demandé comment leur couple pouvait fonctionner. Elle n'a croisé Sofia qu'une seule fois pendant son premier mois de stage ; le mannequin a traversé le loft dans un nuage de Jo Malone et de tequila, vêtue d'une robe qui ressemblait à un énorme sac-poubelle, pour venir déposer un baiser sur le front d'Isaac et lui annoncer qu'elle avait décroché un contrat avec Acne Studios et partait trois semaines à Stockholm. Elle a ajouté :

— Je déjeune avec Mauricio au Cluny, puis je file à l'aéroport. Gemma ne va pas tarder à passer, elle s'occupera de mes valises. Je t'aime.

Et Isaac a répondu, avec son délicieux accent ghanéen :

— Je t'aime aussi, *ma chérie**[1].

Sofia n'a remarqué la présence de Caroline qu'après cet échange.

— C'est ta nouvelle assistante ? Elle est mignonne ! Je suis Sofia.

Elle a tendu une main froide en ajoutant :

— Et s'il te plaît, pas d'histoires.

Caroline a été si sonnée par cette injonction qu'elle s'est trouvée dans l'incapacité de répondre. Fallait-il comprendre ce qu'elle comprenait ? Y avait-il eu des « histoires » avec d'autres assistantes, ou Sofia la jugeait-elle particulièrement menaçante (idée parfaitement risible au passage) ? Le temps que Caroline se ressaisisse assez pour répondre – « Non, bien sûr que non » –, Sofia était déjà partie.

Caroline a été recrutée pour aider Isaac à monter son documentaire *L'Étoile verte** ; il porte sur Amira Delacroix, une cheffe ayant délaissé son restaurant parisien à la fréquentation phénoménale pour ouvrir un bistro à la française dans la ville de Ouarzazate, aux portes du désert marocain. « Aider » consiste en réalité à descendre à la *bodega* du coin de la rue pour remonter à Isaac un sandwich au bacon, aux œufs et au fromage, à ouvrir ses mails et à rester assise sur un tabouret à sa gauche pour qu'il lui apprenne l'art du montage. Dès le début, Caroline l'a trouvé doux, adorable et gentil. Il l'a embauchée parce qu'il avait besoin de quelqu'un pour s'acquitter des tâches triviales du quotidien, mais aussi pour avoir de la compagnie. Et puis il souhaite transmettre son savoir,

1. Tous les termes en italique suivis d'un astérisque sont en français dans le texte.

et Caroline est une éponge. Pourtant un après-midi, peu de temps après le départ de Sofia pour la Suède, Caroline lui a remis les pages du scénario dans le désordre, et il a perdu son calme.

— Un *bébé** de maternelle serait capable de les classer, Caroline !

Elle n'a pas pu se retenir, elle a fondu en larmes et, une fois que les vannes étaient ouvertes, impossible de les refermer. Ce n'était pas tant le coup de sang d'Isaac que tout le reste, et par tout le reste elle entendait une chose : la mort de son père. Elle n'en avait pas parlé à Isaac, parce qu'elle ne voulait surtout pas bénéficier d'un traitement de faveur. Les neuf cent quatre-vingt-dix-neuf autres postulants avaient leurs problèmes eux aussi, et ces problèmes n'avaient pas droit de cité sur le lieu de travail.

— Je suis désolée, s'est-elle excusée. Mon père est décédé d'une mort brutale en décembre, et je suis encore un peu fragile.

Elle n'aurait pas été surprise qu'Isaac la renvoie sur-le-champ, au lieu de quoi il s'est éloigné de son ordinateur et l'a prise par la main pour la conduire au canapé vintage dans la partie salon du loft. Il lui a préparé une tasse de thé jaune et a disposé, sur une assiette, un mélange de noix de cajou, de figues turques et d'abricots secs provenant de la meilleure épicerie fine du coin. Il lui a ensuite expliqué qu'il avait perdu sa mère à 9 ans, et qu'il ne se passait pas un jour sans qu'il ne pense à elle.

Il s'est montré si adorable avec Caroline, sa solitude était si flagrante (son couple avec Sofia était une imposture, a-t-elle décidé à cet instant, ils ne restaient ensemble que pour servir leurs images publiques respectives) qu'elle s'est laissée aller. Elle a balayé d'un revers de main l'instruction de Sofia – « Et s'il te plaît, pas d'histoires » –, et elle a embrassé Isaac. Elle doit bien reconnaître qu'il s'est aussitôt écarté en disant :

— Ce n'est pas ce que tu veux au fond.

Ce qui signifiait : ça ne remplacera pas l'amour de ton père. Ce qui signifiait : j'ai, par rapport à toi, une position d'autorité, qui rend nos rapports inégaux ; nous connaissons tous les deux cette histoire et nous savons qu'elle se finit toujours mal.

Mais Caroline a insisté, articulant contre sa bouche :

— Si, c'est ce que je veux.

Et elle l'a embrassé de plus belle.

***

Caroline reçoit le message de sa mère au moment où elle quitte le loft d'Isaac et entame sa longue marche jusqu'à sa sous-location dans l'Upper East Side (il fait trop chaud pour prendre le métro et elle n'a pas d'argent pour un taxi). Sofia rentre à New York le lendemain, et même si c'est un supplice pour Caroline et Isaac, leur liaison doit cesser.

Elle n'a pas parlé à sa mère depuis des mois. Ce qui, elle est prête à le reconnaître, est entièrement de son fait. Elle a reçu des A en intro à la psychologie et psychologie sociale, si bien qu'elle a toutes les clés pour comprendre qu'elle punit Hollis parce que c'est elle qui, de ses deux parents, a survécu. Le jour de l'enterrement, tout le monde louait sa « force », ce qui a mis Caroline hors d'elle. Pendant des années, Hollis a été une épouse et une mère dévouée, jusqu'à ce que son site Internet rencontre un succès stratosphérique. À compter de ce moment-là, Caroline et son père se sont retrouvés relégués dans un coin. Bon, elle exagère peut-être un peu... Enfin, ce qui est sûr, c'est que ça a considérablement modifié la dynamique familiale. Les réseaux sociaux étaient devenus le nouveau bébé d'Hollis et occupaient ses pensées chaque seconde de chaque journée. Caroline et son père l'avaient d'ailleurs surnommée, pour plaisanter, la « Kardashian de la cuisine », mais maintenant qu'il est mort ce n'est plus drôle. Caroline conçoit pour sa mère un ressentiment qu'elle ne s'explique pas... La triste vérité étant sans doute qu'elle souffre au point que nourrir cette rancune la soulage.

Pourtant Hollis a toujours eu de l'intuition. Et Caroline ne serait pas surprise que sa mère ait senti qu'elle vient de vivre sa première rupture de sa vie amoureuse d'adulte.

Est-ce que tu serais prête à venir passer le week-end à Nantucket ? S'il te plaît, Caroline. J'ai fait quelque chose...

Caroline en veut à sa mère de se manifester maintenant, alors qu'elle est si vulnérable. Elle prend une inspiration – l'air de New York est parfumé aux gaz d'échappement, à la transpiration et aux ordures –, puis elle appelle sa mère.

Hollis décroche à la première sonnerie. Autrement, Caroline aurait sans doute raccroché.

— Ma chérie ?

— Oui, répond Caroline.

Aucune d'elles n'ajoute rien pendant quelques secondes. Caroline cède en premier, par impatience.

— Tu m'as écrit que tu avais fait quelque chose. C'est quoi ?

Elle se prépare au pire.

— Eh bien, j'ai décidé d'organiser ce qu'on appelle un week-end cinq étoiles, et je comptais sur ton aide.

Caroline se focalise exclusivement sur les termes *organiser* et *cinq étoiles. Évidemment,* se dit-elle, *maman organise un événement chic.* Est-ce qu'elle peut décemment raccrocher ? Elle en a envie et en même temps elle est surprise de constater combien la voix de sa mère lui avait manqué.

Hollis explique son projet plus en détail : quatre amies, correspondant chacune à une phase de sa vie, invitées à passer le week-end à Nantucket.

Caroline a l'impression que sa mère lui décrit un défi Internet pour boomers.

— Et quelle aide je pourrais bien t'apporter ?

— J'aimerais que tu sois présente pour nous filmer. La femme à l'origine du concept, Moira, a imprimé un album photos. Et je me suis dit que comme tu étais réalisatrice...

Je suis une simple étudiante en cinéma, songe Caroline, *qui jusqu'à aujourd'hui couchait avec un réalisateur oscarisé.*

— ... tu pourrais immortaliser nos aventures, poursuit Hollis.

Aventures ? Mais quel genre ? Une virée au magasin de broderie ? La commande d'un kombucha à la place d'un latte au Lemon Press ? Caroline imagine un verre de chardonnay posé sur une rambarde avec des dunes derrière et, en fond, *Holding Out for a Hero*, de Bonnie Tyler.

Hors de question, conclut-elle. Elle n'a pas encore eu le temps de décliner la proposition qu'Hollis ajoute :

— Je te paierai 2 500 dollars. Ça te conviendrait ?

Ah, pour lui convenir, ça... Ce serait aussi merveilleux qu'un massage aux pierres chaudes, un cocktail bien frais et une aventure d'un soir avec Jacob Elordi. Caroline a bien besoin de cet argent, même si elle mesure l'hypocrisie qu'il y a à l'accepter alors qu'elle a symboliquement claqué la porte au nez de sa mère il y a quelques mois.

— Bon, c'est d'accord, finit-elle par répondre.

En plus de ne pas être en mesure de cracher sur cet argent, avec le retour imminent de Sofia, Caroline est ravie de quitter New York.

— Tu voudrais que j'arrive quand ?

— Vendredi matin. Pour un retour lundi. Je suis désolée, je sais que ça implique de t'absenter de ton stage...

— Ce ne sera pas un problème.

Le lendemain, Caroline débarque au loft vêtue de noir pour symboliser le deuil de son idylle avec Isaac. Elle devine à l'énergie sereine des lieux que Sofia n'est pas encore rentrée.

— Elle atterrit à 17 heures, l'informe-t-il.

Ils échangent un regard plein de désir, et Caroline se dit : *Une dernière fois ?* Mais Isaac a déjà tranché, il fend l'air avec sa main et annonce :

— On doit se remettre au boulot.

Caroline hoche la tête.

— Je vais poser mon vendredi et mon lundi, lui assène-t-elle.

Elle sait qu'elle peut tout obtenir maintenant.

Il se renfrogne avant de la prendre par le menton pour qu'elle soit obligée de plonger ses yeux dans son regard marron. *Sofia Desmione ne mérite pas ces yeux,* se dit Caroline.

— Tu as besoin de partir ? lui demande-t-il. Et tu comptes aller où ?

— À Nantucket, voir ma mère. Elle organise un week-end pour... ses amies.

Après avoir raccroché hier, Caroline s'est rendu compte qu'elle avait oublié de poser la question la plus importante. Elle a aussitôt envoyé un message à Hollis : Et au fait... tu as invité qui ?

Trois points se sont animés sur le téléphone de Caroline, avant de disparaître, puis de réapparaître et de disparaître une fois de plus.

Enfin, le premier message est arrivé : Tatum.

Ah, tiens..., a pensé Caroline, qui ne les croyait plus amies.

Dru-Ann.

Bien sûr, a pensé Caroline.

Brooke.

Émoticône qui lève les yeux au ciel, a pensé Caroline.

Puis comme sa mère n'ajoutait pas de quatrième nom, elle s'est étonnée. Le dernier message a fini par arriver.

Gigi Ling.

Qui ça ? Caroline n'en avait jamais entendu parler.

?????? a-t-elle écrit.

C'est une de mes abonnées avec qui je discute en ligne.

Caroline a gémi. La communauté de fans d'*En cuisine avec Hollis* vénérait sa mère, or l'un de ses principaux griefs était justement le plaisir que celle-ci semblait y prendre.

Elle trouvait très inquiétant que sa mère ait invité une abonnée à son week-end cinq étoiles.

Par pitié dis-moi que tu l'as déjà rencontrée en vrai, a-t-elle écrit.

Les points de suspension se sont animés, puis ont disparu.

Ce qui signifie non, a conclu Caroline avant de composer mentalement une réponse à sa mère : Je n'en reviens pas que tu invites une femme que tu n'as jamais rencontrée en vrai à ton week-end. C'est sans doute un mec flippant qui vit dans le sous-sol de sa mère et qui va toutes vous assassiner. Sinon un arnaqueur, un prédateur, ou, au mieux, une femme sans amies et en tel manque d'affection qu'elle accepte de participer à un week-end entre filles avec de parfaites inconnues. Sérieusement, maman, tu penses à quoi ?

À présent, elle répond à Isaac :

— Et elle veut que j'immortalise cet événement.

— *Mon Dieu**, lâche-t-il, l'air perplexe.

— Parmi les invitées, il y a même une femme que ma mère n'a jamais rencontrée en personne… Elle l'a connue sur Internet, grâce à son blog culinaire.

Isaac écarquille ses beaux yeux.

— C'est tellement bizarre… Remarque, ça te fait un petit projet amusant. Et tu pourrais en tirer un profit, qui sait ? Ce sera l'occasion de t'entraîner à filmer des paysages.

Un après-midi, alors qu'ils étaient au lit, Caroline lui a décrit Nantucket : les immenses plages de sable doré immaculé, les marais bien verts, le phare de Sankaty Head planté comme un sucre d'orge dans le paysage.

— Est-ce que tu me prêterais une caméra ? La RED ou l'Alexa Mini ? Et un trépied Sachtler ?

Elle lit l'hésitation sur les traits d'Isaac : il ne prête jamais son matériel.

— Bien sûr, *mon petit chou**. Et tu devrais aussi emporter mon drone.

Vraiment ? Waouh ! Il se dit peut-être que Caroline peut tourner de belles images, à moins qu'il ne s'agisse plutôt de condescendance. Sans doute un peu des deux. Ce « petit projet amusant » va lui changer les idées et à son retour à New York, elle aura 2 500 dollars sur son compte en banque.

Le tout premier jour de son stage, Isaac lui a dit que le plus difficile dans la réalisation de documentaires, c'était de trouver un sujet digne d'intérêt. « Cherche le talon d'Achille de ton sujet ; tout le monde a ses points faibles, tout le monde cache quelque chose. »

Tout en emballant le matériel précieux d'Isaac, elle rit sous cape. Quels secrets pourraient bien avoir ces vieilles qui vont manger du homard en pantacourt et se balancer des citations d'un film ringard comme *Seize bougies pour Sam* ?

Parce que c'est ce qu'elles vont faire.

4

PREMIÈRE LUEUR I

Parce que le hameau de Squam est orienté au nord-est, c'est le meilleur endroit de toute l'île pour regarder le soleil se lever. Hollis sort sur la terrasse avec son café, suivie d'Henrietta ; ensemble, elles se délectent du spectacle : la petite mare avec son pont qui l'enjambe, le sentier de sable qui traverse les dunes pour rejoindre la bande bleu foncé de l'océan Atlantique.

Matthew et elle avaient choisi d'appeler leur maison *Première Lueur*.

Qu'est-ce qu'Hollis aime tant ici ? Les vitres des fenestrons étroits qui flanquent la porte d'entrée sont incrustées de véritables morceaux de verre polis par la mer, dans toutes les tonalités possibles de bleu et de vert. La grande pièce à vivre, avec son plafond cathédrale et sa charpente apparente blonde, est d'un blanc tout simple, lumineux, même si elle contient quelques touches plus originales – le canapé demi-lune confortable, en suédine d'un bleu céruléen foncé, accompagné de fauteuils inclinables vert tendre positionnés face aux portes-fenêtres. L'îlot de la cuisine est entouré de tabourets en cuir – Hollis a toute la place de cuisiner tout en discutant avec ses convives –, et au-dessus trône un lustre fabriqué à partir d'anciennes bouteilles de Coca. Une méridienne en soie bleu pâle se trouve devant la cheminée en brique blanche. Caroline la surnomme le « trône maternel », car c'est là qu'Hollis passerait toutes ses journées si elle le pouvait – avec un bon bouquin (même si depuis un moment le mot *livre* doit être remplacé par celui d'*ordinateur*). L'été, elle laisse la porte d'entrée et les portes-fenêtres de la terrasse ouvertes pour que la brise marine puisse traverser la maison ; durant l'automne et l'hiver, il y a toujours un feu dans la cheminée. Sur la console, elle pose, le matin, son café, et un verre de sauvignon blanc bien frais en fin de journée.

Avec Matthew, ils ont transformé la petite maison d'origine en adorable dépendance pour les invités ; ils l'ont décorée avec un mobilier ludique et coloré, typique des années 1960, et l'ont appelée *La Sensation.* (Seuls les plus observateurs de leurs convives ont compris pourquoi.)

À côté de la dépendance se trouve un garage qui peut contenir deux voitures, la Volvo d'Hollis et le « bébé » de Matthew, une Bronco rouge décapotable de 1971, constamment remplie de sable, quelle que soit la fréquence à laquelle Hollis passe l'aspirateur.

Elle décide qu'elle installera Tatum dans la suite *Cinquante nuances de blanc,* en face de sa chambre, et à côté de celle de Caroline. Brooke occupera la *Chambre des surfeurs* et Gigi aura droit à sa pièce préférée de toute la maison : le *Paradis des hibiscus* – ces deux chambres, qui jouissent chacune de leur salle de bains, sont situées à l'autre extrémité de la pièce à vivre. Dru-Ann sera tranquille dans la dépendance.

— Ça va vraiment se faire, ma belle, dit-elle à Henrietta. Tout le monde arrive demain.

La chienne frémit d'enthousiasme, on dirait qu'elle a compris les paroles de sa maîtresse. De toute façon elle sera contente, car elle n'est pas farouche, comme on dit.

— Caroline vient aussi.

Hollis a douté, à un moment, de son idée d'inclure Caroline dans ce projet – elle redoutait un rejet ; elle avait peur en lui proposant de l'argent de chercher à acheter sa visite ; et elle n'est pas entièrement convaincue que ce week-end doive être filmé –, mais maintenant que sa fille a accepté, Hollis se montre optimiste. Elles vont enfin se revoir, et la présence d'autres personnes dissipera la gêne entre elles.

Elle soulève l'écran de son ordinateur pour se connecter à son site, *En cuisine avec Hollis,* et clique sur *Le Tableau.*

À tous mes chers abonnés, ces sept derniers mois ont été harassants…

Elle efface le terme *harassants* pour le remplacer par *pénibles*, puis elle se ravise encore. Les deux adjectifs sont fidèles à la réalité, comme le seraient *solitaires, lugubres* ou, plus simplement, *tristes*, mais elle ne veut pas jouer les rabat-joie, pas plus qu'elle ne veut accorder trop d'importance à son retour en ligne ; elle souhaite juste aller de l'avant.

Elle prend son élan puis écrit : Je tiens à vous remercier, tous, pour vos pensées, vos prières, vos condoléances et les histoires que vous avez eu la gentillesse de partager avec moi. Savoir que vos « lumières » restaient allumées sur mon site m'a aidée à traverser des jours bien sombres. Aujourd'hui je vous écris pour vous annoncer une nouvelle plus joyeuse. J'organise un « week-end cinq étoiles » chez moi, à Nantucket. Laissez-moi vous expliquer le principe…

5

COURSES

Il est 8 h 30 ce jeudi matin, lorsque Tatum McKenzie repère sa plus vieille amie, Hollis Shaw, au stand traiteur du supermarché du centre de l'île. Sa paire de lunettes de soleil, placée sur le sommet de son crâne, retient ses cheveux d'un blond grisonnant en arrière. Elle porte un short de course Lululemon et un tee-shirt de la brasserie Cisco. Elle est en train de vérifier sa liste de courses, ce qui fait sourire Tatum. Hollis a toujours aimé les listes.

Sans hésiter, elle fait demi-tour avec son chariot pour s'éloigner au plus vite ; son cœur frétille dans sa poitrine, comme un poisson qu'on viendrait de sortir de l'eau. *Vite, vite, vite !* Elle se précipite vers la caisse la plus proche de la sortie et pose son eau de Javel ainsi que son rouleau d'essuie-tout sur le tapis roulant. Elle se rend alors compte qu'elle est tombée sur Kathy Culbert, qui était dans la classe juste au-dessus de Tatum et d'Hollis au lycée, et qui a, comme toujours, envie de discuter.

— Comment va le petit gars ? demande-t-elle.

La sœur de Kathy, Melanie, dirige la halte-garderie où le petit-fils de Tatum, Orion, est inscrit.

— Bien, très bien, dit-elle en pestant intérieurement de ne pas avoir pu prendre de poulet rôti chez le traiteur.

Elle veut que Kyle ait de quoi manger pendant qu'elle sera à Squam chez la femme qu'elle est en train d'éviter à cette minute précise.

— Je ne comprends pas pourquoi tu as accepté l'invitation, s'est étonné Kyle, pas plus tard que ce matin. Tu l'évites comme la peste chaque été, et là tu vas passer un week-end entier chez elle ?

Il l'a ensuite embrassée sur le nez tout en lui pinçant les fesses.

— Après toutes ces années, tu restes encore un peu un mystère. C'est sexy.

Ils ont fini par s'envoyer en l'air rapidement, debout devant le miroir, et il a veillé à éviter l'endroit, sur le sein droit de Tatum, où la biopsie avait été pratiquée.

Cette petite incartade l'a mise en retard. Dylan dormait encore – il n'était rentré du travail qu'à 2 ou 3 heures –, et elle a donc dû déposer Orion à la halte-garderie avant d'aller acheter des produits nettoyants. Elle doit encore passer au pressing récupérer les chemises de M. Albright et réussir à arriver chez lui, et sa femme, à 9 heures. Tatum rêve d'une clope. Depuis qu'on lui a découvert une grosseur, elle fume deux fois plus qu'avant, et elle a beau savoir que c'est mal, comment est-elle censée affronter sans cigarettes le stress qui accompagne l'idée qu'elle pourrait avoir un cancer du sein ? Certaines femmes en sont peut-être capables, pas Tatum.

Il est 8 h 45 quand elle quitte le supermarché ; elle sait qu'elle va devoir foncer, et prier pour qu'il n'y ait pas la queue au pressing. Et malgré tout elle ne peut pas s'empêcher de chercher un moyen d'embêter Hollis. Elle balaie le parking du regard pour trouver la Bronco rouge. Tatum vérifie rapidement qu'il n'y a pas de témoin, puis elle s'approche. La vitre est baissée côté conducteur, et les clés sont posées sur le tableau de bord, ainsi que Tatum l'escomptait. Hollis les laisse toujours bien en vue, comme une vraie habitante de Nantucket, alors qu'elle n'est plus qu'une vacancière ici. Tatum attrape les clés et les cache sous le siège.

Cinq personnes font la queue au pressing, et Amy, la patronne, est introuvable. Tatum regarde son téléphone et voit qu'il est 8 h 51. Son employeuse, Irina, ne plaisante pas avec les horaires. Elle a renvoyé une fille il y a deux semaines parce qu'elle était venue travailler avec la gueule de bois. Tatum lui écrit un message : Je suis au pressing, il y a la queue, préférez-vous que j'attende pour les chemises ou que j'arrive ?

Irina répond du tac au tac : Attendez les chemises.

Puis, un second message : Le pressing ouvre à 8 h 30, vous auriez dû arriver plus tôt.

Tatum a les deux pouces suspendus au-dessus de l'écran de son téléphone. Elle voudrait écrire : Je démissionne. Mais elle tape : Désolée ! Irina est si jeune qu'elle pourrait être la fille de Tatum ; elle n'a qu'un an de plus que Dylan. Elle est arrivée de Lituanie en 2015. Après avoir été elle-même femme de ménage, elle possède désormais une entreprise de nettoyage et de conciergerie, la meilleure de l'île, qui s'appelle tout simplement Irina Services. Elle ne se contente pas de proposer des prestations de nettoyage ; ses employés peuvent aussi se charger de commissions, comme aller chercher des vêtements au pressing, apporter des colis chez UPS, faire les courses (ses clients ne se fournissent évidemment pas au supermarché, pour eux il faut aller s'approvisionner à la coopérative de la ferme Bartlett ou au marché de Nantucket), remplir la maison de bouquets provenant de Flowers on Chestnut, et même emmener le chien se faire toiletter. Irina a su répondre à un besoin ; elle a trente-sept clients et une équipe de seize employés, dont Tatum est 1) la plus âgée et de loin – elle a vingt ans de plus que les autres –, 2) la seule originaire de l'île. Irina lui confie les tâches les moins pénibles, comme passer au pressing et faire les courses. Tatum sait que les employées les plus jeunes auront déjà les avant-bras plongés dans les cuvettes des WC quand elle arrivera chez les Albright. C'est l'une des raisons pour lesquelles elle n'a pas démissionné ; l'autre étant le salaire. Après partage des pourboires avec ses collègues, elle gagne dans les 50 dollars de l'heure. C'est beaucoup d'argent pour un job en journée, même si ce n'est rien à côté de ce qu'elle se faisait en étant serveuse. Elle a travaillé au Lobster Trap pendant plus de vingt ans, mais elle a dû démissionner à la naissance d'Orion. Elle avait raté trop de bains, d'histoires du soir et de couchers quand Dylan était petit – elle ne voulait pas commettre la même erreur avec son petit-fils.

Amy réapparaît soudain derrière le comptoir et la queue avance plus vite. 8 h 54. Les cintres cliquettent sur le portant lorsqu'Amy le fait tourner ; elle passe la carte bancaire d'une cliente qui doit récupérer soixante pièces, des robes de soirée colorées apparemment, sans doute de chez Lilly Pulitzer pour la plupart. En temps normal, Tatum aurait envie de lever les yeux au ciel – quand les gens se rendront-ils enfin compte que porter des vêtements de cette marque lors de mondanités à Nantucket les transforme en clichés ambulants ? –, mais aujourd'hui son esprit est accaparé par le week-end qui l'attend. Hollis a envoyé des instructions (et a précisé qu'elle se chargerait de régler tous les frais, Dieu merci !) ; elle a mentionné deux repas habillés – le dîner du samedi soir au Nautilus et le déjeuner du dimanche au Galley –, pour lesquels elle a fait des « suggestions » de couleurs pour les tenues. Pour le samedi soir, du noir ou du blanc. Pour le dimanche, de l'orange ou du fuchsia. Tatum se serait volontiers rebellée contre cette « incitation », mais elle possède des tenues noires et blanches, ainsi qu'une ravissante robe droite de chez Lilly Pulitzer, achetée en soldes à l'époque où Dylan était bébé, il y a plus de vingt ans et qui lui va toujours. Elle serait parfaite pour le déjeuner, non ?

Va-t-elle se transformer en cliché ambulant, elle aussi ?

Lorsque Kyle lui a demandé pourquoi elle tenait à participer à ce week-end, elle lui a répondu :

— Je me sens un peu obligée d'y aller. Elle a perdu son mari, Ky. Tu imagines ?

Il s'est assombri. Depuis la découverte de la grosseur dans son sein, la mammographie et la biopsie qui ont suivi, ils pouvaient parfaitement l'imaginer tous les deux.

Tatum a aussi une raison plus superficielle de vouloir se rendre chez Hollis : son envie de vivre comme une vacancière pendant quelques jours. Elle adore l'été. Elle adore les roses et les hortensias, elle s'offre souvent une glace à la fin de sa journée de travail, avant d'aller se baigner sur la plage publique à côté du Cliffside ; le week-end, elle passe ses après-midi avec Kyle dans leur endroit secret au bord de l'eau, et une fois par semaine ils engagent une baby-sitter pour Orion et s'offrent un bon dîner (le plus souvent chez Cru, où Dylan travaille et peut leur avoir une remise de trente pour cent sur l'addition). Mais Tatum est parfaitement consciente de ne pas avoir accès à tout un pan de la vie mondaine de Nantucket, pleine de paillettes : soirées de charité au ticket d'entrée exorbitant, cocktails dans des jardins privés, dîners sur des yachts –, et même si elle a un peu honte de l'admettre, oui, elle a envie de goûter à ces expériences.

Elle patiente toujours dans la queue du pressing quand elle sent une petite tape sur son épaule et entend quelqu'un lui lancer :

— Salut, sœurette.

Tatum se retourne. Hollis.

Elle n'en revient pas. Que fait Hollis ici ? Est-ce qu'elle l'a suivie ? Sait-elle que c'est elle qui a caché ses clés ? Tatum imagine Hollis fouillant frénétiquement la Bronco et doit se retenir de sourire. C'est le « sœurette » qui l'arrête. Hollis a utilisé ce vieux terme affectueux comme si le temps n'avait pas passé, comme si elles venaient de se croiser dans un couloir du lycée, l'une sortant d'un cours de littérature, l'autre d'EPS.

Et c'est injuste. Toutes les fois où elles se sont croisées ces quinze dernières années – depuis qu'Hollis a fait les travaux pour construire une gigantesque maison à Squam –, elles ont été mal à l'aise. Hollis en a fait des tonnes, prenant une voix stridente et chantante qui sonnait faux – « Tatum McKenzie, tu n'as pas pris une ride, comment va la vie, comment va Kyle, comment va Dylan, montre-moi des photos ! » –, et Tatum, elle, l'a ignorée, répondant par monosyllabes et coupant court à leurs échanges le plus vite possible. Parce que c'était nul de ne faire que croiser cette personne dont elle était aussi proche que d'une sœur, non, plus proche même ! (Toutes leurs copines de l'époque détestaient les leurs.) « Meilleures amies » est loin d'être assez fort pour décrire leur relation. Elles étaient tout l'une pour l'autre. En dépit de tous ses chagrins d'adolescence, Tatum ne s'est jamais sentie seule. Elle a toujours, *toujours* eu Hollis.

Et puis, un jour, elle l'a perdue.

Tatum se sent incapable de répondre à Hollis « salut, sœurette », alors elle lui dit :

— Je suis navrée pour Matthew.

Elle range son téléphone dans la poche arrière de son jean et serre Hollis contre elle, avec ses deux bras. Elle a lu la nécrologie dans le *Nantucket Standard*, mais Kyle et elle ont choisi de ne pas se rendre aux obsèques à Wellesley. Aujourd'hui, évidemment, Tatum se le reproche. Elle comptait envoyer une carte, seulement elle n'est pas aussi douée pour manier les mots qu'Hollis, et elle s'est donc convaincue que ses paroles finiraient noyées dans le déferlement d'amour insensé en provenance des internautes qui la vénéraient.

Avec le recul, elle prend la mesure de son erreur de jugement. Si Kyle mourait – à cette pensée elle frissonne, tant elle aime son homme – et si Hollis ne faisait pas le moindre signe dans sa direction, Tatum ne le lui pardonnerait jamais.

— Et je suis désolée de ne pas t'avoir ni écrit ni téléphoné, de ne pas être venue aux obsèques. J'ai été en dessous de tout.

— Mais tu seras là ce week-end.

Tatum s'essuie les yeux. Elle peut fuir Hollis autant qu'elle veut, il n'en demeure pas moins que c'est la première personne qu'elle a aimée après ses parents.

— Je serai là.

Son tour est arrivé et elle tend à Amy le ticket ; celle-ci lui remet, quelques instants plus tard, toute une collection de chemises pastel appartenant à M. Albright.

— Elles sont à Kyle ? s'étonne Hollis. Je ne l'aurais jamais imaginé porter du rose... ou du pêche.

Tatum regarde l'heure sur son téléphone : 8 h 58.

— Elles sont à un client.

— Un client ?

— Je me charge du ménage et des courses pour...

Elle n'a pas le temps d'entrer dans les détails.

— Je dois filer, mais on se voit demain.

— Elles arrivent toutes vers 16 heures.

C'est parfait, se dit Tatum. Elle finit le travail à 15 heures, elle aura le temps d'aller chercher Orion à la garderie et de rentrer préparer son sac. À moins qu'elle ne s'en charge dès ce soir pour pouvoir se faire faire un brushing chez le coiffeur demain après-midi.

— À demain ! lui lance-t-elle en agitant la main.

Il lui reste une soixantaine de secondes pour arriver chez les Albright.

Elle ouvre la portière arrière de sa vieille Honda, époussette les miettes de crackers au fromage sur le rehausseur d'Orion pour y déposer délicatement les chemises de M. Albright. Elle doit absolument y aller, mais elle ne peut pas se retenir de rebrousser chemin.

— Holly ? Tu as invité qui d'autre ?

Hollis sourit.

— Je ne te l'ai pas dit ?

— Non.

Elle n'a pas posé la question avant parce que ça ne l'intéressait pas vraiment. Les amies d'Hollis sont interchangeables, toutes riches, elles surveillent leur poids, échangent des avis sur telle ou telle opération esthétique, font tout pour que leurs enfants intègrent l'une des meilleures universités du pays.

Hollis replie la liste qu'elle tient encore à la main et marque les plis avec ses ongles.

— Je me suis inspirée d'une femme qui a inventé le concept du « week-end cinq étoiles ». L'idée étant d'inviter une amie correspondant à chaque phase de ma vie.

Chaque phase de sa vie ? songe Tatum. *Mais qu'est-ce que ça veut dire ?*

— Il y aura mon amie Brooke de Wellesley, Dru-Ann et une femme que j'ai rencontrée par l'intermédiaire de mon site Internet. Je ne l'ai encore jamais vue… en vrai, mais elle a l'air très chouette.

Tatum hoche la tête avec sécheresse. Elle sait bien qu'elle devrait s'attarder sur cette dernière convive, cette femme qu'Hollis invite chez elle alors qu'elle ne l'a pas encore rencontrée (qui fait ça ?), toutefois elle fait un blocage sur le deuxième prénom.

Dru-Ann. Beurk !

Elle ouvre la bouche pour lâcher : « Dire qu'après ton mariage j'espérais ne plus jamais la revoir », sauf qu'à ce moment-là le tour d'Hollis arrive et elle demande à Amy des chemises au nom de Matthew Shaw.

Ces mots douchent autant l'indignation de Tatum que si elle venait de recevoir un seau d'eau glaciale sur la tête. Si Hollis est suffisamment courageuse pour venir chercher les vêtements de son défunt mari, alors Tatum peut bien supporter Dru-Ann Jones pendant un week-end.

Au moment où elle monte en voiture, son téléphone sonne. L'écran affiche : *Hôpital.*

Elle tergiverse une seconde : répondre ou non ? *Oui !* se dit-elle. Puis aussitôt : *Non, non...* Elle n'est pas prête, et elle n'a pas le temps. Elle refuse l'appel.

À la sortie de sa biopsie, la veille, le médecin lui a annoncé qu'ils recevraient les résultats en « début de semaine prochaine », et Tatum en a aussitôt déduit qu'elle aurait des nouvelles le lundi ou le mardi. Or on est jeudi. Pourquoi l'appellent-ils aussi tôt ? A-t-elle bien un cancer ? Ou non ? Un signal sonore l'informe qu'elle a un nouveau message téléphonique. Mais c'est comme si son portable était devenu radioactif, elle a peur de le toucher. Elle s'allume une cigarette et gorge ses poumons de tabac. Si elle pouvait, elle appellerait Kyle, malheureusement il est sur un gros chantier – l'installation de la climatisation dans une nouvelle maison à Siasconset – et il ne capte pas là-bas.

Lorsqu'elle se gare devant la maison des Albright à 9 h 02, Irina l'attend sur le perron. Elle mesure plus de 1,80 mètre et ses cheveux décolorés sont coiffés en queue-de-cheval. Sa posture très droite – épaules en arrière, poitrine en avant – évoque celle d'une athlète se préparant à lancer un javelot. Irina aime se montrer en ville avec une amie qui a la même prestance qu'elle, Veda, aussi brune qu'elle est blonde. Elles sont toujours ultra-maquillées et ultra-parfumées ; l'objectif de leur mission est transparent : alpaguer des hommes riches.

Tatum éteint sa cigarette, récupère les sacs du supermarché ainsi que les chemises de M. Albright, qui ont fini par terre parce qu'elle a conduit comme une folle furieuse. Elle se contrefout de ces chemises, pour être honnête. Il faut dire qu'elle a une sacrée dent contre M. Albright.

Est-ce que j'ai un cancer ?

L'année de la terminale de Tatum, on a découvert à sa mère, Laura Leigh – l'une des femmes les plus belles et les plus classes à avoir jamais arpenté cette terre, à son humble avis – un cancer du sein agressif et métastatique. À l'époque, les médecins ne renseignaient pas les patients sur le stade de la maladie, mais Tatum a depuis compris que sa mère en était sans doute au stade 4. Elle a dû subir une chimio violente qui la forçait à passer vingt-trois heures par jour assise à côté de la cuvette des toilettes. Tatum se souvient parfaitement des gémissements, de la perte de poids drastique, des magnifiques cheveux cannelle que sa mère perdait par poignées jusqu'à devenir aussi chauve qu'une bille de billard. Elle est morte neuf semaines après le diagnostic. La sentence du corps médical – « il vous reste six mois à vivre » – s'est révélée être une utopie.

Les gènes BRCA n'ont plus aucun secret pour Tatum, même si elle n'a jamais fait de dépistage parce que Kyle et elle doivent payer leur mutuelle et qu'elle a toujours eu une santé de fer. Aujourd'hui, bien sûr, elle a l'impression que la chance a tourné et que la grande faucheuse rôde derrière sa porte. Elle imagine ses cheveux bruns tourbillonnant dans la bonde de la douche, elle imagine des infirmières lui plantant des aiguilles dans le bras et le fameux « diable rouge », ce produit utilisé pour certaines chimiothérapies, coulant dans ses veines. Elle se voit déjà transpirant, vomissant, grelottant, ou allongée sur une table d'opération comme un rôti sur un plat, remettant son existence entre les mains d'un chirurgien, simple mortel lui aussi. Elle se voit déjà privée de toute sensation dans sa poitrine, elle se voit avec des aréoles tatouées, elle se voit incapable de soulever un gros bidon de lait. Elle sait qu'il est tout à fait possible qu'elle doive quitter son emploi et que Kyle soit contraint de demander des congés, parce que qui s'occuperait d'elle autrement ? Et comment pourront-ils payer tous les trajets aller-retour avec l'hôpital de Boston ? Depuis trente ans, ils aiment se raconter, pour plaisanter, qu'un jour ils gagneront 10 millions de dollars – ils jouent au loto toutes les semaines –, mais même sans aucune aubaine, ils ont presque fini de rembourser leur maison. Tatum comptait travailler encore deux années, puis ils auraient pris de vraies vacances, Kyle et elle. À présent elle se dit qu'elle ne sera peut-être plus là pour voir Orion grandir ou Dylan se marier. Elle a fait un horrible cauchemar : elle était morte, Irina se rendait dans leur maison pour vider ses affaires… et elle finissait au lit avec Kyle.

— N'importe quoi ! s'est-il écrié quand elle le lui a raconté. Je ne coucherai jamais avec Irina. Je ne coucherai jamais avec personne d'autre, mon bébé. Ma vie a commencé avec toi et elle se finira avec toi. Pourquoi on parle de ça, d'ailleurs ? Ça va aller, il faut y croire.

Malgré tout, Tatum est hantée par ce cauchemar, et c'est la faute de M. Albright. Lorsqu'il a requis les services d'Irina deux étés auparavant, sa première épouse était en train de mourir d'un lymphome ; Tatum et les autres employées devaient composer avec la présence d'infirmières du centre de soins palliatifs. De son côté, M. Albright avait déjà entamé une liaison avec la femme qui deviendrait sa seconde épouse. Il a toujours prétendu qu'il avait reçu la bénédiction de la première Mme Albright. Qu'elle voulait son bonheur.

Tatum en a été très secouée. M. Albright n'avait pas osé amener sa maîtresse à la maison, mais ils passaient la nuit ensemble dans une suite du Wauwinet, au vu et au su de tout le monde. N'aurait-il pas pu attendre que sa pauvre épouse soit partie pour sauter quelqu'un d'autre ?

Tatum chasse les miettes accrochées aux housses en plastique des chemises. Elle est en retard, elle n'a pas eu le temps de terminer sa cigarette et Irina respire l'impatience. Si elle lui crie dessus, Tatum a peur de fondre en larmes.

Le point positif du week-end entre filles organisé par Hollis, c'est qu'il offre à Tatum une occasion de se changer les idées. Elle va réfléchir au moyen de se venger de Dru-Ann. Rien que pour ça, cette échappée en vaudra la peine.

6

LA ROLLS

Le jeudi matin, Dru-Ann Jones zigzague entre les files de voitures sur Lake Shore Drive et, comme toujours, les autres automobilistes déboîtent dès qu'ils aperçoivent sa Rolls-Royce – ils semblent craindre de se faire écraser. Dru-Ann adore cette voiture – elle a hésité avec une Ferrari, pour en mettre plein la vue, mais la Rolls est plus classe, il n'y a pas photo.

Son téléphone sonne et une voix onctueuse à l'accent britannique annonce : « Appel de Marla Fitzsimmon. »

Quoi ??? Marla, qui co-anime *Joue-la comme une fille* avec Dru-Ann, est une vraie milléniale, et elle ne décrocherait son téléphone pour rien au monde – sauf peut-être appeler les secours.

— Décroche, dit-elle, avant d'ajouter, méfiante : Salut, ma belle... Qu'est-ce qui se passe ?

— Tu as eu Zeke ?

Zeke est leur producteur. (Et oui, ça chiffonne Dru-Ann que le producteur de leur émission dédiée à la promotion du sport féminin soit un homme.)

Elle n'a pas eu Zeke, non. Dru-Ann a tenté de le joindre à plusieurs reprises pour pouvoir lui expliquer ce qui s'est passé avec Posey, mais elle est systématiquement tombée sur le répondeur. Doit-elle s'inquiéter que Marla ait apparemment parlé à Zeke, elle ? Marla joue le rôle de l'ingénue dans l'émission, de la jeunesse talentueuse. C'est une ancienne cliente de Dru-Ann. Elle était promise à une grande carrière dans l'équipe de basket de Chicago Sky jusqu'à ce qu'elle se déchire le ligament croisé antérieur au ski. Cette blessure a mis un terme à la carrière de Marla, mais Dru-Ann ne l'a pas abandonnée pour autant. Zeke et les cadres dirigeants d'ESPN l'avaient approchée pour une émission, et elle a accepté la proposition à la condition que Marla la co-présente avec elle.

— Pourquoi ? demande-t-elle maintenant. Il est fâché pour l'histoire avec Posey ? Je tiens quand même à signaler que ce n'est pas ma faute.

Dru-Ann entend Marla tirer sur sa vapoteuse.

— Je ne suis que la messagère, hein.

— Il ne va pas arrêter l'émission ?

— Non, mais il veut te remplacer jusqu'à ce que les choses se calment. Il a fait appel à Gaby la Grincheuse.

— Tu te fous de moi, là ?

Elle met du temps à remarquer que les voitures devant elle se sont arrêtées, et elle doit piler, faisant ainsi déborder son café sur l'accoudoir central.

— Dis-moi qu'il n'a pas fait ça, reprend-elle.

— Si, c'est ce qu'il a fait.

— Mais ce n'est pas si grave que ça !

— Bien sûr que si, Dru, rétorque Marla. J'en déduis que tu n'as pas encore ouvert Twitter ?

Après s'être garée à sa place dans le parking de l'immeuble où se trouve l'agence – a-t-elle rêvé ou le gardien l'a dévisagée ? –, elle ouvre l'application Twitter sur son téléphone et saisit son nom dans la barre de recherche.

#DruAnnJones
tendances
#cancelDruAnnJones
13,5k publications depuis une heure
#défensesantémentale
11,2k publications depuis une heure
#soutienàPosey
4,6k publications depuis une heure.

Dru-Ann a soudain l'impression que son derrière est en train de fusionner avec le cuir beige clair de son siège. Elle est incapable de bouger, et pourtant ses mains semblent se dissocier du reste de son corps car elles se mettent à trembler. Elle approche un doigt frémissant de l'écran. Doit-elle lire ce que les gens écrivent ? Elle a déjà eu des clients dans cette situation, et elle pense évidemment à Tania Oaks, une cavalière filmée dans un avion au retour des Jeux olympiques, avec sa médaille d'or autour du cou, traitant l'hôtesse de l'air de « grosse pute ». La vidéo est devenue virale, et Dru-Ann a aidé Tania à gérer l'emballement médiatique consécutif en lui confisquant son téléphone pour éviter qu'elle n'aggrave la situation.

Suis tes propres conseils, s'enjoint-elle. *Ne regarde pas.*

Mais c'est différent. C'est moi, et je n'ai rien fait de mal. Les gens qui prennent le parti de Posey, #soutienàPosey, ne savent pas tout. Si c'était le cas, ils écriraient #soutienàDruAnn !

Elle aimerait tellement pouvoir expliquer ce qui s'est réellement passé.

Mercredi soir. Dru-Ann, sa cliente Posey Wofford et son père, Nick Wofford – avec lequel Dru-Ann sortait et qui était peut-être bien l'amour de sa vie, celui qu'elle attendait depuis longtemps – se trouvaient dans un restaurant pas très loin du country club de Midland, dans le Michigan. Ils étaient réunis pour célébrer Posey, qui faisait partie des finalistes d'un grand tournoi de golf et qui avait quatre coups d'avance sur ses adversaires.

Ils ont commandé à boire – une tequila bien glacée pour Dru-Ann, un martini pour Nick et une San Pellegrino avec un trait de jus de cranberry pour Posey. Dru-Ann a parcouru la carte du restaurant – les commentaires sur le site Yelp étaient corrects. Quand on leur a apporté leurs boissons, ils ont levé leurs verres.

— Je ne pourrai pas rester pour le dîner, a annoncé Posey. J'ai commandé une voiture, elle passera me chercher dans vingt minutes et me ramènera à Detroit. J'ai un vol pour Édimbourg tout à l'heure.

Nick a éclaté de rire. Dru-Ann a été tentée de l'imiter, mais elle a eu l'impression que Posey pourrait bien être sérieuse. Elle a avalé une petite gorgée de tequila et patienté.

— Phineas vient d'apprendre qu'il a été sélectionné pour l'Open. Et comme vous le savez, cette année, ils jouent sur le Old Course à Saint Andrews. Il a rêvé qu'il gagnait. Je dois être là.

Dru-Ann s'est tournée vers Nick, qui restait sans voix. Sauf qu'il ne dirait jamais non à sa fille. Il en était incapable. Cette mission incombait toujours à Dru-Ann. C'était d'ailleurs la raison de son salaire : elle protégeait ses clientes contre elles-mêmes.

— Non, a-t-elle dit.

— Si, a rétorqué Posey en rejetant sa queue-de-cheval par-dessus son épaule d'un geste de défi. C'est le British Open. Et il se joue à Saint Andrews.

Dru-Ann a avalé une deuxième gorgée de tequila le temps de réfléchir à la suite. Elle ne pouvait pas minimiser le prestige du British Open, le démystifier. Ce tournoi, qui avait lieu sur le célèbre parcours du « R and A », le club de golf de Saint Andrews, était le préféré de Dru-Ann, même si elle le gardait pour elle. (Comment aurait-elle pu, en tant que femme noire, assumer cette préférence pour ce club régi par des règles dépassées ? Les femmes n'avaient été autorisées à s'y inscrire qu'en septembre 2014, et elles n'avaient toujours pas le droit de se changer dans le bâtiment principal du country club.) Phineas était actuellement le 127e joueur mondial. Dru-Ann avait du mal à croire qu'il ait réussi à décrocher une place dans ce tournoi ; c'était une grande nouvelle.

Elle ne pouvait pas non plus mettre en doute la solidité de la relation de Posey avec Phineas. Ils étaient ensemble depuis leur première semaine à l'académie de golf IMG. Ils avaient résisté aux défis d'une relation à distance et aux pressions de la vie de sportif de haut niveau – les qualifications, les classements, les déplacements constants. Un jour, Dru-Ann en avait la certitude, ils se marieraient, et Posey enfanterait la prochaine génération de sportifs, qu'elle se chargerait de représenter.

La meilleure stratégie consistait donc à se concentrer sur sa cliente.

— Tu as quatre coups d'avance, lui a-t-elle dit. Tu es la reine du green. Bella est dépassée ; elle ne pourra pas te rattraper, et c'est ta seule compétitrice sérieuse. Tu vas remporter ce tournoi, Posey.

La golfeuse a souri à son agent.

— Je m'en fiche.

— Tu te fiches de remporter un tournoi de la LPGA[1] ? Ce n'est pas ton rêve depuis que tu joues les qualifs ?

Posey a haussé les épaules.

— On parle d'un petit tournoi du Michigan, ce n'est pas... pareil.

Nick a fixé la surface de son martini comme s'il se préparait à faire un plongeon dedans. Dru-Ann lui a donné un coup de pied sous la table, mais il a fait semblant de ne pas le sentir. Pouvait-elle aimer un homme dont le point faible avait exactement la taille et la forme de son dernier enfant ?

— Et comment tu comptes l'expliquer à tes sponsors ? a insisté Dru-Ann. Ping ? Lululemon golf ? Ils ont investi sur toi.

— Je leur dirai que ma santé mentale est en jeu.

— Ta santé mentale ?

Dru-Ann avait conscience de parler assez fort pour attirer l'attention des tables voisines, mais elle s'en moquait.

— Tu te moques de moi, là ? Ce n'est pas une excuse qu'on balance à la légère, enfin ! Ça ne fait que déprécier les souffrances des athlètes avec de véritables problèmes de santé mentale, comme Simone Biles, Naomi Osaka et toutes les autres dont on n'a jamais entendu parler.

— Ce que j'essaie d'expliquer, c'est que je serai incapable de me concentrer demain. Si vous insistez, papa et toi, pour

1. Ladies Professional Golf Association, la « ligue professionnelle de golf féminin ».

que je reste jouer la finale, je penserai constamment à Phineas. Je regretterai de ne pas être partie. De ne pas être avec lui.

— Oui, bien sûr, a-t-elle dit en s'efforçant de contenir ses émotions.

Il faut que je saisisse cette occasion de lui enseigner une leçon de vie.

— Mais être distraite parce qu'on regrette de ne pas être ailleurs, ça ne relève pas de la santé mentale. Les gens sans problèmes de cet ordre-là ressentent constamment ces tiraillements, Posey. Comme quand j'apprends que Drake donne un concert le soir où j'ai un dîner impératif avec un client.

Elle a cherché sur les traits de Posey le signe que le message était passé. Est-ce que Dru-Ann avait choisi le bon exemple ?

— Tu peux tout à fait jouer ton dix-huit trous demain, puis partir.

Posey a regardé son téléphone et elle s'est levée.

— Mon chauffeur sera là dans douze minutes. Je vais à l'hôtel chercher ma valise.

Elle s'est tournée vers Nick.

— Tu pourras rapporter mes clubs à Chicago ?

— Posey, a-t-il dit d'un ton mi-sermonneur, mi-déçu.

Mais aucun autre mot n'a suivi. Lorsque Posey s'est baissée pour déposer un baiser sur le front de son père, il a fermé les yeux en signe de défaite.

— Souhaite bonne chance à Phineas de notre part.

Dru-Ann n'en est pas revenue. Nick n'avait vraiment aucun cran.

Posey a quitté le restaurant sans ne serait-ce que jeter un regard dans la direction de Dru-Ann. *Espèce de lâche,* a-t-elle pensé, ce qui l'a poussée à crier :

— Lâcheuse !

C'était sans doute à cause de ce coup d'éclat qu'un sale petit fouineur assis à une table voisine a dégainé son téléphone pour filmer la suite. Il a immortalisé la colère explosive de Dru-Ann qui passait ses nerfs sur Nick.

— Je n'en reviens pas que tu ne lui aies rien dit. Elle part, Nick. Elle prend un vol pour l'Écosse. Elle va dire à tout le monde que c'est un « problème de santé mentale », a-t-elle ajouté en mimant les guillemets, au lieu de prendre un peu sur elle et d'aller au bout du tournoi !

***

À présent elle se voit hurlant ces mots sur le court extrait repris par au moins trois comptes différents, dont celui d'un type avec une tripotée d'abonnés et dont le seul métier semble être de poster des tweets.

Dru-Ann se déconnecte et s'engouffre en trombe dans l'ascenseur, pour monter rejoindre ses associés, tous d'accord pour dire qu'ils n'en peuvent plus de gérer les caprices de leurs clients ; ils doivent l'attendre pour la réconforter.

Et pourtant, les bureaux de l'agence J. B. Channing sont étonnamment calmes. Normalement, à cette heure, tout le monde est agglutiné devant l'écran 105 pouces de la salle commune pour regarder l'émission quotidienne dédiée au sport, *SportsCenter.* Mais aujourd'hui le téléviseur est éteint. Dru-Ann a du mal à en croire ses yeux. L'a-t-elle déjà vu éteint ? Il y a toujours un événement sportif quelque part dans le monde – du cricket, du foot, du rugby, du polo, du football australien – et une forte chance qu'un client de l'agence J. B. Channing y prenne part. C'est si inhabituel de voir un écran noir qu'elle soupçonne une panne de courant... pourtant toutes les lumières sont allumées.

Elle se dirige alors vers son bureau d'angle avec l'impression d'aller à la catastrophe. Les portes des autres bureaux sont fermées. Ça n'est jamais le cas. Les collègues masculins de Dru-Ann adorent se la péter et avoir leurs conversations « très importantes » en public – que Roger Federer ou Davante Adams soient au bout du fil, quand ce n'est pas quelqu'un d'Emirates Airlines qui souhaite que Dwyane Wade soit le visage de leur nouvelle campagne de publicité.

L'assistant de Dru-Ann, Jayquan, lui a préparé son expresso du matin, comme toujours, l'apocalypse n'a donc pas encore eu lieu. Dru-Ann le remercie en prenant la tasse, et il grimace.

— J. B. est dans ton bureau.

Rectificatif : l'apocalypse a eu lieu.

J. B. Channing est une légende du monde du sport. Il a fondé cette agence, il est arrivé cinq fois en tête du classement annuel des grandes figures du monde des affaires de Chicago, et il n'y a pas une année où il n'apparaît pas sur la liste des cent personnalités les plus influentes d'*Ebony*. L'an passé, il figurait même dans l'article de *People* consacré aux « célébrités les plus séduisantes » ; il sort avec des actrices et, pendant quelques mois, il a couché avec la plus grande star internationale de la pop. Il est ami avec des vedettes. (Sur le mur derrière son bureau, on peut le voir en photo avec Jimmy Kimmel, Jason Bateman et Chris Rock – ils étaient sortis tous ensemble prendre un verre à la Green Door Tavern.) J. B. n'est pas seulement le patron de Dru-Ann, il est son premier soutien. Comme elle, il a fait ses études supérieures dans l'université de Caroline du Nord puis à la Kellogg School of Management. Il l'a engagée à cause de leur parcours commun, et parce qu'il n'a jamais rencontré personne avec un tel flair pour le talent. Dru-Ann n'a pas sa pareille pour représenter les autres femmes de couleur, elle sait se montrer intraitable et elle dit ce qu'elle pense. Pour elle, seules deux choses sont plus importantes que le talent naturel pour un athlète : le travail et la discipline.

J. B. a toujours été très clair sur le fait que c'était ce qu'il adorait chez elle.

Mais pas aujourd'hui.

Il ne se donne même pas la peine de mettre des formes.

— La vidéo est partout et, malheureusement pour nous, c'est très calme dans le monde du sport aujourd'hui.

Il soupire avant de passer sa main sur son crâne rasé.

— Il n'y a pas beaucoup de tabous dans notre milieu, Dru-Ann. Sauf la santé mentale. On ne peut pas déconner avec.

— Oui, je sais, sauf que…

— Il n'y a pas d'exception qui vaille. Tu as participé à la formation.

Oui, Dru-Ann a participé à la formation sur l'importance de la santé mentale dans le Wisconsin, que J. B. avait organisée après le suicide d'un joueur de football américain – un jeune recruté par les 49ers de San Francisco.

— J'ai justement défendu la santé mentale. Posey l'a utilisée parce que ça l'arrangeait dans sa situation.

— Tu as perdu quatre clientes rien que ce matin. Tamika, Winnie, Nyla et Linzy. Et ce ne seront pas les dernières. Je te mets en congé jusqu'à ce que ça retombe. Jim et son équipe sont en train de bosser sur ton communiqué de presse. On veut publier tes excuses le plus vite possible.

— Je n'ai aucune intention de présenter des excuses. Je n'ai commis aucun impair. Posey Wofford est en parfaite santé mentale. C'est un pur prétexte, parce que ça l'arrange.

— Tu vas présenter tes excuses ou je serai contraint de prendre les mesures qui s'imposent.

— C'est-à-dire ? Me renvoyer ?

— Enfin, Dru-Ann, je ne vais pas te renvoyer.

— Alors prends ma défense, s'il te plaît.

Elle se tourne vers la fenêtre pour observer les buildings de Chicago, puis pivote sur ses stilettos. Il veut qu'elle se mette en congé, il va être servi.

— On te tient au courant pour le communiqué de presse ! lui crie-t-il.

Dru-Ann descend retrouver le cocon rassurant de sa Rolls et sort du parking en mettant les gaz – c'est la faute de ce gardien et de son regard ! Comme une automate, elle s'engage sur Lake Shore Drive et prend la direction du nord, ce qui lui paraît si contre nature, un véritable retour en arrière. Elle possède une magnifique maison de ville dans le quartier de Lincoln Park, mais elle n'a pas envie d'y passer la journée.

Son téléphone sonne et la voix de l'ordinateur de bord, avec son accent britannique si classe, annonce : « Nicholas

Wofford ». On a l'impression qu'il vient de sonner à sa porte, en smoking, les bras chargés d'arums.

Dru-Ann prend l'appel même si elle n'a pas vraiment envie de parler à Nick – tout ça est arrivé à cause de sa gestion catastrophique de la situation (et, disons-le franchement, de sa piètre éducation) –, cependant la triste vérité est qu'elle est tombée amoureuse de lui. Et qu'elle n'a pas beaucoup d'amis.

— Salut, dit-elle. Tu es au bureau ? Tu as le temps pour un café ?

Ses questions sont accueillies par un silence. Nick finit par se racler la gorge, et elle songe aussitôt : *Oh, mon Dieu, non ! Pas toi aussi...*

— Je crois qu'on devrait un peu prendre nos distances. Éviter de se voir pendant...

Dru-Ann lui raccroche au nez et hurle dans l'espace confiné de son véhicule. Est-il possible que tout le monde, absolument tout le monde la laisse tomber ? Un texto arrive alors, et elle imagine qu'il vient de Nick, qu'il s'agit d'un message fébrile et condescendant, mais non, c'est Hollis qui lui écrit. Petit point vestimentaire. Pour nos sorties du week-end, je suggère, pour le dîner de samedi, du blanc ou du noir, et pour le déjeuner de dimanche, de l'orange ou du fuchsia.

C'est vrai, se rappelle Dru-Ann. *Nantucket.* Elle avait prévu d'annuler. Elle est à peu près certaine qu'Hollis s'attendait à une annulation d'ailleurs. Pas pour des raisons de « santé mentale », mais parce que rien ne fait plus horreur à Dru-Ann que la perspective d'un week-end entre filles, surtout s'il est question de s'afficher en public dans des tenues assorties, mon Dieu !

Et pourtant Dru-Ann est si soulagée de savoir qu'il y a au moins un endroit où elle sera la bienvenue qu'elle appelle Jayquan pour lui demander de lui réserver un billet en première classe pour Nantucket le lendemain matin.

— Je le fais passer en frais professionnels ?

Dru-Ann est tentée de répondre oui pour embêter J. B., mais il ne manquerait plus que la comptabilité lui tombe sur le dos.

— Non, utilise ma carte perso, s'il te plaît. Et prévois une voiture à l'arrivée pour m'emmener à Squam Road. Ah, et enfin, mets un message d'absence automatique sur mon mail jusqu'à nouvel ordre.

Quand elle raccroche, elle se sent un peu mieux. Elle va extirper sa robe moulante fuchsia Stella McCartney des tréfonds de sa penderie pleine à craquer. Elle va se régaler d'huîtres et elle dansera sur la terrasse d'Hollis au clair de lune.

Ce week-end, elle va assurer. Ce sera elle, la meilleure joueuse de la compétition.

À nous deux, Nantucket !

7
POET'S CORNER

En ce jeudi après-midi, dans le quartier du Poet's Corner de Wellesley – le « coin du poète » –, Brooke Kirtley est occupée à retoucher une photo pour la poster sur Facebook.

Ça vous en bouche un coin, non ? pense-t-elle.

Sur la photo, elle porte une robe blanche à œillets et un chapeau de paille ; elle est assise sur son immense lit blanc à colonnes effilées, sous son sublime abat-jour en osier Serena and Lily. À côté d'elle trône sa valise parfaitement rangée. Elle a les deux bras levés en forme de V pour *vacances.* Elle a un sourire jusqu'aux oreilles. Elle poste la photo avec la légende suivante : Fin prête pour un week-end de folie à Nantucket ! Elle envisage de tagger Hollis puis se ravise, parce qu'elle ne veut pas donner l'impression de chercher à se faire mousser. Elles étaient amies bien avant le succès d'*En cuisine avec Hollis.* Brooke observe attentivement la photo, zoome sur son visage (elle a choisi un filtre qui lisse et apporte de la lumière bien sûr !), puis sur ses bras (ont-ils l'air trop maigres ?), avant de s'assurer qu'il n'y a pas de taches sur la couette (elle en serait mortifiée !). Depuis longtemps, elle rêve de montrer sa chambre à ses amis Facebook. (Elle s'est chargée de la décoration toute seule.) Elle hésite à taguer la marque Serena and Lily. Celle-ci pourrait avoir envie de reposter la photo pour promouvoir ses produits – le linge de maison, la tête de lit à festons en tissu vert, et les lampes de chevet avec incrustation d'ivoire en complément du lustre iconique. Pendant qu'elle cherche comment faire pour tagger une marque, son téléphone émet un son qui ressemble à une goutte de pluie tombant dans une flaque. Sa publication a reçu un commentaire. Déjà !

***

Il vient d'Electra Undergrove.

Tiens, tiens...

Elles sont restées amies sur Facebook et, chaque fois que Brooke envisage de publier quelque chose, elle se demande : *Est-ce qu'Electra le verra ? Que va-t-elle en penser ?* Même si elles ne s'adressent plus la parole dans le monde réel. Brooke pensait qu'Electra était trop occupée, qu'elle avait trop d'amis (quasiment toute la population de Wellesley) pour se rendre compte qu'elle existait encore.

Elle a écrit : Je serai aussi à Nantucket ce week-end. Retrouvons-nous au Slip 14 pour prendre un verre.

Brooke n'en croit pas ses yeux. C'est une blague ? Elle clique avec appréhension sur la photo de profil d'Electra – elle est avec Simon et les enfants au premier rang d'un concert de Kenny Chesney –, en se demandant si c'est vraiment elle qui a posté ce commentaire ou s'il émane d'un bot dont la mission consiste à terroriser les quinquas qui manquent de confiance en elles sur Facebook. Elle découvre des photos de toute la bande chez Electra pour des après-midi rock'n foot, puis d'autres sur lesquelles on ne voit que les mères – Electra, Liesl, Rhonda et Bets –, assises sur la pelouse du terrain de foot de Sprague Fields ou en virée dans un endroit qui ressemble aux Cinque Terre.

Elles sont allées en Italie ensemble ? Brooke n'en revient pas.

Elle en ressent un pincement de jalousie si fort qu'elle en a la nausée. Mais c'est bien naturel, non ? Elle relit le commentaire : Je serai aussi à Nantucket ce week-end. Retrouvons-nous au Slip 14 pour prendre un verre.

Oui !!! répond-elle. Avec plaisir ! Tu as toujours mon numéro de portable ? C'est le...

Brooke est en train de taper son numéro quand elle prend un virage à 180 degrés et efface son message. Electra ne lui a pas adressé la parole depuis ce fameux dimanche, il y a cinq ans. *Dans tes rêves, Electra !* Et malgré tout, Brooke se sent un peu pimbêche. Au fond, c'est Electra qui a fait le premier pas après tout ce temps... et avec une proposition concrète. Elle n'a pas juste écrit *prenons un verre*, elle a mentionné un lieu, le Slip 14. Et malgré tout, la simple présence du prénom d'Electra sur sa page Facebook fait remonter des souvenirs à la surface. Brooke se rappelle toutes les fois où, après ce fameux dimanche, elle est passée devant chez Electra et a scruté les modèles des voitures garées devant pour savoir qui avait été invité à leur place, à Charlie et à elle.

Elle écrit donc à la place : Pas sûre d'avoir le temps, désolée ! Mais ça lui paraît un peu vache, et elle s'est toujours promis de ne jamais s'abaisser au niveau d'Electra. Cette dernière l'ignore chaque fois qu'elle l'aperçoit dans la queue de la boulangerie et elle lui a aussi battu froid lors du match de foot contre l'équipe de Needham, le matin de Thanksgiving. Electra, Liesl, Rhonda et Bets étaient assises côte à côte dans les gradins, et lorsque Brooke leur a fait un signe de la main, elles se sont blotties les unes contre les autres en gloussant, avant de sortir leurs flasques de Fireball pour en avaler, ainsi que le voulait la tradition, une gorgée.

Brooke parvient à la conclusion qu'elle ne répondra tout simplement pas à Electra. Elle suit plusieurs podcasts de développement personnel, et elle a retenu la leçon entendue dans l'un d'eux : quand on ne sait pas quoi dire, on ne dit rien.

Et c'est un bon conseil ; ce refus de répondre lui procure un sentiment de pouvoir.

Elle reste assise là quelques instants, à regarder le nombre de likes augmenter. Sa mère, Doris, écrit sous la photo : Ohhh ! Je suis jalouse ! Dans un élan de puérilité, Brooke est tentée de l'effacer. C'est franchement mortifiant de penser que sa mère de 77 ans est son amie sur Facebook, non ? Mais Milly Soper a déjà réagi à ce commentaire en écrivant : Moi aussi ! Brooke ne peut plus intervenir.

Elle est alors surprise par un coup frappé à la porte d'entrée – ce qui est si inattendu qu'elle se relève d'un bond. Elle retire vivement son chapeau de paille et est tentée de se changer entièrement – elle porte la robe qu'elle a choisie pour le dîner du samedi soir –, mais un second coup retentit déjà, plus insistant. Il s'agit forcément d'un homme. Peut-être des mormons ou des témoins de Jéhovah ? À moins que ce ne soit le type d'une société d'extermination de nuisibles ? Un candidat à une élection ? Un représentant de commerce ? Aucune de ces hypothèses ne lui donne envie d'ouvrir, et pourtant elle se dirige vers l'entrée de la maison, poussée par la curiosité.

Derrière la porte, elle découvre un type costaud qui perd ses cheveux, vêtu d'un uniforme sable avec un badge brillant. Un policier ? Elle se sent aussitôt vaciller sur ses pieds, imaginant qu'il est arrivé quelque chose à son fils Will, en stage dans un fonds d'investissement pour l'été, ou à sa fille Whitney, qui pilote un *duck boat* à Boston – ces véhicules hybrides permettent de visiter la ville à la fois sur terre et sur l'eau –, boulot idéal pour une étudiante en théâtre… À moins qu'il ne soit arrivé malheur à Charlie (ce qui ne lui inspire pas un sentiment de panique aussi grand).

— Je peux vous aider ?

Elle remarque alors le véhicule de fonction du policier garé dans l'allée. Son moteur tourne toujours, et sur la portière on peut lire : POLICE DE NORFOLK.

— Est-ce que Charlie Kirtley est là ?

— Non, répond-elle, il est au travail.

— Et où travaille-t-il ?

Elle aperçoit une enveloppe dans la main du policier et comprend aussitôt ce qui se passe. Cet homme est venu lui remettre une convocation judiciaire.

Charlie a des ennuis. Encore une fois.

À 16 h 45, Charlie franchit le seuil de la maison. Brooke a eu le temps d'avaler trois vodkas sodas et de manger six amandes salées. Elle est un peu surprise de le voir rentrer aussi tôt. Les jeudis et vendredis, à la sortie du travail, il va généralement boire des coups avec ses collègues comptables toxiques.

Les jumeaux, Dieu merci, ont des projets pour la soirée : Will va, comme toujours, à la salle de sport, et Whitney a un rendez-vous Bumble au Row 34. Brooke le sait parce qu'elle a milité pour organiser un dîner en famille avant son départ pour Nantucket. Et que Whitney l'a accusée d'en faire des tonnes (« Tu ne pars que trois nuits, et tu restes dans le Massachusetts en plus ! »).

— Ah, tu es là, mon ange, lance Charlie en pénétrant dans la cuisine.

Il lui prend les mains pour la relever et l'embrasse goulûment sur la bouche. (Les baisers de Charlie sont des baisers de boa constrictor : Brooke a toujours l'impression qu'il essaie de l'engloutir tout entière.)

— Est-ce que tu as reçu la visite de la police au bureau ? lui demande-t-elle.

Il l'attire encore plus près de lui. Son corps est agité d'un tremblement, et il émet le son aigu qui accompagne toujours un sanglot chez lui. Un son pathétique et qui la laisse pourtant indifférente. Il a une attitude déplorable. Toutes les souffrances de sa vie d'adulte, il ne les doit qu'à lui-même.

— C'était qui cette fois ?

Brooke a demandé au policier de lui remettre la convocation, mais il a refusé.

Charlie prend une profonde inspiration frémissante.

— Irish, du bureau.

Irish Fahey, la nouvelle responsable marketing de Landover. Brooke a déjà entendu parler d'elle : une chevelure d'un roux flamboyant, des taches de rousseur, un prénom qui fait parler. Il la surnomme « la petite nouvelle », parce qu'elle sort tout juste de la fac.

— Qu'est-ce que tu as fait ?

— Elle en rajoute des...

— Charlie.

— Je l'ai attrapée par-derrière. C'était juste pour plaisanter. Je pensais qu'elle était à la cool, moi.

Brooke le repousse, même s'il bouge à peine, tant il est costaud. Elle baisse les yeux vers *Nature morte sur l'îlot de la cuisine* – son verre avec un fond de vodka diluée et une tranche misérable de citron vert, la bouteille couverte de condensation alors qu'elle était délicieusement givrée lorsqu'elle l'a sortie du congélateur, la boîte en métal contenant les amandes qu'elle ne s'est autorisé à manger qu'avec parcimonie. Elle a une pensée pour Irish Fahey et l'agression dont elle a été victime. « Attrapée par-derrière », ça signifie que Charlie lui a touché les seins et qu'il a frotté son entrejambe contre ses fesses. Brooke est contente qu'Irish ait porté plainte. Son avocat découvrira que Charlie n'en est pas à son coup d'essai. Il a aussi « attrapé » une serveuse du nom de Lola à l'Oak Room, où il avait ses habitudes avec ses collègues répugnants. L'avocat de Charlie a réussi à négocier un accord avec celui de Lola – un montant coquet, à cinq chiffres –, et Brooke lui a dit que s'il s'avisait de recommencer, elle le quitterait.

Sauf que quitter Charlie dans l'immédiat, ce n'est pas vraiment une option. La mère de Brooke, qui vit à Boca Raton, en Floride, n'a qu'une seule chambre et ne pourrait donc pas l'accueillir. Et puis il y a les enfants, qui s'épanouissent dans leur travail et leur vie estivale à la maison, loin de leurs universités hors de prix.

Malgré tout, elle lâche :

— J'en ai assez, Charlie. C'est fini.

— Tu ne peux pas me faire ça ! gémit-il. Je n'aurai plus rien. J'ai été renvoyé aujourd'hui.

Renvoyé ? En dépit de son comportement répréhensible, Charlie a toujours connu une belle réussite professionnelle. Il jouit d'une immense popularité avec ses clients, parce qu'il possède une grande agilité financière et qu'il a une connaissance inégalée des niches fiscales pour les entreprises. Sans parler de sa popularité auprès de ses collègues, qui ont tous appartenu à des fraternités à la fac – il y a les anciens membres de Pike (dont Charlie), rattachée à l'université de Virginie, et ceux de TKE, rattachée à l'université de l'Illinois. Ils entretiennent une ambiance sectaire de vestiaire dans leur bureau.

Landover est le paradis des fans de foot, des bières du vendredi soir, des blogs sportifs et de Pornhub, des virées entre mecs à Las Vegas ou aux courses hippiques, des types qui se plaignent de bobonne qui ne veut pas passer à la casserole et de leurs gosses qui les prennent pour des distributeurs automatiques. Pendant la période de forte activité – soit juste avant les déclarations d'impôts, de février à avril –, ils enchaînent les nuits blanches, se nourrissent au foodtruck garé devant leur bureau, se shootent au Red Bull et aux amphétamines, et font venir des masseuses asiatiques pour se détendre.

Brooke a du mal à croire que les « frères » avec lesquels Charlie travaille aient été si outrés par son attitude au point de le renvoyer. Irish a dû menacer de faire tomber toute la boîte, et Charlie a été sacrifié. Elle imagine d'ici ses collègues présenter leurs excuses pour son comportement « inexcusable », pour mieux murmurer entre eux qu'elle la lui a faite à l'envers.

Brooke résiste à la tentation de vider la bouteille de vodka et de renverser le restant d'amandes sur la tête de Charlie (ce serait elle qui nettoierait ensuite). Elle s'éloigne dans le couloir, et il la suit jusqu'à leur chambre – c'est la meilleure heure pour se trouver dans cette pièce, baignée du soleil de fin d'après-midi, qui dore tout... même si ce n'est qu'une illusion.

Elle lui montre sa valise.

— Tout est prêt.

Charlie se jette à plat ventre sur le lit, comme Whitney quand elle piquait une crise à l'adolescence. Brooke s'en veut un peu pour les enfants, et pour sa fille surtout. Elle ne tardera pas à apprendre que son père a tripoté une collègue qui n'a que quelques années de plus qu'elle. Sans parler de l'exemple pour le moins effroyable que Charlie donne à son fils.

Elle le regarde sangloter sur le lit, son dos puissant agité de soubresauts, et... elle ne ressent rien. Pas même de la colère, bien qu'elle se rende enfin compte que s'ils n'ont plus d'amis, ce n'est pas à cause d'elle et de sa maladresse en société (ce dont Charlie a tenté de la persuader), mais à cause de lui.

Elle prend sa valise et sa boîte à chapeau pour aller s'installer dans la chambre d'amis, où elle compte s'enfermer jusqu'à son départ pour le ferry le lendemain.

Elle regarde son téléphone. Sa publication a cinquante likes et seize commentaires. Elle n'a jamais eu autant de succès. Elle essuie une larme sur sa joue.

8

LA TROISIÈME MARGARITA

Une dispute conjugale retarde le décollage à Cancún. Kristen, l'hôtesse de l'air en première, passe une tête à l'intérieur du cockpit pour expliquer la situation à Gigi :

— Un classique. Les gens sont convaincus que c'est une bonne idée de prendre une troisième margarita, et ils se plantent sur toute la ligne.

— On en est où ?

— Un agent de sécurité est en train de les faire descendre.

Gigi se tortille sur son siège pour se retourner ; elle aperçoit un couple à l'air furieux (et qui a pris de beaux coups de soleil), escorté par l'agent de sécurité dans l'allée de l'avion. *Ici votre commandant de bord,* se dit-elle. *Ciao !* Ce genre d'incident ne se produit jamais sur les trajets Atlanta–Rome ou Atlanta–Madrid. Mais à la mort de Matthew, elle a renoncé à ces itinéraires. C'était devenu trop douloureux de se poser à FCO ou MAD sans être attendue par lui à l'arrivée.

Et voilà comment elle se retrouve aujourd'hui échouée à Margaritaville.

Elle n'est pas de retour chez elle, à Buckhead, avant près de 21 heures. Mabel pousse un miaulement de colère dès qu'elle entend la clé dans la serrure. Gigi la prend dans ses bras pour lui couvrir la tête de baisers. Elle découvre un mot sur la table de la cuisine : *On a préparé une paella pour ce soir, passe !*

Gigi n'a qu'une envie : boire un verre de vin et aller se coucher, mais Tim et Santi se sont occupés de la chatte en son absence, et elle aime la paella. Elle repose Mabel avant de ressortir et de descendre la rue.

Elle n'avait pas anticipé que la paella lui coûterait bien plus cher que les six canettes de Coca-Cola mexicain qu'elle a rapportées à ses voisins pour les remercier. Ils ont très envie de parler de son week-end à Nantucket. Très envie.

C'est Tim qui lance les hostilités en remplissant l'assiette de Gigi d'un monticule de riz safrané et odorant, avec des crevettes, des moules et des morceaux de saucisse.

— Je n'en reviens pas que tu aies accepté d'y aller. Mais qu'est-ce qui t'est passé par la tête, enfin ?

— Hollis est au courant pour vous, ajoute Santi. Enfin, sérieusement, Gi ! Sur deux millions d'abonnés, elle te choisirait toi, au hasard ? Elle sait, c'est sûr.

— C'est aussi ce que j'ai pensé au départ, répond Gigi. Je me suis dit qu'elle était tombée sur une preuve accablante et qu'elle avait décidé de... régler ses comptes. Mais j'ai l'impression que son invitation est on ne peut plus sincère. Elle... m'apprécie, et c'est réciproque.

— J'ai une théorie, reprend Santi. Je pense que correspondre avec cette femme, c'est une façon de te raccrocher au souvenir de Matthew.

Gigi cligne des yeux plusieurs fois.

— La situation est tellement perturbante... Je veux la rencontrer en personne. Je veux l'entendre parler de lui, pour me faire une idée de ce à quoi ressemblait leur mariage. Il ne m'a pas tout raconté, évidemment, et je ne suis même pas certaine que tout n'était pas un mensonge.

— Pendant combien de temps t'a-t-il fait croire qu'il était libre, déjà ? lui demande Tim.

— Sept mois.

Soit la durée nécessaire pour qu'elle tombe amoureuse de lui. Quand il a fini par avouer qu'il avait une femme – et pas n'importe laquelle, Hollis Shaw ! –, Gigi n'était plus capable de le quitter. Elle a essayé, en vain. Elle tenait trop à lui.

Gigi a fait la rencontre du Dr Matthew Madden dans le salon VIP de Delta pendant une énorme tempête de grêle. Gigi devait partir à Buenos Aires pour les vacances, et Matthew « rentrait chez lui » à Boston. Gigi a demandé au barman de changer de chaîne de télévision : elle voulait suivre un match.

Matthew s'est tourné vers elle.

— Je n'aurais jamais imaginé que vous étiez fan de foot américain. Avec votre accent britannique.

— Je suis une fervente supportrice des Bulldogs, lui a-t-elle répondu en lui faisant un clin d'œil.

— Ah, vous avez bien choisi votre équipe alors. Moi je suis fidèle aux équipes de Caroline du Nord, mais il n'y a qu'en basket qu'elles s'illustrent.

— Vous êtes allé à l'université là-bas ?

— Mon ex-femme, a-t-il répondu sans la moindre hésitation. Et c'est une des rares choses qui me soit restée de mon mariage... Et vous ? Vous avez fait vos études en Géorgie ?

— Pendant deux ans, avant de partir me former à l'aéronautique à Embry-Riddle. Je suis pilote pour Delta, même si je suis actuellement en vacances. Je devais prendre un vol pour aller faire une cure de malbec et de tango à Buenos Aires.

À partir de ce moment-là, les choses étaient lancées, ils ont poursuivi leur échange, se posant mutuellement des questions pour savoir s'ils partageaient autre chose que l'amour du foot. Eh bien oui ! Ils adoraient tous les deux la musique classique et Dave Matthews, ils voyageaient sans arrêt et étaient tous deux accros à leur travail. Quand leurs vols ont été annulés, ils ont décidé de commander une bouteille de champagne. Et alors les choses sérieuses ont commencé, un flirt discret au début, puis de plus en plus manifeste. Gigi était habituée à ce genre de relation – ça faisait partie du métier –, et donc lorsque Matthew l'a informée qu'il comptait réserver une chambre au Marriott de l'aéroport, elle lui a répondu qu'elle allait l'imiter – car elle ne pouvait pas prendre le volant après avoir bu. Arrivés au comptoir de la réception, ils se tenaient déjà par la main, et l'idée de payer pour deux chambres leur a paru absurde. Matthew n'a pas passé un seul coup de fil, il n'a envoyé aucun message, pas plus qu'il ne s'est longuement enfermé dans la salle de bains – au point d'éveiller des soupçons. Il ne portait pas d'alliance, et elle n'a remarqué aucune marque à son doigt qui aurait suggéré qu'il l'avait retirée récemment.

Au mois de mai suivant, alors qu'ils passaient un week-end en amoureux à Santorin, il lui a annoncé qu'il ne pourrait pas beaucoup la voir pendant l'été, puisqu'il serait à Nantucket en famille.

En regardant les eaux bleu scintillant de la Méditerranée par la fenêtre blanche cintrée de leur chambre d'hôtel à Oia, elle a aussitôt pensé : *Il se passe quelque chose.*

— Tu veux dire avec ta fille ?

Matthew lui avait parlé de Caroline, sa fille de 20 ans qui suivait des études à New York.

— Oui, a-t-il répondu. Et ma femme.

Matthew, qui était l'incarnation du type pour qui il n'y avait jamais de drame, a marqué un silence théâtral avant d'ajouter :

— Gigi, je suis marié.

C'était mignon de sa part de lui faire cette annonce alors qu'ils se trouvaient sur une île grecque et qu'elle était dans l'incapacité de partir. Enfin, non, rectificatif : elle pouvait partir et elle l'en a d'ailleurs menacé.

— Comment as-tu pu faire une chose pareille ? Tu n'es qu'un menteur, tu m'as caché la vérité dès la première minute de notre rencontre, qu'est-ce qui ne tourne pas rond chez toi ?

Et pourtant, elle a fini par céder et par se laisser embobiner par d'autres mensonges, ou au mieux des semi-vérités. « Hollis et moi, on est dans une relation ouverte, on n'est plus un couple dans ce sens depuis des années, on vit encore ensemble parce que je n'ai pas envie de passer par l'épreuve du divorce, et puis il y a Caroline… Je t'en supplie, Gigi, tu me rends heureux, si heureux, tu dois bien t'en rendre compte. »

Il ne lui a pas dit « je t'aime », et c'est peut-être ce qui l'a fait rester. Car elle était bien décidée, à partir de ce moment-là, à le rendre amoureux.

Rester avec Matthew alors qu'elle le savait marié n'était pas la décision la plus judicieuse qu'elle ait prise ; elle en était consciente. Toutefois elle a tenté de se raisonner. Ce n'était pas elle qui était infidèle, mais Matthew. Malgré tout, quand elle a découvert plus tard dans la soirée – une fois sa rage digérée, une fois qu'elle a été en état de poser des questions, « Et elle s'appelle comment, ta femme ? » – qu'il était marié à Hollis Shaw, elle a cru à une mauvaise blague. Les hôtesses de l'air qu'elle côtoyait lors des vols parlaient sans arrêt de cette Hollis Shaw. Elles adoraient ses recettes, ses chemises, son berger yougoslave, son aura BCBG bohème. Elle était une véritable icône pour beaucoup de femmes, qui la vénéraient ! Jusqu'alors, Gigi n'avait accordé qu'un intérêt lointain à Hollis Shaw. *Je vais devoir me pencher d'un peu plus près sur son cas.* À présent qu'elles étaient... liées, Gigi s'est mise à consulter régulièrement son site Internet. Puis elle s'est débrouillée pour qu'Hollis la remarque.

Comment faire pour se distinguer parmi un million d'abonnés ? Eh bien, elle avait un informateur, bien sûr. Matthew lui a appris qu'Hollis avait perdu sa mère dans sa petite enfance – or il se trouvait que Gigi avait perdu la sienne à 12 ans. Gigi a donc laissé un message sur *Le Tableau* pour dire qu'elle lui était reconnaissante de toutes ses vidéos, car sa mère était décédée avant d'avoir pu lui apprendre à préparer ses plats cantonais préférés. Hollis a aussitôt répondu : Je suis une autodidacte, j'ai perdu ma mère quand j'étais toute petite. Gigi avait réussi à mettre le pied dans la porte ! Elle s'est efforcée de réagir aux autres publications d'Hollis en laissant des commentaires intelligents, susceptibles de piquer sa curiosité. Il fallait reconnaître qu'ils étaient souvent flagorneurs, presque obséquieux : Vous êtes notre reine, Hollis ! Ou tellement communs : Miam ! Ça a l'air délicieux ! (Avec sa variante : Hâte de me régaler !) Quand ils ne consistaient pas en questions irritantes sur des dosages et la possibilité de remplacer tel ou tel ingrédient. Gigi a remarqué qu'Hollis répondait de plus en plus souvent à ses commentaires, et rapidement elles se sont mises à échanger des messages privés sur des adresses de restaurants, des conseils de lectures, d'émissions ou de podcasts. Elles avaient beaucoup de points communs.

***

Gigi attaque sa paella. Tim et Santi sont les deux seules personnes à être au courant de sa liaison avec Matthew. (Si Gigi avait craqué et en avait parlé à ses collègues hôtesses de l'air, l'ensemble du personnel de Delta aurait été dans la confidence au bout de vingt-quatre heures.) Ils l'ont consolée quand elle a appris la mort de Matthew – via la publication d'Hollis sur son site. Il y a toutefois un détail qu'ils ignorent, et elle n'a aucune intention de leur en parler ce soir.

— Je sais que c'est de la folie d'y aller, reprend-elle.

Non seulement elle s'est liée avec la femme de son défunt amant, mais elle est devenue sa confidente, si bien que celle-ci l'a invitée à un week-end entre filles.

— Je dois la rencontrer, ajoute-t-elle.

— Pour réussir à tourner la page ? lui demande Tim.

Elle n'est pas certaine de croire à la possibilité d'une telle chose.

— Pour avancer, dit-elle. Et puis ça se passe à Nantucket.

Santi lève son verre de vin.

— À Nantucket, dit-il. Et reviens-nous en un seul morceau !

9

PLANNING

Vendredi

16 h à 18 h : arrivées

18 h à 19 h : apéritif

19 h : dîner sur la terrasse

Samedi

8 h : yoga au bord de la piscine / petit déjeuner continental

10 h à 12 h : shopping en ville

12 h à 17 h : déjeuner à la plage, piscine

17 h à 19 h : temps libre pour se préparer ; apéritif

19 h 30 : dîner au Nautilus (suggestion de tenue : noire et/ou blanche)

22 h : Concert au Chicken Box !

Dimanche

Matinée libre, petit déjeuner continental

12 h : déjeuner au Galley Beach (suggestion de tenue : rose fuchsia ou orange)

14 h : sortie en mer sur l'*Expérience*

19 h : soirée pizza

20 h 30 : glaces et feu d'artifice sur la plage

Lundi

Départs

Hollis envoie une newsletter contenant le planning du week-end à ses abonnés. Qui ont, évidemment !, un avis sur la question. Un week-end ponctué d'une séance shopping, d'une sortie en mer, d'un concert dansant et de repas incroyables dans la sublime maison en bord de mer d'Hollis et dans des restaurants triés sur le volet ?

Oui, mille fois oui !

Ils veulent en savoir plus. Les messages pullulent sur *Le Tableau* : On peut connaître le menu du « dîner sur la terrasse » ? Comment avez-vous fait pour obtenir une réservation au Nautilus ? Que comptez-vous servir à l'apéritif ? De quoi se composera le petit déjeuner continental ? Y aura-t-il des options pour les végétariens ? Est-ce que les pizzas du dimanche soir seront maison (je suppose que oui !) ? Est-ce que vous nous posterez les recettes, toutes les recettes ?

Les plus anticonformistes ont le sentiment que le week-end est trop minuté. Ils imaginent Hollis conduisant son petit troupeau d'une activité à une autre, frappant à la porte des chambres d'amis, bousculant les quatre autres étoiles si elles tardent à venir prendre l'apéritif. Pourquoi ne pas s'en remettre davantage à l'inspiration du moment et prévoir autant de passages obligés ?

Une dispute virtuelle éclate au sujet des « suggestions de tenues ». Aileen Blankenship de Dubuque, dans l'Iowa, trouve ça puéril et idiot. Pourquoi des femmes adultes devraient-elles porter des vêtements assortis ?

Molly Beardsley de Twain Harte, en Californie, réplique : Quel mal y a-t-il à s'amuser un peu ? Et puis ce sera tellement plus photogénique !

Mais quel besoin d'attirer ainsi l'attention ? insiste Aileen. Hollis va transformer ses amies en monstres de foire !

Monstres de foire, *ce n'est vraiment pas très gentil,* se dit un abonné d'Hollis, mais à ce moment-là, Bailey Ruckert de Baton Rouge, en Louisiane, élargit le débat à un sujet plus grave. Voilà un programme bien léger pour une femme qui vient de perdre son mari. Pourquoi ne pas aller danser sur sa tombe tant qu'elle y est !

Aïe... Les commentaires s'interrompent brusquement, le temps que les fans d'Hollis réfléchissent à la question. Hollis a perdu son mari en décembre, il y a donc sept mois. Certains s'interrogent sur le soin méticuleux apporté à l'organisation du week-end, notamment les suggestions de tenues, mais pas uniquement. D'autres n'imaginent pas Hollis recevoir chez elle sans avoir tout prévu dans le moindre détail ; des mets délicieux dans un cadre enchanteur, voilà une définition parfaite du label « Hollis Shaw ». Cependant... la mort de son mari ne l'a-t-elle pas changée ? N'accorde-t-elle pas moins d'importance aux apparences ?

Bailey Ruckert insiste : Je suis juste d'avis qu'il faudrait prévoir des temps plus introspectifs. En hommage au défunt.

Molly Beardsley ne partage pas cet avis : Hollis a besoin de soutien. Elle réunit ses meilleures amies pour célébrer la vie. En la critiquant parce qu'elle cuisine des repas délicieux et qu'elle invite ses convives dans des restaurants raffinés, ne serait-ce pas nous qui accordons trop d'importance aux apparences ? Je suis sûre que ce week-end comptera de nombreux moments chargés de sens dont nous n'entendrons jamais parler, et c'est très bien ainsi. Je n'en démordrai pas : Hollis a vécu une tragédie, et elle devrait pouvoir organiser le week-end de ses rêves en toute liberté, sans que nous la jugions.

Bailey répond : Elle devrait attendre un an. Laisser passer un peu de temps.

Molly riposte : Sérieusement ? Vous êtes de la police du deuil ?

Bailey ne répond pas.

Une femme de Tallahassee, Paige Sweezey, poste alors le message suivant : C'est Moira Sullivan, ma meilleure amie à l'époque où je vivais en Floride, qui a inventé le concept du « week-end cinq étoiles » !!! Elle nous avait invitées à Destin six mois après le décès de son mari, et ça l'a aidée à sortir de la dépression. Cette expérience a été une véritable ode à la vie, et pas seulement pour Moira. Paige ajoute le lien vers l'article du site Auxi-Mère qui détaille le week-end à Destin.

Moira Sullivan semble bien être l'inventrice de cette idée. Hollis a dû lire cet article et la reprendre à son compte. Certains de ses abonnés sont d'avis qu'elle devrait rendre à César ce qui est à César. (Paige en vient à se dire que Moira aurait dû protéger son concept, mais est-ce vraiment possible ?)

Ce qu'il y a d'incroyable avec le site d'*En cuisine avec Hollis*, et ils en conviennent tous, c'est que l'ensemble des opinions, du moment qu'elles sont mûrement réfléchies et présentées dans les formes, ont droit de cité.

Hollis poste un message sur *Le Tableau* un peu plus tard. Il apparaît qu'elle n'a pas pris connaissance des commentaires, ou que, sinon, elle a décidé de ne pas y répondre.

Comme je veux me dédier entièrement à Tatum, Dru-Ann, Brooke et Gigi, je ne posterai plus de message ici avant la fin du week-end. Mais vous aurez un compte rendu complet la semaine prochaine... avec les recettes bien sûr !

Les internautes poussent un cri de surprise. *Gigi ?* Est-ce qu'Hollis aurait invité Gigi Ling, une abonnée fidèle, à son fameux week-end ? Gigi commente constamment les publications d'Hollis, et celle-ci (tout le monde l'a remarqué, bien sûr) lui répond comme si elle était la plus fascinante des créatures terrestres. Évidemment, les membres de la communauté ne pourront pas en avoir confirmation...

Ce qui ne les empêche pas d'en concevoir, tous, une pointe de jalousie.

Et pourtant, ne serait-ce pas un peu risqué d'inviter une personne rencontrée en ligne à un week-end de ce genre ? Comment va-t-il se dérouler ?

Ils ont hâte de le découvrir.

10

CHANGEMENT DE PROGRAMME I

Caroline fait les cent pas devant l'aéroport de Nantucket. Sa mère est en retard.

Non mais j'hallucine ! Elle s'est levée à l'aube pour se traîner à JFK avec le matériel qu'Isaac lui a prêté – il pèse une tonne ! –, et maintenant elle moisit sur le trottoir pendant que tous les autres passagers de son vol prennent un Uber ou un taxi. Caroline envoie un message à sa mère : Je suis arrivée. Tu es où ?

Aucune réponse.

Il reste un taxi qui n'a encore pris personne en charge. Caroline pourrait le prendre, elle serait à Squam dix minutes plus tard, mais elle s'y refuse par principe. Sa mère a tellement insisté, la moindre des choses c'est qu'elle vienne l'accueillir. Elle aurait même dû arriver en avance. Hollis est sans doute trop occupée à peler un concombre pour le faire infuser dans l'eau qu'elle servira à ses convives, ou à réaliser des pliages complexes avec l'extrémité des rouleaux de papier toilette, pour venir chercher sa propre fille.

La pensée suivante lui vient spontanément : son père aurait été à l'heure, lui. Il aurait été au volant de la Bronco, décapotée, avec son tee-shirt de Hootie and the Blowfish. Il serait passé lui prendre un latte et une viennoiserie dans leur boulangerie préférée, et Henrietta aurait été allongée sur la banquette arrière. Il aurait bondi pour venir la serrer dans ses bras et l'aider avec ses bagages. Puis ils auraient fait un crochet par la plage de Nobadeer, où Caroline aurait pu savourer son café et dépiauter le roulé à la cannelle bien beurré en regardant les surfeurs.

Les larmes lui montent aux yeux. Elle n'avait pas imaginé que ce voyage à Nantucket raviverait la douleur du deuil.

Sa mère possède une longue histoire complexe avec l'île, qu'elle semble vouloir à la fois embrasser et nier. Caroline et Matthew ont donc dû inventer, de leur côté, leurs propres traditions ici. Il adorait passer le 4 juillet à Coatue, où ils se régalaient de palourdes cuites au barbecue en regardant le feu d'artifice. Le samedi et le dimanche matin, ils mettaient, Caroline et lui, leurs paddles sur le toit de la Bronco pour aller à Sesachacha Pond. Ils pagayaient et fendaient la surface de l'étang que le soleil levant transformait en miroir rose. Pour les 21 ans de Caroline, il lui a fait la surprise de l'emmener au Chicken Box en pleine journée. Ils se sont arrêtés en chemin pour acheter une pizza au pepperoni et sont arrivés au bar à midi. Caroline a commandé sa première bière légale. Matthew avait tout organisé pour que le chanteur du groupe qui se produisait dans la soirée (Caroline assisterait au concert avec ses amis) vienne lui chanter « Joyeux anniversaire ». Le barman et les clients l'ont applaudie. Le chanteur l'a serrée dans ses bras et a pris un selfie avec elle.

Les larmes coulent sur les joues de Caroline maintenant ; elle regarde à nouveau son téléphone. Toujours pas de nouvelles de sa mère.

Dans l'aéroport, on annonce l'embarquement pour le vol JetBlue qui retourne à New York. Doit-elle le prendre ? Ça ferait les pieds à sa mère. *Et je ne lui adresserai plus jamais la parole*, ajoute Caroline en son for intérieur. *Je serai entièrement orpheline.*

À cette heure, Isaac et Sofia doivent être ensemble à Chelsea, dans le loft. Ils font peut-être même l'amour dans les draps en coton égyptien, si doux, où elle se trouvait il n'y a pas si longtemps. Elle a interrogé Isaac sur sa vie sexuelle avec Sofia. En avaient-ils une ? Quand trouvaient-ils le temps ? Il lui a avoué que leurs ébats avaient lieu tard dans la nuit ou tôt le matin, lorsqu'elle rentrait de ses soirées en boîte de nuit. Elle se glissait dans le lit telle une coulée de sirop, a-t-il dit, parlant d'elle comme d'une créature exotique et séductrice que Caroline ne sera, elle, jamais.

« Pourquoi moi ? » a-t-elle voulu savoir, une autre fois. « Quand tu as pleuré, tu t'es dévoilée. Tu es pure, intacte, tu ressens encore des choses. J'ai trouvé ça irrésistible. »

Ça, pour ressentir des choses... Une angoisse sourde, du désir, de la jalousie. Et, dans l'immédiat, de l'épuisement et de l'irritation. Où est sa mère ?

Elle écrit un message à Isaac : Tu me manques. Est-ce que ça lui paraîtra irrésistible ou tout simplement pathétique ? Pathétique, elle en est à peu près certaine, mais elle ne peut pas s'en empêcher et elle appuie sur « envoi ».

Puis elle entend quelqu'un lancer dans son dos :

— Caroline ?

Elle se retourne. Un type qui tient un jeune enfant par la main sort de Crosswinds, le restaurant de l'aéroport. Elle a du mal à en croire ses yeux. C'est Dylan McKenzie.

Comme Caroline est une réalisatrice en devenir, elle ne peut s'empêcher de dézoomer pour regarder la scène se dérouler d'un point de vue extérieur, même au moment où elle la vit. (Isaac lui répète constamment d'observer les choses, de ne pas se contenter de les voir.) Mais s'il y a une chose qu'un objectif n'est pas capable de saisir, ce sont les pensées intérieures de ses sujets.

Celles de Caroline pourraient se résumer à peu près en ces termes : *Quoiiiii ? C'est vraiment en train de m'arriver ? Dylan McKenzie vient me voir, moi ?*

Il a le nom d'un personnage de *Beverly Hills 90210,* et le physique aussi – des cheveux noirs épais légèrement ébouriffés, des pommettes bien dessinées et des yeux marron expressifs. Elle a l'impression qu'il est encore plus beau que la dernière fois qu'elle l'a vu... mais c'est impossible, non ?

Caroline a rencontré Dylan atour d'un feu de joie à Clark's Cove quand elle avait 16 ans et lui 18. Elle savait qui il était, bien sûr – un beau gosse populaire, la star de lacrosse de son lycée, qui avait décroché une bourse pour l'université de Syracuse. Il a fondu sur elle, une bière à la main, et elle a été persuadée qu'il allait lui dire qu'elle était trop jeune pour cette soirée ou que les vacanciers n'étaient pas les bienvenus.

— Tu es Caroline, non ? Nos mères étaient amies dans leur jeunesse.

Caroline a hoché la tête avec vigueur, soulagée de ne pas être sommée de quitter la fête, même si elle s'est demandé de qui il pouvait bien parler.

— Et ta mère, c'est...

— Tatum. Tatum McKenzie.

— Mais oui !

Hollis a mentionné une fille de ce nom – comment l'oublier ! –, qui était sa meilleure amie, sa compagne de débauche, même si Caroline a bien du mal à croire que sa mère se soit livrée à la moindre débauche, tant elle est réglo. Caroline ne s'est jamais réellement intéressée aux récits impliquant Tatum, parce qu'en quoi ça pouvait bien la concerner ? En rien... jusqu'à cet instant précis. Caroline ignorait à quoi elle ressemblait ; si on lui avait posé la question, elle aurait même pu dire que, d'après elle, cette figure légendaire avait déménagé ou était morte.

— Elles étaient les meilleures amies du monde. Elles ont tout fait ensemble !

Il a pris deux bières dans la glacière et l'a entraînée un peu à l'écart, pour qu'ils puissent s'asseoir côte à côte dans le sable. Il lui a demandé où elle vivait à l'année (Wellesley), où elle logeait quand elle était en vacances à Nantucket (à Squam), si elle pratiquait un sport (le foot, mais elle y jouait très mal ; elle ne persévérait que pour pouvoir le mentionner dans son dossier pour la fac). Il a hélé un élève de son lycée, en seconde, et l'a chargé de leur apporter deux autres canettes, puis il a remarqué que Caroline frissonnait et lui a proposé de se rapprocher du feu ou de mettre le sweat-shirt à capuche qu'il a aussitôt retiré. Elle a évidemment accepté le second. L'amie avec qui elle était venue, Cygnet, l'observait avec des yeux ronds à distance ; Caroline avait l'impression que son téléphone devenait brûlant dans sa poche, mais elle ne voulait pas échanger des textos avec une copine alors qu'elle était assise à côté de Dylan McKenzie et qu'il lui avait prêté son sweat-shirt.

Pendant la conversation, il a cogné sa jambe contre la sienne, puis leurs pieds nus se sont touchés dans le sable froid, et elle s'est dit : *Dylan McKenzie a un faible pour moi... Comment est-ce possible ?* Caroline était loin d'être la plus jolie fille de Wellesley, elle ne figurait même pas dans le top 10 (il y avait beaucoup de jolies filles à Wellesley). Mais c'était vrai que pendant l'été elle s'était en quelque sorte métamorphosée. Ses cheveux s'étaient éclaircis, devenant d'un blond cendré, elle avait pris quelques centimètres, sa taille s'était affinée et elle avait fini par se débarrasser de son acné. Quand il l'a enlacée par les épaules, elle s'est dit : *Ça y est, c'est en train de m'arriver.* C'était logique, au fond. Dylan vivait sur une île, il en avait sans doute assez des filles qu'il voyait au lycée à longueur d'année, et Caroline avait l'attrait de la nouveauté.

Mais il y a eu un revirement de situation. Caroline a reçu du sable en plein visage – une attaque délibérée, car la personne lui a aussi arraché la canette de la main. Dylan s'est relevé d'un bond pour attraper le bras d'une fille qui ressemblait à Kate Moss en jeune.

Celle-ci a foudroyé Caroline du regard.

— Retire tout de suite ce sweat et dégage d'ici avant que je m'en prenne à toi, sale pute.

— Aubrey, est intervenu Dylan, détends-toi.

Caroline était si bouleversée, si intimidée et si impatiente de rendre le sweat-shirt que dans son empressement elle a aussi ôté son tee-shirt, si bien qu'elle a offert à toute l'assemblée une vue plongeante sur son soutien-gorge rose Victoria's Secret. Ça lui a valu des sifflements et des ululements appréciateurs. Elle avait le visage si rouge qu'il devait être plus brûlant que le feu. Elles se sont empressées, Cygnet et elle, de battre en retraite, penaudes, pendant qu'Aubrey les couvrait d'insultes.

Au milieu de la nuit, elle a imaginé la façon dont la scène aurait dû se terminer. Elle aurait retiré le sweat-shirt nonchalamment, sans se presser, l'aurait roulé en boule et l'aurait collé dans les mains d'Aubrey en lui rétorquant : « Pas la peine de t'énerver comme ça. »

Le lendemain, lorsque Caroline a raconté à sa mère qu'elle avait rencontré Dylan McKenzie (sans entrer dans les détails), Hollis a soupiré.

— J'aurais dû me douter que vous finiriez par tomber l'un sur l'autre. Tu sais, sa mère Tatum a été pendant longtemps ma meilleure amie.

— Et qu'est-ce qui s'est passé ?

Hollis a eu un air désolé.

— Je suis partie. Et elle est restée.

L'été suivant, Caroline a aperçu Dylan et Aubrey sur la plage de Cisco. À ce stade, elle avait mené sa petite enquête et découvert qu'ils sortaient ensemble depuis longtemps – en se fiant à ce qu'elle avait trouvé sur les réseaux sociaux : une photo Instagram de cinq roses rouges pour célébrer cinq ans d'histoire commune.

Lorsque Dylan a repéré Caroline, il lui a fait un signe de la main – durant cet été-là, celui de ses 17 ans, elle avait fini d'éclore, et arborait une belle poitrine, des fesses, bref tout ce qu'il fallait où il fallait. Aubrey, de son côté, lui a fait un doigt d'honneur, ce qui a réglé la question de savoir si Caroline devait s'approcher pour leur dire bonjour.

Les deux années qui ont suivi, elle n'a plus vu Dylan, ni sur l'île ni sur les réseaux. Son compte Instagram s'est volatilisé. Elle a été jusqu'à se connecter au compte de l'équipe de lacrosse de Syracuse, mais elle ne l'a aperçu que sur une photo, sur le banc des suppléants, lors de sa première année d'université. Il n'avait pas l'air d'avoir de compte sur Snapchat, ou alors Aubrey l'avait forcé à bloquer Caroline, ce qui était quand même dingue à la réflexion. Tout ça pour un sweatshirt ? Dans une fête de lycéens ?

Elle a ensuite croisé Dylan alors qu'elle patientait chez LoLa Burger pour récupérer une commande familiale. Elle avait le nez plongé dans son téléphone et elle a senti une tape sur son épaule. Elle a alors découvert Dylan, plus irrésistible que jamais. Il lui a demandé où elle bossait pour l'été, et elle lui a répondu qu'elle venait de finir un stage de réalisation de six semaines à Rome et devait être de retour à New York pour la mi-août, ce qui ne lui laissait pas le temps de travailler.

— Tu as déjà fait du baby-sitting ?

— Ah ah ah ! Jamais.

— Dommage, je cherche quelqu'un. J'ai un fils de 2 ans et demi, Orion.

— Ah bon ?

Malgré leurs deux ans d'écart, dans l'esprit de Caroline ils avaient le même âge, et les gens de son âge n'avaient pas d'enfants. Elle s'est demandé si Aubrey était la mère, puis a essayé de l'imaginer enceinte. Elle la voyait très bien se pavaner avec son gros ventre.

Caroline n'a pas eu le temps de poser la question, car on l'appelait déjà au comptoir. Le sac embaumait les frites à la truffe, bien chaudes et bien croustillantes. Elle a souri à Dylan en pensant : *Il a engrossé la belle et insupportable Aubrey, et maintenant il est père à 22 ans, quel gâchis !*

— Ça m'a fait plaisir de te croiser ! lui a-t-elle lancé. Salut !

***

Lumière, caméra... action ! pense-t-elle maintenant. Il n'est plus temps de repenser à tout ce qu'ils ont pu vivre ensemble, il approche à grands pas.

— Salut ! lui dit-elle.

Elle baisse les yeux vers Orion qui, comme un vrai gamin de cinéma, a un comportement de petit garçon typique et suçote une tranche de bacon luisant.

— Je suppose que c'est ton fils ? C'est ton portrait craché. (Caroline exagère ; le gamin est potelé, la peau de son visage est marbrée, et il a des cheveux blonds et fins.)

Dylan fixe Caroline d'un regard aussi concentré que s'il avait reçu l'indication suivante du réalisateur : « Mange-la avec tes yeux ! » Elle regrette de tout son cœur de ne pas s'être fait un brushing ce matin et d'avoir opté pour un chignon à la va-vite.

— Oui, c'est notre Petit O. Petit O, dis bonjour à Caroline.

Petit O lève les bras pour qu'on le soulève de terre, et le bacon pendouille entre ses lèvres comme une langue de dessin animé.

— Tu veux qu'on te dépose quelque part ? propose Dylan.

Il a remarqué sa valise et le sac volumineux contenant le matériel de tournage.

— J'en déduis que tu es venue pour le grand week-end, ajoute-t-il.

— Ma mère m'a engagée pour en réaliser le film.

Se rendant compte du ridicule de cette phrase – elle n'est pas la réalisatrice officielle de Coachella non plus –, elle ajoute :

— Elle voudrait avoir quelques images pour son blog.

Dylan sourit. Il continue à la dévisager, et Petit O à sucer son bacon. De son côté, Caroline se dit qu'Isaac lui manque toujours, même si elle doit bien reconnaître que cette rencontre impromptue est une source de distraction plaisante.

— Je peux te déposer, insiste Dylan. Je dois juste attendre… la mère d'Orion. C'est son week-end. Elle va nous rejoindre d'une minute à l'autre.

— Oh, ça ira, répond Caroline en ne trouvant toujours aucun message d'Hollis sur son téléphone. Ma mère va arriver.

Une jeep bleue approche alors à vive allure. La femme qui la conduit a de longs cheveux raides et porte une casquette à l'envers – ça lui donne un style… que Caroline ne pourrait pas vraiment se permettre. Surprise surprise ! C'est bien Aubrey !

Et c'est encore plus jouissif de voir la tête de celle-ci quand elle reconnaît Caroline. L'expression d'incrédulité qui se peint sur ses traits serait digne de devenir un mème. Elle pile net, ouvre sa portière en grand et se dirige d'un pas martial vers son fils, que Dylan a reposé par terre. Elle le soulève dans ses bras tout en lui arrachant la nourriture de la bouche pour la jeter par terre.

Orion fond en larmes.

— Mon bacon !

Il a une petite voix adorable, cristalline ; Caroline est attendrie – et navrée de ce qui lui arrive.

— Je n'en reviens pas ! lâche Aubrey avant de lancer le plus incendiaire des regards à Caroline (qui a soudain l'impression de se consumer), puis de se tourner vers Dylan. Ça dure depuis combien de temps ?

Il a l'air tout à fait détendu, et il prend peut-être même un peu de plaisir à la situation.

— Environ cinq minutes. On est tombés sur Caroline en sortant du restau. Orion lui a montré son bacon.

Aubrey l'attache dans son rehausseur qui n'a pas l'air très bien fixé sur le siège avant de la jeep (il n'y a pas de banquette arrière). Caroline aurait presque envie de dire quelque chose. Peut-être a-t-elle la fibre maternelle au fond ?

Aubrey lance à Dylan :

— Dis à ta mère de venir le chercher à 17 heures dimanche, j'ai des projets.

— Des projets avec…

— Ça ne te regarde pas !

Caroline n'en revient pas de se retrouver au beau milieu d'une dispute conjugale.

— Ma mère est prise tout le week-end, répond Dylan. C'est moi qui viendrai.

Aubrey claque sa portière si violemment que toute la carrosserie tremble. Les larmes d'Orion redoublent, il se dévisse le cou pour voir quel sort attend son morceau de bacon, qu'une mouette vient de saisir dans son bec.

— Comme tu veux… Amuse-toi bien avec ta petite copine, espèce de sale…

Elle démarre et s'éloigne en leur faisant un doigt d'honneur à tous les deux.

— Eh ben ! lâche Caroline.

— J'ai l'impression qu'elle est jalouse ! s'exclame Dylan, visiblement enchanté.

Il empoigne la valise de Caroline après avoir placé la bandoulière du sac contenant le matériel sur son épaule.

— Suis-moi, je suis garé par là.

Il la conduit à un pick-up si haut qu'on pourrait parler de « mastodonte ». Il lui ouvre la portière côté passager et lui tend la main pour l'aider à monter – pour ça elle doit se hisser sur le marchepied. Elle se retrouve si loin du sol qu'elle a l'impression de surplomber le parking depuis le premier étage d'un immeuble. Elle se délecte de l'idée d'être en compagnie d'un homme qui conduit une grosse voiture. Isaac n'a même pas son permis.

Dylan s'installe au volant, oriente les bouches de la climatisation vers elle et change de station de radio. Il s'arrête sur une version acoustique de *Night Changes.*

Waouh ! Les One Direction, carrément.

— On va à Squam ?

Caroline a besoin d'une seconde pour reprendre ses esprits. Elle est assise à côté de Dylan McKenzie, une chanson romantique passe à la radio. L'espace d'une seconde, elle a de nouveau 16 ans.

— Oui, finit-elle par dire. Je n'en reviens pas que tu te souviennes de l'endroit où j'habite.

— Ma mère ne parle que de ça depuis des jours. Du week-end qu'elle va passer à Squam chez ta mère. Elle essaie de nous faire croire que ce n'est rien, mais je crois qu'elle est très impatiente.

Caroline se rend compte que ça lui fait plaisir d'entendre ça, pour sa propre mère. Dylan monte le volume, et ils se mettent à chanter en chœur : *Everything that you've ever dreamed of disappearin' when you wake up...*, « Tout ce dont tu as toujours rêvé disparaît quand tu te réveilles... » On dirait une scène de comédie romantique, c'est presque trop !

Caroline envoie un texto à sa mère : Laisse tomber. J'ai trouvé un chauffeur.

11

PROVISIONS

Molly Beardsley, fan invétérée du site *En cuisine avec Hollis,* tient tellement à ce que le week-end cinq étoiles à Nantucket se déroule au mieux qu'elle se réveille à 6 heures chez elle en Californie et regarde le temps qu'il fait à 5 000 kilomètres de là, sur l'île de Nantucket. Cette journée de vendredi s'annonce calme et ensoleillée avec une température maximale de 25 degrés. Molly est enchantée pour Hollis ! Comme tous ses admirateurs, elle aimerait pouvoir assister aux préparatifs. Comment s'est-elle organisée pour les détails ? A-t-elle une seule liste ou plusieurs ?

Bien avant que Molly Beardsley ne se réveille à l'autre bout du pays, Hollis longe déjà en voiture un champ de lys, de zinnias, de cosmos et de mufliers de toutes les couleurs de l'arc-en-ciel. C'est un spectacle digne de Monet ou de Renoir, et elle hésite à s'arrêter pour prendre une photo... Non, elle est en mission. Elle se gare sur le parking de la coopérative de la ferme Bartlett à 7 h 55.

Elle a fini par lire une partie des débats qui agitent ses abonnés. Serait-ce trop tôt pour organiser un week-end festif ?

Oh, sans doute, se dit-elle. Mais ça lui a fait du bien au moral, ça lui a donné un horizon. Et puisque c'est elle qui reçoit, elle le fera selon ses règles. Point final.

À 8 heures pétantes, la gérante de la coopérative, Lily Callahan (qui consulte régulièrement le blog d'Hollis et qui connaît donc la raison de sa visite matinale !) retourne le panneau pour indiquer qu'elle est ouverte.

Hollis s'arrête juste derrière la porte du magasin pour regarder le présentoir de fleurs fraîches. Les seaux métalliques contiennent des lys blancs, jaunes, pêche et d'un coloris qui s'appelle « double rose ». Elle en choisit cinq, avant de sélectionner quatre bouquets de fleurs cueillies plus tôt dans la matinée, aux pétales qui conservent l'humidité de l'arrosage automatique. Puis elle va chercher des épis de maïs. Ils sont rangés tête-bêche dans leurs cageots et forment un puzzle bien régulier. (Lily Callahan admire les épis bien alignés dès son arrivée le matin. Elle sait qu'en fin d'après-midi ils seront en pagaille, dérangés par les clients qui passent au retour de la plage, et qui écartent les spathes sans les remettre ensuite en place, en dépit du panneau qui l'exige !) Hollis choisit des tomates de serre, des laitues bio, des concombres, des courgettes et d'autres courges d'été. Elle passe ensuite aux herbes aromatiques : aneth et basilic frais, une botte de ciboulette, sans oublier ce que Lily et les autres vendeurs qualifient de « menthe étourdissante » (et c'est tout à fait mérité). Hollis pousse son chariot jusqu'au rayon fromage, où elle sélectionne un taleggio et un cheddar dans une étamine (des fromages cinq étoiles, Lily valide !), des crackers sophistiqués, deux salamis italiens, des amandes Marcona, une boîte de cacahuètes de Virginie au sel et au poivre (terriblement addictives) et des olives Alfonso.

Elle montre le bocal d'olives à Lily (qui s'efforce de garder ses distances, même si elle suit évidemment de près les achats d'Hollis) et lui lance :

— Personne n'en mange, mais j'adore leur couleur violette.

— Oh, dit Lily, qui se sent prise sur le fait. Moi aussi !

À un jet de pierre de la coopérative se trouve le poissonnier préféré d'Hollis. Maria, qui tient le comptoir, la vénère littéralement, mais pas au point de lui demander une photo. Elle la sert – 2 kilos d'espadon – et ajoute un pot du légendaire guacamole de la poissonnerie, « cadeau de la maison ».

— Vous êtes un amour, dit Hollis.

Maria se retient de lui suggérer de servir le guacamole à l'apéritif le dimanche soir avant la soirée pizzas. Elle ne veut pas devenir ce genre de femme. À moins que... Elle ouvre la bouche, puis se ravise et se contente de lancer :

— Amusez-vous bien ce week-end !

L'expression d'Hollis demeure impénétrable.

— Je vais essayer, répond-elle.

Hollis fait un dernier arrêt, sans doute le plus important de son point de vue, chez le caviste. Elle n'envisage pas de recevoir chez elle sans vin. Beaucoup de vin.

Le caviste, Ethan Falcone, n'est pas abonné au site *En cuisine avec Hollis*, ce qui ne l'empêche pas de la reconnaître à la seconde où elle franchit le seuil de sa boutique, parce qu'elle était au lycée avec sa femme, Terri Prentiss, épouse Falcone. Elles jouaient toutes les deux dans la même équipe de softball ; elles ont remporté le championnat du Massachusetts en première, pour être éliminées en finale l'année suivante, lors d'un match si tristement mémorable que Terri en a encore le cœur brisé. Et n'a-t-elle pas mentionné récemment le nom d'Hollis d'ailleurs ? Ethan pourrait jurer que oui, mais il ne se souvient pas pourquoi. Sa femme tient un petit salon de coiffure dans Old South Road et elle lui parle de tant de gens qu'il ne peut pas tout retenir.

Il observe Hollis, occupée à sélectionner des bouteilles de milieu de gamme dont un pinot gris, un sauvignon blanc, un chardonnay et un rosé. Elle ajoute deux bouteilles de tequila Casa Dragones (Ethan valide ce choix), deux autres de vodka Triple Eight, une de gin Hendrick's et une de rhum Mount Gay. Elle s'approche de la caisse pour payer avant de changer d'avis et de filer au rayon champagne. Elle attrape deux bouteilles de Veuve Clicquot sur l'étagère et retourne payer.

Quand elle arrive à sa hauteur, Ethan lui lance :

— Bonjour, Hollis.

— Bonjour...

Elle laisse la fin de sa phrase en suspens, signe qu'elle a oublié son prénom. Il ne s'en formalise pas. Il ne connaît le sien que parce que Terri nourrit une obsession (anormale ?) pour l'équipe de softball du lycée. Ce qui n'empêche pas Ethan d'aimer discuter ; c'est son aspect préféré du métier. Les gens vont chez le caviste pour toutes sortes d'occasions, bonnes ou mauvaises – ah, l'insécurité de l'emploi ! S'il se fie au panier d'Hollis, elle organise une grande fête chez elle.

— Comment va la vie ? lui demande-t-il.

— Oh, bien, merci.

— Et ce bon docteur ? Je ne l'ai pas vu une seule fois de tout l'été.

Hollis perd son sourire si instantanément qu'il est presque étonné de ne pas entendre un coup de tonnerre. Il se rappelle alors aussitôt pourquoi Terri lui a parlé d'Hollis. « Son mari, tu sais, le grand ponte du Massachusetts General Hospital, est mort. »

Hollis soutient le regard d'Ethan et lui dit simplement :

— Matthew est décédé en décembre.

Mais quel abruti ! pense-t-il. Malgré tout, il se sait capable de rattraper sa bévue.

— Je suis vraiment désolé de l'apprendre. C'était un homme si charmant, j'ai toujours aimé discuter avec lui. Je vous présente toutes mes condoléances.

— Merci, murmure-t-elle.

Il commence à scanner les bouteilles, qu'il range dans un grand carton avec des compartiments. Il voudrait lui offrir ses achats du jour, mais… l'addition est salée, et il a besoin de gagner sa vie.

— Ça fera 511 dollars.

Pendant qu'elle insère sa carte de crédit dans le lecteur, il réfléchit au moyen de se montrer serviable.

— Je vais vous mettre tout ça dans votre coffre, lui propose-t-il.

Elle le conduit à la Bronco et, une fois qu'il a chargé les bouteilles, il écarte les bras pour lui donner une accolade. Elle se prête au jeu sans s'attarder.

— Merci, Evan.

— C'est Ethan, la reprend-il.

Ils rient de bon cœur. Soudain, il repense à quelque chose.

— Vous savez comment Terri surnommait votre mari ?

Elle ne cache pas sa surprise.

— Il allait se faire couper les cheveux chez elle de temps en temps.

— Ah, mais oui, c'est vrai. Alors comment le surnommait-elle ?

— Monsieur Merveille. Oui, elle l'appelait Monsieur Merveille.

Il donne un petit coup sur le hayon de la Bronco, fier de s'être souvenu de ce détail.

— Passez un excellent week-end.

Une fois qu'il est rentré dans sa boutique, Hollis abandonne son front contre le volant. *Monsieur Merveille...* L'un de ses souvenirs les plus précieux remonte alors à la surface de sa mémoire, et il se déroule avec tant de clarté qu'elle a l'impression de le voir défiler sur un écran de cinéma.

Hollis et Matthew avaient quitté le centre-ville de Boston juste avant la naissance de Caroline pour une belle maison cossue sur un terrain boisé dans la banlieue de Wellesley. Hollis avait démissionné du magazine *Boston*, qui l'employait, pour s'occuper de sa fille. Elle aspirait toutefois à une vie plus remplie et avait donc accepté de présider le gala de charité au bénéfice du service de cardiologie de l'hôpital. L'administration n'avait jamais vu une présidente aussi organisée et compétente qu'elle. Tous les billets avaient été vendus sur-le-champ, l'hôpital avait reçu les parrainages d'entreprises importantes, et une star de la musique avait accepté de venir se produire – son nom était tenu secret, mais on parlait de Peter Wolf, du groupe J. Geils Band, et on racontait même que Steven Tyler monterait sur scène avec lui.

Le soir du gala, Hollis s'est assise devant sa coiffeuse pour mettre ses clous d'oreille en diamants. Elle avait relevé ses cheveux en chignon et elle portait une robe violette moulante – la première dans laquelle elle était capable de rentrer depuis sa grossesse, et il avait fallu pour ça passer beaucoup d'heures à la salle de sport et se priver de dessert pendant trois mois.

Matthew, qui avait mis son smoking, est entré en tenant deux flûtes de champagne. Il en a remis une à Hollis et a souri à son reflet dans le miroir.

— À ma magnifique épouse, a-t-il dit. Tout le monde à l'hôpital me répète à quel point tu es une merveille, tu sais ? Je suis tellement fier de toi.

Ils ont entrechoqué leurs verres avant d'avaler la première gorgée. Matthew s'est penché pour déposer un baiser dans la nuque d'Hollis. Au bout du couloir, Caroline cherchait, avec la baby-sitter, le livre qu'elle voulait lire avant d'aller au lit. Hollis a fermé les yeux et pensé : *J'ai tellement de chance. J'ai rêvé de ça toute ma vie. Un moment comme celui-ci.*

***

De retour à la maison, Hollis met le turbo et sa montre connectée a du mal à tenir le rythme.

Elle veut que tous les lits ressemblent à de gros gâteaux à la crème. Elle fourre deux couettes dans chaque housse pour augmenter leur volume. Elle dispose une collection d'oreillers – certains en plumes, d'autres plus rigides – le long de chaque tête de lit, puis place un bouquet de fleurs de la ferme Bartlett sur les tables de nuit, à côté d'une carafe d'eau et d'une pile de magazines. Elle s'est inspirée d'un tuto sur TikTok pour les préparer. Elle a formé, avec du scotch, une grille sur chaque vase, qui permet aux fleurs de tenir bien droit. Elle ajoute à l'eau du vinaigre, du sucre et des glaçons pour que ses bouquets tiennent mieux. Elle a conscience que cette attention excessive portée aux détails est une façon, pour elle, de garder la main sur les rares choses qu'elle peut encore contrôler. Elle n'en revient pas d'avoir dû annoncer à ce pauvre Ethan que Matthew était mort. L'espace d'un instant, elle a même envisagé de lui répondre qu'il était en train de jardiner chez eux, qu'il s'occupait de leurs plants de tomates. C'était lui qui se chargeait de la taille – ses mains de chirurgien lui offraient l'assurance et la dextérité idoines pour cet exercice.

Elle dispose des serviettes en coton turc d'un blanc immaculé dans chaque salle de bains, puis déballe des savonnettes aux fleurs des champs de chez Nantucket Looms.

Elle met ensuite l'espadon à mariner (elle postera la recette à ses abonnés après le week-end), sort les fromages et prépare ses célèbres noix de pécan au bacon et au romarin (elle partagera aussi cette recette – elle entend déjà ses abonnés la réclamer à cor et à cri, puis lui demander s'il est possible de remplacer les noix de pécan par des amandes).

Elle dresse le couvert sur la terrasse : sur deux nappes en toile de Jouy bleue qui se chevauchent, elle dispose des assiettes de présentation en osier, des serviettes en lin, des bougies à la cire d'abeille dans des bougeoirs Simon Pearce, un bouquet d'hortensias qui proviennent des massifs qui longent l'allée menant à la maison. Elle suspend des lanternes contenant des bougies à la citronnelle et prévoit une pile de couvertures en cachemire sur le grand tabouret bas et carré pour le cas où l'une de ses convives aurait froid. (Elle a le sentiment d'avoir pensé à tout… est-ce vraiment le cas ?)

Elle met des bouteilles au frais dans l'immense seau à champagne en argent martelé, polit ses verres à vin, retire délicatement les pistils des lys en se servant d'une serviette en papier humidifiée. Elle se rend ensuite dans l'abri de jardin pour retirer les toiles d'araignées sur les parasols. Elle est en train de nettoyer la glacière, entourée de deux paquets d'eau pétillante, quand une sonnerie lui annonce la réception d'un texto.

C'est Caroline. Je suis arrivée. Tu es où ?

Arrivée ? Comment ça, elle est arrivée ? Ici, à Nantucket ? Il n'est que 11 h 30. Est-ce que Caroline a pris un vol plus tôt ? Hollis est à peu près certaine que le vol qu'elle a réservé pour sa fille atterrissait à 13 h 30. Elle se dépêche de rincer la glacière avec le tuyau d'arrosage, puis elle la met à sécher au soleil. Elle retire ses gants en caoutchouc et se précipite dans la maison pour ouvrir son ordinateur portable. Elle clique sur le mail de confirmation de la compagnie aérienne, celui qu'elle a fait suivre à Caroline la veille au soir. Elle retient un cri.

Départ JFK 10 h 13

Arrivée ACK 11 h 27

Oh, non. Non, non, non, non ! se dit Hollis. Elle doit appeler Caroline, mais elle a laissé son téléphone quelque part... où ça ? Dehors près de la glacière ? Non. Elle finit par le dénicher sur une étagère dans l'abri de jardin. Pendant qu'elle se dépêche de rentrer, elle songe : *Je n'ai pas assuré sur ce coup-là, vraiment pas.* Elle monte dans la Bronco et démarre en trombe, faisant jaillir les gravillons blancs sur l'herbe, quand elle reçoit un autre message, qui provient aussi de Caroline.

Laisse tomber. J'ai trouvé un chauffeur.

Hollis freine et pousse un soupir de soulagement. Sa fille a trouvé un chauffeur. Donc tout va bien, non ? Mais Hollis sait que tout ne va pas bien. Elle aurait dû vérifier ce matin l'heure d'arrivée du vol.

Elle a pensé aux plaids en cachemire... et elle a oublié sa propre fille.

Il lui en coûte un effort immense de ne pas faire le pied de grue sur le pas de la porte jusqu'à l'arrivée de Caroline. Elle rentre préparer un sandwich avec un petit pain blanc, du bacon, de la laitue et des tomates, le repas préféré de Caroline en été. Hollis le dispose sur une assiette avec une poignée de chips et une pêche bien mûre. Elle entend une voiture et jette un coup d'œil dehors : Caroline descend d'un énorme pick-up noir. Hollis a beau plisser les yeux, elle n'arrive pas à voir qui est derrière le volant, mais Caroline lui adresse un signe de la main. En souriant. Peut-être que la situation n'est pas aussi critique qu'Hollis le craignait.

— Ma chérie, s'exclame-t-elle lorsque sa fille s'engouffre dans la maison en laissant claquer la porte moustiquaire derrière elle. Bienvenue !

— T'es pas sérieuse, là ?

Elle jette à sa mère un regard glacial avant de s'accroupir pour caresser et embrasser Henrietta, qui se dandine d'affection et d'enthousiasme.

— Je suis vraiment désolée, ma chérie. J'étais persuadée que ton vol atterrissait à 13 h 30. C'est ce que j'avais noté sur ma liste.

— Sur ta liste, répète Caroline avec un rire excédé. Classique.

— Je ne te réduis évidemment pas à un élément d'une liste, Caroline, c'était juste pour t'expliquer que j'avais le mauvais horaire en tête et que je comptais...

— Non merci pour le déjeuner, l'interrompt-elle avant de prendre ses affaires et d'aller s'enfermer dans sa chambre.

Hollis entend la porte claquer.

Laisse-la digérer sa colère, se dit-elle. Elles ont fait le plus dur, Caroline est de retour à la maison. Hollis lui gardera son déjeuner pour plus tard. Ça ira sans doute mieux après une petite sieste.

Elle frappe à la porte de sa fille une heure plus tard et n'obtient aucune réponse.

Très bien, se dit-elle. Il est vrai qu'à cet âge on est capable de dormir très longtemps.

À 15 heures, elle enfile sa « tenue de bienvenue » – un pantalon blanc à lien coulissant et une de ses chemises signature en rose pâle, tous deux à la coupe avantageuse, car même si elle a perdu du poids depuis la mort de Matthew, elle est loin d'être mince. Elle ne décrochera pas de prix de mode ce week-end, mais elle est à l'aise avec son image. Le blond domine encore le gris dans ses cheveux, ses yeux sont d'un bleu ardoise clair, sa poitrine ne s'est pas affaissée et son derrière, bien que rond et potelé, reste ferme. Elle a un léger bronzage, et plus tôt dans la semaine elle a trouvé le courage de se rendre au salon de beauté pour une manucure, une pédicure, ainsi qu'une épilation et teinture des sourcils. Les siens ont toujours été impeccables, et pourtant, en cinquante-trois années d'existence, elle a appris que des sourcils nickel ne sont en rien la garantie d'une journée sans accroc.

Elle retente sa chance à la porte de Caroline.

— Ma chérie ?

Rien.

À 16 h 15, personne n'est encore arrivé, et Hollis n'a pas reçu un seul message. Pas même de Brooke. Elle commence à se demander si toutes ses convives n'ont pas changé d'avis.

Elle déambule dans sa maison, s'imaginant la découvrir pour la première fois. Tout est bien présenté, ça sent bon... et pourtant il manque quelque chose. C'est trop silencieux, elle a besoin de musique. Elle a suivi l'exemple de Moira Sullivan et préparé non pas un mais quatre mix de musique – un pour Tatum (sur le thème des années 1980), un pour Dru-Ann (sur le thème des années 1990), un pour Brooke (avec les chansons qu'elles écoutaient quand leurs enfants grandissaient) et un pour Gigi, même si elles n'ont jamais parlé de musique ensemble. Hollis a tenté de déduire ses goûts de leurs échanges, et elle a concocté une liste qui, dans son esprit, correspond aux attentes d'une « femme brillante » : Alison Krauss, Lauryn Hill, Norah Jones. Elle a ajouté quelques tubes de Billie Holiday, Nina Simone et Carole King. Puis complété avec quelques choix plus audacieux : Fiona Apple, Courtney Love, Alanis Morissette. Le mix de Gigi est le plus adapté à la situation et Hollis le lance en mode aléatoire.

La première chanson qui passe est *Maybe*, d'Ingrid Michaelson. Elle s'assied sur un des tabourets devant l'îlot de sa cuisine et prend une photo de son bol en verre taillé rempli de noix de pécan au bacon et au romarin.

L'assiette qu'Hollis a préparée pour sa fille est toujours là, sur le plan de travail. Elle s'en approche et constate que le pain a séché, que les tomates ont coulé et que les chips sont ramollies. Le tout atterrit dans l'écuelle d'Henrietta.

Hollis longe le couloir jusqu'à la chambre de sa fille et frappe plus énergiquement cette fois.

— Caroline ? J'aimerais que tu te lèves, s'il te plaît. Mes invitées ne vont plus tarder.

Toujours aucune réponse. Hollis se rappelle qu'elle est la mère de Caroline et qu'elle est chez elle, qu'elle n'a pas fait exprès de se tromper d'horaire et qu'elle s'en est excusée. Autrefois, sa fille lui aurait dit : « Ne t'en fais pas pour ça, maman, je sais que tu dois penser à un milliard de choses. »

— Je peux entrer ?

Caroline met un point d'honneur à faire respecter son espace privé. Elle n'a pas connu l'époque du téléphone fixe, celle où on parlait à son petit ami – Jack Finigan en l'occurrence – dans la cuisine, alors que son père était assis sur le canapé à moins de 2 mètres de là devant un feuilleton télévisé et ne perdait sans doute pas une seule miette de la conversation.

Elle finit par entendre un son étouffé.

— Quoi ?

Hollis entrouvre la porte et découvre Caroline blottie sous sa couette – alors qu'il fait 24 degrés –, en train de regarder son téléphone. Parfaitement réveillée en réalité.

— Caroline, je suis sincèrement navrée de ne pas être venue te chercher à l'aéroport. Je me suis trompée d'horaire. Je te présente mes excuses.

Caroline s'assied et rejette la couette au pied du lit.

— Je vois que tu as eu le temps de terminer les préparatifs en tout cas. Les fleurs. Les épis de maïs frais. Tu as fait l'ouverture de la coopérative ce matin ?

— Caroline...

— Réponds-moi.

— Oui, c'est vrai...

— Je me souviens d'une époque où j'étais ta priorité.

— Tu le restes enfin ! Tu es ma priorité !

— Non, c'est ton blog. Ta marque. Ils passent avant moi.

Après un silence, elle ajoute :

— Et avant papa.

Hollis est bien consciente que sa fille cherche à provoquer une réaction, et elle se refuse à entrer dans son jeu.

— Tu m'as tellement manqué... Je suis vraiment heureuse que tu sois là. Ça compte beaucoup pour moi, ma chérie.

— Ne te fais pas de fausses idées. Je n'ai accepté que parce que j'avais besoin d'argent.

Hollis devrait quitter la chambre, au lieu de quoi elle va s'asseoir sur le lit de Caroline en veillant à ne pas la coller. (Elle a appris avec les années que pour être mère il fallait être douée en maths : quelle distance est suffisante ? excessive ?)

— Tu veux qu'on parle de ton père ? Je suis certaine que c'est difficile pour toi d'être ici ce week-end… sans lui. J'ai eu beaucoup de mal au début, moi aussi.

Non, Hollis ne compte pas parler d'elle plus que nécessaire. Elle se rappelle combien les mots de Gigi l'ont aidée à l'époque : Je suis là si vous avez besoin de parler.

— Bien sûr que papa me manque, rétorque Caroline. Il ne m'aurait jamais abandonnée à l'aéroport comme une orpheline.

Hollis perçoit une légère pointe d'humour dans le ton de sa fille, et elle veut y voir une forme d'encouragement.

— Tu as raison. Ton père n'aurait jamais commis cette erreur. Il serait arrivé en avance, tellement il aurait été impatient de te revoir et de t'entendre lui raconter ton stage à New York.

Elle tend la main vers Caroline pour écarter une mèche de son visage.

— Comment se passe-t-il ?

Une alerte surgit sur l'écran du téléphone de Caroline, qui clique dessus. Hollis se souvient du jour où Matthew lui a acheté son premier iPhone, il y a dix ans. Qu'a-t-il dit à l'époque déjà ? Ah, oui ! « On ne sera plus jamais la chose la plus importante dans sa vie. »

— Maman ? lance Caroline d'un ton différent. Je ne pense pas que tu sois prête, là, ajoute-t-elle en lui tendant son téléphone. Dru-Ann a été *cancel*.

— Quoi ?

Hollis fixe l'écran et regrette de ne pas avoir ses lunettes sous la main. Elle approche son pouce et son index pour grossir le texte. Dru-Ann Jones ne croit pas aux problèmes de santé mentale. Hollis essaie de lire la suite, mais les caractères sont minuscules. Elle comprend qu'il est question d'une certaine

Posey, golfeuse de son état, avant de baisser les bras et de passer à la vidéo. Elle voit alors sa précieuse amie incendier un type qui a tous les aspects du riche blanc. « Elle va dire à tout le monde que c'est un “problème de santé mentale” – Dru-Ann mime les guillemets –, au lieu de prendre un peu sur elle et d'aller au bout du tournoi ! »

Il y a dix ans, ou peut-être même cinq encore, Hollis n'aurait pas vu où était le problème, mais à présent, en grande partie grâce à ses interactions avec ses abonnés, elle sait ce qu'il y a à savoir sur les questions de santé mentale.

— Oh là là, gémit-elle, c'est mauvais pour elle.

— Pire que ça, reprend Caroline. C'est une catastrophe. Et la vidéo est partout. Cet article a été posté sur un média féministe, mais il cite *Vulture* comme source.

Soudain Hollis entend quelqu'un l'appeler. Elle écarte deux lames du store de Caroline et découvre une immense berline noire – *comment cet engin du diable a-t-il pu remonter Squam Road ?* – qui fait demi-tour devant la maison.

Une seule de ses amies est susceptible de louer un véhicule aussi imposant.

— C'est Dru-Ann.

— Tu ferais mieux d'aller la voir, alors.

Hollis se sent partagée. Il est naturel qu'elle aille accueillir son invitée, bien sûr, mais elle ne voudrait pas que sa fille pense qu'elle passe après tout le monde.

— Est-ce que je peux te...

— Vas-y, maman, l'interrompt-elle en rivant son regard à l'écran de son téléphone. Dru-Ann a plus besoin de toi que moi.

12

BRUSHING

Le brushing coûte plus cher que ce que Tatum avait prévu, mais le résultat en vaut largement la chandelle. La coiffeuse au délicieux accent irlandais, Lorna, prend le temps de l'installer délicatement au bac à shampooing avant de lui faire un gommage incroyable du cuir chevelu. Quand Tatum a les cheveux propres, Lorna les emmaillote dans une serviette blanche bien moelleuse et lui apporte un latte ainsi que le dernier numéro du journal *People*, dédié aux stars. Tatum sent la tension dans ses épaules se dénouer sous l'effet du sèche-cheveux. Lorna lisse sa chevelure brillante en créant un léger volume sur le dessus et de discrètes ondulations au niveau des pointes.

Tatum sait que la jeune femme a affronté un cancer du sein il y a deux ans. Le bar-karaoké de Nantucket a organisé une levée de fonds pour l'aider pendant son traitement, et Irina Services lui a offert un ménage hebdomadaire. Tatum lui jette un coup d'œil discret. Ses seins sont petits et fiers, ses joues roses, et elle tient fermement la brosse dans sa main. Impossible d'imaginer qu'elle a traversé une grave maladie. Tatum peut-elle l'interroger sur ce « voyage » ? (Elle sait qu'il ne faut pas parler de « bataille ».) Les femmes qui ont survécu à un cancer du sein sont censées appartenir à une sorte de sororité, ce qui a un côté attrayant, du moment qu'on oublie le risque qui précède et la possibilité de finir dans un cercueil, comme la mère de Tatum.

Elle a perdu la tranquillité zen qu'elle avait atteinte cinq minutes plus tôt, ce qui ne l'empêche pas de sourire à Lorna dans le miroir.

— Si seulement je pouvais être toujours aussi bien coiffée.

— Vous êtes magnifique, lui dit Lorna avec un clin d'œil. Maintenant filez profiter de votre week-end cinq étoiles.

La veille au soir, Tatum a parlé à Kyle du message téléphonique de l'hôpital. Ils l'ont écouté ensemble en se tenant par la main – Tatum a quasiment broyé celle de Kyle.

« Bonjour, ici la docteure Constable. J'ai reçu les résultats de votre biopsie, mais le secret médical m'interdit d'en dire davantage sur un répondeur. Je serai joignable jusqu'à 17 heures aujourd'hui, et demain je suis en congé. Dans le cas où nous ne parlerions pas avant, je serai à l'hôpital lundi à la première heure. N'hésitez pas à m'appeler à partir de 8 heures. Merci. »

Tatum a lâché la main de Kyle et réécouté le message pour tenter d'interpréter le ton de la Dr Constable. Il ne semblait pas particulièrement sombre, mais pas non plus guilleret. On aurait pu parler de neutralité parfaite.

— Rappelle-la, a dit Kyle.

— Elle a dit qu'elle partait à 17 heures. Et il est 18 h 30.

— Les médecins restent au bureau après leurs heures de consultation pour remplir les dossiers.

— À la télé.

Elle n'avait pas envie d'appeler, alors elle a tendu son téléphone à Kyle, qui s'en est chargé.

Le temps que la connexion soit établie, Tatum a vu défiler des souvenirs à toute allure dans son esprit : les sundaes de ses 6 ans, une croisière un peu mouvementée l'année de ses 12 ans qui lui a valu de vomir, la robe lavande qu'elle portait pour le bal de promo en première (Kyle avait mis un nœud papillon et une ceinture large assortis), le trotteur de Dylan, avec lequel il adorait cogner les talons de Tatum, un client du Lobster Trap qui lui a demandé un supplément de beurre fondu et qui l'a bu. Pourquoi ces souvenirs-là et pas d'autres, plus intéressants ?

Kyle a soupiré :

— Répondeur.

— Ne laisse pas de message. Je rappellerai lundi matin.

— Le côté positif, c'est que tu vas pouvoir profiter de ton week-end sans avoir à y penser.

Bien sûr que je vais y penser, abruti, a-t-elle failli rétorquer. Elle s'est retenue, parce qu'elle savait qu'il était aussi nerveux qu'elle et qu'il cherchait seulement à la réconforter. Elle a préféré l'embrasser.

Elle envoie un message à Kyle. Suis en route, on doit partir à 16 heures ! Elle lui a répété si souvent ces derniers temps que ça l'exaspère, mais elle a dans l'idée que lorsqu'il la verra avec son brushing, il voudra l'emmener faire un tour dans la chambre et, franchement, ils n'ont pas le temps.

Elle trouve Kyle assis dehors avec une bière, à la table d'extérieur en tek que Dylan et elle lui ont offerte pour la fête des Pères. Il est en compagnie d'un grand type, chauve et avec un bouc argenté, qui porte un jean, un polo blanc et des tongs.

L'homme lui sourit et lance :

— Surprise !

Tatum n'en croit pas ses yeux. C'est Jack Finigan ! Qui est, selon toute vraisemblance, toujours en vie.

— Ça alors, mais c'est le grand retour, dit-elle alors que les rouages de son cerveau se mettent en marche. Tu surgis de nulle part après nous avoir ignorés pendant un million d'années. Et ce week-end, comme par hasard...

Jack serre si fort Tatum qu'il comprime sa poitrine endolorie. Il a pris du poids et son visage s'est ridé, mais il a toujours fière allure. Les hommes se bonifient avec le temps, et ça, ça l'énerve.

— J'adore tes cheveux, chérie, lui dit Kyle.

— Merci.

Elle lui jette un regard, sourcil haussé, qui demande : *Tu étais au courant ?* Kyle, Jack et Tatum sont amis depuis le collège, et l'époque où le père de Jack a pris un poste de chef d'équipe dans une entreprise de construction de l'île. Elle est heureuse de le voir, mais elle aurait apprécié qu'il s'annonce. Elle allume une cigarette.

— Je peux te servir un verre de vin ? lui propose-t-il. Je t'ai apporté une bouteille.

Une bouteille ? Zut ! Tatum s'avise aussitôt qu'elle ne peut pas arriver les mains vides chez Hollis. D'un autre côté, que lui offrir, puisqu'elle peut tout s'acheter ? Tatum sait très bien que la question n'est pas là. On ne débarque pas comme ça chez les gens. Elle envisage différentes options : une brique de soupe, un rouleau d'essuie-tout, un tee-shirt jaune fluo avec le logo des solutions de chauffage et de climatisation McKenzie. Elle aurait dû chercher dans ses vieux albums une photo d'elles deux – elle doit en avoir au moins 3 000 – et acheter un beau cadre en argent. Hollis aurait été touchée par l'attention, mais le cadre aurait coûté 75 dollars, or elle n'a pas cet argent, surtout après son brushing. Et si elle se contentait d'apporter une photo ? Il y en a une d'elles assises au fond du bus juste après leur victoire au championnat de softball du Massachusetts, l'année de première – elles sourient toutes les deux, Tatum fait le signe de la victoire avec deux doigts et Hollis porte un bandeau en éponge ringard, juste à la naissance de ses cheveux. Ou alors elle pourrait en choisir une d'eux quatre – Tatum et Kyle, Hollis et Jack –, celle au sommet d'Altar Rock, le jour du Nouvel An de l'année de terminale. Mais elle ne se voit vraiment pas lui offrir une photo. Et puis elle n'a pas le temps de fouiller dans ses albums de toute façon, elle est déjà en retard.

— Je suis censée être à Squam depuis dix minutes déjà.

— À Squam ? s'étonne Jack. Y a quoi, là-bas ?

Tout le monde sait très bien ce qu'il y a à Squam, songe Tatum. Jack se souvient forcément qu'Hollis a déplacé la maisonnette de son père pour se faire construire une baraque qui en jette. Mais est-il au courant du décès de Matthew, et Kyle lui a-t-il parlé de ce qu'il surnomme affectueusement le « week-end dix nichons » ? Kyle l'a-t-il justement invité pour cette raison ? Jack vit à l'autre bout du Massachusetts, où il possède un restaurant grill et où il fait aussi fonction de garde-chasse local. Il a troqué l'océan pour un lac, les bars rayés contre… quel genre de poissons pêche-t-on dans les lacs ? Des perches ? Des truites ? Tatum n'en sait fichtre rien. Ils n'ont pas revu Jack depuis que Dylan a fini le lycée, ce qui remonte à... quoi ? Cinq ans ? Il n'aimait pas la façon dont l'île avait évolué. Trop de gosses de riches au volant de la Range Rover de leur père, le nez plongé dans leur téléphone. Et tous les endroits auxquels il était attaché avaient disparu. Pourtant, Tatum est persuadée qu'Hollis fait partie de l'équation d'une façon ou d'une autre. C'est à cause d'elle qu'il ne revenait plus sur l'île.

Sauf qu'Hollis est désormais veuve, et que Tatum va passer le week-end avec elle. Il est impossible que la visite de Jack soit une coïncidence. Kyle et lui ont dû mijoter leur coup comme deux adolescentes.

Elle jette un coup d'œil dans le frigo et aperçoit une bouteille de son vin préféré, un pinot gris. Voilà ce qu'elle va apporter à Hollis.

Et elle aura aussi quelque chose pour cette snobinarde de Dru-Ann.

Elle récupère son sac de voyage dans sa chambre, écrit *je t'aime* sur le miroir de la salle de bains avec son rouge à lèvres, fait un crochet dans la chambre d'Orion et furète dans son coffre à jouets pour trouver ce qu'elle cherche. De retour dans la cuisine, elle passe une tête dehors.

— Kyle me dépose à Squam, dit-elle à Jack. Pourquoi tu ne viens pas avec nous ?

Il se lève quasiment d'un bond.

— C'était bien mon intention.

13

HAPPY HOUR I

À 16 heures le vendredi après-midi, Brooke Kirtley descend la rampe du ferry avec son chapeau de paille, sa jupe Lilly Pulitzer à girafes turquoise et sa paire de sandales de la même couleur qui l'écorchent entre les orteils. Au moment où elle quittait la maison, Charlie lui a dit : « On dirait une vraie caricature, tu vas vraiment passer pour une touriste. » Elle savait qu'il était simplement jaloux – et sans doute rongé par la culpabilité –, alors elle s'est contentée de lui rétorquer :

— Je te remercie.

Brooke sent une tape sur son épaule et découvre, en se retournant, Electra Undergrove, qui descend la rampe derrière elle. Elle est très chic dans une robe bohème bleue avec des découpes à la taille. Elle a une nouvelle coupe de cheveux, asymétrique, et elle s'est teinte en auburn foncé, avec des reflets violets qui rappellent la couleur du Cherry Coke. Mais elle a changé autre chose, si Brooke ne se méprend pas. Au début elle se demande si elle n'aurait pas perdu du poids – ce qui ne serait en rien une surprise, un groupe de mamans de Wellesley se sont inscrites au nouveau spa sur la Route 16, qui propose, bizarrement, des soins « en pleine conscience », et qui les a encouragées à jeûner… Soudain Brooke comprend ce qui a changé. Electra s'est fait refaire les seins. C'est bien ça, non ? Elle a toujours été une vraie planche à pain, alors qu'à présent elle a un décolleté avantageux avec deux sphères rebondies parfaitement bronzées.

Entre la robe, la nouvelle coupe de cheveux et la poitrine, sans oublier l'assurance éblouissante d'Electra, Brooke se sent évidemment moins à la hauteur que jamais. Sa robe est froissée, son chapeau ridicule, et ses chaussures la blessent.

Electra la dévisage par-dessus ses gigantesques lunettes de soleil Kris Jenner et lui lance :

— Et si on allait prendre ce verre ?

Maintenant ? Brooke a annoncé à Hollis son arrivée par le ferry de 16 heures. Elle lui a aussi précisé qu'elle prendrait un taxi, parce qu'elle est bien décidée à ne pas être un poids ce week-end, à ne pas réclamer plus d'attention que nécessaire. Elle s'efforcera de ne pas parler à tort et à travers, de ne pas s'excuser pour des torts qui ne sont pas les siens et de ne pas taper sur le système des autres. Elle veut, plus que tout, passer pour quelqu'un de facile à vivre. Et peut-être que, pour commencer, elle pourrait éviter de se précipiter chez Hollis et accepter la proposition d'Electra Undergrove.

Par ailleurs, soyons honnêtes, comment Brooke pourrait-elle dire non à Electra alors que depuis des années elle se demande – ça tourne à l'obsession – pourquoi celle-ci l'a bannie de chez elle et de leur groupe d'amies. C'est Electra qui dirige Wellesley. Lui dire non aujourd'hui reviendrait à commettre un suicide social.

Un second suicide social, pense-t-elle.

Voilà pourquoi Brooke sourit à Electra – avec retenue néanmoins – en haussant les épaules.

— Pourquoi pas, oui.

Au Slip 14, un jeune avec un tee-shirt à l'effigie du rappeur Gunna lorgne les nouveaux seins d'Electra comme s'il s'agissait de deux pains tout juste sortis du four. La stéréo diffuse une chanson du chanteur de country Kenny Chesney qui dit qu'il pensera à ses peines de cœur les jours de pluie. *Amen !* songe Brooke. Une bande de types craquants assis au bar boivent des bières pression en gobant des huîtres. Brooke suit Electra jusqu'à une table pour deux sur la terrasse, en traînant sa valise à roulettes.

Electra commande une bouteille de rosé, et Brooke dit aussitôt :

— Je ne pourrai prendre qu'un verre.

Electra rit.

— Parce que c'est possible de s'arrêter à un verre de rosé ?

Oui, pense Brooke. Et elle va lui en apporter la preuve ; elle ne se laissera pas influencer par cette femme. Elle ne se laissera pas tyranniser.

— Où est Simon ? s'enquiert-elle.

— Il a pris un autre bateau, plus lent, avec la Rover, répond Electra en levant son verre de vin. Il arrive à 17 heures, il me récupérera. Santé, mon amie !

— Santé, réplique Brooke, qui ne parvient pas à ajouter « mon amie » à son tour.

Parce que la vérité cruelle est la suivante : Electra Undergrove n'est pas l'amie de Brooke. Elle l'était il y a quinze, dix, cinq ans même, quand les enfants étaient petits et qu'elles traînaient toutes ensemble. Mais une page s'est tournée brutalement. Electra ne s'est peut-être pas rendu compte qu'en utilisant le terme d'amie elle avait ravivé la blessure de Brooke. Cette dernière est pourtant bien décidée à ne pas s'appesantir dessus. *Ça attendra un jour de pluie !* C'est un magnifique vendredi d'été, elles ont chacune un verre de rosé bien frais et elles attirent des regards admirateurs (enfin Electra en tout cas !). Brooke a bien l'intention d'être naturelle.

Et elle y parvient, même si elle doit négocier la conversation comme un démineur sur le terrain. Elle ne doit surtout pas dire un mot sur ce qu'a fait Charlie, et elle s'en tient donc au sujet sans danger de ses enfants (Will et son stage, Whitney et les *duck boats*), prend des nouvelles de ceux d'Electra, son fils Carter et sa fille Layla. Celle-ci lui confie que Carter fait un séjour en cure de désintox et que Layla suit le groupe Imagine Dragons aux quatre coins du pays avec son petit ami avant de conclure :

— Ils finiront par trouver leur voie. Ils n'ont jamais été aussi doués que tes enfants.

Waouh ! se dit Brooke. Un compliment d'Electra ! Elle en ressent une bouffée de fierté. Le vin lui est monté à la tête, et elle n'a rien avalé de la journée ; elle réserve son quota de calories quotidien pour le dîner d'Hollis. Elle demande à Electra où elle va loger.

— On a une location du côté de Cliffside.

Elle incline la tête, et Brooke devine qu'une curiosité intense éclaire ses yeux derrière les verres de ses lunettes de soleil.

— Tu étais déjà venue à Tuck ?

À Tuck ? C'est comme ça qu'on dit ?

— Une fois, petite. Je me souviens seulement que mon frère s'était fait piquer par une méduse.

— C'est ta première fois d'adulte alors ? Tu ne connais pas encore la maison d'Hollis ?

Brooke secoue la tête. *Ça attendra un jour de pluie !*

— Mais comment est-ce possible ? insiste Electra. Vous êtes si proches toutes les deux. Moi, j'ai été invitée une ou deux fois à l'époque. Matthew et elle nous avaient régalés d'un dîner de homards...

(Plus tard, quand Brooke y repensera, elle regrettera de ne pas avoir changé de sujet. Mais le rosé lui a délié la langue et a altéré son jugement.) Elle se penche vers Electra pour lui glisser :

— Hollis organise un petit week-end, un « week-end cinq étoiles ». Elle a invité ses meilleures amies, chacune correspondant à une étape de sa vie.

Electra la dévisage une seconde avant de reprendre son verre de vin.

— Et toi, tu es... quoi ? Sa meilleure amie de Wellesley ?

Brooke ne sait pas très bien comment répondre à cette question, et elle devrait sans doute le prendre comme un signal : le moment est venu de prendre congé en douceur. Au lieu de quoi elle pousse son téléphone vers Electra, sur la table.

— Regarde le programme. Hollis a tout prévu.

Electra s'en empare vivement et fait défiler la page.

— Vous allez porter des tenues assorties pour le dîner et le déjeuner ? Si c'est pas adorable...

— Ce sera plus photogénique, rétorque Brooke, sur la défensive.

Electra remonte ses lunettes de soleil sur le sommet de sa tête pour scruter l'écran du téléphone plus attentivement. Brooke a l'impression qu'elle cherche à enregistrer le programme pour pouvoir s'en moquer plus tard avec ses copines Liesl, Rhonda et Bets.

— Ça fait du bien à Hollis d'avoir un projet. La mort de Matthew a été un tel choc... Ils incarnaient le couple idéal.

— Tu trouves vraiment ? lâche Electra qui continue à faire défiler le planning.

— Mais... oui.

Hollis et Matthew avaient tout : la belle maison, une fille brillante, le respect de tout Wellesley. Matthew était un ponte dans son domaine, et Hollis est devenue une déesse des fourneaux connue dans tout le pays. Ils étaient réfléchis, attentifs, généreux. Un cran au-dessus de Brooke et de Charlie, mais aussi d'Electra et de Simon, et de tous les autres couples de leur connaissance.

— Ils se complétaient à la perfection, ajoute-t-elle. Ils étaient une vraie source d'inspiration.

Electra finit par redresser la tête pour soutenir le regard de Brooke. Le sien est chargé de sous-entendus.

— Avec Simon, on est tombés sur Matthew l'automne dernier, le jour où il donnait une conférence à la fac de médecine, à Atlanta. On rendait visite à Carter, et on est entrés dans le restau The Optimist au moment où il en sortait.

Electra marque un silence, elle tient toujours le téléphone de Brooke.

— Est-ce qu'Hollis t'en a parlé ? demande-t-elle.

— Non, elle...

Brooke préfère laisser la fin de sa phrase en suspens plutôt que de livrer le fond de sa pensée : « Elle ne parle jamais de toi. »

— Je crois qu'il a été surpris de nous croiser dans ce lieu. Non, je sais qu'il l'a été. Je n'en dirai pas plus, parce que je n'aime pas répandre des rumeurs, et surtout pas au sujet de Matthew. Paix à son âme.

Brooke finit ce qu'il lui reste de rosé (c'est son second verre, quasiment rempli à ras bord) et se dit : *Je dois me tirer des griffes de cette femme.*

— Est-ce que je pourrais récupérer mon téléphone, s'il te plaît ?

— Bien sûr.

Electra le repose sur la table et le pousse vers Brooke, puis elle se ressert de vin et se cale contre le dossier pour avoir le visage au soleil. Même avec ses nouveaux cheveux et ses faux seins rebondis, Electra Undergrove est loin d'être la femme la plus séduisante de Wellesley. Ou la plus riche. Et elle n'a pas fait une grande carrière. Pourtant, elle se retrouve à faire la pluie et le beau temps dans leur petite banlieue. Elle est spirituelle, elle organise de belles fêtes, elle dicte le planning des mondanités, elle décide qui est invité. Bref, c'est elle la cheffe. Pourquoi ? Brooke se pose cette question depuis des années.

— Je dois y aller, annonce-t-elle.

Elle sort deux billets de vingt de son sac à main pour le vin. Est-ce suffisant ? Elle en ajoute un troisième – même si elle ne devrait pas jeter l'argent par les fenêtres maintenant que Charlie a perdu son emploi. Au lieu de lui dire de reprendre son argent (ce qu'elle devrait faire puisque c'est elle qui a invité Brooke), Electra plie les billets et les glisse entre son index et son majeur, comme une cigarette.

— Avec Simon, on se disait récemment que vous nous manquiez, Charlie et toi. Il faudra que vous veniez à la maison dès que la saison de football aura recommencé.

Brooke aimerait être assez forte pour répondre : « C'est très gentil mais sans façon. » Ou même : « Va te faire voir, Electra ! » Au lieu de quoi elle lui adresse un immense sourire.

— Avec grand plaisir, nous serions ravis.

Et en femme qui s'est laissé influencer, tyranniser, manipuler et déposséder de son libre arbitre, elle ouvre le calendrier de son téléphone pour confirmer la date qu'elle s'est entendu proposer. Le dimanche 10 septembre. Brooke indique : Rock'n foot chez Electra !

— Et alors, qui sont les autres étoiles de ce petit week-end ? demande Electra.

— L'amie d'enfance d'Hollis, qui vit encore ici, et sa meilleure amie de la fac. Je ne connais pas la quatrième. Je crois qu'elle l'a rencontrée par l'intermédiaire de son blog.

— Tu sais qu'elle m'a bloquée et que je ne peux donc pas m'abonner ? Je ne saisis pas très bien pourquoi elle est aussi rancunière. Tu m'as bien pardonné, toi. On est en train de boire du rosé ensemble ! Et avec Charlie, vous viendrez à la maison à la rentrée !

Brooke a soudain l'impression que le soleil s'est transformé en lampe dans une salle d'interrogatoire. *Je ne t'ai pas pardonné,* pense-t-elle. Si elle boit du rosé avec Electra, c'est parce que... Quelle serait la réponse honnête à cette question ? Elle a un besoin pathétique d'être rassurée, et ça la flatte de savoir qu'Electra la juge digne de passer du temps avec elle. Et c'est une grosse erreur.

— Je dois filer, Hollis m'attend. Je suis déjà en retard.

Electra la congédie d'un signe de la main, avant d'empoigner la bouteille et de se diriger vers les types craquants au bar.

— Amuse-toi bien ce week-end, lance-t-elle à Brooke. Et bravo d'avoir accédé au rang d'étoile.

— Merci.

Brooke voudrait ajouter qu'il n'y a pas de quoi la féliciter, que ce n'est pas comme si elle figurait dans un palmarès officiel, mais le compliment d'Electra est sans doute sarcastique. *Évidemment qu'il est sarcastique !* se dit-elle alors que des gravillons se coincent dans les roues de sa valise. Si Electra a changé de coiffure et de poitrine, son âme, elle, n'a pas été métamorphosée. Elle reste pourrie !

Brooke rejoint la file des taxis dans un état de semi-ébriété brumeux. Elle est consciente d'avoir commis une bévue. Reste à déterminer sa gravité.

14

ARRIVÉES ÉCHELONNÉES

Le chauffeur de Dru-Ann, Al, est un bavard. Que fait-elle dans la vie, d'où vient-elle, est-ce sa première visite sur l'île ? Dru-Ann lui donne des réponses expéditives qui tiennent le plus souvent en un mot avant de s'excuser :

— Je suis désolée de ne pas pouvoir être une meilleure interlocutrice, mais j'ai des problèmes professionnels à régler sur mon téléphone.

Pas de souci, Al comprend ; il a conduit toutes sortes de clients importants et débordés – il ne va évidemment pas donner de nom, mais il a déjà fait un trajet avec un ancien candidat à la vice-présidence de Virginie (« Nous n'avions pas les mêmes opinions politiques, enfin il m'a quand même paru très sympathique ! »), un chanteur très connu, et... Dru-Ann n'en revient pas qu'il soit encore en train de parler. De toute façon, elle l'écoute à peine, parce que ses réseaux sociaux sont en alerte maximale. Twitter la traite de « sangsue » et de « monumentale hypocrite », mais comme on dit, les chiens aboient... Ce qu'elle aimerait vraiment faire comprendre, c'est que tout le monde sur Internet se trompe sur la situation ! Dru-Ann est précisément celle qui défend la santé mentale !

Alors que la maison d'Hollis apparaît au loin – Dru-Ann n'est pas venue depuis des années, mais elle se rappelle les fenestrons étroits aux vitres incrustées de morceaux de verre polis par l'océan qui entourent la porte d'entrée –, elle rédige un tweet en quatrième vitesse. Pour info, Posey Wofford ne connaît aucun problème de santé mentale. Elle a déclaré forfait au #championnatgolfDow pour des raisons qui n'ont rien à voir ! Elle hésite à évoquer la sélection de Phineas dans le British Open, mais elle ne pourra pas exposer la complexité de la situation en 140 caractères, elle ajoute donc un hashtag dans l'espoir de lancer une nouvelle tendance : #soutienàDruAnn. Et elle publie son message.

— C'est ici ? demande Al.

Dru-Ann pousse un lourd soupir. *Merde aux excuses*, conclut-elle intérieurement. Elle compte se défendre.

— Oui, c'est ici.

Al porte ses bagages jusqu'au perron et lui demande s'il peut faire autre chose pour elle. Non ? Eh bien, dans ce cas, accepterait-elle de le noter sur l'application pour laquelle il travaille ? Elle acquiesce – elle est prête à tout pour se débarrasser de lui –, et en plus son téléphone sonne. Elle frappe une fois à la porte avant d'entrer et de lancer :

— Il y a quelqu'un ?

Elle s'attendait à tomber sur la bande d'Hollis en train de s'ébattre dans une rivière de chardonnay. Mais la cuisine, qui est très bien décorée – ces lys roses sont époustouflants –, est vide, à l'exception de ce chien qui ressemble plus à un loup ou un ours, et qui approche pour la renifler. Elle n'entend que la voix d'Adele qui chante en version acoustique *When We Were Young* – « Quand nous étions jeunes... », quel sens de l'à-propos ! – et les vibrations insistantes de son portable.

— Il y a quelqu'un ? Holly ?

Elle se demande si elle a mal lu les indications dans le mail. Le week-end commence bien aujourd'hui, non ? Elle sort son téléphone. C'est J. B. ; elle n'a aucune envie de lui parler et elle refuse son appel. Puis elle fait l'impensable. Dru-Ann Jones, qui se targue d'être joignable sept jours sur sept, vingt-quatre heures sur vingt-quatre et dont le téléphone est en quelque sorte une extension de sa main droite, passe en mode « Ne pas déranger ». (Elle n'ose pas aller jusqu'à l'éteindre complètement.)

— J'arrive !

Hollis se presse dans le couloir et arrive dans la cuisine, où elle trouve Dru-Ann, qui respire les lys.

Elle sent les larmes lui monter aux yeux. *Voilà pourquoi j'ai organisé ce week-end cinq étoiles,* se dit-elle. Hollis Shaw et Dru-Ann Jones étaient encore des gosses quand elles se sont retrouvées dans la même chambre, la première année de fac. Et aujourd'hui, trente-cinq ans plus tard, elles sont deux femmes dans la force de l'âge, l'une pleurant son défunt mari, l'autre ayant été « annulée ». Hollis, elle, n'annulera jamais Dru-Ann.

Le jour où tu auras besoin de moi, je serai là.

Et elle est là.

Tous les téléspectateurs de *Joue-la comme une fille* seraient bien contraints de reconnaître que Dru-Ann Jones est encore plus séduisante en vrai qu'à l'écran. Sa peau n'a pas le moindre défaut. Elle porte un rouge à lèvres prune et son habituelle queue-de-cheval – le magazine *Allure* a un jour publié sa photo pour illustrer un article sur cette coiffure. Son vêtement signature est une veste de tailleur. Chaque saison, elle achète toute la collection chez Veronica Beard, et aujourd'hui elle a choisi d'en porter une bleu marine, avec un tee-shirt blanc et un jean. Hollis ne peut pas se retenir de regarder ses chaussures (l'autre marque de fabrique de Dru-Ann) : des stilettos en daim rouge cerise. Sublimes et pas du tout pratiques.

— Dru !

Hollis ressent une joie si puissante qu'elle pourrait la soulever de terre.

— Merci d'être venue, ajoute-t-elle, se retenant de se répandre en longs discours (elle ne voudrait pas ressembler à Brooke). Je sais que tu es très occupée.

— La chance était avec toi, j'ai justement du temps libre ce week-end, finalement.

Elle soupire et conclut :

— Tu as quelque chose à boire ?

Pendant qu'Hollis verse de la glace pilée et de la tequila Casa Dragones dans un verre, un taxi se gare devant la maison. Brooke en descend. Le chauffeur et elle se livrent à une sorte de petite danse : elle cherche de la monnaie dans son sac à main tandis qu'il sort sa valise du coffre en pestant : « Mais qu'est-ce que vous avez mis là-dedans ? Vos lingots d'or ? », puis elle ramasse son chapeau de paille tombé par terre et il en profite pour reluquer son derrière... Enfin, Brooke atteint le perron. Elle frappe à la porte, et c'est Dru-Ann qui lui ouvre. En la voyant, elle referme aussitôt. Ça se veut drôle, et ça l'est, d'ailleurs Hollis doit se retenir de sourire, mais de l'autre côté de la porte, Brooke se demande si elle va être la cible de toutes les blagues ce week-end.

— Arrête, Dru-Ann, lui dit Hollis.

Elle rouvre la porte – ce week-end s'annonce déjà plus amusant qu'elle ne l'imaginait – et lance :

— Tu es bien là pour la partouze ?

Brooke hoche la tête. Elle est capable de jouer le jeu.

— Tout à fait. J'ai apporté des menottes et des bandeaux.

Dru-Ann éclate de rire, et Hollis se détend.

— Brooke ! Sois la bienvenue !

Son arrivée ne lui procure pas la même joie que celle de Dru-Ann, mais elle ne compte pas faire de ce week-end une compétition. Elle passe du temps avec Brooke à Wellesley, elles sont sorties dîner ensemble quelques jours avant son départ pour Nantucket. À la mort de Matthew, Brooke l'a épaulée comme une vraie superhéroïne. Elle l'a accompagnée aux pompes funèbres, elle l'a aidée à choisir un cercueil, elle l'a conduite à St Andrew pour qu'elle s'entretienne avec le pasteur. Brooke l'a secondée comme personne.

Hollis tend le verre de tequila à Dru-Ann et lui indique la dépendance, de l'autre côté de l'allée.

— Je t'ai installée dans *La Sensation.* Tout est prêt.

Dru-Ann hausse un sourcil.

— Je suis reléguée dans la remise au fond du jardin ?

Brooke est consternée.

— Je peux… je ne… tu peux prendre ma chambre, Dru-Ann. Ça ne me dérange pas de dormir dans la remise.

— Oui, rétorque-t-elle, et d'ailleurs tu l'aurais mérité avec ton chapeau.

Un sourire lui fend le visage.

— Je plaisante, Brooke. Holly sait que j'aime bien ma tranquillité.

— Et *La Sensation* n'est pas une remise, intervient Hollis. Il y a un vélo d'appartement dernier cri, une machine à expresso et une bouteille de tequila dans la cuisine, rien que pour toi.

— D'accord, d'accord, j'y vais ! Et je vous dis à lundi !

Elle prend ses bagages et sort de la maison.

— Est-ce que je peux t'offrir quelque chose à boire ? demande Hollis en observant la tenue de Brooke.

Le chapeau est vraiment de trop, elle a l'air de sortir tout droit d'une toile impressionniste de Mary Cassatt.

— Un verre de rosé ?

— Juste de l'eau s'il te plaît, répond Brooke. J'ai déjà bu deux verres de rosé, et je le sens.

— Sur le ferry ?

Brooke ouvre la bouche pour répondre, mais aucun son ne franchit ses lèvres.

— Tu n'as aucune raison d'avoir honte, tu sais. On est réunies pour se détendre, ce week-end.

— Ces deux derniers jours ont été très éprouvants… mais je t'en parlerai à un autre moment. Ce n'est pas dans la thématique de ce week-end !

Hollis ne réagit pas tout de suite. C'est vrai, elle n'est pas prête à écouter Brooke lui raconter son dernier drame.

Gigi Ling n'a pas précisé à Hollis comment elle comptait arriver, ni à quelle heure. Elle lui a envoyé le programme par texto, ainsi que l'adresse, et pour toute réponse elle a reçu l'émoticône d'un pouce levé. Si Gigi avait renoncé à venir, elle aurait prévenu Hollis, non ?

— Je vais te montrer ta chambre, dit-elle à Brooke.

Mais avant, elle lui fait visiter *Première Lueur*. La décoration intérieure est si incroyable que Brooke a l'impression de se prendre un vrai shoot ! Le canapé demi-lune bleu foncé et les fauteuils club verts dans l'espace salon apportent les touches de couleur parfaites dans ce décor blanc. À travers les portes-fenêtres face au canapé, Brooke aperçoit une mare avec un petit pont et, au-delà, une étendue de sable blond et l'océan.

Elle suit Hollis dans le couloir.

— Dans cette aile, il y a deux suites pour les amis.

Aile ? Suites ? pense aussitôt Brooke.

— Je t'ai installée dans la *Chambre des surfeurs*.

Brooke a l'impression de pénétrer dans une photo Instagram. Le papier peint lui rappelle une chemise d'homme avec ses fines rayures marine, bleu ciel et gris pâle. (Un papier peint à rayures, qui a pu avoir une idée pareille ? Et quel rapport avec le surf ?) Les draps du lit à colonnes effilées en noyer sont d'un blanc éblouissant, complétés par une courtepointe bleu marine et une collection d'oreillers à rayures bleues et motifs fleuris. Au pied du lit est placé un banc en rotin avec une assise en tissu ikat bleu. Le rotin trouve un écho dans le lustre aux formes rondes et les stores en bambou devant les fenêtres face au lit. Au-dessus de celui-ci sont accrochés une succession de paysages marins et sur l'ancien secrétaire qui sert de table de nuit trône un vase en verre bleu rempli de cosmos (les fleurs préférées de Brooke) ainsi que les derniers numéros des magazines lifestyle *Martha Stewart Living* et *O*. (Elle les glissera dans sa valise au retour ; elle a la réputation de toujours repartir de chez son dentiste ou sa gynéco avec de la lecture.)

Elle retire son chapeau de paille et retrouve aussitôt son calme. Elle n'a jamais vu de chambre aussi belle. En comparaison, la sienne, à Wellesley, dont elle était encore si fière la veille, est l'équivalent d'un projet d'arts plastiques réalisé par un gamin.

Il va bien lui falloir le week-end entier pour réussir à en apprécier tous les détails – les différentes matières, la juxtaposition des motifs – et déterminer comment et pourquoi ça fonctionne. Elle ne cesse de remarquer de nouveaux éléments : la carafe d'eau à côté d'une lampe en céramique bleu marine, sur un guéridon, un tapis décoratif à larges rayures bleu foncé et bleu clair, le coussin en vichy marine sur le fauteuil de bureau.

— Tu as ta salle de bains privée, lui dit Hollis. Mais de toi à moi, la meilleure douche de la maison, c'est celle à l'extérieur.

Brooke passe une tête dans la pièce voisine. Elle est accueillie par une explosion de couleurs délurées, à commencer par le papier peint avec des planches de surf – ah, voilà pourquoi Hollis a parlé de la *Chambre des surfeurs* ! –, sans oublier le miroir ovale avec son cadre en corail blanc entouré de petites lampes hawaïennes.

Brooke se tourne vers son hôtesse.

— Je me sens très honorée d'occuper cette chambre et... touchée d'avoir été conviée à ce week-end.

Elle cligne des yeux plusieurs fois avant de reprendre :

— Je veux que tu saches combien notre amitié m'est précieuse, et tout ce que tu as fait pour moi...

Au moment où Brooke se laisse aller à un moment d'émotion, le téléphone d'Hollis se met à vibrer dans sa poche. *Ça doit être Gigi. Elle est ici, elle est venue.*

— Installe-toi, dit-elle à Brooke, puis rejoins-nous dans la cuisine.

Brooke ouvre la bouche pour répondre, mais Hollis n'a pas le temps pour une autre scène d'épanchement digne d'un téléfilm. Elle quitte la pièce en refermant la porte derrière elle pour faire passer le message. Puis elle sort son téléphone.

Ce n'est pas Gigi mais Tatum. Je suis là. Viens m'accueillir dehors, j'ai une surprise.

Caroline entend des voix dans la cuisine – celles de Dru-Ann et de Brooke. Elle devrait filmer les arrivées, non seulement parce que sa mère la paie pour ça mais aussi parce que les abonnés d'Hollis ne voudront pas rater ce moment.

Même si on pourrait sans doute résumer cette scène par une gigantesque émoticône qui roule les yeux.

Quoique... elle sent frémir quelques complications potentielles. La relation de sa mère avec Tatum l'intrigue à cause de la dynamique habitante à l'année/vacancière. Dru-Ann subit une campagne de dénigrement sur les réseaux sociaux, et Brooke sera mal à l'aise avec les autres, comme toujours en société. Et, bien sûr, la femme mystère finira par arriver : Gigi Ling. Son nom est porteur de promesses, il roule sur la langue. *Je compte sur toi !* pense Caroline. *Par pitié, ne me déçois pas.*

Caroline sort avec la caméra d'Isaac – il lui a demandé de la tenir avec autant de délicatesse qu'un nourrisson... *sic !* Une Honda Pilot vient de se garer devant la maison. Caroline aperçoit un homme et une femme à l'avant, ainsi qu'une troisième silhouette indistincte à l'arrière.

Et elle entend la voix d'Isaac : *Observe.*

Une scène se joue sous ses yeux.

Caroline fait le point sur la femme qui descend du véhicule côté passager. Et elle se dit : *Maintenant je sais d'où vient le physique de rêve de Dylan.* Tatum est grande, élancée, et elle a de longs cheveux bruns de star de cinéma. Elle porte un short en jean et un tee-shirt bleu marine de l'équipe de lacrosse de l'île. Hollis et elle s'étreignent – Caroline ne peut pas s'empêcher de remarquer que Tatum a l'air d'avoir dix ans de moins –, puis un type baraqué avec une moustache de star du porno des années 1970 sort côté conducteur, et Hollis le salue.

— Hello, Kyle.

Caroline zoome sur sa mère et lui qui s'embrassent.

— Ça me fait tellement plaisir de te voir, lui dit-elle. Merci d'avoir conduit Tatum jusqu'ici. Je prendrai bien soin d'elle, je te le promets.

— Il y a quelqu'un qui aimerait te dire bonjour, lui répond-il.

La portière arrière de la Honda s'ouvre et un type chauve avec un bouc gris apparaît. Il est plutôt pas mal pour un type qui a l'âge d'être le père de Caroline et il a rivé son regard sur Hollis. Caroline pivote vers sa mère juste à temps pour saisir l'expression de choc sur ses traits. Ça ressemble à une sorte d'embuscade, Caroline le voit bien. Qui est ce type ?

Il fait un pas vers Hollis et dit :

— Salut, Halle Berry.

(Caroline comprendra plus tard, en regardant les images qu'elle a tournées, qu'il prononce en réalité les mots « Holly Berry[1] » et non « Halle Berry ».) Et Hollis répond dans un murmure :

— Jack ?

On dirait l'héroïne d'un film en costumes dont l'amant déclaré mort sur le champ de bataille revient sans prévenir. Ils avancent l'un vers l'autre, mais s'arrêtent alors qu'il reste encore une cinquantaine de centimètres entre eux.

Caroline retient son souffle. Qu'est-ce que fabrique sa mère ?

Jack ouvre les bras.

— Viens là.

Et Hollis se laisse étreindre.

Caroline baisse la caméra. Elle n'a aucune envie d'être ce genre de fille, celle qui s'indigne et se montre jalouse lorsque sa mère partage un moment de complicité avec un homme qu'elle a connu dans sa jeunesse... mais c'est pourtant ce qu'elle est. Elle pique un fard et doit se retenir de hurler.

Elle sait ce que lui dirait Isaac : elle aurait dû continuer à tourner. Tout ce qui suscite une émotion est digne d'intérêt. Peu importe qui est ce type, il constitue un talon d'Achille.

Jack Finigan, se dit Hollis une fois qu'elle est dans ses bras. Elle aperçoit son fantôme chaque fois qu'elle passe devant le lycée de Nantucket ou qu'elle se rend à Great Point. Elle le voit aussi chaque fois qu'elle va à la marina, parce que Kyle et lui bossaient tous les étés comme seconds sur des bateaux de pêche pendant qu'Hollis et Tatum faisaient le service au Rope Walk. Ils se retrouvaient tous les

1. Jeu de mots sur le surnom d'Hollis, Holly, et « holly berry », la baie rouge (*berry*) qui pousse sur le houx (*holly*).

quatre après leur journée de travail. Les garçons rapportaient quelques têtes de poissons, et les filles les restants de homard de la soirée. Ils achetaient un pack de six bières et ils allaient jusqu'à la plage de 40th Pole dans la vieille jeep de Kyle. Là-bas, ils faisaient du feu pour préparer leur dîner en mettant une cassette de Billy Joel dans l'autoradio. *My sweet romantic teenage nights!* « Mes nuits d'adolescent, douces et romantiques ! »

Hollis et Jack avaient vécu toutes leurs premières fois ensemble ; ils avaient grandi côte à côte. Jack Finigan lui avait appris à aimer.

Elle l'a aperçu une fois, de loin, sur Main Street, il y a quelques années de cela. C'est à peu près à cette époque qu'elle a commencé à le traquer sur Facebook, le pauvre.

— Toutes mes condoléances pour ton mari, lui glisse-t-il à l'oreille.

Elle prend une inspiration avant de s'écarter. Elle est consciente de la présence d'un auditoire, dont sa fille avec une caméra. La visite surprise de Jack n'est vraiment pas dans l'esprit du week-end cinq étoiles, puisqu'il tourne autour de ses relations amicales avec des femmes.

Jack est un autre genre d'étoile.

— Ça fait trop tout d'un coup..., bredouille-t-elle. Est-ce qu'on peut se parler plus tard ?

— Bien sûr, lui dit-il. Je n'aurais sans doute pas dû débarquer à l'improviste, mais tu me connais, je suis comme les chevaux sauvages des Rolling Stones, *Wild Horses.*

— *We'll ride them someday*, répond-elle.

« Nous les chevaucherons un jour. » Cette chanson est *leur* chanson, au point qu'elle n'a pas été capable de la réécouter depuis trente-cinq ans. Chaque fois qu'elle passe à la radio, elle change de station.

Hollis se retourne au moment où Tatum et Kyle s'embrassent pour se dire au revoir, et elle a l'impression d'avoir de nouveau 17 ans. Jack monte dans la voiture.

— Allez, les parents ! crie-t-il par la fenêtre.

Dru-Ann sort alors de la dépendance et se dit : *Mais qu'est-ce qui se passe encore ?*

Jack lui fait un signe de la main.

— Salut, Dru-Ann. Jack Finigan, tu te souviens ?

Bien sûr qu'elle se souvient... Elle plisse les yeux pour observer le type chauve qui la salue et se retrouve aussitôt projetée dans le passé.

Jack Finigan a débarqué au milieu de leur premier semestre d'université dans le pick-up de son père (il avait, elles l'apprendraient après, parcouru plus de 1 200 kilomètres sans son autorisation). Il a frappé à la porte de leur chambre de la résidence Old East avec un bouquet de roses rouges qu'il avait dû acheter au fleuriste du coin de la rue, et sortir d'un seau en plastique, parce que les tiges dégoulinaient encore. Hollis se trouvait à son séminaire de littérature américaine et ne reviendrait pas avant deux heures. Il s'est décomposé en l'apprenant. Dru-Ann a même cru qu'il allait pleurer, et elle ne supportait pas ça. Enchantée d'avoir une occasion de se distraire de la macroéconomie, elle l'a emmené faire un tour sur le campus. Elle lui a montré l'autre résidence, Old West, la bibliothèque, la salle omnisports (bien sûr), le clocher et l'Old Well, le vieux puits de style néoclassique.

— C'était un vrai, autrefois, lui a-t-elle expliqué. Les étudiants y plongeaient une louche pour boire.

Il a été remplacé par une fontaine à eau, et le jour de la rentrée il fallait faire une queue de plus d'un kilomètre pour y accéder. On racontait que les étudiants de première année qui s'y abreuvaient obtenaient des notes exceptionnelles à leurs examens, et la plupart des gens, dont Hollis faisait partie, ne pouvaient pas s'en empêcher.

Jack n'a accordé qu'une seconde d'attention au Old Well. Il n'en avait rien à faire, et Dru-Ann pouvait-elle sincèrement lui en vouloir ? Il était ici pour voir Hollis, et rien d'autre. Son amie avait installé un collage de photos au-dessus de son lit, et il figurait sur presque toutes, même si elle avait raconté à Dru-Ann qu'ils s'étaient séparés juste avant son départ.

Séparés... Et pourtant ce pauvre Jack s'était farci treize heures de route, ne faisant des arrêts que pour se soulager et acheter ces fleurs tristounes.

Quand Hollis a découvert Jack à son retour de cours, elle a retenu un cri de surprise et s'est jetée dans ses bras. Elle avait l'air bouleversée... mais pas nécessairement ravie. Ils sont sortis dîner tous les deux, et sur le chemin du retour à la résidence, elle lui a brisé le cœur une seconde fois. Pourtant, elle passerait toute la nuit à pleurer et elle garderait les roses sur son bureau jusqu'à ce qu'elles fanent, avant de les faire sécher entre les pages d'un recueil de citations.

Après les vacances de Noël, le collage a disparu et a été remplacé par une reproduction des *Nymphéas* de Monet. Néanmoins... pendant les trois années et demie qui suivront, chaque fois qu'Hollis sera ivre, qui surgira dans la conversation ? Jack Finigan n'était pas vraiment l'amour de sa vie, mais il avait une place à part. Dru-Ann supportera cinq minutes, parfois dix, de bla-bla sur Jack, pas davantage. Et le meilleur, quand Hollis tombera amoureuse de Matthew Madden, un interne en médecine craquant, ce sera que Dru-Ann n'entendra plus jamais parler de Jack.

Sauf qu'il est justement là aujourd'hui.

Dru-Ann s'approche d'Hollis, Tatum et son mari (ils sont ce genre de couple qui partage leur adresse mail, elle le pressent).

— Allez ouste, les gars, on ne veut plus vous voir ! lance-t-elle.

— C'est pas toi qui décides cette fois, lui rétorque Tatum.

Moi aussi, je suis ravie de te revoir, songe Dru-Ann.

— Bonjour, lui dit-elle sans pourtant prendre le risque de la serrer dans ses bras.

Elle ne l'a pas revue depuis le mariage d'Hollis – à l'époque, Tatum lui a manifesté son hostilité en sourdine, et, selon toute vraisemblance, elle n'a pas changé d'opinion sur elle. Ce qui lui fait un point commun avec le reste du monde.

Tatum lui coule un regard en biais, mais au moins le mari remonte derrière le volant et démarre. À ce moment-là, Brooke ouvre la porte de la maison et passe une tête dehors.

— Qu'est-ce que j'ai raté ?

— Rien, lui répond Dru-Ann. Il est temps de lancer les festivités !

15

BOIRE À L'AÉROPORT

Gigi se sent toujours libérée quand elle arpente un aéroport en tenue de tous les jours, et pour ce voyage elle a même troqué sa valise de travail – compacte et noire – pour un bagage personnel.

Car ce voyage est personnel.

Elle prend un vol en première d'Hartsfield à Logan, avec une altitude de croisière de 35 000 pieds, et pas la moindre perturbation. Le commandant de bord, Bruce, et son copilote, Craig, ont la réputation de détester les secousses – on raconte même que Bruce pique une crise dès que son café déborde. Ils atterrissent avec dix-huit minutes d'avance, ce qui peut poser des difficultés pour trouver une porte, mais par miracle la A7 est disponible, et Gigi est la première à débarquer de l'avion. C'est presque trop simple.

Elle se rend au terminal C, où elle s'enregistre pour son vol de la compagnie Cape Air. Elle prendra un Cessna de neuf places – autrement dit un jouet pour enfants ! Elle a réservé le départ de 15 h 25 qui la fait atterrir à 16 h 15. Elle a encore une heure à tuer, et elle décide d'aller dans un restaurant de fruits de mer, où elle commande un sandwich au homard et un bloody Mary, avant de se demander pour la millième fois ce qu'elle fabrique.

Elle s'apprête à rencontrer la femme de son défunt amant.

Dès la première gorgée de son cocktail, Gigi fait un voyage dans le temps et revit cette horrible soirée du 15 décembre.

Elle avait beau savoir que c'était une mauvaise idée, Gigi est allée sur le site d'*En cuisine avec Hollis*. Après sa conversation du matin avec Matthew, elle s'était pourtant promis de ne plus jamais s'y connecter, mais puisque son week-end s'était libéré... Elle a ouvert la carte de *Lumières en cuisine.* Il y avait des points lumineux partout aux États-Unis et au Canada – et même en Australie, au Brésil, et à Guam. Elle a imaginé des gens devant leurs planches à découper, avec une plaquette de beurre, un oignon, un tas de champignons de Paris, dans leurs cuisines étincelantes et chaleureuses.

Elle a zoomé sur la région de Boston pour chercher la maison d'Hollis, qui devait très certainement être en pleins préparatifs pour la fête de Noël qu'elle organisait chaque année. Gigi en avait beaucoup entendu parler.

Il y avait une concentration de lumières particulièrement importante à Boston et autour. Tandis qu'elle essayait de déterminer quelle lumière correspondait à Hollis, un message est apparu sur *Le Tableau.* Rédigé par Hollis en personne.

Aux abonnés d'*En cuisine avec Hollis*,

Mon mari, Matthew, est décédé ce matin de façon brutale. Je vous demande de respecter mon intimité le temps, pour moi, de surmonter cette tragédie dévastatrice. Je suis certaine que vous comprendrez mon absence en ligne pendant cette période. J'espère trouver la force de reprendre mon activité un jour, même si, à ce stade, cette perspective me semble du domaine de l'impossible.

Prenez soin de ceux que vous aimez.

Avec toute ma gratitude,

Hollis

La bouche de Gigi s'est arrondie. Elle a hurlé. Elle s'est jetée sur son téléphone pour appeler Matthew et est tombée sur le répondeur. *Ce n'est pas possible,* a-t-elle pensé. *Matthew n'est pas « décédé ».* Elle lui a parlé le matin même, enfin ! Elle a tenté de l'appeler une nouvelle fois. Et elle est retombée sur le répondeur. Mais c'était logique. Après leur échange, il avait dû la bloquer. Ce qui ne voulait pas dire pour autant qu'il était mort... comment aurait-il pu l'être ? Elle a relu le message qu'Hollis venait de publier en se disant qu'il devait y avoir une erreur, que le site *En cuisine avec Hollis* avait probablement été piraté. ... *décédé ce matin de façon brutale... surmonter cette tragédie dévastatrice...* Les condoléances affluaient déjà. Ce serait vrai, alors ? Gigi a pris Mabel dans ses bras et l'a serrée si fort que la chatte s'est libérée en miaulant. Gigi a tapé le nom de Matthew dans le moteur de recherche Google, mais elle n'a trouvé que des liens vers l'hôpital où il travaillait, la Harvard Medical School et la conférence qu'il avait donnée à San Francisco en novembre dernier. Gigi l'y avait rejoint ; ils avaient assisté à un concert symphonique ensemble, puis ils avaient commandé un dîner dans leur chambre du Four Seasons. Le lendemain ils avaient loué une décapotable pour aller à Napa. Les couleurs d'automne étaient époustouflantes, le déjeuner chez Bouchon mémorable.

Gigi était comme un lion en cage. *Qu'est-ce que je fais ? Qui est-ce que je peux appeler ?* Les seules personnes au monde à être au courant de sa liaison étaient Tim et Santi. Devait-elle se précipiter chez eux pour leur annoncer la nouvelle ? Non, pas encore, elle préférait attendre d'être certaine. Et quand le serait-elle ? Aucun proche de Matthew ne l'appellerait. Car il n'avait parlé d'elle à personne. Et puis, de toute façon, il fallait qu'elle arrête de se voiler la face : Hollis n'aurait jamais menti à deux millions d'internautes sur la mort de son mari. Matthew était mort. Mais comment ? Que s'était-il passé ?

Elle s'est allongée sur son canapé et a somnolé par intermittence jusqu'au lever du soleil. Elle n'a pas compris tout de suite pourquoi elle n'était pas dans son lit. La réalité s'est rappelée à son souvenir brutalement : le message d'Hollis sur son site Internet. À la lumière du jour, l'idée que Matthew soit décédé lui est apparue encore plus odieuse, encore plus inconcevable. Gigi a refusé d'y croire. Pourtant, en ouvrant son ordinateur, elle a découvert les nécrologies. Tué dans un accident de voiture le matin du 15 décembre.

Non, a-t-elle pensé.

Puis elle s'est souvenue du début de leur échange de la veille : Matthew lui avait dit qu'il neigeait.

Il a perdu le contrôle de son véhicule. Il est mort.

Après avoir énuméré tous les accomplissements du Dr Madden et chanté ses louanges, les différents articles concluaient en disant qu'il laissait une épouse et une fille.

***

Elle reçoit un message d'Hollis. Bonjour, je venais aux nouvelles. Tu penses arriver vers quelle heure ?

Gigi commande aussitôt un second bloody Mary. Elle a toujours été fascinée par les gens qui boivent dans les aéroports. Comme si les règles de vie en société volaient en éclats à la seconde où les gens aperçoivent un bar dans ce type d'endroit. Il est 6 heures ? Quel meilleur moment de la journée pour une bière et un shot ? La femme assise à côté de Gigi a commandé une assiette de frites et une bouteille de champagne pour elle toute seule. *Tous les superhéros ne portent pas de cape,* songe Gigi. Elle finit son verre et règle l'addition. Le temps d'atteindre la porte d'embarquement, elle a reçu un second message d'Hollis avec l'adresse de la maison. Appelle si le taxi a du mal à trouver !

Dans les jours qui ont suivi la mort de Matthew, Gigi a guetté un mail ou un appel téléphonique. Elle a imaginé Hollis fouillant les tiroirs du bureau de Matthew et tombant sur un objet qui retiendrait son attention : les photomatons pris au mariage où Gigi et Matthew s'étaient incrustés à Baltimore, juste à côté de la salle où il donnait une conférence, le menu manuscrit qu'ils avaient gardé en souvenir de leur déjeuner chez Bouchon. Matthew lui a certifié qu'il se montrait prudent. Après tout c'était un chirurgien, il connaissait l'importance d'opérer dans un environnement stérile.

Une semaine après la mort de Matthew, alors que la tristesse de Gigi suppurait comme une plaie infectée, elle a eu une révélation. La seule personne susceptible de comprendre ce qu'elle ressentait était Hollis. Des milliers de messages de condoléances s'accumulaient sur *Le Tableau* d'*En cuisine avec Hollis,* elle a donc décidé de passer plutôt par les messages privés. Je suis là si vous avez besoin de parler, a-t-elle écrit avant d'ajouter le numéro de son portable. Le soir même, elle a reçu un texto. Bonsoir, Gigi, c'est Hollis. Je suis désolée de vous déranger.

Gigi n'a pas perdu une minute pour répondre : Vous ne me dérangez pas, je suis disponible. Comment allez-vous ?

Ainsi, une amitié était née.

Mais, se dit Gigi au moment où les haut-parleurs diffusent l'annonce de l'embarquement du vol de 15 h 25, *c'est une amitié bâtie sur une gigantesque tromperie.* Elle reste assise pendant que les huit autres passagers font la queue, puis quand l'hôtesse au sol appelle son nom. Elle sort son portable et regarde les horaires des vols pour Atlanta – il y a un direct à 20 heures. Elle envisage de passer la nuit à Boston ; elle adore l'hôtel Fifteen Beacon. Elle pourrait aussi faire un saut à Martha's Vineyard.

Elle reçoit alors un troisième message d'Hollis. Est-ce que tout va bien ?

Les doigts de Gigi sont suspendus au-dessus de l'écran. Elle rédige une réponse qu'elle n'envoie pas. Désolée, j'ai eu un imprévu. *Un sursaut de conscience,* ajoute-t-elle à part elle. Elle n'aurait jamais dû accepter l'invitation pour commencer, c'était une folie totale.

Sauf qu'elle a envie d'y aller. Elle a envie de rencontrer Hollis en chair et en os, elle a envie de voir la maison, d'entendre des histoires (c'est vraiment ce qu'elle veut ?). Si elle se sent gênée ou mal à l'aise, elle pourra toujours partir.

Elle se dirige vers le comptoir. Elle est navrée, elle a raté le 15 h 25, est-il possible de prendre le vol suivant, celui de 16 h 40 ?

Il est complet, l'informe l'hôtesse au sol, Bonnie, d'un ton qui confine à l'hostilité et l'impatience (Gigi compatit, malgré tout, son métier est ingrat). Idem pour le 17 h 15, ajoute Bonnie, et le 18 h 05.

— Je suis désolée, mais on est un vendredi de juillet.

Le cœur de Gigi se serre. Retour à la case Atlanta alors ?

— Il me reste une place sur le vol de 18 h 50, qui arrive à Nantucket à 19 h 40.

— Parfait, je la prends.

— Vous êtes sûre que vous n'allez pas encore le « rater » ? lance-t-elle en mimant les guillemets. Je vous ai vue assise là-bas pendant les annonces, vous savez.

Oups ! Prise la main dans le sac !

— Si je vous expliquais pourquoi je ne suis pas montée à bord du 15 h 25, vous ne me croiriez pas, mais oui, je suis sûre.

Bonnie laisse échapper un sourire fugace.

— Dans ce cas, la place est pour vous.

16

HAPPY HOUR II

Hollis ouvre la bouteille que Tatum lui a apportée et leur sert deux verres. Dru-Ann soulève la bouteille pour savoir d'où elle vient et elle gratte l'étiquette du prix avec son ongle.

— 12,95 dollars, murmure-t-elle, classe.

— Dru-Ann ! lui souffle Hollis.

À l'époque de ses fiançailles avec Matthew, puis de son mariage, il y a eu toutes sortes de frictions entre Tatum et Dru-Ann. C'est de l'histoire ancienne, mais il n'y a pas plus rancunier que Tatum McKenzie, et Hollis est bien placée pour le savoir.

— Elle a choisi cette bouteille parce qu'elle sait que c'est un de mes vins préférés.

— Si tu le dis, rétorque Dru-Ann.

— Désolée de ne pas avoir apporté de Montrachet, lui lance Tatum. J'ai fini la dernière bouteille cet après-midi.

Bien envoyé, songe Dru-Ann.

Quant à Brooke, elle sort la bouteille de rosé du seau à glace. Elle a apporté une bougie senteur brise marine, et maintenant qu'elle a découvert l'élégance décontractée de l'intérieur d'Hollis, elle craint que son cadeau soit trop bas de gamme, limite de mauvais goût – quelle odeur a une brise marine en plus ? Et comme elle l'a achetée en promotion dans une grande surface, la bougie lui a coûté moins de 12,95 dollars.

Hollis voudrait porter un toast – elle tient à remercier ses amies d'avoir accepté de mettre leurs vies entre parenthèses pour venir passer le week-end avec elle –, mais elles doivent attendre Gigi.

Il est déjà 18 heures, et elle n'a aucune nouvelle.

Est-ce que ça va se finir en week-end quatre étoiles ? se demande-t-elle.

Il faut qu'elle fasse quelque chose pour changer la dynamique ambiante. La musique est peut-être un poil trop énergique ? Elle lance le mix de Tatum en mode aléatoire. Les premières notes de *Keep On Lovin' You*, de REO Speedwagon retentissent. Elles sont transportées dans les années 1980.

Lorsqu'Hollis sort la planche de fromages et de charcuteries, Brooke dégaine son téléphone pour faire des photos. Elle compte les poster sur Facebook à la première occasion, elle veut qu'Electra voie ce qu'elle rate : un brie coulant avec sa croûte bien dorée, des tranches fines de salami disposées en fleurs, de minuscules bols d'amandes Marcona, des olives violettes et des flûtes au fromage. Il y a aussi des pots qui contiennent de la moutarde et du chutney, une rivière sinueuse de crackers aux graines, des grappes de raisins glacés au sucre, des fraises bien juteuses, des abricots secs – et au centre de la planche, un monceau des célèbres noix de pécan d'Hollis, au romarin et au bacon, auxquelles il est impossible de résister.

— J'espère que c'est notre dîner, lâche Dru-Ann.

La tequila a rempli son office, elle sent qu'elle se détend. Elle compte ignorer la tension entre Tatum et elle, comme elle parvient à ignorer les problèmes qu'elle a laissés à Chicago. Son téléphone se trouve au fond de son sac, lequel est posé sur la méridienne en soie bleue à 3 mètres d'elle au moins.

— Je vais m'envoyer tes photos, dit-elle à Brooke, avant de lui prendre son portable pour taper son numéro, puis de sélectionner le seul cliché correct.

— Maintenant tu as mon numéro, lui dit-elle. À réserver aux urgences.

Brooke a le sourire d'une gamine qui aurait vendu plus de calendriers que toutes ses autres camarades scouts, et Dru-Ann sent son cœur s'adoucir un peu. Cette femme est un vrai moulin à paroles, mais elle est gentille, et est-ce que ça ne lui ferait pas du bien d'avoir une alliée pour le week-end ?

— Par exemple, ajoute-t-elle, si tu te trouves au country club de Wellesley et que tu vois une gamine de 12 ans assurer sur un court de tennis, envoie-moi un message. Ça pourrait devenir ma cliente.

— Promis ! s'exclame Brooke en levant les bras au-dessus de sa tête. Je t'écrirai !

Caroline rejoint la cuisine en berçant la caméra d'Isaac dans ses bras. Elle place l'objectif devant son œil et pianote avant de faire un premier plan fixe sur les bouteilles de champagne aux étiquettes orange vif, puis un second sur le sac à main Balenciaga de Dru-Ann, qui semble alangui sur la méridienne en soie bleue. Brooke ne lâche pas Dru-Ann d'une semelle – on dirait qu'elle est accrochée à elle par une bande Velcro. Celle-ci se tourne soudain vers Tatum.

— Désolée pour la blague de mauvais goût sur l'étiquette, dit-elle.

Tatum croise les bras et lui jette un regard glacial. Caroline zoome sur elles deux. *Tiens, tiens...*

— Je me fiche de ce que tu peux bien penser de moi, maintenant. Si mon vin ne te plaît pas, personne ne t'oblige à le boire.

Ah ça, je n'y toucherai pas, pense Dru-Ann. Tout en observant Tatum – qui a à peine pris une ride, et qui a des cheveux magnifiques, malgré le brushing qui fait un peu *Charlie's Angels* –, elle se souvient d'un événement qui s'est produit le jour du mariage d'Hollis. Elle avait fait une blague que Tatum avait prise de travers. Et elle s'était vexée. Dru-Ann serait prête à lui présenter des excuses aujourd'hui, mais raviver ce souvenir n'est sans doute pas une bonne idée.

Elle remue son verre pour entrechoquer les glaçons.

— Je suis à la tequila, dit-elle avant de remarquer qu'elle est filmée et de faire un doigt d'honneur à la caméra.

Malgré elle, Caroline sourit. Elle pense aux fans de sa mère : que diraient-ils de ça ?

Le mix de Tatum continue à défiler sur la chaîne, et après *I Don't Like Mondays*, des Boomtown Rats, c'est au tour de *Vienna*, de Billy Joel.

Caroline filme les quatre étoiles réunies autour de la planche de fromages, occupées à se composer des bouchées parfaites. Ça mange beaucoup, ça chante un peu. *But then if you're so smart, tell me why are you still so afraid?* « Mais si tu es si intelligent, dis-moi pourquoi tu as encore si peur ? » (C'est Hollis qui hurle ces paroles, comme une casserole.) Une seule personne parle : Brooke.

— Oh, mon dieu, Hollis, ça a dû te demander des jours de préparatifs… ces noix de pécan sont une vraie drogue… ce week-end cinq étoiles est une idée incroyable, même si je serais incapable d'en organiser un, je n'ai pas adressé la parole à une ancienne camarade de lycée depuis que ma mère a vendu notre maison pour partir à Boca…

Caroline envisage d'éteindre la caméra ; même les fans les plus énamourés s'ennuieraient à mourir devant ces images. Pourtant, elle décide de faire un gros plan sur les visages des autres femmes. Toutes semblent enfermées dans une bulle, y compris sa mère.

Hollis pense en effet à ce qu'elle a ressenti quand Jack l'a serrée dans ses bras. Elle y accorde sans doute trop d'importance. La vie ne ressemble pas à ces romans à l'eau de rose dans lesquels la veuve esseulée renoue avec un amour du passé et où ils vivent une relation encore plus épanouissante que dans leur jeunesse, car ils ont gagné l'un et l'autre en maturité, leur seul objectif étant de profiter l'un de l'autre et de se prélasser dans la douceur de cette seconde chance que l'existence leur offre. Ce genre de chose n'arrive pas dans la réalité.

Tatum s'en veut de ne pas avoir vérifié la bouteille qu'elle a apportée – et sur laquelle se trouvait toujours l'étiquette du prix. Elle sait qu'Hollis se fiche bien de ce genre de détail, qu'elle n'attache aucune importance au prix des choses ; elle aurait très bien pu arriver les mains vides. Dru-Ann cherche juste à faire savoir qu'elle a des moyens, contrairement à Tatum. Et c'est bien le problème depuis le début – la soirée pour enterrer la vie de jeune fille d'Hollis au Ritz de Boston, la remarque cinglante sur les perles...

Tatum aurait dû prendre le temps de choisir une photo chez elle. D'autant qu'elle s'en rend bien compte à présent : ça n'aurait eu aucune importance qu'elle soit en retard. La quatrième invitée n'est même pas encore arrivée.

Dru-Ann hésite à prendre Tatum à part pour lui expliquer le stress qu'elle subit depuis ce matin. *Je suis en pleine crise de relations publiques ! Twitter réclame ma tête sur un plateau !* Mais est-ce que Tatum comprendrait ? Pourquoi, oui, pourquoi n'a-t-elle pas fermé sa grande bouche au sujet de cette étiquette ? Elle pourrait simplement glisser à Tatum que l'homme qu'elle fréquente vient de lui suggérer qu'ils prennent leurs distances. *J'ai enfin trouvé quelqu'un qui me plaît, et il faut qu'on se retrouve pris dans un imbroglio pas possible !* Elle pourrait même aller jusqu'à lui confesser qu'elle est tombée amoureuse de Nick. Elle est sûre que Tatum pourrait comprendre ça ; elle qui a l'air de vivre un bonheur écœurant avec son mari.

Elle regarde Tatum prendre une olive, la renifler, puis la poser discrètement dans sa serviette cocktail. Elle en mange une.

— Elles sont bonnes, dit-elle sur le ton d'une mère qui voudrait convaincre son enfant.

— Je ne dois pas avoir un palais aussi fin que le tien, rétorque Tatum.

Dru-Ann bat en retraite.

Brooke se rend compte qu'elle est la seule à parler. Les autres hochent la tête et émettent des *mmmh* d'assentiment, mais elle n'a pas le sentiment qu'elles l'écoutent vraiment. Il faut dire que c'est difficile de se concentrer sur autre chose que le magnifique apéritif qu'Hollis leur a servi. Elle voudrait se montrer raisonnable, seulement les noix de pécan au bacon et au romarin sont si délicieuses qu'elles devraient être interdites par la loi, sans parler des flûtes au fromage, préparées à partir d'un mélange de cheddar maturé, de parmesan et d'herbes aromatiques provenant du jardin d'Hollis. Brooke en finit une puis avale une nouvelle gorgée de rosé, avant de considérer les autres convives.

— Gigi arrive à quelle heure ?

Toute la question est bien là ! se dit Hollis. *À quelle heure Gigi arrive-t-elle ?* Hollis lui a déjà écrit trois fois : pour lui demander l'horaire de son vol, pour lui donner l'adresse de la maison, et enfin pour s'assurer que tout allait bien. Gigi n'a répondu à aucun des textos, et lorsque, à 19 heures, Hollis finit par décrocher son téléphone, elle tombe directement sur son répondeur. Elle est tentée de demander : « Tu viens toujours, n'est-ce pas ? », mais opte pour un message plus léger et enjoué :

— Je venais simplement aux nouvelles ! On n'est pas pressées, prends ton temps, tu arrives quand tu arrives !

Puis, pour la dix millième fois, elle se répète : *Est-ce qu'il ne faut pas être abrutie pour inviter une inconnue chez soi durant tout un week-end ?* Si elle a vraiment dans l'idée de synthétiser sa vie à travers ses amitiés, alors que déduire du fait que sa meilleure amie du présent soit une femme qu'elle a connue en ligne ? Serait-ce un symptôme de l'époque ou le signe que le jugement d'Hollis est vraiment au plus bas ?

Elle aurait dû convier l'adorable Zoe Kern de son cours de barre au sol.

Mais c'est Gigi qu'elle voulait inviter. Et c'est toujours elle qu'elle veut voir arriver. Où est-elle ?

— Tatum ? Tu veux bien m'accompagner dehors pour m'aider avec le barbecue ?

Tatum sait très bien qu'Hollis n'a pas besoin d'aide. Elle a été élevée par Tom Shaw, autrement dit il lui suffit d'un tas de feuilles mortes et d'un regard incendiaire pour faire un feu. Elle veut sans doute lui tirer les oreilles et lui demander d'être gentille avec Dru-Ann. Elle pourra bien lui seriner ce qu'elle veut, Tatum a des comptes à régler.

Et d'ailleurs, elle se rappelle soudain quelque chose.

— Aucun problème, dit-elle à Hollis, laisse-moi juste le temps de faire un saut express aux toilettes.

Elle emprunte le couloir pour rejoindre sa chambre, *Cinquante nuances de blanc*, qui a l'air tout droit sortie d'un épisode de *Selling Sunset*, cette émission de téléréalité sur des agents immobiliers. Quand Hollis, après l'y avoir conduite, est partie pour lui permettre de « s'installer », Tatum a dégainé son téléphone et a tourné une vidéo qu'elle a envoyée à Kyle. Il y a un lit blanc « chou à la crème » – c'est comme ça qu'Hollis l'a appelé ! –, avec une couette ivoire bien dodue et un million d'oreillers de toutes les nuances de blanc, de « vanille française » à « flocon de neige ». Un fauteuil suspendu blanc en forme d'œuf est accroché au plafond. Hollis lui a aussi montré le « lustre feu d'artifice » : des centaines de minuscules ampoules à LED fixées à des fibres plastiques qui jaillissent dans toutes les directions et donnent l'impression qu'un feu d'artifice a lieu sur le lit (Tatum a bien été forcée de reconnaître que c'est génial). Elle comprend que le blanc c'est le luxe dans toute sa subtilité, mais elle n'a pas pu s'empêcher d'imaginer le saccage qu'y ferait Orion si on le laissait entrer avec ses crackers au fromage, ses Oreo et ses feutres.

Elle furète dans son sac pour en extirper le serpent en caoutchouc de son petit-fils. Elle sait que Dru-Ann dort dans la dépendance, *La Sensation*, toute seule. (Et c'est logique bien sûr, elle est une vraie diva...) Tatum sort discrètement par la porte-fenêtre de sa chambre et s'efforce de ne pas faire crisser les gravillons blancs. La vraie sensation, se dit-elle, c'est qu'Hollis a déplacé la maison dans laquelle elle a vécu avec son père. Tatum n'a pas tenu le compte des heures qu'elle a passées assise sur le tapis à poils longs dans la chambre rose Barbapapa en se pâmant sur la photo de Rick Springfield en couverture de son album *Working Class Dog*. Tatum constate qu'il y a eu des travaux de rénovation – dans un esprit rétro-pop années 1960, avec des courbes et des couleurs vives : chaises en cuir rouge dans la cuisine, table roulante Art déco qui permettrait à Frank Sinatra, s'il débarquait à l'improviste, de se préparer un martini. Tatum se rend dans la chambre pour cacher le serpent dans le lit de Dru-Ann.

Elle se sent aussitôt mieux.

Elle retourne dans la maison, prend son verre de vin et sort sur la terrasse au moment où Hollis allume le barbecue… en appuyant sur un bouton. Elle n'avait donc vraiment pas besoin de son aide.

— Tu n'aurais pas de cigarette par hasard ? lance-t-elle à Tatum en relevant la tête.

Alléluia ! pense cette dernière. Elle se demandait justement quand elle pourrait s'en grille une. Elle sort son paquet de la poche de son short et en offre une à Hollis.

— Je pensais que tu avais arrêté…

— J'ai arrêté.

Elle inspire profondément la fumée. Ses poumons la brûlent et sa tête se met aussitôt à tourner. *Hello Nicotine, my old friend.*

— Sauf en cas d'urgence, ajoute-t-elle.

Tatum avale une bouffée de tabac et termine son verre de vin.

— J'ai été aussi surprise que toi de voir Jack. Kyle et lui ont dû mijoter leur coup en douce.

— Comment a-t-il su pour Matthew ?

— Kyle l'a prévenu.

— Il est toujours avec Mindy ?

Hollis ne précise pas qu'elle regarde régulièrement la page Facebook de Jack et qu'elle n'a pas vu de photo de Mindy depuis le 25 août 2020.

— Elle en a eu assez d'attendre qu'il se décide à lui offrir une bague, répond Tatum. Elle l'a quitté. Elle a épousé un type qui a fait fortune dans la tech et ils ont acheté un hôtel à Lenox. Alors si c'est le sens de ta question, oui, Jack est célibataire.

Il est célibataire, pense Hollis. Et il est si séduisant qu'il doit pouvoir mettre dans son lit toutes les femmes de sa région.

— Il n'a pas changé d'un iota, tu ne trouves pas ?

— Hollis, il est chauve et il a un bouc gris. Il faut vraiment que je te rafraîchisse la mémoire ? Au lycée il avait plein de cheveux et il était si maigre qu'il perdait son pantalon.

— Tu as raison… Je crois que je voulais dire que je l'ai retrouvé comme autrefois.

— Raide dingue amoureux de toi ? réplique Tatum. Oui, c'est aussi l'impression que j'ai eue.

Brooke propose de débarrasser l'apéritif – les quelques abricots secs qui se battent en duel avec les miettes de noix de pécan et de fromage –, et Dru-Ann la laisse s'en charger.

— Je vais aller discuter un peu avec ma filleule, dit-elle.

Elle s'éloigne dans le couloir, guidée par les accords assourdis de *Practice*, de DaBaby. Elle frappe et la musique s'interrompt.

— Qu'est-ce qui se passe ? demande Caroline sans ouvrir. Gigi est arrivée ?

Dru-Ann entrebâille la porte.

— Non, désolée, c'est juste moi.

Caroline est installée à son bureau et elle télécharge sur son ordinateur les images qu'elle a tournées jusqu'à maintenant. La scène entre sa mère et le visiteur surprise est franchement déconcertante. Caroline l'a regardée une demi-douzaine de fois, et chaque fois elle a ressenti la même chose. Elle n'a jamais vu sa mère regarder personne de cette façon, pas même son père.

— Maman a dit qu'elle n'avait pas besoin de moi avant l'arrivée de Gigi.

— C'est qui ?

Caroline hausse les épaules.

— Une abonnée. Maman ne l'a même pas encore rencontrée en chair et en os.

— C'est louche, ton histoire.

— Ben, sans vouloir être désagréable, c'est le week-end tout entier qui est louche.

Caroline daigne enfin regarder Dru-Ann dans les yeux quand elle ajoute :

— Mon père vient de mourir, et ma mère s'amuse à organiser une grande fête cinq étoiles, qu'elle me demande de filmer pour que ses abonnés puissent... quoi ? Voir qu'elle a tourné la page ? Vous regarder vous éclater entre copines au Chicken Box ?

— Hé, Caroline, sois moins dure avec ta mère. Ça lui permet juste de se changer un peu les idées.

— C'est trop tôt.

— Je ne crois pas qu'on puisse se permettre d'en juger, ni toi ni moi. Elle se sent seule, elle a besoin d'avoir des gens autour d'elle. Elle a besoin de t'avoir, toi.

— Moi, je suis juste là pour son site Internet. Pour l'aider à obtenir des clics.

— Caroline, puisque je suis ta marraine, je devrais sans doute prendre ton parti, mais je trouve que ta mère mérite un peu d'indulgence. Elle vient de traverser une période très difficile.

— Moi aussi, rétorque Caroline en fixant l'écran de son ordinateur. Ma mère va se remarier et tourner la page.

Dru-Ann cherche des paroles de sagesse qui pourraient apaiser sa filleule, mais espère-t-elle vraiment faire illusion ? Elle n'a pas le moindre don pour communiquer avec les jeunes de cet âge. L'écran du portable de Caroline, posé sur le bureau, à côté d'elle, s'illumine soudain : elle a reçu une alerte. Et Dru-Ann voit son propre nom.

— Je suppose que tu es au courant pour l'histoire avec Posey Wofford ?

— Oui.

— Eh bien dans ce cas je suis ravie d'avoir l'opportunité de t'exposer la situation de vive voix. Posey n'a aucun problème de santé mentale. Elle a utilisé cette excuse pour se défiler.

Caroline n'a pas envie de se conduire en représentante typique de la génération Z, expliquant à une représentante de la génération X pourquoi certains commentaires ne sont plus acceptables, mais a-t-elle vraiment le choix ?

— Tu n'aurais pas dû t'exprimer sur le sujet. Seule Posey est à même de parler de sa santé mentale.

Dru-Ann soupire.

— Tu as une lecture biaisée de l'événement.

— Sans doute, mais Internet se contente toujours d'une seule version de l'histoire, tu sais. Tu te fais de l'argent sur le dos de Posey, et c'est pour ça que tu voulais qu'elle finisse le tournoi.

— Ce n'est pas une question financière, Caroline. Je n'ai pas besoin de Posey Wofford pour gagner ma vie.

— Et tu as envisagé de « sortir de ta réserve » ? lui demande-t-elle en mimant les guillemets sans pouvoir retenir un sourire. Et formuler des excuses ?

Même si elle se dit, en son for intérieur, que des excuses risquent de ne pas suffire. Dru-Ann devrait sans doute aussi faire un don conséquent à la fondation Jed, qui œuvre pour la diffusion des problématiques de santé mentale.

— Il faudrait que je rédige une déclaration pour expliquer ce qui s'est réellement passé. Posey a utilisé la santé mentale comme prétexte...

— Tu es son agent. C'est ton boulot de créer un espace de travail bienveillant.

Il n'y a pas de terme que Dru-Ann déteste plus que *bienveillant*. Pour commencer, c'est un fantasme complet : à moins de vivre dans une bulle, on ne peut pas être exclusivement entouré de bienveillance. Tout le monde ne peut pas être du même avis, on s'expose forcément à des attaques et des mensonges ! Dans le milieu du sport, chaque journée est une compétition – il y a un vainqueur et beaucoup de perdants. Où est la bienveillance là-dedans ?

— Je voulais qu'elle tienne son engagement, qu'elle montre un peu de cran, à l'ancienne. Tu sais pourquoi elle a arrêté ?

— Elle ne se sentait pas en état de jouer.

— Elle se sentait très bien ! Son petit ami, Phineas Pine...

— Je ne crois pas que Twitter s'intéresse beaucoup aux détails de l'histoire. Tu devrais juste t'excuser.

— Jamais de la vie.

Pendant un instant de grande tension, elles s'affrontent du regard.

Tu appartiens à une génération qui se sent fragilisée et qui, du coup, se croit tout permis, songe Dru-Ann. *Et personne ne se sent autorisé à vous demander des comptes parce que vous avez le pouvoir de ruiner la carrière de n'importe qui en appuyant sur quelques touches... J'ai changé tes couches quand tu étais bébé, et maintenant c'est toi qui me dis ce que je dois faire ?*

De son côté, Caroline pense : *Si tu ne t'excuses pas, tu es foutue. Et plus tu attends, pire ce sera.* Elle décide de changer de sujet.

— Qu'est-ce qui se passe entre Tatum et toi ?

— C'est à elle qu'il faut poser la question.

Elle lui envoie un baiser et referme la porte en sortant. Caroline entend le cliquetis de ses stilettos qui s'éloignent dans le couloir.

Ce n'est que la première soirée, et elle a à peine débuté, mais Caroline a déjà une certitude : elle ne va pas seulement s'entraîner à filmer des paysages pendant ce week-end.

Brooke s'est retrouvée seule pour ranger la cuisine comme une vraie Cendrillon. Sur la terrasse, Hollis et Tatum ont chacune une cigarette à la main, elle les aperçoit à travers les portes-fenêtres. Depuis quand Hollis fume-t-elle ? Brooke essuie la planche en chêne avec des gestes de plus en plus agressifs. Évidemment, elle se retrouve sur la touche. Elle ne sait pas où est passée Dru-Ann, et elle ne peut pas déranger les deux amies d'enfance en plein moment d'intimité.

Elle se répète alors qu'Hollis a bien le droit de partager des instants privilégiés avec qui elle veut. Elle vient de vivre une tragédie. D'un autre côté, qui était là pour elle à la mort de Matthew ? Qui a passé tous les coups de fil, qui a coordonné les visites des voisins, qui a pris de ses nouvelles tous les soirs pendant plus d'un mois ? Pas Tatum. Pas Dru-Ann. Elles ne sont même pas venues à l'enterrement ! C'est Brooke qui a répondu présente.

Elle se sert un autre verre de rosé en se disant qu'elle aurait sans doute intérêt à terminer la bouteille, quand la porte d'entrée s'ouvre et qu'elle voit apparaître la tête d'une femme.

— Bonsoir, dit-elle, je suis bien chez Hollis Shaw ? Je suis Gigi Ling.

Gigi Ling ! Voilà la cinquième étoile, celle que personne ne connaît, pas même Hollis. *Montre-toi sous ton meilleur jour,* se dit-elle. *Mais reste naturelle !*

— Oui, bonsoir et bienvenue, dit-elle en se précipitant à sa rencontre. Je suis Brooke Kirtley, je vis à Wellesley comme Hollis, nous avons élevé nos enfants ensemble. J'ai des jumeaux, un garçon et une fille, qui ont le même âge que Caroline, la fille d'Hollis...

Elle se force à reprendre son souffle pour interrompre le flot de paroles. Elle tend une main à Gigi Ling, qui la serre en lui adressant un sourire chaleureux.

— C'est un plaisir de faire votre connaissance, Brooke. On pourrait peut-être se tutoyer ?

Elle a un accent britannique, qui surprend Brooke. Elle adore les accents britanniques ! Gigi tire sa valise à roulettes derrière elle – elle est en cuir rose souple (tellement chic !), et dessus est posé un sac en daim beige qui pourrait très bien provenir d'une boutique charmante située dans une ruelle de Florence.

— Je suis vraiment confuse d'arriver si tard, dit-elle en agitant la main. Enfin, je ne vais pas t'assommer avec des détails sans intérêt. Je suis là, c'est tout ce qui compte.

— Je peux t'offrir quelque chose à boire ? Les autres devraient revenir d'une minute à l'autre. On n'a pas encore dîné.

— Un verre d'eau bien fraîche serait absolument parfait, merci.

Absolument parfait... Brooke sort un verre avec un bord bleu cobalt et le pichet d'eau infusée au concombre, bien fraîche après plusieurs heures au frigo. Elle tend le verre à Gigi en se disant que c'est elle qui est « absolument parfaite ». Et si raffinée ! Gigi retire son panama, plus simple et plus charmant que le chapeau de paille choisi par Brooke. Elle porte ses cheveux à la garçonne – Brooke rêve de couper sa tignasse bouclée, mais elle craint de ressembler à Oliver Twist.

La tenue de Gigi est d'une simplicité remarquable : un débardeur côtelé vert olive et un jean blanc slim coupé en bas. Comment les autres femmes réussissent-elles à trouver des jeans qui leur vont aussi bien ? Ceux de Brooke ont toujours la taille trop haute et dévoilent trop ses chevilles. Pour ce qui est des bijoux, Gigi a superposé plusieurs colliers en or fins, et elle a, au poignet, un jonc en or ainsi qu'une montre avec un bracelet en cuir. Elle porte aussi une bague avec une pierre qui tire sur le vert à l'index. Et des baskets blanches de la marque Veja. Elle a des yeux d'un beau marron chaleureux et un teint lumineux ; elle dégage ce genre de grâce exceptionnelle que Brooke associe à des célébrités comme la princesse Diana ou Jackie Kennedy.

Soudain, les portes-fenêtres s'ouvrent, et Hollis pénètre dans la cuisine. Brooke ne peut pas s'empêcher d'être un peu déçue ; elle a à peine eu le temps de faire connaissance avec Gigi, et elle va déjà devoir la partager. Tatum est sur les talons d'Hollis, et elles sentent toutes les deux la cigarette. Dru-Ann choisit ce moment pour réapparaître elle aussi.

— Gigi ! s'exclame Hollis. C'est bien toi ?

Les autres la regardent fondre sur elle en lui tendant la main, mais la nouvelle venue ouvre les bras, ce qui provoque un éclat de rire d'Hollis. Les deux femmes s'étreignent.

Henrietta se met soudain à aboyer. Elle renifle la jambe de Gigi, lève sa truffe vers le plafond et hurle à la mort.

— Henrietta ! lui crie Hollis. Ça suffit.

Les aboiements se transforment en un grognement contenu.

Gigi rit.

— Elle doit sentir l'odeur de Mabel, ma chatte.

Elle tend la main pour caresser la chienne, qui essaie de la mordre.

— Henrietta ! s'emporte Hollis en la tirant par le collier. Je suis vraiment confuse, elle ne se conduit jamais aussi mal. Tu es punie, ajoute-t-elle à l'intention de la chienne, tu passeras la soirée au coin.

Elle l'entraîne dans un couloir. Gigi sourit de toutes ses dents (et de façon ô combien forcée !) aux autres femmes en pensant : *Henrietta sait.*

À son retour, Hollis dit :

— Ne t'en fais pas, je l'ai enfermée dans ma chambre, elle y sera très bien. Je te prie de l'excuser… je ne l'avais jamais vue se mettre dans un état pareil.

— Ce n'est rien, insiste Gigi, j'ai eu droit à bien pire.

Hollis tend alors le bras comme une présentatrice de jeu télévisé :

— Bon, laisse-moi te présenter tout le monde. Voici Tatum, ma meilleure amie au lycée, Dru-Ann, ma meilleure amie à l'université et Brooke, une amie qui a des enfants du même âge que Caroline.

Brooke remarque qu'Hollis ne la présente pas comme sa « meilleure » amie, elle. Mais elle décide de ne pas en prendre ombrage, de ne pas se vexer. Ce n'est rien : elle n'a pas besoin d'être la meilleure amie d'Hollis, elle est ici, c'est tout ce qui compte. D'un autre côté, tout le monde a dû remarquer qu'Hollis ne la mettait pas au même niveau que Tatum et Dru-Ann. Et elles doivent toutes se dire qu'elle leur est inférieure.

Le rosé l'ayant privée de son bon sens, elle bredouille :

— Et Gigi est ta meilleure amie d'Internet.

Sa remarque est accueillie par un silence, et elle se sermonne aussitôt : il faut vraiment qu'elle apprenne à tourner sa langue dans sa bouche avant de parler.

Gigi pouffe.

— Ça me fait vraiment passer pour quelqu'un de douteux !

— Viens, je vais te montrer ta chambre. Le dîner sera bientôt prêt.

Hollis tend la main à Gigi, et celle-ci la saisit. Elles s'éloignent dans le couloir et, de dos, on pourrait croire qu'elles se connaissent depuis toujours.

— Elle a l'air chouette, non ? murmure Brooke.

— Oui, oui, répond Dru-Ann, mais bon, c'est qui, cette femme ?

Elle se tourne vers Tatum.

— Elle t'a parlé d'elle ?

Tatum ne lui répond pas.

— Tu vas vraiment être comme ça pendant tout le week-end ?

Brooke observe les deux femmes.

— Je ne savais pas que vous vous étiez déjà rencontrées. Ça remonte à longtemps ?

— Au mariage d'Hollis, répondent-elles en chœur.

— Ah...

Brooke ne connaissait pas encore Hollis. Elles se sont rencontrées à l'époque où leurs enfants allaient ensemble à la maternelle.

— Il était comment, ce mariage ?

Sa question résonne dans un silence aussi assourdissant que si elle avait émis un pet gênant. Le soulagement de Brooke est immense lorsqu'elle voit revenir Hollis et Gigi et que la maîtresse des lieux les entraîne toutes sur la terrasse pour le dîner.

17

À FORCE D'EFFORTS

Caroline effectue un plan panoramique de la table du dîner. C'est le plan que tous les fans d'Hollis attendent.

Elle a préparé son espadon mariné au citron vert et à la coriandre avec une sauce à l'avocat, une tarte à la courge d'été avec du fromage de chèvre et de la menthe, une grande salade verte et des baguettes maison qu'elle sert avec du beurre au poivre noir qu'elle a, oui, baratté elle-même, telle une pionnière. Viendra ensuite un cobbler à la pêche avec une croûte bien dorée, accompagné de crème fouettée et de minuscules pépites de chocolat japonais.

Tatum étale un peu de beurre poivré sur un morceau de baguette. L'espadon est cuit à la perfection et déjà si bien assaisonné que la sauce à l'avocat est de trop. Elle pense : *Si je n'ai pas de cancer, je vais apprendre à cuisiner aussi bien. Je prendrai des cours, et je m'achèterai une putain de baratte à beurre.* Elle ne regardera pas à la dépense ; elle se fera plaisir, c'est tout. *Est-ce que j'ai un cancer ?* Elle observe Brooke, qui remplit son assiette de salade et elle se dit : *Si j'arrive à compter jusqu'à cinq sans que Brooke ouvre la bouche, la tumeur est bénigne.* Au moment où elle arrive à quatre, Brooke prend une inspiration… mais elle renonce et avale une feuille de salade. Tatum libère son souffle. Elle aurait dû rappeler le docteur dès qu'elle a vu son message ; l'incertitude est en train de la rendre folle.

Brooke s'apprêtait à demander comment on pouvait manger et boire autant sans craindre de prendre 45 kilos. Elle a commencé par se servir uniquement de salade et d'un petit morceau de poisson (sans sauce, bien sûr). Mais la tarte d'Hollis est une véritable œuvre d'art, les disques de courge d'un beau jaune orangé fusionnent avec la pâte dorée, sans oublier les généreuses cuillérées de fromage de chèvre et la menthe fraîche. Elle en prendra une petite part, ce serait grossier de ne pas le faire. En revanche, elle ne touchera pas au pain. Soudain Gigi, assise à côté d'elle, lui tend le ramequin contenant le beurre et lui dit :

— Ce truc est magique. Et je vais te passer de la baguette.

Brooke accepte le ramequin en songeant : *Un morceau de pain m'aidera à éponger tout cet alcool.* Parce qu'elle a beaucoup bu. Il y a eu les deux verres de rosé avec Electra – même si elle aimerait les exclure du décompte, tant elle voudrait oublier qu'elle l'a suivie dans un bar –, et une bouteille presque entière ce soir. Gigi la considère avec un sourire bienveillant, elle attend que Brooke beurre son morceau de baguette, et que peut-elle faire d'autre ? Est-ce que ça ne se fait plus, de compter les calories ? Il y a des méthodes plus à la mode pour perdre du poids, comme le jeûne intermittent ou le régime cétogène, qui consiste à ne manger que des steaks, des œufs et du brocoli. Les plus jeunes ne surveillent même plus leur poids, parce que vouloir être mince va à l'encontre de l'acceptation de soi. Et Brooke veut-elle aller à l'encontre de ce principe ? Non, bien sûr, mais elle doit bien reconnaître qu'elle n'est pas attachée à son bourrelet. Elle continue à soupeser le pour et le contre pendant un instant avant de beurrer le pain et de le goûter. C'est un tel régal qu'elle se dit que tant pis, elle est prête à quitter cette île sur une brouette, si elle n'est plus en état de se déplacer à pied après ce week-end.

Hollis mange Gigi Ling du regard. Elle est aussi délicieuse qu'elle l'avait imaginé. *J'ai eu raison de la choisir.* Gigi Ling n'est pas normale, non, elle est exceptionnelle. Son accent est si musical qu'Hollis adorerait l'écouter lire l'annuaire.

— Parle-nous un peu de toi ! s'exclame-t-elle soudain.

Elle a tellement bu qu'elle manque d'ajouter : *Je ne sais presque rien !*

— Je suis Verseau, et j'adore marcher sur la plage.

Elle est spirituelle ! se dit Hollis.

— Je sais que tu vis à Atlanta, mais d'où te vient ton accent ? lui demande-t-elle.

— Je suis née à Singapour. Mon père est chinois, et ma mère était une fille de la campagne, elle venait de Pine Mountain, en Géorgie. Ils se sont rencontrés à bord du Concorde. Ma mère était hôtesse de l'air et mon père faisait des allers-retours entre New York et Paris pour ses affaires.

Hollis ne s'attendait pas à une réponse aussi classe, pourtant quelque chose ne colle pas.

— Ta mère n'était pas chinoise alors ? Tu m'avais parlé de ses recettes cantonaises, non ?

Gigi a un moment de flottement. Mais oui, zut ! Sur *Le Tableau,* elle a écrit : Ma mère est décédée avant d'avoir pu m'apprendre à cuisiner ses plats cantonais préférés. Ça date de l'époque où elle cherchait à attirer l'attention d'Hollis. Elle n'aurait jamais imaginé, à ce moment-là, qu'elle serait un jour attablée avec elle et que celle-ci la questionnerait sur ses origines.

— Bien sûr ! s'exclame-t-elle.

Comment expliquer maintenant que sa mère aurait cuisiné des plats cantonais alors qu'elle vient de la dépeindre comme une campagnarde de Géorgie ? Bon, sa mère aurait très bien pu être une Sino-Américaine et tenir des recettes de sa propre mère ou grand-mère. Ce serait crédible, non ?

— Ma mère a appris la cuisine à Singapour. Mon père disait toujours qu'elle préparait le meilleur zòngzi de tout le pays. D'après lui, il surpassait même celui des chefs privés à domicile, et il y en avait beaucoup.

Gigi rit tant cette réponse est absurde. Non seulement sa mère ne cuisinait pas, mais elle ne mangeait pas non plus. Son régime se composait de médocs et de cigarettes, et elle est décédée d'un emphysème à 40 ans. Hollis rit aussi, et les autres n'ont pas l'air d'écouter vraiment, si ? Gigi enchaîne sur un sujet de conversation moins dangereux : elle a suivi sa scolarité dans un établissement international, la Singapore

American School, avant la séparation de ses parents ; sa mère est décédée et, pour lui rendre hommage, Gigi est partie faire ses études supérieures en Géorgie, pendant deux ans. Elle s'est ensuite mis en tête de devenir pilote de ligne, d'où son départ pour Embry-Riddle. Elle a 43 ans et la compagnie aérienne Delta l'emploie depuis dix-huit années. Elle assure essentiellement des liaisons internationales ; elle ne mentionne ni Rome ni Madrid, mais elle précise que, grâce à ses voyages fréquents, elle parle couramment et l'italien et l'espagnol.

— C'est tellement... passionnant ! conclut Hollis, qui a eu du mal à trouver le terme idoine.

Elle balaie la tablée du regard et observe les visages de ses autres amies, éclairées par les bougies.

— Vous ne trouvez pas ?

Tatum se tâte discrètement les aisselles. Son imagination lui joue-t-elle des tours ou cette zone est-elle sensible et enflée ? *Ganglions lymphatiques*, pense-t-elle.

Dru-Ann, de son côté, jette des coups d'œil réguliers à son sac sur la méridienne bleue. Que se passe-t-il sur son téléphone ? Nick l'a-t-il appelée ? Il doit regretter d'avoir pris ses distances. Il est même sans doute passé chez elle et, quand il a constaté qu'elle n'était pas là, il a dû se rendre au bar The Aviary. Ne l'y trouvant pas, il a pu commencer à se faire du souci...

Quant à Brooke, elle se dit qu'Hollis a l'air fascinée par Gigi... et pour de bonnes raisons. *Elle est incroyable !*

Il ne faut pas longtemps pour que l'une des convives – la femme aux cheveux bouclés, Brooke ? – pose la question que Gigi redoute.

— Alors, est-ce qu'il y a un M. Ling ?

— Pas à part mon père.

— Et un petit ami ? Ou... quelqu'un ?

Brooke s'interrompt, gênée.

— Je suis désolée, je suis peut-être intrusive, ajoute-t-elle.

Oui, bien trop intrusive, pense Gigi.

— J'ai eu une histoire récemment, mais elle s'est terminée.

Hollis remercie, en silence, Brooke d'avoir posé la question. Elle y pense depuis un moment, et elle n'a jamais trouvé le courage d'amener ce sujet sur la table par texto.

Gigi éclate de rire.

— J'en suis donc venue à suivre une nouvelle tendance : je cantonne les hommes à la périphérie de ma vie.

C'est vraiment une tendance ? s'étonne Dru-Ann. Parce que dans ce cas, Posey Wofford n'est pas au courant.

Tatum est mariée avec Kyle depuis trente et un ans. Elle a toujours pour objectif de fêter leurs soixante ans de mariage, et elle n'a fait que la moitié du chemin. Elle a bien conscience que ce n'est pas « tendance » d'être amoureuse de son mari, mais c'est le cas. *Pitié, Dieu, offrez-moi plus de temps avec Kyle !*

— J'aimerais bien cantonner Charlie à la périphérie de mon existence, lance Brooke.

— Tu as envie de développer le sujet ? lui réplique Dru-Ann.

Elle plaisante : aucune d'elles n'a envie de subir une longue confession sinistre sur l'état du mariage de Brooke. N'est-ce pas ? Dru-Ann regarde autour d'elle. Gigi, Tatum et Hollis sont suspendues aux lèvres de Brooke.

— Non, répond-elle heureusement. Peut-être plus tard dans le week-end, mais pas ce soir.

Gigi se détend un peu ; elle n'est pas habituée à ce genre de soirée. Elle n'a jamais eu d'amies très proches. À la Singapore American School, elle s'est ponctuellement liée avec une fille dont les parents avaient été expatriés par une banque ou une entreprise, mais il s'agissait toujours d'une mission temporaire – les parents étaient mutés ailleurs, à moins que la famille peine à s'accoutumer à la chaleur accablante ou à la législation trop stricte, et ils repartaient au bout d'un ou deux ans. À Embry-Riddle, les camarades de promo de Gigi étaient presque tous des hommes, et c'était aussi le cas de ses collègues, depuis le début de sa carrière. Aux rares occasions où les hôtesses de l'air avec lesquelles Gigi travaille l'invitent à sortir prendre un verre, elle accepte, et après quelques cosmo ou negronis, la conversation dévie toujours sur le sujet de la sexualité. Toujours.

Elle boit une gorgée de vin.

— Changeons de sujet, propose-t-elle. Est-ce que ça vous arrive souvent de feindre vos orgasmes ?

Un silence abasourdi s'abat sur la tablée.

Oups ! se dit Gigi.

Caroline se félicite d'être en train de tourner. Cette femme est une pépite.

Tatum vide son verre de pinot gris comme si c'était de l'eau – c'est la garantie d'un bon mal de crâne demain matin.

— Pas une seule fois de toute ma vie, dit-elle.

— Menteuse, lui réplique Dru-Ann. Tout le monde feint de temps en temps. Et c'est d'ailleurs pour ça que les hommes manquent cruellement de confiance en eux. Ils ne peuvent jamais savoir si c'est réel ou si on leur fait une Meg Ryan.

Meg qui ? se demande Caroline.

— Je. N'ai. Jamais. Feint. Un. Orgasme, insiste Tatum. Kyle sait comment me faire hurler. Il lui suffit de venir derrière moi...

Elle s'interrompt.

— Vous voulez savoir la suite ?

— Euh, non merci, répond Dru-Ann. On est à table.

— Moi, je veux savoir, intervient Brooke.

— Je dois avouer que je suis curieuse, ajoute Gigi.

— Il me soulève du sol avec un bras et s'occupe de moi avec son autre main.

Elle hausse les épaules.

— On le fait parfois devant un miroir. C'est encore plus excitant. Ça marche à tous les coups. Il a d'autres tours dans son sac. Je lui ai appris ce qui marchait avec moi quand on était jeunes, et il sait que je n'ai connu personne d'autre, ce qui fait qu'il ne se sent pas menacé. Mais je ne feins jamais. Pourquoi je le ferais ?

— La vache, lâche Dru-Ann. Moi, je le fais parfois, pour, vous voyez quoi, que ça avance plus vite.

— Parce qu'on a un poulet au four, ajoute Hollis. Ou qu'on a juste envie de dormir.

Oh, non, se dit Caroline, qui avait espéré que sa mère s'abstiendrait de participer à cette partie de la conversation.

— Je n'ai jamais eu d'orgasme avec Charlie, lâche Brooke.

Un nouveau silence assourdissant résonne. On entend les vagues se briser sur le rivage puis l'eau se retirer.

Alors là, pense Caroline, *elle a plié la soirée.*

Dru-Ann finit par se racler la gorge.

— Ça me paraît une bonne raison de vouloir le cantonner à la périphérie de ton existence.

Elle marque une pause, puis ajoute :

— Jamais jamais ?

— Jamais, ni avec Charlie, ni avec aucun autre homme, d'ailleurs. Seulement toute seule.

— Charlie est au courant ? lui demande Hollis.

Elle a conscience d'avoir une voix suraiguë, elle se dit qu'il suffirait sans doute d'une gorgée de vin supplémentaire pour qu'elle se mette à manger ses mots. Elle devrait passer à l'eau, mais elle n'en a pas envie. C'est précisément le genre de conversation à cœur ouvert que ce week-end est censé provoquer. Gigi Ling a tout compris.

— Non, il n'en a pas la moindre idée, répond Brooke. Il pense être une star du porno.

— Pauvrette, dit Dru-Ann.

Elle commence à nourrir une tendresse sincère pour Brooke. Cette femme est complètement cinglée, c'en est touchant.

— On a besoin de quelque chose de plus fort, dit-elle.

Elle rentre dans la cuisine pour trouver des verres à shot – Hollis en possède deux douzaines, elle doit s'en servir pour le gaspacho ou ce genre d'absurdités. Elle emporte aussi la bouteille de Casa Dragones et le bol contenant les quartiers de citron vert. De retour à table, elle remplit cinq verres et les distribue. Puis elle lève le sien :

— À la jouissance !

Elle fait un clin d'œil à Brooke en ajoutant :

— On va s'occuper de toi, ma belle.

Elles vident toutes les cinq leurs verres. Hollis, Brooke et Tatum grimacent. Gigi a pris le temps d'ajouter quelques gouttes de citron vert et son jonc en or tinte contre sa montre lorsqu'elle renverse la tête pour boire cul sec avec une élégance indéniable.

Où maman a-t-elle trouvé cette femme ? se demande Caroline. *C'est une reine.*

Hollis chancelle légèrement sur ses jambes quand elle se lève pour aller chercher le dessert, son cobbler à la pêche, qu'elle a laissé dans le four pour qu'il reste tiède. Elle le dépose sur un dessous-de-plat au milieu de la table, puis retourne dans la cuisine fouetter la crème. Pendant quelques secondes, elle regarde les fouets qui tournent sans fin dans le bol. Les rires sur la terrasse sont accompagnés par les notes de Bon Jovi et elle se dit : *Ça fonctionne.* Tout comme la crème passe de l'état liquide à l'état solide, l'alchimie prend entre ses amies. La métaphore est peut-être un peu boiteuse, en tout cas on ne peut pas nier que l'ambiance sur la terrasse est bien meilleure qu'en début de soirée. Gigi a accompli des merveilles. Tout le monde se montre sous son meilleur jour.

Hollis la soupçonne d'avoir raconté des bobards au sujet des plats cantonais de sa mère, mais elle a trouvé ça attendrissant. Hollis a déjà été amenée à mentir à propos de la sienne. Gigi et elle sont tellement... sur la même longueur d'onde.

L'espace d'un instant, elle s'autorise à se féliciter. C'est elle qui a réuni ces femmes incroyables, et elle a organisé un week-end parfait à Nantucket.

En approchant de la porte-fenêtre ouverte, elle entend la conversation sur la terrasse.

— Ce gâteau est prodigieux, s'exclame Brooke, il est digne de figurer en couverture d'un magazine !

À quoi Caroline rétorque :

— Tout ce que fait ma mère est toujours parfait de l'extérieur. Il n'y a que les apparences qui comptent pour elle.

La tablée devient aussitôt silencieuse. Hollis voudrait rebrousser chemin vers la cuisine, puis remonter le temps, revenir au jour où elle a envoyé ces invitations en pensant que ce week-end pouvait la sauver.

Tatum croise alors son regard.

— Hé, sœurette ! lui lance-t-elle.

Hollis brandit le bol glacé.

— Crème fouettée ! annonce-t-elle faiblement.

Lorsque Tatum quitte la table, Dru-Ann la suit quelques secondes plus tard dans le couloir. Tatum disparaît dans les toilettes. Dru-Ann entend le bourdonnement de la ventilation, le bruissement du rouleau de papier toilette, puis la chasse d'eau et l'eau qui coule dans le lavabo.

Quand Tatum ouvre la porte et découvre Dru-Ann, elle a un mouvement de recul. Elle adopte une moue pincée et tente de la contourner. Dru-Ann la retient par le bras.

— Est-ce qu'il y a un problème ?

— Lâche-moi, s'il te plaît. Tout va très bien.

Du moment que tu gardes tes distances, ajoute-t-elle en son for intérieur.

— Je n'en reviens pas que tu sois toujours vexée par une blague que j'ai faite il y a un million d'années.

— Sauf que ce n'était pas une blague.

Elle aperçoit alors Gigi, qui vient à leur rencontre, et se tait.

— Ça va, vous deux ?

Non, pense Tatum.

Non, pense Dru-Ann. Mais elle ne veut pas mêler une étrangère à cette histoire. Elle hausse un sourcil et lance :

— Je me rends compte, tout à coup, que tu n'as pas répondu à ta propre question. Ça t'arrive de feindre un orgasme ?

— Disons, répond-elle avant de marquer un silence théâtral, que je préférerais être comme Tatum que comme Brooke.

Les deux autres femmes rient de bon cœur. Tatum oublie sa colère une seconde et Dru-Ann se dit : *D'accord, un point pour cette Gigi.* (Même s'il ne lui échappe pas qu'elle n'a toujours pas réellement répondu à la question.)

Caroline se tient à quelques mètres et filme la scène. *Quelque chose se joue, là.* Les fans d'Hollis ne se doutent pas de ce qui les attend.

Hollis se retrouve, sans très bien comprendre comment, seule à table avec Brooke. Où sont parties toutes les autres ? Elle est tentée de commencer à débarrasser. Serait-ce grossier ? Brooke se sentirait-elle délaissée ? Aurait-elle l'impression que sa compagnie ne lui suffit pas ? (Oui.)

Brooke, de son côté, s'avise qu'elle a Hollis pour elle toute seule. C'est le moment idéal pour lui parler de son verre avec Electra. Imaginons qu'Hollis l'apprenne par un autre biais ? Mais non, impossible, comment le découvrirait-elle ? Et puis après tout, on est libre dans ce pays, non ? Brooke n'a-t-elle pas le droit de partager une bouteille de rosé avec qui elle veut ?

Elle n'en parlera pas. Prononcer le prénom d'Electra reviendrait à lâcher une boule puante dans une soirée par ailleurs parfaite.

Sauf qu'elle ne peut pas rester assise là sans rien dire. C'est trop gênant.

— Je suis sûre que ta cuisine manque à Matthew, où qu'il soit. Il était si fier de toi.

Elle se reproche aussitôt d'avoir ouvert la bouche pour dire des âneries pareilles. « Matthew, où qu'il soit… » Qu'est-ce que ça signifie ? Au paradis ? En enfer ? Dans les cieux ? Sous terre avec les asticots ?

Le sourire d'Hollis manque de conviction.

— Le cobbler à la pêche… c'était son dessert préféré, dit-elle en perdant son regard en direction de la flamme d'une bougie.

Son esprit divague. Matthew adorait les desserts aux fruits et commandait systématiquement du flétan quand il y en avait à la carte. Il détestait entendre Joe Buck commenter un match de foot, mais adorait Cris Collinsworth. Sa couleur préférée était le vert, et sa voiture était d'ailleurs d'une couleur qu'il appelait « vert chasseur ». (Hollis ne peut pas penser à sa voiture… elle a une réaction aussi vive que si elle venait de retirer sa main d'une poêle brûlante.) Matthew préférait les blondes aux brunes, en tout cas il l'a toujours prétendu, même si toutes ses ex avaient des cheveux bruns. Il portait des mocassins Ferragamo à l'hôpital, et des chaussures souples le week-end, des Converse pour aller aux concerts de rock. Il détestait les jeux d'argent et refusait de parier ne serait-ce que 5 dollars sur un match de foot – un de ses oncles avait tout perdu à une table de craps, à Las Vegas. Il aimait les romans de Michael Connelly et les biographies de David McCullough. Avait-il des regrets ? Il disait qu'il s'en voulait de ne pas avoir entraîné l'équipe de foot de Caroline quand elle était petite, mais à qui voulait-il faire croire ça, lui qui parvenait à peine à se libérer pour assister aux matchs en tant que spectateur ? Il avait gardé plus d'amis de la fac que du lycée, et il n'avait pas noué d'amitiés pendant ses années d'internat, à moins de compter ses professeurs, comme le Dr Schrader, son mentor. Hollis lui a d'ailleurs envoyé un mail quelques heures après avoir appris le décès de Matthew, pour le prévenir qu'il ne pourrait pas honorer sa visite. La femme du Dr Schrader, Elsa, lui a répondu pour lui présenter ses condoléances. Toutes nos pensées les plus affectueuses vous accompagnent, Caroline et vous-même. Nous ignorions que Matthew avait prévu de nous rendre visite ; quelle merveilleuse attention de sa part d'avoir voulu nous surprendre ! C'était un chic type et l'étudiant le plus brillant de toute la carrière de Manny.

Hollis a été étonnée de lire ces mots, car Matthew détestait les surprises. Il aimait s'organiser.

Sa ville préférée était San Francisco ; avec Hollis, ils descendaient toujours dans le même hôtel de Nob Hill et dînaient, le premier soir, au Swan Oyster Depot – le seul endroit où Matthew acceptait de faire la queue. Dans les avions, il préférait être assis côté couloir plutôt que côté hublot, son péché mignon était le *root beer float* – une boule de glace à la vanille dans un soda. Il adorait les cinémas, surtout anciens, et il prenait toujours du pop-corn avec beaucoup de beurre. Il faisait don, chaque année, d'une somme hallucinante au service d'hébergement des sans-abri de Boston – c'était sa grande cause, même s'il envisageait de rejoindre Médecins sans frontières à la retraite. Elle avait la conviction intime qu'il ne la prendrait jamais.

— Hollis ?

Tatum et Dru-Ann l'appellent Holly, mais Brooke ne se sent pas autorisée à utiliser ce surnom.

— Est-ce que tout va bien ?

— Oui, oui. Pardon, je m'étais plongée dans mes souvenirs.

— Tu crois qu'il… nous regarde ?

Cette question fait rire Hollis. Si Matthew était en vie et qu'elle lui avait parlé de son idée d'organiser un week-end avec Tatum, Dru-Ann, Brooke et une internaute du nom de Gigi Ling, il aurait pris ses jambes à son cou. Rien de ce qui pourrait arriver lors du week-end cinq étoiles organisé par sa femme ne l'aurait intéressé.

— Non, lâche-t-elle.

Caroline profite d'un moment d'accalmie pour regarder son téléphone. Elle a reçu un message de Dylan. Retrouve-moi au Cru plus tard si ça te dit ?

Oh, mon Dieu ! Est-ce que Dylan veut qu'ils fassent plus ample connaissance ?

OK, répond-elle. Ça va dépendre de l'heure à laquelle les festivités se terminent ici. Et elle ajoute l'émoticône qui pleure de rire.

Ce message de Dylan lui remonte le moral, même si elle est triste de ne pas avoir de nouvelles d'Isaac. Son texto, Tu me manques, reste sans réponse, elle a manqué de jugeote en l'envoyant. Il a dû l'effacer dès qu'il l'a reçu. Elle meurt d'envie d'en envoyer un autre, de faire une remarque sur ce qu'elle a filmé jusqu'à maintenant. Après tout, il lui a prêté son matériel. Et le sujet est tellement plus prometteur que ce à quoi elle s'attendait.

Tatum retourne à table, suivie par Dru-Ann, Gigi et, avec un léger décalage, Caroline. Hollis retrouve un second souffle. La soirée ne peut pas déjà se terminer : côté nourriture, c'est un sans-faute, avec une conversation un peu plus pimentée que prévu, mais se sont-elles vraiment amusées ? Peut-elle rendre le moment plus amusant ? Quand *American Girl*, de Tom Petty, s'échappe des haut-parleurs, elle monte le volume.

— J'adore cette chanson ! glapit Brooke.

Ça a été l'hymne d'Hollis pendant de nombreuses années de jeunesse. Elle chante :

— *She couldn't help thinking that there was a little more to life somewhere else!*

« Elle ne pouvait pas s'empêcher de penser que la vie avait un peu plus à offrir ailleurs ! »

Une seconde plus tard, elles dansent toutes les cinq sur la terrasse. Caroline ne peut pas s'avouer surprise, elle l'a senti venir. La chanson suivante est *What I Like About You* des Romantics, et Brooke balance la tête d'une épaule à l'autre dans un mouvement qui ne doit pas ménager ses cervicales.

Dru-Ann sert une nouvelle tournée de shots. *Vraiment ?* se demande Caroline. Il est près de 23 heures. Elles ont encore des réserves d'énergie ? Elle a envie de partir en ville rejoindre Dylan.

C'est maintenant au tour d'Elton John de chanter *I'm Still Standing*. Brooke lève ses bras au-dessus de sa tête et se dandine, alors que les autres forment un cercle autour d'elle, devenue, contre toute attente, la vedette de la fête. Caroline se demande si elle peut s'esquiver discrètement. Est-ce que quelqu'un remarquera son absence (à part sa mère, bien sûr) ? Et risque-t-elle de rater quelque chose d'important ?

La chanson qui suit est *Take My Breath Away*, de Berlin, qui modifie complètement l'atmosphère.

— Quart d'heure américain ! crie Dru-Ann.

Hein ? se dit Caroline, interloquée.

Hollis entraîne Tatum, et elles enchaînent les pirouettes. Dru-Ann prend la main de Brooke, si saoule qu'elle l'enlace par la taille et abandonne sa tête sur sa poitrine.

Mais qu'est-ce que j'ai fait ? se demande Dru-Ann.

Pendant qu'elles tournent sur elles-mêmes, un souvenir pénible, enfoui depuis longtemps, revient à la mémoire de Dru-Ann : une boum en cinquième, un slow sur *Stairway to Heaven*, soit huit minutes de torture, ou d'extase pour Philip Price, qui frottait son sexe en érection contre la jambe de sa cavalière.

Caroline rive l'objectif de la caméra sur Gigi, qui observe les autres femmes, assise à table. Son expression est impénétrable ; elle ne semble pas froissée d'être la cinquième roue du carrosse, elle ne s'agite pas, elle ne sort pas son téléphone, elle ne pioche pas dans le restant de gâteau, pourtant posé juste devant elle. Elle demeure au contraire si posée, si sereine, qu'elle pourrait être une peinture vivante. Ses colliers en or scintillent à la lueur des bougies ; la brise océanique soulève sa frange. *À quoi peut-elle bien penser ?* se demande Caroline.

Gigi a l'impression d'être un personnage littéraire. Elle est Lady Macbeth. Elle est le narrateur du *Cœur révélateur*, d'Edgar Allan Poe. Sa culpabilité tambourine dans ses oreilles et marbre sa peau. Comment se fait-il que les autres ne voient rien, n'entendent pas ?

Elle brûle d'envie de tout avouer. Elle s'imagine couper la musique pour faire une annonce – « J'étais la maîtresse de Matthew ! » –, avant une sortie théâtrale sous les regards ébahis et perplexes des autres. Ce serait terrible, oui, mais aussi libérateur et purificateur. Le poids du joug qui s'enfonce dans ses épaules disparaîtrait.

Ou alors elle se connecterait au site d'*En cuisine avec Hollis* une fois dans sa chambre. Il y aurait une lueur à Nantucket sur la carte de *Lumières en cuisine.* Gigi écrirait sur *Le Tableau* :

À la communauté d'*En cuisine avec Hollis,*

Je m'appelle Gigi Ling, et je suis entrée en contact avec vous par duperie. Je vous ai fait croire que j'avais une passion pour le cake à la banane et la bouillabaisse, alors qu'en réalité je me suis inscrite sur ce site parce que j'avais une liaison avec le mari d'Hollis Shaw, le Dr Matthew Madden, et que j'étais curieuse de connaître la femme en qui je voyais une rivale. À la mort de Matthew, nous sommes devenues si proches, Hollis et moi, qu'elle m'a invitée chez elle pour son week-end cinq étoiles.

J'ai bien conscience que certains d'entre vous se désintéresseront entièrement de notre petite comédie de l'adultère, et c'est à vous que j'adresse les mots suivants : Hollis nous a servi de l'espadon grillé avec une sauce à l'avocat, des baguettes maison avec du beurre baratté par ses soins et un cobbler à la pêche. Hollis Shaw est à la hauteur de sa réputation.

Contrairement à moi.

Qu'en penserait Molly Beardsley de Twain Harte, en Californie ? Et Bailey Ruckert, de Baton Rouge ? Gigi se demande quels abonnés lui jetteraient la pierre. Presque tous, même si, peut-être, certains se montreraient indulgents, empathiques, compréhensifs.

Peu importe. Gigi est bien trop lâche pour tomber le masque.

18

PREMIÈRE LUEUR II

Caroline arrive à Cru à minuit. Dylan vient l'accueillir à l'entrée du restaurant, plus sexy que jamais avec sa chemise bleu marine, son blazer et son jean. Il l'accompagne jusqu'au bar et lui demande si elle aime le champagne.

— Évidemment.

Une coupe de Pol Roger surgit comme par magie devant elle et, tout en la dégustant, Caroline regrette qu'Isaac ne puisse pas la voir. Elle envisage de faire un selfie et de le lui envoyer, mais ce serait puéril. Elle pourrait le poster en story, sur Instagram – il affirme ne pas avoir de temps pour les réseaux sociaux, même si elle sait qu'il se connecte parfois à son compte –, mais a-t-elle envie de devenir ce genre de fille, qui publie des selfies ? Non. Elle essaie de s'inspirer plutôt de Gigi Ling. Elle sera là, sereine : entre deux gorgées de champagne, elle admirera la dextérité de l'écailler qui œuvre de l'autre côté du bar en écoutant la musique (*Kids*, de MGMT). Elle imagine que Sofia est retournée dans les boîtes new-yorkaises et qu'Isaac est seul dans le loft, attendant qu'on lui livre le dîner qu'il a commandé en ligne, à moins qu'il ne travaille ou ne regarde *La Sagesse de la pieuvre* pour la millième fois (il affirme trouver un nouveau détail à admirer à chaque visionnage). Faut-il qu'elle sorte l'appeler ?

Non. Dylan la rejoint, il est prêt. Il demande au barman la « grande sœur » de la coupe de Caroline, et celui-ci lui tend une bouteille bien fraîche de Pol Roger et deux gobelets en plastique. Ils suivent le quai jusqu'au parking.

— Votre carrosse vous attend, lui dit-il en lui ouvrant la portière de son gigantesque pick-up.

Ils vont jusqu'à la plage de Monomoy, qui est calme, plongée dans le noir et déserte. Dylan récupère un plaid sur la banquette arrière – Caroline se dit, dans un premier temps, qu'il a bien préparé son coup, avant de le voir le secouer pour le débarrasser de ses miettes et de comprendre qu'il doit s'agir d'une couverture qu'il utilise pour Orion. Une fois qu'ils sont assis sur le sable, Dylan leur sert du champagne. On ne pourrait pas imaginer de cadre plus romantique que celui-ci ; le croissant de lune se la joue autant qu'une diva sous les projecteurs. Elle essaie de ne pas penser à Isaac. Elle essaie de ne pas penser au fait qu'elle essaie de ne pas penser à Isaac.

— Alors comment ça se passe, ce week-end ? lui demande Dylan.

— Elles ont bu des shots de tequila, parlé d'orgasme et dansé un slow ensemble.

Il manque de s'étouffer avec son champagne.

— De quoi tourner des images en or !

— C'est un bon début.

La soirée s'est déroulée de façon plus ou moins conforme à ses attentes, même si Caroline pressent que des choses frémissent sous la surface. Comment les faire affleurer ? Peut-être en appliquant le bon vieux principe de « diviser pour mieux régner » et en parlant aux invitées d'Hollis individuellement.

— En tout cas, on dirait bien que tes parents sont encore amoureux, reprend-elle. Tu as de la chance.

— C'est vrai. Ça me dégoûte !

Il éclate de rire, puis ajoute :

— Tes parents étaient heureux ensemble, avant la mort de ton père ?

— Suffisamment pour que je ne me sois jamais posé la question. Je ne suis pas certaine qu'ils partageaient un bonheur aussi grand que les tiens.

Elle frissonne – la blouse qui lui dénue l'épaule et la jupe affriolante ne sont pas assez couvrantes avec la brise qui monte de l'océan. Dylan retire son blazer pour le placer sur ses épaules.

— Tu te souviens du soir où on s'est rencontrés ?

Elle lui rappelle le sweat-shirt des Whalers et Aubrey, qui a surgi de nulle part.

— C'est une redite agréable… D'autant plus qu'Aubrey n'est pas là.

— Elle est un peu comme Voldemort. Mieux vaut éviter de prononcer son nom…

Caroline a beaucoup de questions sur Aubrey : quel arrangement ont-ils conclu ensemble ? Est-ce que Dylan a quitté la fac parce qu'elle est tombée enceinte ? Comment l'a-t-il vécu ? Pourquoi se sont-ils séparés ? Ça a eu l'air de lui faire plaisir de voir qu'Aubrey était jalouse d'elle. A-t-il encore des sentiments pour elle ?

Mais elle a bien reçu le message qu'il vient de lui envoyer, et elle n'aura pas la balourdise d'insister.

Ils ont fini la bouteille de champagne, et elle a besoin d'aller aux toilettes. Elle lui demande s'il accepterait de la reconduire en ville, pour qu'elle puisse récupérer sa jeep.

— Tu veux venir chez moi ? Tu pourrais aller aux toilettes et ensuite on prendrait un dernier verre.

Elle envisage de décliner. Elle s'est réveillée à 4 heures ce matin pour prendre son avion, et elle a l'impression que trois jours se sont écoulés depuis, or elle est censée commencer à filmer le lendemain matin dès 8 heures, parce que sa mère a fait venir une prof de yoga. Caroline compte tourner des images des cinq étoiles en pose de l'enfant ou en guerrier trois.

Et puis Isaac lui manque. Sauf qu'Isaac est avec Sofia. « Et s'il te plaît, pas d'histoires », lui a-t-elle dit. Pourquoi Caroline ne l'a-t-elle pas écoutée ? Sofia aurait sans doute pu prédire ce qui allait lui arriver ensuite : Caroline est obsédée par un homme avec lequel elle ne peut pas avoir d'histoire. Elle est au supplice.

— Avec plaisir, répond-elle.

Une fois chez lui, sur Hooper Farm Road, il lui offre une bière et ils s'installent sur le canapé.

— Tu l'as vécue comment, la mort de ton père ?

— Comment je l'ai vécue ?

— Tu n'es pas obligée d'en parler si tu n'as pas envie.

Il fait tourner sa canette entre ses mains avant de la reposer sans avoir bu.

— C'est juste que ça doit être un tel bouleversement...

Elle se demande si Dylan McKenzie a des vues sur elle... et si elle a des vues sur lui.

— Il est décédé dans un accident de voiture, dit-elle, le souffle court. C'est arrivé une semaine ou deux avant Noël, il allait à l'aéroport en pleine tempête de neige. Il devait se rendre en Allemagne pour donner une conférence, et il était en retard. Il a perdu le contrôle de sa voiture pas très loin de chez nous... à cause d'une biche et de son petit qui ont traversé la chaussée devant lui.

Elle s'interrompt. Elle se questionne soudain sur les secondes entre le moment où son père a senti la situation lui échapper et le choc qui l'a tué. A-t-il eu peur ? Savait-il qu'il allait mourir ? A-t-il eu le temps de crier ? A-t-il pensé à Hollis et à Caroline ?

— Je passais un examen de Cultures du monde. Ma mère m'a envoyé un texto pour me demander de la rappeler de toute urgence. Elle a une tendance à l'exagération. J'ai cru qu'elle avait juste besoin d'idées de cadeaux pour mon père ou pour moi. J'ai pris le temps de finir mon examen, puis je suis allée déjeuner. Ma mère m'a rappelée, et en toute honnêteté j'ai bien failli refuser son appel. Mais à la dernière minute j'ai décroché, et elle m'a annoncé la nouvelle.

Dylan retient son souffle. Caroline entend la voix de sa mère dans sa tête : « Ma chérie, tu es dans un endroit où tu peux parler ? » La question lui a paru si étrange qu'elle s'est dit : *Quel meilleur endroit que Sweetgreen ?* Elle a pourtant perçu une note inhabituelle dans la voix de sa mère – il était évident qu'elle ne souhaitait pas lui parler des cadeaux de Noël –, et elle a remis le couvercle sur son bol de riz croustillant pour sortir dans la rue. « C'est bon, maman, je suis dans un endroit au calme, je t'écoute. Qu'est-ce qui se passe ?

Il y a un problème ? » Et là, sa mère lui a dit : « Il y a eu un accident. Ton père... »

Le bol de Caroline est tombé et le riz s'est répandu partout sur le bitume. Elle a couru jusque chez elle, aveuglée par ses larmes. Elle a appelé sa meilleure amie du lycée, Cygnet, qui étudiait à Columbia. Cygnet a sauté dans un métro pour venir la chercher et l'emmener à JFK, où elle l'a fait monter dans un avion pour Boston. Caroline n'a que des souvenirs très vagues de ces moments.

Comment ai-je vécu sa mort ? J'ai eu l'impression d'être suspendue au-dessus d'un immense gouffre noir dans lequel je savais que j'allais tomber pour ne jamais en ressortir.

Soudain, Caroline fond en larmes. Dylan se prend la tête à deux mains.

— Merde, je suis vraiment désolé. Je n'aurais pas dû mettre ça sur le tapis.

Elle est prête à ouvrir la bouche pour lui dire que ce n'est rien, que c'était gentil de l'interroger sur ce sujet... mais sa priorité est-elle réellement de rassurer Dylan McKenzie dans l'immédiat ?

Au bout d'une ou deux minutes, elle se ressaisit.

— C'est comme ça, dernièrement. La plupart du temps je vais bien et puis... tout à coup je craque.

Elle essuie les larmes qui ont coulé sur ses joues.

— Je ferais mieux de rentrer.

Dylan se rapproche d'elle sur le canapé et l'embrasse. Un baiser agréable ; il s'attarde, recommence, et cette fois glisse sa langue entre les lèvres de Caroline. Alors qu'elle essaie de déterminer si elle en a envie – elle devrait, enfin, c'est le sublime Dylan McKenzie, son coup de cœur d'adolescente, et Isaac est sans doute en train de faire l'amour à Sofia à ce moment précis, Caroline a besoin de passer à autre chose –, Dylan s'écarte.

— Je ne ramène jamais de filles à la maison, dit-il en secouant la tête. À cause d'Orion. Ça me paraît... pas correct.

— Je comprends.

En réalité, elle ne comprend pas, car elle n'est pas mère. Mais elle est soulagée que les choses en restent là entre eux.

— Pourquoi tu ne restes pas dormir ici, sur le canapé ? On a pas mal bu, et après ce que tu viens de me raconter...

Elle s'enfonce dans les coussins du canapé. Retourner en ville, puis conduire jusqu'à Squam lui paraît impossible. Il la couvre avec un plaid, avant de déposer un baiser sur son front, comme si elle était une gamine de 4 ans. Mais c'est agréable, et elle ferme les yeux.

Lorsqu'elle se réveille, elle ne sait absolument pas où elle se trouve au début. Elle est allongée sur un canapé qui sent vaguement le tabac ; elle est encore habillée et un plaid en laine verte lui tient chaud. Sur la table basse elle aperçoit un verre d'eau et deux canettes de bière.

Je suis chez Dylan, se dit-elle. *Merde !* Sa nuque est raide, alors elle se contente de bouger les yeux et découvre une cuisine sur sa droite, puis un escalier près de la porte d'entrée. Il n'y a aucun signe de Dylan, ni de quiconque d'autre. Elle remarque le gigantesque train électrique – à l'effigie de *Thomas et ses amis* – qui occupe une grande partie du salon. Ainsi que l'établi pour enfants le long d'un des murs. Tous ces jouets la mettent mal à l'aise. Il faut qu'elle parte, mais comment ? Dylan doit dormir dans sa chambre au premier. Doit-elle lui envoyer un texto ? Il travaille si dur, il mérite de se reposer. Elle pourrait commander une voiture sur une appli. Elle enfile ses sandales, replie le plaid, contourne le train électrique et ouvre la porte d'entrée.

Dehors l'air est froid et gorgé de brume. L'application lui indique qu'aucun chauffeur n'est disponible. Il est 6 h 45, comment est-ce possible ? Personne n'a besoin d'aller prendre un ferry ou un avion ? Elle balaie la rue du regard, dans les deux directions. Hooper Farm Road n'a rien à voir avec Squam Road. Ses résidents vivent là à l'année. En face de chez Dylan se trouve une petite maison en bois. La peinture blanche autour des portes et des fenêtres s'écaille ; une planche de surf est posée en appui contre les marches du perron, et deux vieilles bagnoles sont garées devant. Sans doute une location pour des jeunes venus bosser ici durant l'été. Avec un peu de chance, l'un d'eux embauche de bonne heure et il pourra la déposer en ville...

Elle est sur le point d'aller frapper quand elle entend la porte moustiquaire se refermer derrière elle. Elle se retourne et découvre l'homme qui sort de chez Dylan. C'est ce Jack, celui qui était dans la voiture des McKenzie hier, celui qui a mis sa mère dans tous ses états.

Tiens, tiens... Est-ce que Dylan l'hébergerait ?

— Salut, dit-il d'une voix enrouée.

Il porte un tee-shirt avec l'enseigne d'un bar-restaurant, le Finigan's Bar and Grill.

— Tu es... la fille d'Hollis, non ? Je t'ai aperçue hier, mais on n'a pas été officiellement présentés, désolé.

Il lui tend sa main.

— Jack Finigan.

Caroline n'a pas d'autre choix que de la serrer et de lui dire, en le regardant dans les yeux :

— Caroline Shaw-Madden.

Les coins de la bouche de Jack s'incurvent et une fossette apparaît sur l'une de ses joues... Non, Caroline ne se laissera pas charmer. Il incline la tête vers la maison.

— Tu essaies de filer à l'anglaise ?

Si seulement... Non seulement sa fuite a été compromise par l'absence de chauffeurs disponibles, mais en prime elle a à peine échangé un baiser avec Dylan, elle n'a donc aucune raison de fuir.

— Il faut que je rentre filmer ma mère et ses copines. Elles ont cours de yoga à 8 heures.

— Et quelqu'un vient te chercher ?

— J'ai essayé de trouver un chauffeur en ligne, il n'y en a aucun pour le moment.

Elle jette un regard désespéré dans la rue.

— J'ai laissé ma voiture en ville. Je pourrais marcher, mais ce n'est pas la porte à côté.

— Je vais te déposer. Je suis sûr que Kyle a laissé ses clés dans son van.

— Ne vous sentez pas obligé, surtout.

Elle n'a aucune envie de monter en voiture avec Jack Finigan, mais il a l'air gentil... et comment irait-elle en ville autrement ? D'autant que sa mère lui a démontré qu'elle ne pouvait pas compter sur elle.

Il fait coulisser la porte noire d'un van sur lequel on peut lire : *Solutions de chauffage et de climatisation McKenzie.* Elle monte côté passager. Le sol est jonché de sacs en papier blanc de la sandwicherie Henry, de gobelets en carton et de billets de loterie. L'arrière est rempli de matériel et d'outils, de tuyaux en PVC et de manchons d'isolation qui ressemblent à d'énormes serpents en aluminium. Ça sent l'essence ou l'huile de vidange : une odeur qui n'est pas désagréable mais à laquelle elle n'est pas accoutumée. Elle se retient de rire. Elle n'en revient pas que sa journée commence par un trajet en van avec un parfait inconnu. C'est comme ça qu'on finit dans la rubrique « Faits divers ».

Quand Jack tourne la clé dans le contact, la radio hurle, et il s'empresse de baisser le volume.

— On s'est un peu lâchés hier soir, désolé.

C'est ce que font les vieux, alors, pense-t-elle. *Chanter et danser sur de vieux tubes.*

— Et je m'excuse pour le désordre, même si c'est Kyle le responsable. Ça a toujours été un souillon.

Il remarque qu'elle étudie un billet de loto.

— Il rêve de gagner depuis qu'on est au lycée.

Caroline n'a aucune envie de se retrouver entraînée dans une conversation sur le « bon vieux temps », mais comment l'éviter ?

— Vous avez grandi à Nantucket, vous aussi ?

— Je suis arrivée l'année de la cinquième. Mon père a accepté un boulot de contremaître pour un gros entrepreneur.

Ils empruntent un petit rond-point et s'engagent sur Pleasant Street pour se rendre en ville. D'ici cinq minutes, peut-être six, elle sera dans sa voiture à elle, en sécurité.

— Comme je jouais au foot, j'ai commencé à m'entraîner dès la deuxième semaine de la reprise des cours. Kyle était quarterback dans l'équipe. On est devenus potes, et il m'a présenté Tatum, avec qui il sortait.

— Ils sortaient déjà ensemble en cinquième ?

Caroline se rappelle ce que Tatum a dit la veille au soir. « Je lui ai appris ce qui marchait avec moi quand on était jeunes... » Elle baisse sa vitre. Elle a besoin d'un peu d'air.

— À l'époque, c'était gentillet. Ils se tenaient la main au cinéma et échangeaient des petits mots. Tatum était la meilleure amie d'Hollis, et avec Kyle ils ont décidé qu'on devait sortir ensemble.

Caroline pouffe.

— C'est eux qui l'ont décidé ?

— Ils ont organisé un rendez-vous dans notre dos, chez le glacier. Tatum est venue avec ta mère, et Kyle avec moi. Je savais qu'Hollis était trop jolie et trop populaire pour s'intéresser à moi. Elle avait une queue-de-cheval blonde, bien épaisse, et un sourire qui illuminait son visage. Avec Tatum, elles étaient les plus sportives des élèves de notre âge, et en prime Hollis était intelligente – on était ensemble en cours de lettres, et elle levait sans arrêt la main. J'ai voulu lui offrir une glace, mais elle m'a répondu qu'elle gagnait de l'argent en ouvrant des coquilles Saint-Jacques sur les quais et qu'elle pouvait se la payer toute seule. On considère malgré tout que ça a été notre premier rendez-vous, parce que quand on est sortis du glacier, on était en quelque sorte « ensemble ».

Caroline ne devrait pas chercher à en savoir plus, mais c'est plus fort qu'elle. Sa mère a toujours fait le tri dans ses histoires de jeunesse, et Caroline n'a jamais entendu parler de ce premier « rendez-vous ». Elle n'a jamais entendu parler de Jack Finigan tout court. Non pas qu'elle ait imaginé que sa mère avait mené une vie de bonne sœur jusqu'à sa rencontre avec Matthew... enfin si, c'est un peu ce qu'elle pensait.

— Et ça a duré combien de temps entre vous ?

— Tout le lycée, jusqu'au départ de ta mère pour la Caroline du Nord. Un peu plus de cinq ans, donc.

Cinq ans ! Sa mère et ce type sont sortis ensemble pendant cinq ans et elle n'en entend parler que maintenant ?

Jack tourne dans Summer Street et ils la descendent jusqu'à Union Street. Caroline n'a plus que deux ou trois minutes maintenant.

— Comment était ma mère à cette époque ? J'ai compris qu'elle était intelligente et sportive...

— Avec Tatum, elles étaient les stars de l'équipe de softball. Elles ont remporté le championnat régional en première et perdu en demi-finale en terminale. Ce match nous a tous dévastés.

Jack marque un silence.

— Tu as connu ton grand-père ?

— Il est mort quand j'étais petite.

— Dommage... mais pas très surprenant, étant donné qu'il fumait deux paquets de Camel par jour. Un type super, très respecté sur l'île, qui a élevé ta mère tout seul. Il lui a appris à chasser et à pêcher ; tous les vendredis soir il l'emmenait au club de pèche à la ligne. Il ne m'a pas convié une seule fois.

Pêcher ? Chasser, genre avec... un fusil ? Caroline n'arrive pas du tout à se représenter la chose, et elle ignore où se trouve le club de pêche à la ligne.

— Le premier jour de la saison des Saint-Jacques, Tom autorisait Hollis à sécher les cours. Tous les ans. Elle enfilait ses bottes et elle s'équipait de son râteau pour l'accompagner dans son coin secret, à Pocomo.

Il rit de bon cœur.

— Je n'ai jamais été convié non plus.

— À vous entendre, mon grand-père ne vous appréciait pas vraiment.

— Il m'adorait, rectifie Jack. J'étais le fils qu'il n'avait pas eu, mais...

Il hausse les épaules puis ajoute :

— Les choses n'ont pas tourné comme j'aurais aimé qu'elles tournent.

Il s'engage sur le parking et elle lui indique la jeep.

— Je n'en reviens pas que ma mère sache chasser et ouvrir des coquillages. Vous me décrivez une étrangère.

Il ricane.

— On peut être différentes personnes dans une vie. Même si moi, j'ai toujours été quelqu'un qui aime Hollis Shaw.

— D'accord, dit-elle sans cacher l'effet que lui font ces propos.

— Pardon, ça m'a échappé. Je sais que tu as perdu ton père récemment. Je n'aurais jamais dû te dire ça.

Elle cherche la poignée de la portière, elle est impatiente de sortir de ce van.

— Merci de m'avoir déposée, lâche-t-elle.

19

POSE DE L'ENFANT

Avalon Boone, qui a récemment obtenu son diplôme d'enseignante de yoga, a abrégé sa méditation matinale pour pouvoir arriver chez Hollis Shaw à l'heure, pourtant elle trouve la porte d'entrée fermée et les stores baissés. On dirait bien que tout le monde dort encore.

Hollis s'est engagée à la payer 300 dollars pour ce cours à domicile, et elle a grand besoin de cette somme. Elle réveillera tout le monde avec ses bols tibétains si nécessaire.

Elle sort de son coffre tout le matériel qu'elle a apporté : tapis, briques et sangles. Puis elle se dirige vers la porte d'entrée. *Légèreté et élégance*, songe-t-elle. *Les premières impressions comptent.* Hollis n'a encore jamais pris de cours avec Avalon ; au téléphone elle a reconnu avoir découvert son annonce dans les pages de fin du magazine *N.*

L'enseignante de yoga remarque les fenestrons incrustés de verres polis par l'océan de part et d'autre de la porte d'entrée, et elle dégaine son téléphone pour prendre une photo. Si elle arrive un jour à mettre assez d'argent de côté pour s'offrir une maison sur cette île, elle veut les mêmes. Elle frappe, mais n'obtient pas de réponse : pas un seul bruit de pas, pas une seule voix. Elle frappe de nouveau. Rien. Elle regarde l'heure sur son téléphone. 7 h 50. Doit-elle attendre dans sa voiture jusqu'à 8 heures précises ? C'est un peu dommage, il faut qu'elle installe tout autour de la piscine, et elle donne un cours de vinyasa à 9 h 30.

Elle envoie un texto à Hollis. Bonjour, c'est Avalon, la prof de yoga. Je suis là !

Elle patiente une minute supplémentaire. Pas de réponse. Et toujours aucun bruit à l'intérieur.

La porte n'est pas fermée à clé ; elle l'entrouvre :

— Il y a quelqu'un ?

La maison est aussi silencieuse qu'une crypte. Avalon entre et referme la porte sans bruit derrière elle.

Quelle baraque ! Après l'entrée charmante, elle découvre une cheminée en brique blanche et un salon – elle flashe aussitôt sur la méridienne en soie bleue –, puis sur la droite une cuisine blanche et lumineuse avec un plafond cathédrale, des plans de travail en marbre blanc et de l'électroménager grand luxe en inox, dont une cave à vin qui va du sol au plafond et qui est éclairée de l'intérieur. Quelqu'un a préparé la table du petit déjeuner : un grand saladier de granola, deux pichets de lait, chacun avec une étiquette – *écrémé* et *amande* –, des carafes en verre de jus de fruits – orange et ananas –, et la salade de fruits la plus incroyable qu'Avalon ait jamais vue, avec des framboises, des kiwis, des mûres, des pêches et des prunes, mais aussi de l'ananas et de la mangue. Elle ne peut pas résister : elle prélève une grosse myrtille sur le dessus et la gobe. La « pièce de résistance » est une assiette de roulés à la cannelle délicieusement parfumés qui proviennent de la meilleure boulangerie de l'île. Il est presque impossible d'en avoir, ce qui signifie que quelqu'un s'est dévoué pour aller les chercher de bonne heure.

— Il y a quelqu'un ? répète-t-elle.

Elle n'obtient pour seule réponse que les cris des mouettes et le murmure de l'océan ; une porte-fenêtre est restée ouverte, et elle s'approche pour passer une tête dans le jardin. Elle découvre une mare avec un petit pont et, derrière, la plage.

Cette maison est incroyable, se dit-elle. *Et ce petit déjeuner a l'air fantastique. Mais où sont-elles toutes ?*

Le réveil d'Hollis la tire du sommeil à 6 heures. Elle porte encore ses vêtements de la veille et elle est allongée sur son lit. Un demi-verre de sauvignon blanc la nargue sur sa table de chevet. Elle cherche à tâtons son portable ; il faut qu'elle arrête cette sonnerie. Ses gestes sont si maladroits qu'elle renverse son verre de vin au passage. *Oh, mais pour l'amour de Dieu, ressaisis-toi, un peu !* Elle réussit à éviter le liquide et plisse les yeux pour lire le message affiché sur l'écran. Brioches du petit déjeuner.

Tant pis pour les brioches, se dit Hollis. Elle a besoin de dormir.

Sauf que c'est elle qui reçoit, elle qui a décidé d'organiser un week-end cinq étoiles. Elle se hisse sur ses pieds et chancelle jusqu'à sa voiture. Elle se retrouve en deuxième position dans la queue à la boulangerie, et elle lance, à la pauvre adolescente qui la sert, une blague complètement ratée sur les « brioches qui appartiennent à ceux qui se lèvent tôt ». Elle fait le trajet inverse dans un état si vaseux qu'elle est tentée à deux reprises de s'arrêter sur le bas-côté pour vomir. La faute à ces maudits shots de tequila.

De retour à la maison, elle prépare la table du petit déjeuner avec des gestes de robot, se bénissant d'avoir tout préparé en avance. Il n'est que 6 h 45, elle peut encore dormir une heure avant son cours de yoga. Elle se déshabille et se glisse nue sous la couette, sans se rendre compte qu'elle a oublié son téléphone dans sa voiture.

Et alors qu'Avalon se trouve dans la cuisine et qu'elle pioche un morceau d'ananas puis une bille de melon dans la salade de fruits, Hollis, elle, dort à poings fermés.

Tatum se réveille à 6 h 30, comme tous les matins, alors même qu'aujourd'hui elle est autorisée à dormir au lieu de servir un bol de céréales à Orion, de lui ouvrir son jeu sur l'iPad, de préparer le déjeuner de Kyle puis de s'habiller pour le travail (les samedis chez Irina Services sont un enfer). Elle essaie de se rendormir sans y parvenir. Elle ne se souvient pas de la dernière fois où elle a passé une nuit entière au lit, seule ; ça remonte peut-être à son séjour à la maternité, pour la naissance de Dylan. Kyle et elle ne sont jamais séparés l'un de l'autre ; quand ils quittent l'île, ils le font ensemble. Elle étire ses bras et ses jambes pour faire l'étoile de mer. C'est agréable, même si la chaleur de Kyle lui manque, son érection matinale qu'elle sent dans son dos, son souffle dans ses cheveux, la façon qu'il a de poser une main sur sa hanche quand ils dorment. Elle roule sur le côté pour prendre son portable et constate qu'il lui a déjà envoyé un message.

Tu me manques. Comment ça s'est passé hier soir ?

Bonne question... Mieux qu'elle ne s'y attendait. La musique, une sélection des années 1980, était bonne, et la nourriture, bien sûr, incroyable. Mais le plus satisfaisant pour Tatum, c'est qu'elle a réussi à battre froid à Dru-Ann, comme elle rêve de le faire depuis vingt-cinq ans.

Quand les premières notes de *Take My Breath Away* ont retenti, Hollis a pris Tatum par la main et elles ont reproduit la chorégraphie qu'elles avaient inventée au collège – et reprise chaque fois qu'une occasion se présentait, y compris au bal de promo de première, au banquet de terminale et à leurs deux mariages. Elles n'avaient pas exécuté les pas depuis longtemps, mais elles s'en souvenaient toutes les deux par cœur.

Tatum a malgré tout du mal à comprendre la place que Gigi occupe dans la vie d'Hollis. Elle a l'air cool, oui, enfin que fait-elle ici ?

C'était sympa, écrit-elle à Kyle. Elle n'a pas l'intention de se montrer trop enthousiaste ; le week-end est loin d'être terminé, et ça peut encore tourner au vinaigre. Tout le monde a bien compris qu'elle était celle qui avait le moins d'argent de la bande, même si elle a eu le plaisir de constater que sa vie sexuelle était la plus épanouie. Elle parlera à Kyle de leur conversation sur les orgasmes feints de vive voix – ça va le rendre fou !

Et vous ? Qu'est-ce que vous avez fait hier soir ? écrit-elle.

On est sortis dîner au Tap Room. Puis on a bu des coups au Straight Wharf.

Quoiiii ? Le Straight Wharf est un repaire de jolies nénettes d'une vingtaine d'années. Tatum n'en revient pas que Kyle y soit allé. Et qu'il ait sacrifié 16 dollars pour un cocktail au rhum ou 11 dollars pour une bière. Est-ce qu'il s'est fait draguer ? (Il a 53 ans, mais on lui en donnerait dix de moins, le salaud !)

S'ils voulaient boire un dernier verre, Jack et lui, pourquoi n'ont-ils pas poussé 100 mètres plus loin sur les quais pour aller au Cru ? Dylan leur aurait offert leurs consommations ! Ce sentiment de jalousie mesquine est très inhabituel et très déplaisant. Pourquoi Kyle n'aurait-il pas le droit de s'amuser ? Il en a parfaitement le droit bien sûr, mais elle aurait préféré, et de loin, qu'il reste à la maison regarder un match de baseball en mangeant du pop-corn préparé au micro-ondes.

Elle reçoit un autre message de Kyle. Elle s'attend à une explication ou des excuses.

Puis on est allés voir Buckle and Shake, qui jouait au Gaslight.

Tatum tâte machinalement la zone sensible sur son sein droit ; elle presse plus fort pour sentir la petite boule dure dont elle sait à présent qu'il s'agit soit d'un kyste, soit d'une tumeur. Elle a réécouté le message sur son répondeur avant de s'endormir, dans l'espoir de mieux décrypter l'intonation du médecin. *Est-ce que j'ai un cancer ou non ?*

Apparemment, Kyle et Jack ont passé une excellente soirée et profité de tous les avantages de l'île. Tatum n'a jamais mis les pieds au Gaslight – la dernière fois qu'elle s'est rendue dans le bâtiment qu'il occupe, c'était un cinéma, et ils s'y étaient introduits en douce, Kyle et elle, pour voir *9 semaines ½*. Tatum a eu de bons échos de ce club – Dylan le fréquente occasionnellement –, mais il lui a toujours paru réservé à une clientèle plus jeune, plus clinquante que Kyle et elle.

Elle se laisse aller contre les oreillers. Elle n'est pas comme la première Mme Albright. Elle refuse de devenir le genre d'épouse qui encourage son mari à fréquenter d'autres femmes alors qu'elle est encore en vie, qui lui serine qu'il devra surtout refaire sa vie une fois qu'elle sera partie. Elle ne veut pas qu'il retrouve l'amour, qu'il tourne la page et entame un nouveau chapitre. Et si c'est considéré comme un défaut, eh bien tant pis.

Un nouveau message arrive déjà.

Je dois aller réparer une chaudière en début de matinée. Ensuite j'emmènerai Jack petit-déjeuner au Black-Eyed Susan, vers 10 heures. Tu nous rejoins ?

Ça doit aller à l'encontre du règlement d'un week-end entre filles, ça, rejoindre son mari pour le petit déjeuner... Mais Tatum n'a aucune intention de rater ça. Bien sûr, répond-elle. À tout à l'heure. Le planning indique une virée shopping en ville à cet horaire. Il lui suffira de s'éclipser. Personne ne se rendra compte de rien.

Elle entend frapper à la porte de la maison, et elle bondit du lit pour aller jeter un coup d'œil par la fenêtre. C'est une jeune femme avec des boucles châtain clair relevées sur le sommet de sa tête et un mandala tatoué sur l'épaule. Elle tient un sac rempli de tapis de yoga contre sa hanche. Tatum court se recoucher. Elle n'a aucune envie de faire du yoga. Ni ce matin ni jamais. Pendant que les autres feront leur chien à l'envers, ou elle ne sait quoi, elle fumera des cigarettes dans le jardin, comme la rebelle qu'elle a toujours été.

Elle n'entend pas le moindre bruit dans la maison, personne ne va ouvrir. Tant mieux ! Elle ferme les yeux. Elle va rester couchée jusqu'à ce qu'arrive l'heure d'aller en ville, et alors elle rejoindra son mari, que ça plaise ou non à Hollis et ses copines. Le lustre feu d'artifice est classe, mais ça ne remplace pas l'amour.

Pendant qu'Avalon, assise sur un des tabourets autour de l'îlot d'Hollis, se demande si ce serait vraiment grossier de manger un des roulés à la cannelle – *oui*, conclut-elle rapidement, et puis tout ce sucre et ce gluten ne lui permettraient pas d'enseigner sereinement, sans parler des brûlures d'estomac –, Dru-Ann s'agite dans son lit. Elle sent quelque chose s'enrouler autour de sa jambe... Mais non ? Si ? Est-ce qu'elle rêve ? Elle écarte la couette et pousse un cri. Un long filament noir lui entoure le mollet. *Un serpent ?* Elle se lève d'un bond et le serpent tombe par terre, où il gît, immobile. Elle fronce les sourcils. Il ne bouge pas. Il est en caoutchouc.

Mais enfin, se dit-elle. Est-ce qu'Hollis a nommé cette dépendance *La Sensation* à cause de ce genre de surprises ?

Son cœur bat si vite qu'elle n'a pas besoin de monter sur le vélo d'appartement, pourtant elle se programme une séance tonique de quarante-cinq minutes. Quand elle a terminé, elle dégouline de sueur et empeste fortement la tequila de la veille, mais elle se sent un peu mieux. Elle se rend dans la kitchenette et sort une bouteille d'eau du frigo rétro. Si l'on met le serpent en caoutchouc de côté, la déco de *La Sensation* est un petit chef-d'œuvre années 1960. Le canapé aux formes anguleuses et couleur mandarine, dans le salon, est flanqué de deux fauteuils à rayures ondulantes olive et blanches. Il y a aussi un lampadaire qui ressemble à une cage à oiseaux posée sur un trépied en bois ; un tapis à motif géométrique jaune et blanc et, sur les murs, de magnifiques affiches abstraites. Dans une petite niche, pratiquée dans le mur du fond, se trouve une platine en bakélite au-dessus de laquelle est accroché un 45-tours encadré. Dru-Ann ne sait pas d'où vient ce nom, *La Sensation.* Serait-ce le nom d'un cocktail ? À moins que ce ne soit une allusion à la surprise que constitue la découverte de ce cadre – on s'attendrait à un décor de bord de mer, et on a l'impression de pénétrer sur le plateau de tournage de la série *Chapeau melon et bottes de cuir.* Ça donne envie à Dru-Ann de porter une robe vintage et d'organiser un cocktail.

Ces réflexions l'aident à se changer les idées, et pourtant elle se sent soudain incapable d'attendre plus longtemps et se jette sur son téléphone.

Sur Twitter, elle fait une recherche à partir du hashtag #soutienàDruAnn. Seule une personne a retweeté sa publication – son assistant, Jayquan. Il va avoir droit à une augmentation.

Elle a reçu un texto de J. B. : J'ai essayé de te joindre, tu as coupé ton téléphone ? S'il te plaît, écoute ton répondeur. Il y a aussi un message de Nick. *Enfin !* se dit-elle. Elle s'est toujours fixé pour règle d'avoir le dessus dans ses relations amoureuses, et grâce à ce principe, elle peut se targuer d'être arrivée à 53 ans sans avoir jamais eu le cœur brisé. Elle pensait que Nick Wofford tenait plus à elle qu'elle ne tenait à lui, mais ce qu'elle ressent depuis qu'il lui a exprimé le désir de « prendre ses distances » semble le démentir.

Nick a eu deux fils avec son (effroyable) première femme, Artice, à qui il verse encore une pension alimentaire à sept chiffres. Les garçons, Sean et Declan, travaillent pour lui et son fonds spéculatif, et il se montre intraitable avec eux deux. Posey est le fruit unique de son second mariage avec Catherine, décédée d'un cancer des ovaires quand leur fille avait 8 ans. Catherine a été l'amour de la vie de Nick. Elle était douce, gentille et généreuse. Dru-Ann pense toujours à elle comme à « sainte Catherine ». Ça explique pourquoi Nick couve à ce point Posey, bien entendu, mais pourquoi ne comprend-il pas qu'il aurait dû exiger qu'elle tienne ses engagements jusqu'au bout en terminant le tournoi ? D'autant qu'il ne restait plus qu'un tour. Elle aurait pu sauter dans un avion pour Édimbourg dès qu'elle aurait tenu le trophée de la victoire dans ses petites mains.

Quel gâchis ! Dru-Ann peine à croire que les choses aient pris ce tour.

Elle écoute d'abord le message de J. B. sur son répondeur.

« Dru-Ann, la situation est totalement en train de nous échapper. Qu'est-ce qui t'a pris de poster ce tweet hier ? #soutienàDruAnnn, tu es sérieuse ? Ça fait parler, et pas comme tu l'espérais ! Deux autres clientes te plantent, Sharese Morris et Kendall Hennaker, même si Kendall serait prête à rester dans le cas où tu présenterais des excuses. Je t'ai envoyé par mail le communiqué de presse validé par notre service juridique. Tu dois le signer aujourd'hui. Il n'y a pas d'autre moyen de faire retomber le soufflé. Je pense qu'on pourra aussi convaincre Linzy de revenir, j'ai parlé à sa mère, qui m'a dit qu'elle te soutenait. »

Après un long silence, il ajoute :

« Mais la mère de Linzy représente une toute petite minorité, Dru-Ann. Ton discrédit, c'est aussi celui de la boîte. Si tu ne signes pas ce communiqué de presse aujourd'hui, je me verrai contraint de passer à l'étape suivante. Merci. »

Un nouveau silence.

« J'espère que tu vas écouter ce message. »

Elle l'efface aussitôt. Elle refuse de signer un communiqué de presse présentant des excuses. Elle n'a jamais apprécié la mère de Linzy, mais elle est heureuse d'avoir au moins une alliée sur cette Terre.

Elle ouvre ensuite le texto de Nick, s'attend sincèrement à des excuses ou une déclaration d'amour. Pour info, Phineas vient de faire un eagle au quatorzième trou, ce qui le place dans le top 10 du tournoi.

Elle se jette sur la télécommande et zappe sur toutes les chaînes de sport, même si elle sait que les retransmissions du British Open, aux États-Unis, n'auront lieu que dans l'après-midi – et encore, de façon épisodique, jusqu'au dernier tour, le lendemain. Elle allume son ordinateur portable pour vérifier le classement et, en effet, Phineas Pine est à la neuvième place avec quatre coups en dessous du par, et il en est au seizième trou du parcours. Il n'est pas loin de la victoire ; McIlroy est en tête avec sept coups en dessous du par. Phineas en a donc trois de retard sur lui, avec encore vingt et un trous à jouer.

Les téléphones sont interdits à Saint Andrews, si bien qu'il est difficile de suivre l'évolution en direct. Est-ce que Posey a écrit à son père ? À moins que Nick ne soit en Écosse lui aussi ? Dru-Ann se demande s'il a le sentiment que la performance exceptionnelle de Phineas justifie quelque part la décision de Posey de renoncer à son tournoi. « Il a rêvé qu'il gagnait. » Peut-être que Nick trouve ça romantique qu'elle ait sacrifié une victoire quasi acquise pour être aux côtés de son petit ami.

Ce n'est pas romantique ! s'emporte-t-elle. *C'est pathétique !*

Pendant qu'Avalon se prépare une tisane dans la cuisine et qu'elle envoie un nouveau texto à Hollis – Bonjour, je suis arrivée ! Est-ce que j'attends ou non ? –, Dru-Ann referme sèchement l'écran de son ordinateur, éteint la télé et coupe son téléphone. Elle a besoin d'une bonne douche.

Allongée dans son lit de la *Chambre des surfeurs*, Brooke glisse sa main entre ses cuisses pour se masturber. Les discussions de la veille au soir l'ont excitée. Elle se revoit en train de danser sur la terrasse hier soir, entourée par les autres, mais dans son fantasme elle est nue.

Elle entend quelqu'un murmurer dans le couloir :

— Bonjour ? Bonjour ? *Namaste* ?

On dirait que la femme est juste derrière la porte de la chambre de Brooke, mais elle vient de vérifier qu'elle avait bien fermé le verrou, et donc la présence d'une inconnue accroît son excitation. L'enseignante de yoga ne se trouve qu'à quelques mètres de l'endroit où Brooke est étendue, pourtant elle ignore tout de l'extase dont celle-ci fait l'expérience, yeux révulsés, orteils crispés et dos cambré.

Qui a besoin d'une prof de yoga pour accéder à l'éveil spirituel ? se demande Brooke. Elle se débrouille très bien toute seule.

La porte de la chambre de Gigi est entrebâillée, et Avalon y voit une invitation à la pousser. Elle aimerait vraiment croiser quelqu'un avant de partir. Elle frappe au battant et lance :

— Bonjour ? Bonjour ?

Puis, pour faire comprendre qu'elle est ici pour donner un cours de yoga, bon sang !, elle ajoute :

— *Namaste* ?

N'obtenant aucune réponse, Avalon trouve le cran d'ouvrir la porte en grand. La pièce est aussi époustouflante que le reste de la maison, entre le papier peint jungle d'un vert profond, le lit-bateau en osier avec de beaux draps blancs à hibiscus roses, le tapis en sisal tout simple, et le coffre incrusté de nacre au pied du lit. À l'autre extrémité de la pièce se trouve un véritable jardin : plantes succulentes suspendues, deux palmiers en pot, une étagère blanche avec une collection de bonsaïs. Avalon dégaine une fois de plus son téléphone pour prendre quelques photos à la dérobée, en dépit de son agacement croissant. En sortant de la pièce – non, mais franchement, qu'est-ce qui lui prend de fouiner comme ça ? –, elle remarque une porte vitrée à l'extrémité du couloir et, de l'autre côté, un éclat turquoise. La piscine !

Avalon se précipite dans sa direction en se disant que c'est peut-être elle qui a tout compris de travers et que ses élèves l'attendent déjà autour de la piscine.

Sauf qu'il n'y a personne. *Mais qu'est-ce qui se passe, enfin ?*

Gigi est sortie marcher sur la plage. Elle voit des mouettes, des bécassines, des huîtriers et, au loin, un phare à bandes rouges et blanches sur un promontoire. Pas un seul autre être humain, en revanche, ce qui lui convient à merveille.

Elle s'assied dans le sable et se cache le visage dans les mains pour pleurer.

À l'intérieur de la maison, Avalon remballe ses affaires. Sa journée a commencé par un beau fiasco... mais au moins repart-elle avec un roulé à la cannelle enveloppé dans une serviette en papier pour plus tard.

20

EN VOITURE I

Au moment où elles s'entassent dans la Bronco d'Hollis pour se rendre en ville, Dru-Ann lance :

— Devinez ce que j'ai trouvé dans mon lit ? Un serpent en caoutchouc.

— Quoi ? s'étrangle Hollis. Mais c'est impossible, j'ai fait tous les lits hier.

— Ça me fait penser à cette scène du *Parrain* ! s'exclame Brooke. Avec la tête de cheval, vous vous souvenez ?

Tatum, qui est montée devant à côté d'Hollis, lâche :

— On dirait bien que quelqu'un cherchait à te faire passer un message.

Bien, songe Dru-Ann, *mystère résolu.*

21

ÉCHAPPÉE

Brooke s'attend à ce qu'elles se promènent en ville toutes ensemble, pourtant, dès qu'elles descendent de la Bronco, Tatum annonce qu'elle a une course à faire et les rejoindra d'ici une heure.

— D'accord...

La peau entre son gros orteil et celui d'à côté est à vif à cause des sandales sadiques qu'elle portait la veille, Brooke a donc chaussé une paire de baskets violettes qui lui donnent le look d'une femme faisant son shopping dans des centres commerciaux.

— On se retrouve où ? demande-t-elle en observant Main Street.

Elle aperçoit des jeunes à la mine resplendissante en tenue de yoga faisant la queue devant Lemon Press ; le camion de la coopérative Bartlett est garé à l'angle de la rue, et sur son plateau sont disposés des cageots d'épis de maïs, de courgettes, de carottes et de radis avec leurs petites queues frisées bien vertes ; un monsieur très chic et dégarni avec des lunettes en écailles lit le journal sur un banc, un golden retriever allongé à ses pieds.

— Je voudrais aller chez Murray's Toggery m'acheter une jupe saumon comme une vraie résidente de Nantucket.

Elle se tourne vers Hollis, s'attendant à ce que celle-ci approuve ou lui donne des indications, mais elle a les yeux rivés sur Centre Street.

— Je n'en ai pas pour longtemps, dit-elle. Je vous écrirai si je ne vous retrouve pas.

Elle contourne un couple avec une poussette double et trottine pour rattraper Tatum.

Brooke essaie de retrouver le sentiment de bien-être qu'elle a ressenti ce matin au lit, malheureusement il s'est envolé. Elle s'était imaginé qu'elles seraient comme les cinq étoiles d'une constellation et feraient tout ensemble. (Était-ce stupide de sa part ?) Pendant qu'elle aurait essayé sa jupe, les autres auraient regardé les portants, et lorsqu'elle serait sortie de la cabine pour avoir leurs avis, elles lui auraient dit en toute franchise ce qu'elles en pensaient. C'est ce que font les amies.

— Il y a une boutique que j'aimerais beaucoup voir, mais elle se trouve de l'autre côté de la ville, lui dit Dru-Ann. C'est la seule à avoir du Dries Van Noten.

— Du Dries…

Brooke n'a pas la moindre idée de ce que raconte Dru-Ann. Est-ce qu'elle a parlé en allemand ?

— On se retrouve plus tard.

Elle agite la main dans une direction plutôt vague, plus ou moins celle de la banque Pacific National, avant de s'éloigner dans la rue.

Brooke se tourne vers Gigi avec un sourire un peu crispé.

— Eh bien, il ne reste plus que nous.

Elle a l'impression qu'elles sont les deux dernières à avoir été appelées dans les équipes en cours de sport.

Gigi porte son panama, une paire de lunettes de soleil foncées et rondes, ainsi qu'une adorable robe tee-shirt blanche avec ses Veja.

— Ça sera l'occasion de faire plus ample connaissance, lui dit-elle. On n'a presque pas parlé hier soir.

Le moral de Brooke remonte aussitôt. Elle aura Gigi et son merveilleux accent pour elle toute seule. Elle est tentée de lui poser la question qui taraude tout le monde : comment le contact s'est-il établi entre Hollis et elle ? Est-ce que celle-ci l'a choisie au hasard parmi ses abonnés ? Mais quelle question grossière ! Pas étonnant que les gens la fuient comme la peste ; Brooke n'a pas sa pareille pour commettre des impairs.

Quand elles ont traversé la rue, Brooke tourne vers la boutique Murray's Toggery, où l'attend sa jupe, mais Gigi est attirée par la vitrine de la librairie, Mitchell's Book Corner. Brooke se sent obligée de lui emboîter le pas.

— Oh, regarde comme c'est charmant, ici ! s'exclame Gigi. J'adore les librairies indépendantes.

Brooke sait que c'est très bien de faire ses achats dans des librairies indépendantes, même si elle a tendance à acheter ses livres sur Amazon, parce que c'est moins cher et plus pratique. Il faut dire qu'elle n'est pas une grande lectrice ; elle a lu *Cinquante nuances de Grey* il y a dix ans et, plus récemment, elle a commandé *Un gentleman à Moscou*, parce que tout le monde en parlait, mais elle ne l'a même pas ouvert.

Gigi se dirige tout droit vers le rayon littérature et choisit un livre d'une certaine Maggie O'Farrell.

— Tu l'as lu ? demande-t-elle à Brooke.

— Euh, non. Je n'ai jamais entendu par...

— *Quoi ?* Mais tu dois absolument la lire, cette femme est tellement brillante. Tiens, je te l'achète, et ce n'est pas ouvert à discussion.

Gigi sélectionne ensuite un roman d'Anne Tyler, *Une bobine de fil bleu.*

— Cette autrice est une déesse. Je la suis depuis mes études à la fac, et elle s'améliore de livre en livre.

Brooke avait déjà entendu parler de cette Anne Tyler, non ? C'était bien celle qui écrivait des histoires de vampires quand Brooke était à la fac ?

— Oh ! s'exclame Gigi en sortant un roman intitulé *Our Little World*[1] de l'étagère. Je viens de terminer ce joyau. C'est un premier roman et je le recommande à tout le monde, parce que c'est important d'encourager les jeunes écrivains. Je te l'achète aussi.

— Oh, non, surtout ne...

1. Roman de Karen Winn inédit en français mais dont on pourrait traduire le titre par : *Notre petit monde.*

Brooke ne peut pas la laisser dépenser de l'argent pour des livres qu'elle ne lira jamais.

— Ce que j'adore avec les romans, moi, c'est qu'ils nous offrent un moyen d'établir un lien entre nos expériences personnelles et le reste du monde, tu ne trouves pas ?

Brooke ne sait pas très bien quoi dire. Ce qu'elle a de plus littéraire en elle, c'est son adresse, puisque sa rue, Thackeray Road, porte le nom du célèbre auteur de *La Foire aux vanités*, et se trouve dans le Poet's Corner de Wellesley. Elle a du mal à entrer dans les livres, et elle ne s'est en tout cas jamais reconnue dans aucun personnage de roman. Sa vie est si terne, si simple qu'elle n'a pas le moindre point commun avec l'univers de la littérature.

D'un autre côté... ça pourrait être l'occasion de donner une seconde chance à la lecture. Peut-être qu'avec ce petit coup de pouce de Gigi elle finira par devenir, elle aussi, le genre de femme qui soutient de jeunes auteurs et les recommande aux autres. Il y a, évidemment, tellement de clubs de lecture à Wellesley qu'on ne les compte plus. Elle a même tenté de participer à l'un d'eux, s'étant laissé persuader qu'on n'y parlait pas de bouquins mais qu'on y allait pour boire du vin ! Sauf qu'on y évoquait un livre que Brooke n'avait même pas ouvert. La discussion était animée par Trinh Nguyen, enseignante à l'université de Wellesley – autant dire que Brooke était dépassée ! –, et elle lui avait demandé ce qu'elle pensait de l'« itinéraire du héros ». Brooke avait tellement rougi qu'elle en était devenue violette.

— Je ne suis pas encore arrivée à ce passage, avait-elle répondu.

Trinh lui avait alors dit, d'une voix qui lui avait rappelé celle de Mme Dolan, sa professeure de lettres de seconde :

— C'est tout le livre qui constitue son itinéraire, Brooke.

Faut-il vraiment s'étonner qu'elle n'aime pas lire ? Son téléphone ne lui demande jamais de réfléchir, Netflix n'exige jamais d'analyses circonstanciées. Lire demande un effort, et elle a déjà assez de mal à gérer Charlie, la maison, les enfants et tous ses complexes.

Elle observe les dos colorés des publications récentes et en sort une avec une couverture bleu ciel. La quatrième de couverture explique que l'intrigue se situe à Nantucket et que c'est un « roman de plage ». C'est dans ses cordes, non ? Elle le commencera cet après-midi. Quoi de mieux que de lire un roman de plage situé à Nantucket... sur une plage à Nantucket ?

Elle rejoint Gigi, qui s'est éloignée, en lui tendant le livre comme une offrande.

— Je prends celui-ci.

Gigi s'en saisit et observe la couverture.

— Ah, oui, j'ai entendu parler de cette autrice, elle est très populaire.

Brooke devine que le terme *populaire* est une insulte à peine voilée. Ce roman doit être l'équivalent littéraire de *Mask Singer* – Brooke adore cette émission.

— Ça ne m'empêche pas de t'acheter ces deux-là, ajoute-t-elle. Ça me fait vraiment plaisir.

— D'accord, concède Brooke.

Comment pourrait-elle refuser quoi que ce soit à Gigi, qui a si bon goût et un accent délicieux ? Même si ces livres finissent par prendre la poussière sur sa table de chevet, Brooke pourra toujours les regarder pour se souvenir de la gentillesse de Gigi. D'ailleurs, lorsque celle-ci lui tend le sac en papier marron, elle trouve son poids réconfortant. Elle a l'impression de s'être un peu enrichie intellectuellement, et elle se tient plus droite.

Une fois qu'elles sont sorties de la librairie, Brooke entraîne Gigi chez Murray's Toggery. En chemin, elle lui explique la vogue de cette fameuse toile rose sur l'île.

— Quand on l'achète elle est rouge brique, puis elle se délave à chaque lavage pour prendre une teinte saumon caractéristique. Elle est surtout utilisée pour des vêtements d'hommes, pantalons ou bermudas, mais je voudrais une jupe.

Gigi la prend par le bras.

— Allons réaliser ton rêve.

La première chose qui frappe Brooke chez Murray – mis à part la délicieuse odeur de cuir et d'amidon –, c'est l'explosion de couleurs. Juste à l'entrée de la boutique il y a un portant de pantalons d'hommes jaunes, bleu myosotis, vert pomme. Il y a aussi des présentoirs de cravates amusantes – Brooke en caresse une rose avec des crabes bleus – et des présentoirs de chemises parfaitement repassées, en vichy ou à rayures. Sans oublier les caleçons brodés avec des colverts, des drapeaux américains, des trèfles, les ceintures tissées et les piles de pulls irlandais dans des coloris melon et turquoise. Chacun de ces vêtements semble promettre une vie consacrée à la voile, au golf, aux pique-niques chics, aux chasses au renard et aux remises de diplômes dans des universités aussi prestigieuses que Princeton ou Duke.

Gigi déplie une chemise à carreaux violets et soupire :

— J'aimerais bien avoir quelqu'un à qui l'offrir.

Brooke perçoit une pointe de mélancolie dans son ton et se demande si ce serait l'occasion de l'interroger. Gigi songe-t-elle à faire d'autres rencontres maintenant que sa dernière histoire est terminée ? Est-elle inscrite sur un site de rencontre ? En tant que pilote de ligne, elle doit être entourée d'hommes, non ?

— Moi, j'ai quelqu'un, dit-elle, mais il n'aura pas un seul cadeau de ma part.

Elle se rend alors compte que Gigi pourrait le prendre comme une invitation à lui poser des questions sur Charlie, or elle n'a aucune envie de s'étendre sur le sujet. Elle a envie d'oublier entièrement son existence. Elle se dirige d'un pas décidé vers le rayon femmes.

Elle s'extasie devant les gilets en cachemire, les blouses blanches classiques à col Claudine, les bandeaux à cheveux et les espadrilles. Elle se remémore avec tendresse sa grand-mère, qui s'habillait ainsi quand elle recevait des amis pour un bridge ou se rendait aux réunions de son club de jardinage. Enfin, elle trouve ce qu'elle cherchait : un mur entier de jupes taillées dans la fameuse toile de Nantucket, de toutes les longueurs.

Son attention est attirée par une minijupe adorable, et il y a une taille 42 tout en bas de la pile.

Gigi approche pour toucher le tissu.

— Elle est vraiment originale, dit-elle.

Original pour une jupe, c'est sans doute la même chose que *populaire* pour un roman, mais Brooke s'en moque. Elle emporte la jupe dans une cabine d'essayage. Ce n'est qu'après avoir retiré sa robe en lin qu'elle s'en rend compte : elle n'a aucun haut à mettre avec la jupe. Elle ne va tout de même pas se montrer à Gigi en soutien-gorge… À ce moment-là, celle-ci cogne à la porte de la cabine.

— Je t'ai trouvé un pull très chic pour aller avec.

La main de Gigi se faufile par l'entrebâillement, elle tient un pull en coton à rayures bleues et blanches avec un col bateau. C'est vrai qu'il est « chic ». Brooke l'enfile et ferme la jupe. Quand elle sort de la cabine, Gigi applaudit, un sourire jusqu'aux oreilles.

— Tu es magnifique ! Oh, Brooke, tu as vraiment l'œil, ça te va à merveille !

Brooke est si heureuse qu'elle manque de fondre en larmes. Elle se félicite que les autres ne soient pas là. *Tout arrive toujours pour une raison*, se dit-elle. Gigi et elle devaient partager ce moment privilégié.

Elle décide d'acheter le pull avec la jupe. Elle pourra porter cette tenue demain soir pour les pizzas et la glace sur la plage avant le feu d'artifice.

Au moment de plier la jupe, la vendeuse à la caisse lui dit :

— Elle va se décolorer après quelques lavages en machine.

— Oh, oui, je sais, répond Brooke.

Elle tend sa carte bleue en priant pour que Charlie n'ait pas, dans son désespoir, commis une folie comme parier une somme insensée sur un événement sportif, mais la transaction se déroule sans accroc. La vendeuse lui remet un sac avec ses achats, et Brooke quitte la boutique sur un petit nuage.

Elle est tellement de bonne humeur qu'elle ne remarque Electra qu'au moment où il est presque trop tard. Son instinct la pousse à relever la tête, à moins que ce ne soit le jaune orangé de la robe d'Electra ou le bruit de ses chaussures à plateforme sur le passage piéton – on dirait les sabots d'un cheval ! Electra fonce droit sur elles.

— Et maintenant ? demande Gigi.

Brooke ne peut pas prendre le risque de croiser Electra, mais comment l'éviter ? Elle prend Gigi par le bras et s'engage dans une rue à l'évidence résidentielle.

— Par ici, dit-elle en l'entraînant.

Electra l'appelle, et Brooke fait mine de ne pas l'entendre et fonce droit devant – en se bénissant d'avoir des baskets aux pieds !

Elle doit trouver une issue... Si elle avait été seule, ça n'aurait pas été un problème, mais elle ne peut en aucun cas lui présenter Gigi, parce que celle-ci en parlerait à Hollis. Brooke aperçoit un débouché sur sa gauche et pense qu'il s'agit d'une voie privée avant de remarquer l'un des panneaux si raffinés de Nantucket, sur lequel on peut lire *Stone Alley.* « L'allée de pierre. »

— Je rêvais de passer par ici, dit-elle à Gigi en se mettant quasiment à dévaler la ruelle pavée, en pente, coincée entre l'arrière des boutiques de Main Street et des habitations.

Electra ne pourra jamais les rattraper avec les chaussures qu'elle porte sans se tordre une cheville.

— Tu es tellement fantasque ! s'écrie Gigi. J'ai l'impression d'être dans un conte pour enfants.

Brooke est-elle fantasque de vouloir éviter Electra à tout prix et pour cela de filer dans une ruelle pavée les bras chargés d'achats ? Elle pourrait aisément se casser quelque chose, mais ça lui est bien égal, elle doit filer. Si Hollis découvre qu'elle a repris contact avec Electra, elle ne le lui pardonnera jamais. Pourquoi diable a-t-elle accepté de boire un verre avec cette femme ? Pourquoi n'a-t-elle pas exigé des explications après tout le mal qu'elle avait fait ? Non, Brooke a fait une génuflexion devant l'autel derrière lequel Electra officie, elle a accepté son invitation et s'est même empressée de noter la date de leur rendez-vous à la rentrée dans son téléphone.

Brooke continue à dévaler la ruelle, Gigi sur les talons, jusqu'à ce qu'elle atteigne une volée de marches en pierre qui débouche sur Union Street. Brooke est hors d'haleine et plus que mortifiée. Gigi va la prendre pour une folle. Car c'est bien ce qu'elle est, non ?

Pourtant, lorsqu'elle la rejoint, elle semble au contraire euphorique.

— Mais quel raccourci merveilleux ! Pendant que je courais j'imaginais des capitaines de baleiniers passant ici pour rendre visite à leurs maîtresses. Et des quakeresses avec des bonnets volantés retrouvant leurs galants pour un baiser volé.

Brooke ne se demande plus pourquoi Hollis a invité Gigi pour ce week-end cinq étoiles. Cette femme est un délice !

Elle ajoute d'ailleurs, après avoir regardé son téléphone :

— Apparemment, juste à côté, il y a un café charmant. On y va ?

— Avec joie ! s'exclame Brooke, adoptant, par imitation, un léger accent britannique. C'est une idée splendide !

22

SOUS INFLUENCE I

Dru-Ann est bien désolée de ne pas être une meilleure « copine », mais elle aime faire les boutiques seule. Elle sait très bien ce qui lui va ou non, et elle déteste s'attarder quand elle a terminé. Elle est aussi très snob, et la perspective de faire la tournée de magasins vendant des tee-shirts Nantucket, des hublots en cuivre dont la vitre a été remplacée par un miroir et des aquarelles du port lui donnent de l'urticaire. Brooke a parlé d'aller chez Murray's Toggery, or c'est l'endroit où les femmes qui distribuent les programmes à l'entrée de l'église épiscopale font leurs courses. Sans vouloir être désagréable, Dru-Ann a des goûts un peu plus sophistiqués.

Gypsy tient ses promesses. La boutique occupe l'une des grandes demeures anciennes de Federal Street ; il y a même un adorable jardin où deux jeunes femmes sont assises sur un canapé qui semble confortable, des sacs de courses à leurs pieds. L'une des femmes, noire, les cheveux coupés très court, porte un rouge à lèvres carmin et du Gucci de la tête aux pieds. L'autre, une blonde au teint de porcelaine, a une longue robe à fleurs et à manches bouffantes qui rappelle aussitôt à Dru-Ann *La Petite Maison dans la prairie*. La femme Gucci tend son téléphone à Laura Ingalls pour lui montrer quelque chose sur son écran, et Dru-Ann l'entend dire :

— Je les ai prises pendant la séance photo dans l'appartement de Rashad, sur Bleecker Street.

Elles redressent toutes deux la tête lorsque Dru-Ann passe, et elle leur sourit, ne serait-ce que pour leur prouver que, bien qu'originaire de Chicago, elle peut se montrer aimable avec des New-Yorkaises.

Dès qu'elle a mis les pieds à l'intérieur de la boutique, elle a l'impression de pénétrer dans un nirvana de la mode. Elle est à la recherche, depuis un moment, d'une robe chemise Dries Van Noten améthyste que le site Internet indique comme épuisée, et elle la repère immédiatement à l'autre bout du magasin. Un vendeur, grand et svelte, d'une élégance ravageuse, détaille aussitôt la tenue de Dru-Ann – son jean Mother, ses baskets Golden Goose, son tee-shirt Rick Owens sous une veste en lin crème Veronica Beard – et lui adresse un signe de tête approbateur presque imperceptible. Dru-Ann n'est pas une touriste à la journée égarée à la recherche de « quelque chose de mignon à porter pour manger des homards ». Dru-Ann est à sa place, ici.

— Bienvenue chez Gypsy, lui dit-il. Je m'appelle Joey. Puis-je vous offrir une flûte de champagne ?

Dru-Ann a-t-elle envie de boire du champagne à 10 h 30 ? Bien sûr que oui !

— Avec plaisir, merci. Je m'appelle Dru-Ann.

Dans la minuscule kitchenette, décorée avec goût bien sûr, derrière le comptoir, Joey ouvre la bouteille de Moët et Chandon qui attendait dans un seau à glace. Dru-Ann est agréablement surprise : elle s'attendait à un verre de prosecco tiède. Elle accepte la flûte, remonte ses lunettes de soleil sur le sommet de sa tête et récupère la robe améthyste en taille S sur le cintre.

— Je vous l'installe en cabine, lui dit Joey.

Dru-Ann fait le tour des portants, effleure des manches, tient des pulls à bout de bras pour les regarder. Ils ont le treillis Nili Lotan qu'on voit partout sur Internet. Elle l'aime bien en blanc cassé mais se demande s'il n'est pas devenu trop à la mode. Elle a peur de faire « riche retraitée », et elle est prête à tout pour ne pas tomber dans cet écueil. Elle repère alors une robe Raquel Allegra qu'elle essaiera pour s'amuser et une blouse ivoire de chez Chloe. Elle tente de chasser Nick de ses pensées, même si elle ne peut s'empêcher de se rappeler un samedi remontant à deux semaines seulement – avant le dîner catastrophique avec Posey –, où ils ont pris des mimosas au Hoxton, fait les boutiques sur le West Loop et déjeuné très tard chez Beatrix avant de rentrer dans la maison de ville de Dru-Ann et de faire l'amour comme dans les films. Ça lui fait tout drôle de penser que Nick ignore qu'elle se trouve à Nantucket – elle a évoqué le week-end devant lui quand elle a reçu l'invitation d'Hollis, mais elle doute qu'il s'en soit souvenu –, et qu'elle ne sait pas où il se trouve, lui. Il possède une maison au bord du lac à Winnetka, où il vit avec sa fille – il attend que sa carrière soit parfaitement « lancée » pour la vendre et acheter le dernier étage avec terrasse du 9 Walton Street.

Est-il chez lui à Winnetka, se demande-t-elle, *ou a-t-il pris l'avion pour l'Écosse ?*

S'il a traversé l'Atlantique, pourra-t-elle lui pardonner un jour ? Et est-ce que ça changerait quelque chose maintenant qu'ils « ont pris leurs distances » ? Dru-Ann vide sa flûte et sort du portant une veste de motard en cuir rouge Isabel Marant. Qu'est-ce qu'elle compte faire ? Dépenser de l'argent jusqu'à ce que la douleur s'estompe ?

L'avantage des quatre autres étoiles, y compris Tatum, c'est qu'elles lui ont changé les idées.

Les deux jeunes femmes du jardin entrent dans la boutique. *Sans doute des influenceuses,* pense Dru-Ann. Elles évoluent dans le monde comme si des caméras étaient braquées sur elles. Dru-Ann envisage de lier connaissance et de leur proposer d'aller boire un verre. Elle pourra leur parler du week-end cinq étoiles, et leur confier qu'une des convives a caché un serpent en caoutchouc dans son lit pour régler un différend vieux de vingt-cinq ans. Joey lui ressert du champagne et emporte la veste de motard dans la cabine d'essayage. Dru-Ann le suit sinon elle sera tentée d'essayer le magasin tout entier.

La robe améthyste est un grand oui (elle le savait !), la Raquel Allegra, un non – Joey est d'une franchise rafraîchissante : « Elle n'est pas flatteuse sur vous. » Le combo blouse ivoire et veste en cuir rouge est si époustouflant que les influenceuses s'approchent d'elle. Celle en Gucci dégaine son portable pour prendre une photo.

— C'est une Isabel Marant ? demande-t-elle.

— Oui, répond Dru-Ann en prenant la pose avec sa flûte. Je crois que je vais me faire plaisir aujourd'hui.

Laura Ingalls s'éloigne vers le portant pour regarder le prix de la veste.

— 2 600 dollars, lâche-t-elle avec une note d'émerveillement.

Dru-Ann fait un clin d'œil à Joey.

— Je prends la robe violette et la blouse.

— Formidable, approuve-t-il.

L'influenceuse Gucci a toujours son téléphone à la main. Dru-Ann a l'impression qu'elle la filme.

— On sait qui vous êtes, lui lance-t-elle.

— Vous avez manqué de respect à notre Posey, ajoute Laura Ingalls. Et aux cinquante-trois millions d'Américains qui ont des problèmes de santé mentale.

Dru-Ann manque d'en laisser tomber sa flûte. Elle ne s'était pas attendue à une telle embuscade. Elle est à peu près certaine que ces deux-là seraient incapables de différencier un fer numéro 9 d'un fer à boucler – et pourtant elles s'autorisent à parler de Posey comme si elle leur appartenait ? Dru-Ann n'a qu'une envie : arracher le téléphone des mains de Gucci et l'écraser. Mais elle se ravise. Et si elle tenait sa chance ? Ces femmes sont des influenceuses, elles ont peut-être des centaines de milliers d'abonnés. Elles pourraient diffuser la bonne parole.

— Je suis sûre que vous rêvez de connaître les coulisses de cette histoire, dit-elle. Il se trouve que Posey Wofford n'a aucun problème de « santé mentale », ajoute-t-elle en mimant les guillemets. Elle a utilisé cette excuse pour déclarer forfait à un tournoi de golf.

Gucci baisse son téléphone et jette un regard assassin à Dru-Ann.

— Parce que vous croyez vraiment que je vais diffuser votre délire ?

— Je sais combien la santé mentale est cruciale. J'ai justement pris la défense des cinquante-trois millions d'Américains qui connaissent des problèmes. Posey Wofford s'est servie de ce sujet parce que ça l'arrangeait.

— Viens, Bex, intervient Laura Ingalls. On y va.

Gucci suit sa comparse, mais, juste avant de sortir, elle se retourne.

— Je vous vénérais, vous savez. Je regarde *Joue-la comme une fille*, je lis vos articles dans *The Cut*, je vous trouvais intelligente et maligne, vous étiez un modèle pour moi jusqu'à ce que je découvre cette vidéo. J'ai été tellement déçue. Vous êtes tellement décevante.

Le vernis si brillant de Gucci se fissure un instant, et Dru-Ann aperçoit sa part d'authenticité derrière. Cette jeune femme l'admirait, et elle s'est sentie trahie. Franchement, il y a de quoi être touchée.

Dru-Ann devrait peut-être présenter des excuses et tourner la page.

Il n'en reste pas moins que Posey n'a aucun problème de santé mentale.

— J'ai bien conscience de l'impression que ça donne, mais je vous assure que les apparences sont trompeuses. Il faut me croire.

Le sang tambourine dans ses tympans, et le champagne lui donne la nausée. Elle est venue à Nantucket pour faire profil bas, or la nouvelle de son déshonneur la suit partout, même ici.

— C'est Posey Wofford qui est décevante.

— Vous devriez vous taire, lance Laura Ingalls.

Gucci retrouve un masque dur et impénétrable.

— Adieu, dit-elle avant de se détourner et de fermer la porte d'un geste définitif derrière elles.

Après un silence gêné qui semble durer incroyablement longtemps, Joey débarrasse Dru-Ann de sa flûte de champagne vide, puis récupère la robe Dries Van Noten et la blouse Chloe dans la cabine.

— Je vous les prépare, dit-il. Et vous vous êtes décidée pour la veste ?

Il sait déjà ce qu'elle va répondre ; dans les situations d'embarras, les gens dépensent plus d'argent. Il va toucher une belle commission !

— Je la prends.

23

TOAST DE PAIN DE SEIGLE

Hollis suit Tatum dans Centre Street comme si elle venait d'étudier *L'Espionnage pour les Nuls*. Elle veille à laisser cinq ou six pas entre elles, s'engage dans India Street à sa suite, puis dépasse, elle aussi, la longue file de gens qui attendent une table devant le Black-Eyed Susan.

— Hé ! Tout le monde fait la queue ! lui disent-ils.

Tatum balaie la salle du regard – il est bondé, comme toujours, et il y règne une agréable odeur de café, de beurre, de vanille et de bacon. Elle finit par trouver Kyle et Jack, qui occupent deux places à une table de quatre. Elle attrape son mari par la nuque pour déposer un baiser bien humide sur sa joue, puis elle se glisse sur la chaise à côté de la sienne.

— Je crois que j'ai été suivie, dit-elle.

— Ah bon ? s'étonne-t-il. Mais par qui ?

Une seconde plus tard, Hollis prend place en face de Tatum.

— Surprise !

— Pas vraiment, lui répond celle-ci. J'ai vu ton reflet dans une vitrine.

— Pas vraiment, ajoute Jack avec un clin d'œil. J'ai toujours su que tu comprendrais ton erreur et que tu reviendrais.

— Oh ! s'exclame Kyle. Il a osé !

Hollis rit de bon cœur. La migraine qu'elle se traîne depuis le réveil s'envole soudain.

— C'est juste un petit déjeuner.

Kyle lève sa tasse.

— Comme au bon vieux temps !

Ce n'est rien, se dit Hollis, *c'est tout à fait innocent.* Le moment est idéal pour prendre des nouvelles de Jack. Kyle et Tatum ne font rien qui la mettrait mal à l'aise, ça ressemble d'ailleurs à une réunion entre vieux amis. Pour autant, se sent-elle à l'aise ? Non, pas du tout. Jack Finigan est assis à côté d'elle, et elle ne peut pas ignorer l'effervescence qui monte en elle.

Tatum voudrait dire à Jack de prendre ses jambes à son cou. Kyle voudrait lui dire (et l'a sans doute fait la veille au soir) de passer à l'attaque, puis de prendre ses jambes à son cou.

Hollis fait signe au serveur de leur apporter du café. Elle se sentait si mal au réveil qu'elle n'a rien pu avaler d'autre que de l'eau glacée, mais maintenant elle est affamée. Jack lui tend le menu en lui disant :

— Je sais ce que tu vas commander.

— Oh, pitié, intervient Tatum. On sait tous ce qu'elle va commander.

— Deux œufs brouillés avec du bacon bien grillé, un toast de pain de seigle et des galettes de pommes de terre… à supposer que ce soit de vraies galettes et pas des frites, ajoute Kyle.

— Tu viens de me voler ma réplique ! proteste Jack.

— Et la mienne, surenchérit Tatum.

Ce qu'aucun client ni aucun employé du Black-Eyed Susan ce matin ne peut savoir c'est que, à l'époque du lycée, ces quatre personnes prenaient leur petit déjeuner ensemble tous les samedis matin au Downyflake après le match de foot du vendredi soir. Or si Jack, Tatum et Kyle variaient les plaisirs entre le pain perdu, les omelettes et les fameux donuts de l'enseigne, Hollis, elle, commandait systématiquement le même plat. Elle était prévisible à ce point.

Comment peuvent-ils savoir que mes goûts n'ont pas changé ? se demande-t-elle. Elle pourrait prendre des œufs « rancheros » ou à la thaïlandaise avec des épices.

Sauf qu'elle n'en a aucune envie.

— C'est très exactement ce que je vais prendre, dit-elle en frappant la table avec son menu.

— Ces deux-là ont fait une sacrée bringue hier soir, reprend Tatum. Ils sont allés au Straight Wharf. Puis au Gaslight.

Kyle lève les deux mains.

— Je voulais juste être un bon camarade, moi. Jack cherchait de la compagnie pour la nuit.

Hollis observe sa bague de fiançailles en diamant, son alliance.

— Et tu as été en veine ? lui lance-t-elle d'un ton léger.

Quand Tatum a entendu l'expression « de la compagnie pour la nuit », la zone sensible de son sein s'est mise à palpiter.

— Je te laisse seul une soirée et tu pars en chasse ?

— Je suis innocent, proteste Kyle. Je suis resté sur la touche pendant que Jack faisait son numéro de charme à ta boss et à sa copine.

Tatum met une minute à comprendre ce que Kyle est en train de lui dire. « À ta boss et à sa copine. » La boss de Tatum.

— Vous avez vu Irina ? Avec Veda ?

Elle empoigne le rebord de la table. Elle s'attendait à apprendre que Jack avait discuté avec deux touristes de Menasha, dans le Wisconsin, Melissa et Debbie, qui auraient atterri au Gaslight parce qu'il y avait trop de queue au Club Car, le piano-bar. C'est bien pire que ce qu'elle imaginait. Bien, bien pire. Oui, Irina et Veda portent trop de maquillage et tellement de parfum qu'on est pris à la gorge, mais elles dégagent une assurance sexuelle évidente… Et comment Kyle a-t-il pu oublier l'horrible cauchemar de Tatum, dans lequel il finissait au lit avec Irina ?

— Pourquoi tu ne me l'as pas dit avant ?

— Je ne leur ai pas parlé, se défend-il en adressant un regard implorant à Jack. J'ai besoin d'un peu de soutien, là, mec.

— C'étaient les deux seules dames du bar qui ne vapotaient pas ou ne tournaient pas des TikTok.

— Est-ce qu'Irina t'a vu ? insiste Tatum en fixant Kyle. Est-ce qu'elle a dit quelque chose ?

À sa connaissance, son mari et Irina n'ont jamais échangé plus de deux mots. L'hiver dernier, lorsque la Pilot était chez le garagiste, Kyle déposait Tatum au travail et passait la chercher, il a bien fallu les présenter – et Irina a été bien plus charmante avec lui qu'elle ne l'a jamais été avec son employée. Ce qui n'a été en rien une surprise.

« Un amour », avait-elle commenté. « Ton mari est un amour. »

Qu'a bien pu penser Irina en voyant Kyle tout seul alors que Jack venait leur parler, à Veda et à elle ?

Tatum ne sait pas très bien comment gérer sa colère. Kyle lui serre le genou et elle repousse sa main avec une telle violence qu'elle fait trembler la table et que tous les cafés débordent.

Hollis essaie de changer de sujet.

— Tu as toujours un bar ? demande-t-elle à Jack.

Sa question est noyée par la tension électrique entre les deux McKenzie. Kyle répète à Tatum qu'il est resté dans son coin à écouter le groupe et que c'est Jack qui a entrepris Irina, Jack qui a dansé avec Veda et elle. Hollis ressent un étrange pincement de jalousie en l'apprenant, ce qui est complètement absurde ; ils se sont séparés à l'époque où Ronald Reagan était encore président.

Leur serveur, un vétéran du petit déjeuner prénommé Naz, revient alors avec leurs assiettes, mais il n'a pas le temps de les poser devant ses clients, parce que la brune recule sa chaise pour se lever et... elle pleure ! (Naz voit plus de gens pleurer au petit déjeuner qu'on ne l'imaginerait.) Hollis a aussi remarqué les larmes de son amie ; elle essaie de capter son regard, mais celle-ci bouscule Naz pour se rendre aux toilettes, au fond de la salle.

Il pose les assiettes sur la table.

— Est-ce que je peux vous apporter autre chose ?

Kyle a les yeux rivés sur la porte des toilettes.

— Vous auriez de la marmelade d'orange ? demande Jack.

— Bien sûr, répond Naz, qui s'empresse de partir la chercher.

Hollis considère son toast de pain d'un beau brun doré, puis les pancakes à la myrtille de Tatum et enfin Kyle.

— Dis-toi que c'est flatteur qu'elle ressente encore de la jalousie.

— Ce n'est pas de la jalousie, rectifie-t-il aussitôt. Enfin, si, bien sûr, mais elle n'est pas dans cet état-là à cause de ça.

Il moud du poivre sur ses œufs Benedict.

— Je suppose qu'elle t'a parlé de sa biopsie, reprend-il.

— De sa biopsie ? Quelle biopsie ?

— Oh, zut...

Hollis le dévisage.

— Une grosseur dans le sein droit. Elle a raté l'appel du médecin qui voulait lui faire part des résultats jeudi. Ce qui implique maintenant d'attendre jusqu'à lundi.

Hollis pousse un soupir. Comment Kyle – et Jack au passage – peuvent-ils rester si calmes ? Ils ont traversé ensemble le cancer de Laura Leigh. La mère de Tatum a mis un bonnet des Nantucket Whalers pour cacher sa calvitie le jour de la remise des diplômes ; trois semaines plus tard elle n'était plus de ce monde. Kyle et Jack ont porté son cercueil et ils ont mis en terre la femme qu'ils avaient tant aimée.

Pauvre Tatum ! Pourquoi a-t-elle gardé cette nouvelle pour elle ? Elle est à la fois courageuse et complètement idiote. Hollis est sa meilleure amie... du moins elle l'était. Ça la peine de constater que Tatum ne lui fait apparemment pas assez confiance pour se confier à elle. Le cancer de Laura Leigh était extrêmement agressif, elle est partie de façon précipitée et brutale. Tatum doit être terrifiée.

D'un autre côté, trente-cinq années se sont écoulées depuis la maladie de Laura Leigh. La recherche a fait des avancées, il y a eu de nombreux essais cliniques. Tatum sera soignée à Boston, peut-être même au Massachusetts Hospital, où Matthew travaillait, et Hollis pourra lui donner accès aux meilleurs médecins du monde. Et la grosseur pourrait très bien être bénigne.

Mais ça s'apparente à de la pensée magique, et elle le sait bien. La possibilité d'avoir un cancer, surtout quand on a l'histoire familiale de Tatum, est terrifiante. Hollis repense à la soirée de la veille : Tatum a mangé, bu, fumé et dansé. Avant d'aller se coucher dans sa chambre *Cinquante nuances de blanc*, elle a serré Hollis contre elle en lui disant :

— Merci de m'avoir invitée, sœurette.

Ces six petits mots étaient chargés de sens, surtout l'emploi de leur ancien surnom. *Sœurette.* Hollis aurait pu lui rétorquer qu'elle l'avait invitée à dîner tous les étés depuis la construction de sa nouvelle maison et que Tatum avait toujours décliné, mais ça les aurait conduites sur un terrain sur lequel aucune d'elles ne souhaitait s'aventurer ; il était tard, elles avaient bu, alors Hollis s'est contentée de répondre :

— Merci d'être venue, sœurette.

Puis chacune est partie en titubant vers sa chambre.

— Elle ne m'en a pas parlé, dit-elle à Kyle. Elle avait l'air bien hier soir. Elle s'est amusée. On a même fait notre choré.

— Ah, la choré, s'amuse Jack.

Kyle se lève.

— Je vais la chercher.

Il quitte la table au moment où Naz revient avec le pot de marmelade d'orange. Jack le pousse vers Hollis.

— C'est pour moi que tu l'as demandé ?

— Oui, tu en veux, non ?

Évidemment. Le toast de seigle beurré d'Hollis ne serait pas parfait sans un peu de marmelade.

— Je n'en reviens pas que tu te souviennes de ça.

Il soupire.

— Oh, Holly. Ces quarante dernières années, je n'ai pas pu poser les yeux sur un morceau de pain de seigle sans penser à ta manie de le recouvrir de la pire chose qui soit, la marmelade d'orange.

Elle secoue la tête, les yeux embués de larmes. Il l'enlace et la serre contre lui.

— Tatum va s'en sortir, lui dit-il.

Pendant que les McKenzie échangent un long baiser d'adieu devant le Black-Eyed Susan, Jack insiste pour qu'Hollis note son numéro de téléphone portable.

— Appelle-moi plus tard si tu as un moment.

— Je n'en aurai pas.

Elle pense non sans culpabilité à Brooke, Dru-Ann et cette pauvre Gigi, qu'elle a abandonnées. Mais… aucun cheval sauvage ne pourrait l'éloigner de Jack. Quand elle le regarde, elle voit à la fois un homme de 53 ans et un adolescent de 17 ans. Son sourire est comme un rayon de soleil qui réchauffe le visage d'Hollis.

— Bon, d'accord, dit-elle avant d'enregistrer son contact.

— J'ai vu ta fille ce matin, lui apprend-il. Ce n'est pas très chic de cafter, mais elle s'est réveillée chez les McKenzie et ne trouvait pas de chauffeur, alors je l'ai conduite en ville.

— Chez les McKenzie ? Tu veux dire qu'elle était… avec Dylan ?

C'est donc sans doute lui qui l'a déposée hier, songe Hollis. *Dylan McKenzie !*

Jack lève les deux mains.

— On n'a pas abordé le sujet !

— Et quels sujets avez-vous abordés ? Caroline ne me porte pas vraiment dans son cœur ces derniers temps…

— Alors elle a eu l'air surprise d'apprendre que tu chassais et ramassais des coquilles Saint-Jacques avec ton vieux.

— Oh, punaise, je n'en ai pas ramassé depuis une éternité.

— Tu dois toujours te souvenir du coin secret de ton père, non ?

— Oui…

Elle lui donne une petite tape taquine sur l'épaule en ajoutant :

— Mais non, je ne te dirai pas où il est.

Tatum et Kyle finissent par se séparer ; ils se disent tous au revoir, et Tatum se retourne une dernière fois pour faire un signe à son mari. Hollis avait prévu de la questionner sur la biopsie dès qu'elles se retrouveraient seules, pourtant elle se ravise : c'est à son amie d'évoquer le sujet d'elle-même.

Tatum s'arrête au milieu du trottoir pour s'allumer une cigarette.

— Holly ?

Ça y est, se dit Hollis.

— Tay ?

Tatum recrache un panache de fumée sur le côté de sa bouche.

— Irina n'a pas intérêt à s'approcher de mon mari, lâche-t-elle. Sinon je vais mettre un serpent dans son lit, et il ne sera pas en caoutchouc.

24

EN VOITURE II

Le samedi matin, on aperçoit à plusieurs reprises Hollis Shaw et ses « étoiles » en ville. Nous en entendons parler par Naz, du Black-Eyed Susan, par Joey de Gypsy et par le pasteur de St Mary, le père John, qui remarque les amies en allant se préparer à célébrer un mariage. (Le père John n'est évidemment pas au courant du week-end cinq étoiles, mais il reconnaît Tatum McKenzie, membre de sa paroisse, et elle semble avoir une altercation avec une femme qui pourrait bien être la présentatrice de *Joue-la comme une fille...* Vraiment ?)

Sharon la Blonde sort de la mercerie avec des fils à broder de toutes les couleurs de l'arc-en-ciel pour sa fille (apparemment les bracelets d'amitié sont de nouveau à la mode), quand elle est témoin d'une scène qui se déroule devant la Bronco rouge d'Hollis Shaw. Sharon, qui rêvait de l'apercevoir avec ses amies, se rapproche discrètement pour ne surtout pas trahir son plaisir coupable : écouter aux portes.

Tatum s'apprête à ouvrir la portière avant, mais Dru-Ann la bouscule.

— Certainement pas. Tu étais déjà devant à l'aller, c'est mon tour.

Tatum se tourne vers elle.

— Tu as 9 ans ou quoi ?

— Moi ? dit celle qui a caché un serpent en caoutchouc dans mon lit comme si on était les héroïnes ennemies d'un film Disney.

— Je ne sais pas de quoi tu parles.

— C'est fou que tu continues à m'en vouloir à cause de ce que je t'ai dit dans les toilettes au mariage d'Hollis. C'était une blague.

— Il n'y a pas que ça qui m'a énervée, rétorque Tatum.

— On parle d'un événement qui remonte à vingt-cinq ans ! Comment peux-tu encore t'en souvenir après tout ce temps ?

Dru-Ann parle suffisamment fort pour attirer l'attention des passants. Main Street est bondée de vacanciers qui vivent leur meilleure vie. Du coin de l'œil Tatum aperçoit le père John, de St Mary. (Elle le connaît depuis des années, elle n'a aucune envie qu'il la voie dans cette situation et qu'il lui trouve un comportement inconvenant.) Elle a parfaitement conscience de surréagir à cette histoire de mariage ; dix pour cent de sa colère environ est suscitée par Dru-Ann, les quatre-vingt-dix pour cent restants ont une autre cause.

Elle la laisse donc monter devant en pestant. Il va falloir qu'elle se serre à l'arrière avec Gigi et Brooke. Celle-ci propose de prendre la place du milieu, et comme Tatum monte en dernier elle se retrouve derrière Dru-Ann. Elle lui tape sur l'épaule :

— Avance le siège, s'il te plaît. J'ai les genoux sous le menton.

Dru-Ann l'ignore, bien sûr. Hollis s'engage dans la rue. Sharon la Blonde regarde la Bronco remonter Main Street. Il fallait s'y attendre, le week-end cinq étoiles connaît aussi son lot de drames ! Et Sharon, bien sûr, meurt d'envie d'en savoir plus.

— Comment s'est passée votre virée shopping ? lance Hollis une fois qu'elle a pris à gauche dans Orange Street, au revêtement plus lisse. Qu'est-ce que vous vous êtes acheté ?

Tatum a remarqué que Dru-Ann avait un grand sac noir mat de chez Gypsy, un magasin où le moindre vêtement affiche un prix à quatre chiffres – enfin pas vraiment, mais quand même. Tatum n'oserait même pas pousser la porte de ce magasin, et elle n'est pas surprise que Dru-Ann y ait fait des emplettes.

Brooke se penche vers l'avant et crie :

— On s'est amusées comme des folles, avec Gigi ! On est allées à la librairie, et elle m'a offert deux livres, le dernier Maggie O'Farrell et le premier roman d'une nouvelle autrice, Karen Winn. Je m'en suis pris un troisième, un roman de plage... qui se déroule à Nantucket ! L'idéal, non ?

Elle sort le dernier ouvrage du sac en papier kraft posé entre ses pieds, et les pages battent au vent comme les ailes d'un oiseau paniqué.

Tiens, songe Tatum. L'autrice du roman de plage est une habitante de l'île, une cliente de l'entreprise de Kyle, mais elle n'en dira rien, Brooke est déjà suffisamment surexcitée. Elle préférerait être en route vers Smith's Point avec Kyle et Jack. Ils auraient emporté une glacière avec des bières et ils y seraient restés jusqu'au coucher du soleil. Sur le chemin du retour, ils se seraient arrêtés chez Millie pour des margaritas et des tacos au homard. Au lieu de quoi, elle va être contrainte de se demander ce qu'ils mijotent, tous les deux. Elle n'en revient pas qu'ils aient croisé Irina et Veda lors de leur virée de la veille. Jack a même dansé avec elles ! Tatum refuse de se retrouver mêlée à une histoire sordide. *Ils s'étaient rencontrés au lycée et ils sont restés mariés trente et un ans avant qu'elle ne meure et qu'il n'épouse sa patronne !*

Jamais de la vie. Elle sort son paquet de cigarettes de son sac à main et demande à Brooke :

— Ça te dérange si je fume ?

Mais celle-ci est sur sa lancée, impossible de l'arrêter.

— Puis on est allées chez Murray's Toggery, et je me suis acheté une jupe !

Elle la brandit, et le vent rabat le tissu comme un drapeau. Tatum ne le reçoit pas en plein visage, mais c'est moins une, et les cheveux bouclés de Brooke volettent eux aussi dans tous les sens. Elle doit trouver ça romantique, de les porter ainsi détachés dans une décapotable... Tatum s'écarte au maximum, même si elle ne peut grappiller que quelques centimètres.

— Garde-la pour Halloween, lâche-t-elle, ça te fera un super déguisement.

— Tatum, la reprend Hollis. Je te rappelle qu'on en avait nous aussi. Je te parie que tu as gardé la tienne et qu'elle te va toujours.

— Je la portais pour le boulot.

Les étés 1986 et 1987, quand elles travaillaient comme serveuses au Rope Walk, elles devaient mettre une de ces jupes et un tee-shirt blanc moulant.

— Et je te signale qu'on n'avait pas le choix. On n'a pas dépensé un centime pour les acheter.

Brooke replie sa jupe et la range dans son sac.

— J'ai aussi pris un pull, ajoute-t-elle avec moins de conviction. Gigi m'a aidée à le choisir.

Brooke a encore besoin qu'on l'aide à choisir ses vêtements à plus de 50 ans, songe Tatum. *C'est un bon résumé de ce qu'elle est, non ?* Elle se demande vraiment ce qu'elle fait avec ces femmes. Lorsqu'elles atteignent le rond-point, elle doit presque se retenir de dire à Hollis de la déposer chez elle. Ce serait un tel soulagement... Mais Tatum n'est pas une lâcheuse. Elle n'abandonne pas les gens.

Brooke se penche une fois de plus vers l'avant.

— Et toi, Dru-Ann, qu'est-ce que tu as acheté ? Montre-nous !

— Je n'ai pas envie pour le moment. Et tu pourrais parler un peu moins fort, s'il te plaît ? Mes tympans vont exploser.

Amen, se dit Tatum. Elles ont au moins un point d'accord.

Brooke s'affale contre le dossier de la banquette. Elle ouvre la bouche pour s'excuser (elle n'aurait jamais dû prendre un café, elle sait bien que l'excès de caféine la rend insupportable, du moins à en croire Charlie), mais non, elle se ravise. Elle se contentera de ne plus prononcer un seul mot jusqu'à la fin du trajet. C'est ça d'être enthousiaste et de vouloir partager sa joie avec les autres.

Gigi exerce une petite pression sur son avant-bras, et ce tout petit geste de rien du tout lui fait monter les larmes aux yeux. Gigi a sans doute pitié d'elle. Brooke furète dans son sac à main pour trouver un élastique et s'attacher les cheveux.

Tatum ne peut plus attendre une seconde de plus, elle s'allume une cigarette. Elles sont dans une voiture décapotable, après tout. Elle inspire profondément avant de recracher la fumée sur le côté et de placer sa main à l'extérieur de la voiture. Personne ne se plaint. Gigi a les yeux fermés et la tête en arrière. Hollis regarde la route et, Tatum est prête à le parier, pense à Jack. On aurait dit qu'ils avaient de nouveau 17 ans tous les deux. C'était vraiment marrant.

Tatum avale une nouvelle bouffée de tabac. Elle sent la tension décroître un peu, mais soudain Dru-Ann se retourne.

— Je rêve ou tu fumes ? Et en plus tu recraches la fumée dans mes cheveux ?

Tatum est tentée de lui souffler en plein visage, mais même pour elle ce serait aller trop loin. Elle laisse la fumée s'échapper sur le côté de sa bouche et fait tomber sa cendre sur le bitume.

— Je n'aurais pas osé, enfin !

— Qui fume dans une voiture pleine de monde ? Bonjour, la classe.

Tatum se penche vers elle.

— Tu peux répéter ?

— Ton attitude manque vraiment de considération pour nous.

— Tu as dit que je n'avais pas de classe. Je t'ai entendue.

La voilà, la preuve tangible de ce que Tatum sent intuitivement depuis le début.

— Excuse-moi de ne pas avoir un salaire à six chiffres, moi.

Sept chiffres, pense Dru-Ann, qui se retient de le dire à voix haute et qui regrette déjà d'avoir parlé. Comme si elle avait besoin que Tatum la déteste encore plus.

— Ce n'est pas une question d'argent mais de savoir-vivre.

— On est dans une décapotable ! s'exclame Tatum avant de jeter sa cigarette. Enfin bon, je suis désolée.

Elle s'en veut de présenter des excuses à Dru-Ann, même si, en réalité, c'est à Hollis qu'elle les adresse.

— J'espère que tes cheveux survivront.

Hollis serait tentée de prendre la défense de Tatum – la pauvre attend les résultats d'une biopsie quand même –, mais, si elle le faisait, Dru-Ann ne pourrait pas s'empêcher de lui répliquer : « Pourquoi est-ce que tu la protèges systématiquement ? Tu le fais depuis toujours ! » Et Tatum, qui ne voudrait pas être en reste, lancerait : « Parce qu'elle me connaît depuis toujours ! » Hollis garde le silence, et tout le monde l'imite. Elle souffle en espérant qu'elles vont pouvoir passer à autre chose. Ce trajet en voiture ne mérite pas plus de trois étoiles, voire deux. Lorsqu'elle se gare devant chez elle, une seule passagère sourit. Gigi.

Heureusement qu'elle est là ! conclut Hollis.

25

PEUT-ÊTRE : SOFIA

Lorsque Caroline se réveille pour la seconde fois le samedi matin, elle trouve un mot de sa mère sur la table de la cuisine. *Parties en ville faire du shopping. On revient à midi.* Caroline se réjouit : elle a la maison pour elle toute seule ! Le petit déjeuner a bien entendu été déjà débarrassé – sa mère est tellement hyperactive, elle ne tient pas en place –, mais elle trouve les brioches enveloppées dans du papier sulfurisé et elle se prépare un bol de café avec du lait d'amande. Puis elle se rend à son endroit préféré de la propriété : le pont qui enjambe la mare.

En s'asseyant au sommet de la partie incurvée, on a un point de vue idéal pour observer le royaume Shaw-Madden. Elle s'assied en tailleur au soleil et se délecte de la légère brise qui effleure l'eau, ainsi que du spectacle de la plage derrière les dunes. Elle déguste son café, dévore la première brioche en trois bouchées, puis émiette la seconde dans la mare. Un doux bruit d'eau retentit lorsque le poisson remonte à la surface. Une libellule tourne autour de l'avant-bras nu de Caroline. *La nature,* songe-t-elle. Serait-elle en train de vivre un moment d'introspection ? Peut-être, mais il est fugace. Elle repense à la veille, au fait si surprenant que Dylan n'ait pas essayé de la mettre dans son lit. Elle n'avait pas particulièrement envie de coucher avec lui, néanmoins elle aurait apprécié de se sentir désirée. Si elle disait à Isaac qu'elle a passé une nuit avec le garçon dont elle est folle depuis des années, elle sait qu'il serait heureux pour elle, parce qu'il a la générosité de ne pas vouloir qu'elle reste seule. Après tout, lui ne l'est pas. Il est avec Sofia.

Elle prend son téléphone pour taper dans le moteur de recherche : Isaac Opoku et Sofia Desmione. Puis, comme la grosse nulle pathétique qu'elle est, elle fait défiler les résultats.

Il y a un article du *New York Post* daté du 5 décembre 2018 qui se demande si Isaac et Sofia sont ensemble – « le couple inattendu dont on avait besoin ! ». Il y a aussi une photo d'eux sur le tapis rouge des Oscars en 2019 – lui, magnifique dans un smoking Oscar de la Renta en velours bleu nuit, elle en Givenchy. Un autre lien conduit à un article du *New York Magazine* prédisant que le genre du documentaire est le seul qui survivra au cours de la décennie à venir, et Isaac y est mentionné. Enfin, Caroline atterrit sur la page Instagram de Sofia, qui compte 19,3 millions d'abonnés (en majorité italiens, Caroline l'a déjà visitée). Le fil contient cinq photos d'Isaac. Quatre prises lors d'événements publics – festivals de Toronto, de Sundance et de Cannes, ainsi que le défilé Givenchy pendant la Fashion Week à Paris. (Caroline prend le temps de s'émerveiller d'avoir couché avec Isaac, qui a remporté des prix à Cannes – ce qui, par ricochet, établit une connexion entre ce lieu culte et elle.) La meilleure photo pourtant, celle qui lui brise le cœur, a été prise en avril dernier, après que Caroline avait envoyé sa candidature pour le stage – mais avant d'avoir été retenue. Il est assis sur le canapé blanc Vladimir Kagan du loft. Il porte un tee-shirt blanc, un jean et des Converse blanches. Le *New York Times* est ouvert sur sa cuisse, ouvert à la page des mots croisés, et une tasse de thé est posée sur la table basse devant lui. On dirait que Sofia l'a photographié par surprise, qu'elle l'a appelé et qu'il a redressé la tête. Sa peau noire est lumineuse, ses yeux arrondis d'une grande expressivité. Sur les autres clichés il semble sur la réserve, alors que sur celui-ci Caroline devine le petit garçon de 9 ans qui a perdu sa mère. Ce n'est pas seulement devant sa beauté qu'elle tombe en arrêt, c'est aussi devant sa vulnérabilité.

La légende indique tout simplement : Mon amour.

Caroline reçoit alors un texto, et elle pense d'abord qu'il provient de sa mère, l'informant de leur heure de retour. Elle voit pourtant qu'il s'agit d'un numéro commençant par 917. Le téléphone indique Peut-être : Sofia.

Quoi ? Caroline clique prudemment sur le message. Salut, Caroline, c'est un bon week-end ?

Elle pose son téléphone sur les planches du pont ; le simple fait de le toucher lui paraît dangereux. Sofia ne lui a encore jamais écrit, jamais. Elle n'a pas son numéro de téléphone. Elle a dû le demander à Isaac. Ou le chercher dans ses contacts.

Salut, Caroline, c'est un bon week-end ? Oui, c'est sûr que le message vient de Sofia ; la syntaxe évoque une personne dont l'anglais n'est pas la langue maternelle, même si elle le parle couramment. Si elle attendait vraiment une réponse, elle aurait écrit : *Ton week-end se passe bien ?* Caroline en déduit que Sofia n'en attend aucune.

Elle essaie de réfléchir posément. Elle connaît assez bien les réseaux sociaux pour savoir qu'on ne peut pas être informé de l'identité des personnes connectées à un compte en temps réel, sauf si celles-ci likent ou commentent une publication, or elle n'a fait ni l'un ni l'autre. Et pour que Sofia sache qu'elle a ouvert l'application, il faudrait que Caroline la suive, ce qui n'est pas le cas. Il s'agit juste d'une coïncidence, très troublante, si Sofia lui a envoyé un message pendant qu'elle regardait son compte Instagram.

Que peut-elle en déduire sinon que Sofia a découvert sa liaison avec Isaac ? Cette dernière a peut-être fouillé dans son téléphone et découvert le dernier texto de Caroline : Tu me manques. Elle a été débile de l'envoyer, complètement débile ! À moins que Sofia n'ait retrouvé un de ses cheveux blonds sur un oreiller (Isaac était censé changer les draps, mais l'a-t-il vraiment fait ?) Le texto peut toujours s'expliquer : Caroline dira qu'elle l'a envoyé à Isaac par erreur. Idem pour le cheveu : elle a travaillé dans le loft, son ADN se trouve partout.

Elle décide de la jouer à la cool. Isaac a sans doute dit à Sofia qu'elle était partie tourner un film pour sa mère et qu'il lui avait prêté du matériel. Peut-être que ça a piqué la curiosité de Sofia ; peut-être que pendant son séjour en Suède elle s'est fait transplanter un trait de caractère qui lui permet de s'intéresser aux petites gens comme Caroline. Ou peut-être – et c'est évidemment le plus probable – qu'elle a le pressentiment qu'il s'est passé quelque chose entre Isaac et sa stagiaire, mais qu'elle n'en est pas sûre à cent pour cent. À moins qu'Isaac ne l'ait quittée et qu'elle veuille pleurer sur l'épaule de Caroline ? (Aucune chance.)

Caroline sait qu'elle ne devrait pas répondre, pourtant elle craint que son silence ne soit pris pour un aveu de culpabilité. Salut, répond-elle.

Une seconde plus tard, son téléphone sonne. C'est peut-être : Sofia.

Noooon ! Elle ne peut pas décrocher. Si elle est capable de se donner un air détaché et imperturbable par écrit, elle sait que sa voix la trahira. *J'ai couché avec Isaac, je suis tombée amoureuse de lui. Il a mis un terme à notre histoire avant ton retour. J'ai le cœur brisé.*

Elle refuse l'appel, puis écrit : Désolée, peux pas parler, suis en plein tournage. Te rappelle plus tard.

Sofia répond immédiatement : OK.

Caroline a carrément les mains qui tremblent. Elle prend une inspiration. Doit-elle prévenir Isaac ? Non, bien sûr. Sofia tient peut-être bien son téléphone dans son autre main, et attend précisément que Caroline commette cet impair. « Et s'il te plaît, pas d'histoires », a-t-elle dit. Et les « histoires » auraient de graves conséquences pour Caroline : elle perdrait non seulement Isaac, mais aussi son stage et sa réputation. Supposons que Sofia aille trouver le *Post* pour leur balancer l'info de la liaison entre Isaac et sa stagiaire, que le *Post* envoie un pigiste à Nantucket pour prendre des photos de « la maîtresse d'Isaac », Caroline Shaw-Madden, étudiante en cinéma à l'université de NYU ? Elle connaîtra un bref moment de gloire au pire sens du terme, comme les baby-sitters qui ont brisé les mariages d'acteurs ou de stars du rock. Devenir la proie de paparazzis pourrait sembler excitant, mais quelles seront les répercussions sur l'avenir de Caroline ? Ne risque-t-elle pas d'être rejetée du petit monde du documentaire ?

Ou… au contraire, accueillie à bras ouverts ? Après tout, elle a tapé dans l'œil du formidable Isaac Opoku. Et elle a détrôné (pendant quelques semaines en tout cas) Sofia Desmione !

Est-ce que quelqu'un y croirait ? Ça paraît si ridicule que, l'espace d'une seconde, elle s'imagine réaliser un documentaire sur elle-même : *Dans le lit d'un génie, histoire de ma brève aventure avec Isaac Opoku.*

Elle entend alors des pneus crisser sur les graviers : les étoiles sont de retour. Elle se lève et fourre son téléphone dans sa poche arrière.

***

Il règne un silence étrange dans la maison. Personne ne dit un mot en se dirigeant vers la cuisine. Dru-Ann a disparu, elle a dû filer à *La Sensation*. Gigi et Brooke s'éloignent dans le couloir. Tatum prend la dernière brioche sur la table et se retire, elle aussi, dans sa chambre.

— Il s'est passé quelque chose ? s'étonne Caroline.

— Non, tout va bien, lui répond sa mère, sans surprise. Comment vas-tu, ma chérie ? Tu as petit-déjeuné ?

— Oui, merci.

Hollis lui sourit.

— J'ai appris que mon ami Jack t'avait conduite en ville ce matin.

— Comment tu es au courant ?

— J'ai petit-déjeuné avec lui au Black-Eyed Susan. Il m'a dit que tu avais passé la nuit chez les McKenzie ?

— C'est bien le cas, rétorque Caroline avec un regard noir, comme pour défier sa mère d'émettre le moindre jugement. J'ai retrouvé Dylan hier soir et j'étais trop fatiguée pour prendre le volant, alors il m'a proposé de dormir sur le canapé. Il ne s'est rien passé.

— Hmm, hmm.

Caroline est furieuse tout à coup. Primo, elle a 21 ans, elle est adulte et ce qu'elle fait de ses nuits ne regarde pas un seul instant sa mère. Et secundo…

— Je n'en reviens pas que tu aies petit-déjeuné avec Jack. Est-ce que l'objectif de ce week-end n'était pas de passer du temps avec tes amies ? T'es vraiment bidon, en fait. Tu as publié ton planning pour que tes abonnés se pâment devant, alors que tout est faux. Quand tu écris *shopping en ville*, il faut comprendre « rancard avec mon ex dans un café charmant ». Et puis, maman...

À ce stade de sa tirade, la voix de Caroline s'étrangle à son immense désarroi.

— ... papa vient de mourir, et tu es déjà prête à le remplacer ?

— Je ne remplace pas ton père, Caroline. Jack est un vieil ami.

Caroline n'est pas idiote. Elle sait bien que c'est arrivé des tas de fois : des vieux qui retrouvent leurs amours de jeunesse sur Facebook et qui se marient dans leur jardin quelques mois plus tard, en présence de leurs enfants devenus adultes.

— Il m'a dit qu'il t'aimait encore.

— Quoi ? s'étrangle Hollis. C'est grotesque. Il a fait sa vie loin d'ici. Je t'assure que tu n'as aucune inquiétude à avoir, ma chérie.

Elle soutient le regard de sa fille, même si elle a l'impression que celle-ci risque de lire en elle. Alors Jack a dit qu'il l'aimait encore ?

Caroline secoue la tête.

— Si je publiais les images que j'ai tournées jusqu'à maintenant, sans aucun montage, tes fans changeraient radicalement d'avis à ton sujet.

Que répondre à cela ? Hollis a gagné sa popularité en montrant à ses abonnés la vie qu'elle menait, sans fard, mais Caroline n'a pas tort : cette vie n'est pas la réalité.

26

UN LIVRE DANS LES MAINS, LES PIEDS DANS LE SABLE

De retour dans sa chambre, Caroline ressent un pincement de culpabilité. Elle envisage d'aller voir sa mère pour s'excuser, d'un autre côté elle a pris le petit déjeuner avec Jack ! Ce qui est impardonnable.

Son téléphone sonne. C'est sa mère qui vient de lui faire le virement de 2 500 dollars avec la mention Tournage pour *En cuisine avec Hollis.*

Caroline ne peut pas se mentir : cet argent est une aubaine. Même s'il lui rappelle qu'elle n'est pas là pour recoller les morceaux avec sa mère ; elle est ici pour bosser. Elle s'apprête d'ailleurs à sortir avec ses amies pour leur prochaine activité de la journée : *déjeuner à la plage, piscine.*

Le ciel est d'un bleu éclatant, c'est l'occasion d'utiliser le drone d'Isaac.

Le jour où il lui a appris à s'en servir a été le plus romantique de leur histoire. La veille, il y avait eu de violents orages, et lorsqu'ils se sont réveillés, l'atmosphère de la ville paraissait étrangement purifiée. Il lui a proposé d'aller à Central Park avec le drone.

Elle n'a pas eu besoin de jouer la surprise – elle était surprise !

— Tu veux dire que tu es prêt à t'afficher avec moi en public ?

Le parc frimait comme jamais : vert et luxuriant, avec une explosion de fleurs. La nature n'était pas la seule à avoir été rafraîchie par la pluie, c'était aussi le cas des promeneurs avec leurs poussettes et leurs chiens, des joggeurs avec leurs tenues incroyables, et personne n'a accordé la moindre attention à Caroline et Isaac. Alors qu'ils suivaient une allée bordée des deux côtés par des bancs, sous la voûte émeraude que formait le feuillage des ormes, Isaac l'a tenue par les épaules et l'a embrassée sur la joue. En plein jour ! L'espace d'un bref moment, ils étaient un couple d'amoureux qui profitaient d'une belle matinée d'été.

Caroline pensait qu'ils filmeraient la Bethesda Fountain ou l'immense pelouse Sheep Meadow, mais l'endroit préféré d'Isaac était le plan d'eau à l'est, le Conservatory Water.

Il lui a expliqué comment connecter son téléphone au drone, puis comment le piloter.

— Tu as vu, *mon petit chou** ? C'est tellement facile !

Le plan d'eau était connu à cause des yachts télécommandés qui filaient dessus. De très haut, ils ressemblaient à des mouchoirs à la dérive, mais il lui a montré comment descendre si près de la surface de l'eau qu'elle a soudain eu l'impression de se tenir à la proue de l'une de ces minuscules embarcations.

Elle s'installe à la table près de la piscine pour allumer le drone, en suivant à la lettre les instructions d'Isaac.

C'est comme un petit animal familier mécanique. Et contrairement à la majorité des drones qui font autant de bruit qu'un essaim d'abeilles, celui d'Isaac est parfaitement silencieux – et donc presque indétectable. Caroline ressent un petit frisson d'excitation en le voyant survoler la table, la piscine, puis les dunes.

Sur l'écran de son téléphone, elle a une vue surplombante d'Hollis et ses amies, en pleine installation pour leur après-midi de plage.

Trois parasols bleu marine abritent cinq chaises longues en tek sur lesquelles sont étendues des serviettes à rayures blanches et marine, ainsi qu'une longue table qui sera sans doute bientôt dressée pour le déjeuner. Elle fait descendre le drone pour réaliser quelques plans plus rapprochés.

La chaise longue de Tatum est en plein soleil ; elle est allongée le visage levé vers le ciel d'un air de défiance.

Celle de Brooke est à l'ombre ; elle a caché ses jambes sous une serviette et elle porte un tee-shirt anti-UV à manches longues sur son maillot. Elle sort un livre de son sac et l'ouvre.

Gigi est la seule de la bande à porter un deux-pièces. Il est turquoise, avec des liens fins. Elle a le ventre parfaitement plat, avec des obliques légèrement dessinés – *elle doit faire des planches latérales,* se dit Caroline. Elle a un paréo en batik de la même couleur, qu'elle a retiré et attaché à sa chaise longue. Elle a gardé ses colliers en or, son bracelet et sa montre, son chapeau et ses lunettes. Toute en élégance naturelle. Le drone apprécie le spectacle. Et Brooke aussi apparemment. Son regard s'attarde sur Gigi – *est-ce qu'elle aurait un faible pour elle ?* se demande Caroline –, avant qu'elle ne borde la serviette autour de ses jambes, comme pour s'envelopper dans un cocon.

Dru-Ann est partie se baigner. Elle crie pour attirer l'attention des autres et leur indique une forme arrondie, noire et brillante, à une trentaine de mètres.

Gigi se lève d'un bond, imitée par Hollis. Elles s'approchent ensemble de l'eau.

Caroline pilote le drone vers le large. Un phoque s'ébat dans les vagues. Caroline est tentée d'aller encore plus loin. Trouverait-elle d'autres phoques, ou quelque chose de plus inquiétant ? Elle est ravie de la symbolique de ces images : est-ce qu'un danger rôderait dans les profondeurs, menaçant ce week-end en apparence idyllique ?

Gigi et Hollis restent proches l'une de l'autre et observent Dru-Ann. Soudain Gigi montre du doigt le drone, et avec Hollis elles agitent la main en souriant. Caroline actionne la commande « retour automatique ». Vu d'en haut, le week-end de sa mère semble dépourvu de tout défaut.

Le regard d'Hollis glisse vers les pieds de Gigi, dans le sable. Elle porte un vernis rouge si foncé qu'il semble presque noir, et elle a une bague d'orteil dorée. *La perfection de Gigi s'exprime dans le moindre des détails,* songe Hollis. *Même dans ses pieds.*

Elles s'éloignent sur la plage pour être tranquilles.

— Alors, comment tu vas ? demande Gigi.

Quelle ironie, se dit Hollis, que, de toutes les amies qu'elle a réunies, ce soit elle qui s'apparente le plus à une confidente. Elle est tentée de lui parler de la biopsie de Tatum, de la tempête médiatique que traverse Dru-Ann, du manque d'assurance éreintant de Brooke, de ses problèmes avec Caroline... mais ça ferait trop.

— Pendant que tu faisais du shopping avec Brooke, j'ai pris le petit déjeuner avec mon premier amour.

Gigi retient un cri de surprise : elle s'attendait à tout sauf à ça.

— Vraiment ?

— Vraiment.

Hollis est soulagée de voir que Gigi n'a pas l'air aussi horrifiée que Caroline.

— J'ai enfreint toutes les règles du week-end cinq étoiles.

— Je ne suis pas certaine qu'il y ait de véritables règles. Ou plutôt je suis certaine qu'il ne devrait pas y en avoir. Nous sommes cinq femmes adultes libres de leurs mouvements ; nous sommes toutes capables de déterminer ce qu'il y a de meilleur pour nous.

Des vagues viennent leur lécher les chevilles.

— Parle-moi de lui... ou d'elle.

— Lui, confirme Hollis. Jack Finigan.

Elle soupire. Par où commencer ? Peut-être par l'époque où il avait 13 ans et n'avait pas encore mué, où il faisait tout le trajet jusqu'à Squam en VTT, le week-end, et où Tom Shaw le mettait à contribution dès son arrivée, pour ratisser des feuilles mortes, ramasser du petit bois pour le poêle, réparer le ventilateur fixé au plafond dans l'unique salle de bains de la petite maison. En échange de son aide, Tom le laissait emmener Hollis sur la plage pendant une heure, sans surveillance. Ils ont échangé leur premier baiser sur ces dunes, tout près de l'endroit où Gigi et elle se trouvent à présent.

Au lycée, ils arpentaient les couloirs une main plongée dans la poche arrière du jean de l'autre. On leur demandait souvent d'arrêter de se galocher devant leurs casiers – le bécotage était interdit dans l'établissement –, mais le corps enseignant a fini par renoncer. Quand Jack a obtenu son permis, il a acheté un pick-up d'occasion avec l'argent qu'il avait gagné l'été précédent, et il a emmené Hollis dans les marais, de nuit. Ils ont découvert une petite clairière entourée d'un cercle d'arbres qu'ils ont baptisée « la rotonde », et ils se garaient toujours à cet endroit. (Un jour ils se sont enlisés dans des sables mouvants et un autre la batterie les a lâchés ; à ces deux occasions, Kyle et Tatum ont volé à leur secours avec un câble de remorquage et des pinces crocodiles.) Ils écoutaient *Stincky Fingers* en boucle sur le radiocassette, rembobinant systématiquement « Wild Horses » pour la mettre trois fois de suite.

— On dirait un film, observe Gigi en entendant le récit d'Hollis. C'est tellement américain !

— Je sais bien !

L'été précédant la terminale, Tatum, Jack et Kyle ont commencé à parler du « plan ». Hollis l'a accepté sans mesurer combien les autres étaient sérieux.

Gigi et elle se sont tellement éloignées sur la plage qu'elles aperçoivent le phare de Sankaty Head au loin.

— On devrait faire demi-tour, suggère Hollis, avant d'ajouter, merci de m'encourager à parler. Aujourd'hui, et à la mort de Matthew. Ça m'a vraiment sauvée de la noyade. J'espère que tu le sais.

— Tant mieux si ça a pu t'aider.

Et c'est vrai que ça lui fait plaisir, non ? Oui, même si elle ne peut pas non plus se raconter qu'elle a agi par pur altruisme. Elle n'est pas du genre à se voiler la face.

— Pourquoi… Qu'est-ce qui t'a poussée à accepter de venir ici, ce week-end ? Tu ne m'as pas trouvée folle de t'inviter alors qu'on ne s'était jamais rencontrées ?

— Bien sûr, ça m'a semblé un peu… risqué. Mais il y a un lien évident entre nous. Et quand j'ai reçu l'invitation, ça m'a paru naturel d'accepter.

— Tu as dit hier soir que tu avais eu une histoire récemment et qu'elle s'était terminée. La séparation s'est produite au moment où j'ai perdu Matthew, ou à peu près ?

— Oui, exactement.

Elle se montre téméraire, là. C'est presque une invitation pour qu'Hollis lise entre les lignes : *Nous avons perdu le même homme, toi et moi. Le voilà, notre lien.*

— C'est ce qui m'a semblé. À un moment donné, pendant nos échanges, tu as brusquement disparu, et j'en ai déduit que tu devais traverser une épreuve de ton côté.

Oui, Gigi a « disparu » juste après qu'Hollis lui a confié ce qui s'était passé entre Matthew et elle le matin de sa mort – sa colère parce qu'il comptait rater leur fête de Noël, la dispute qui s'est ensuivie. Hollis lui a dit qu'elle redoutait que Matthew ne la quitte. Elle avait enregistré un message téléphonique sur son répondeur, puis envoyé un texto, pour lui dire, chaque fois, qu'elle l'aimait. Et elle ignorait s'il en avait pris connaissance. Gigi en est restée pétrifiée. Elle s'est mise à la place d'Hollis qui, en plus d'avoir perdu son mari, traversait une véritable tempête émotionnelle.

Tu dois lui dire ce qui s'est passé ! a-t-elle pensé à cette époque. Sauf que ça n'aurait fait qu'aggraver la situation. Pourquoi n'avait-elle pas simplement coupé les ponts ?

— J'aurais dû te poser des questions sur ta vie, reprend Hollis. Mais j'étais trop obnubilée par ma situation. Je tiens à toi, tu sais, et j'aimerais beaucoup que tu me parles de ce que tu as vécu.

Gigi secoue la tête.

— Je n'ai pas vraiment traversé une épreuve comparable, tu sais. Cet homme... nous n'étions pas mariés et nous n'avions pas d'enfant ensemble. Même si ça rend les choses plus difficiles en un sens. Je n'ai plus grand-chose à quoi me raccrocher maintenant qu'il est mort, à part mes souvenirs... et je ne sais pas si ça te fait la même chose, mais ils perdent de leur clarté avec le temps. J'en viens parfois à me demander si telle ou telle chose a vraiment eu lieu.

Le « maintenant qu'il est mort » arrête Hollis.

— Mort ? L'homme avec qui tu avais une histoire est mort lui aussi ?

Elle a soudain le souffle court. L'amoureux de Gigi, son compagnon, sa moitié... est décédé ? À la même période que Matthew ?

Gigi avait l'intention de dire « maintenant qu'il est parti », ce qui avait le mérite de pouvoir donner lieu à plusieurs interprétations. Elle peine à croire qu'elle a prononcé le mot « mort ». En venant passer ce week-end ici, elle a pris le risque de se tenir au bord d'un gouffre, et maintenant... quoi ? Elle va sauter ? Elle a environ deux secondes pour éviter la catastrophe et dire quelque chose comme « je veux dire mort à mes yeux »... Non, ça ne fonctionnerait pas.

— Il est mort, oui.

— Attends une minute, reprend Hollis, visiblement déroutée. Pourquoi tu ne me l'as pas dit ?

Eh bien... Gigi se reproche d'être partie marcher avec elle. Elle ne sait plus quoi dire. D'une seconde à l'autre, elle va être démasquée.

Hollis prend une profonde inspiration. Elle est troublée, choquée, et elle se sent, bizarrement, dupée. Elle pense à tous les autres abonnés qui ont partagé avec elle leurs récits de disparitions soudaines et tragiques. Alors que Gigi, elle, s'est contentée d'écrire : Je suis là si vous avez besoin de parler. Et plus tard, elle a écouté Hollis lui détailler en long, en large et en travers ce qu'elle ressentait depuis la mort de Matthew sans jamais mentionner sa propre situation. Ce n'est pas normal, et Hollis a bien l'impression que le problème vient d'elle. Si Gigi n'a rien dit, c'est parce qu'elle ne lui en a pas laissé l'occasion. Elle s'est persuadée que Gigi était simplement altruiste. Pire, elle a cru que Gigi se sentait honorée d'être sa confidente.

Caroline a raison, songe-t-elle. *Je suis bidon.*

— J'ai tellement honte, lâche-t-elle. Tout ce que tu m'as dit était tellement fin, tellement juste, ça me donnait l'impression que tu avais vécu la même chose. J'aurais dû me douter que tu avais traversé une épreuve similaire.

Elle touche le bras de Gigi et... son imagination lui joue-t-elle des tours ou celle-ci tressaille ?

C'est affreux... Hollis s'est laissé aveugler par le succès de son site, elle a embrassé la dynamique liée à sa position de pouvoir, qui plaçait mécaniquement son chagrin au-dessus de celui de Gigi. « Tu as changé. Et on a changé. »

Et pourtant, une question demeure. Pourquoi, au cours de leurs innombrables conversations, Gigi n'a-t-elle rien dit ?

— Que lui est-il arrivé ? À ton... ton... comment s'appelait-il ?

— Ah...

Gigi ne parviendra jamais à inventer une histoire plausible avec une pression pareille, si ? *Il s'appelait Mike, il était pilote de ligne chez United... Il s'appelait Mark, on s'est rencontrés à la salle de sport... Il s'appelait Maxwell, c'était le vétérinaire de Mabel.*

— Je veux t'en parler, mais, en toute sincérité, Hollis, j'essaie... je voudrais ne pas y penser pendant ce week-end.

Elle lève les bras vers le ciel dans un geste si théâtral qu'elle se fait honte.

— Tu m'as offert le plus beau des cadeaux avec cette échappée.

Hollis la dévisage, mais comme elle porte des lunettes de soleil, impossible de savoir si elle a gobé cette excuse. Gigi se dit : *J'aurais dû répondre tout simplement : « Mark, on s'est connus à la salle de sport. » Les réponses les plus bateau sont toujours les plus crédibles. Une crise cardiaque sur le tapis de course. Et peut-être une histoire de cocaïne qu'il lui aurait cachée.*

Hollis comprend à présent pourquoi Gigi a accepté son invitation. Elle avait autant besoin qu'elle de ce week-end.

— Je suis si heureuse que tu sois venue ! Hier soir, quand on dansait... J'espère que tu ne t'es pas sentie exclue ? La cinquième roue du carrosse ?

Gigi rit, surtout de soulagement.

— J'ai bien profité du spectacle au contraire !

Elles cheminent un instant en silence. Hollis se dit qu'elle a dû sentir, intuitivement, que sa confidente avait traversé une épreuve similaire ; et Gigi, elle, se dit que lorsqu'elle racontera cette conversation à Tim et Santi, ils ne voudront jamais, jamais croire que Gigi a joué à ce point avec le feu... tout en réussissant à ne pas se brûler.

Dru-Ann n'est pas du genre à prêter des « vertus réparatrices » à l'océan, mais elle doit bien reconnaître… qu'il a des vertus réparatrices. La fraîcheur de l'eau salée, les vagues qui déferlent sur ses épaules et parfois sur sa tête. *L'océan est immense,* se dit-elle. *Et profond. Qu'est-ce qu'une poignée de trolls sur Twitter face à la splendeur de notre planète et au mystère de l'expérience humaine ?*

Oh là, il faut qu'elle arrête ça tout de suite, on dirait une affiche dans la salle d'attente de son dentiste.

Dru-Ann aperçoit Hollis et Gigi qui ont fini leur balade. Elle fait des moulinets avec un bras.

— Venez !

Hollis lui répond d'un signe de la main mais retourne vers la maison. Gigi sourit, retire sa montre et ses lunettes, qu'elle range dans son chapeau, puis elle entre dans l'eau. Elle plonge et, quelques secondes plus tard, elle remonte à la surface juste à côté de Dru-Ann. Sur ses cils collés par l'eau, les gouttelettes font comme des petits diamants.

— C'est sublime ici, dit-elle.

— Tu aimes la plage ? demande Dru-Ann.

— Je suis plutôt une citadine.

Mais oui, se dit Dru-Ann, *Singapour, Atlanta…* Elle a été plus attentive qu'elle ne pensait hier soir.

— Même si c'est difficile de faire mieux qu'ici, ajoute Gigi.

Dru-Ann est bien de son avis. La maison de Nick au bord du lac Michigan est charmante, et elle possède sa propre plage privée, mais ce n'est pas l'Atlantique.

— Je me dois d'être honnête, reprend Gigi. Je n'ai pas résisté hier soir, et j'ai cherché ton nom en ligne.

Dru-Ann gémit.

— Et tu as lu beaucoup de choses ?

Gigi secoue la tête.

— Non, quelques bribes, ici et là. Ces tweets sont minables.

— Tout le monde me déteste. Mes clientes me lâchent. Mon patron veut que je publie des excuses.

— Et tu comptes le faire ?

— Je n'en ai pas envie, mais je n'aurai peut-être pas le choix.

— Bien sûr que si, tu as le choix. Si tu es aussi appréciée, c'est parce que tu dis ce que tu penses et que tu défends tes convictions.

Gigi a raison, se dit Dru-Ann. *C'est pour ça que je suis aussi populaire. Présenter des excuses, ce serait me trahir.*

Gigi remue les jambes devant elle.

— En toute honnêteté, je suis impressionnée par ta façon de gérer la situation. Si je n'avais pas été sur Internet, je n'aurais jamais imaginé ce que tu traversais. Tu es calme, bien présente.

— C'est l'océan, répond-elle du tac au tac. Tout est plus facile avec lui.

Gigi éclate de rire.

— En ville, j'ai vu un coussin avec le même message brodé dessus !

Quand Dru-Ann va s'allonger sur sa chaise longue, elle envisage de regarder son téléphone, mais les mots de Gigi continuent à résonner dans sa tête. « Tu es calme, bien présente. » Dru-Ann sort une eau pétillante parfumée au concombre de la glacière. En se redressant, elle aperçoit Hollis qui franchit les dunes avec un de ces vieux paniers français pour faire le marché. Il est rempli de sandwiches.

— Ils viennent de la meilleure sandwicherie de l'île, annonce-t-elle en posant le panier en osier sur la table.

Elle a aussi préparé une énorme salade de nouilles asiatiques. Il y a une assiette de tranches de pastèque bien fraîches saupoudrées de zestes de citron vert et de sel de mer, ainsi que des cookies parfumés au pamplemousse et à la tequila. Est-ce vraiment si étonnant qu'Hollis ait des millions de fans ? C'est une véritable déesse... et Dru-Ann est affamée.

Gigi s'approche de la table. Elle s'est séchée et a noué son paréo autour de sa poitrine.

— Hollis, ce buffet, c'est... N'importe qui d'autre aurait eu recours à un traiteur ou aurait fait une crise de nerfs. J'espère que tu as prévu de faire des photos pour ton site.

— Ah...

Hollis jette un regard en direction de la maison. Où est passée Caroline ? Elle a aperçu son drone tout à l'heure, mais depuis plus rien. Hollis prend quelques photos de la table avec son smartphone, dont une incroyable, en mode portrait, de la salade de nouilles avec l'océan flouté en fond. Puis elle immortalise Tatum, qui vient dans sa direction, grande et déliée dans son une pièce noire. Ses yeux glissent vers sa poitrine, toujours aussi ronde et ferme que lorsqu'elles étaient au lycée.

Tatum croise les bras et lui lance :

— Tu me prends en photo, ou je rêve ?

— Tatum Grover, élue Plus Belle Plastique de l'année 1987 !

Son amie lui arrache le téléphone des mains pour regarder la photo. Hollis se tend aussitôt. Que peut bien se dire Tatum en observant son corps en maillot de bain ? Qu'il l'a trahie ? A-t-elle peur de perdre l'un – ou les deux – de ses seins cinq étoiles ?

Tatum tapote sur l'écran.

— Je l'envoie à Kyle, dit-elle. Je suis canon là-dessus.

Brooke voudrait sauter le déjeuner.

Ce matin, elle s'est servi une tasse de thé au lieu du café au lait dont elle rêvait, et elle a rempli son assiette de salade de fruits, ce qui lui a donné le sentiment d'être très raisonnable. Jusqu'à ce qu'elle aperçoive le bol de granola. Préparé, à l'évidence, par Hollis. Avec des amandes, des noix de pécan, des cerises séchées et des copeaux de noix de coco fraîche. Brooke a trouvé ça si injuste que son amie se soit donné tant de mal et que personne n'y touche. Elle en a mangé un bol, en se disant qu'elle ne prendrait pas de brioche. Mais il y en avait cinq sur l'assiette, et elles sentaient si bon le beurre et la cannelle qu'elle a croqué dedans, juste pour goûter. La première bouchée a conduit à une deuxième ; elle a dévoré la brioche tout entière puis s'est léché les doigts. Avant d'envisager d'en manger une seconde.

À présent elle fait semblant de dormir sous son parasol. Elle est restée sur le qui-vive tout le temps de la baignade de Dru-Ann – elle a entendu parler des courants traîtres à

Nantucket, de baigneurs entraînés si loin du rivage qu'ils ne parvenaient pas à regagner la rive –, et quand Gigi est aussi allée dans l'eau, Brooke a envisagé de se joindre à elles – avant de se rassurer : ce n'était pas parce qu'elles nageaient ensemble qu'elles allaient devenir automatiquement les meilleures amies du monde. À moins que... Brooke s'est concentrée de toutes ses forces pour tenter de lire sur leurs lèvres, d'interpréter leurs expressions. Elle s'est même penchée en avant dans l'espoir de grappiller un ou deux mots, ce qui était impossible avec le vent et le bruit des vagues. Elle a été soulagée de voir Gigi s'éloigner à la nage et Dru-Ann revenir vers la plage. Puis elle a aperçu Hollis, qui apportait des sandwiches à table et elle a posé son livre. À qui voulait-elle faire croire ça ? Elle ne le lirait jamais, même un roman de plage situé à Nantucket ne parvenait pas à retenir son attention. Elle avait trop de sujets de préoccupation, la lecture était réservée aux gens qui avaient l'esprit tranquille, ce qui n'était pas son cas. Elle s'est donc allongée sur sa chaise longue et a fermé les yeux.

Sauf qu'elle est une piètre actrice. Quand Dru-Ann vient se sécher, juste à côté, et lui lance : « Brooke, le déjeuner est servi ! », elle ouvre aussitôt les yeux en grand.

— Je crois que je vais plutôt faire une petite sieste.

Dru-Ann la dévisage, et Brooke l'entend quasiment penser : *Il faut être complètement cinglée pour venir passer le week-end chez Hollis Shaw et sauter les repas !*

— Comme tu veux.

Comme tu veux, répète Brooke à part elle. Ce n'est pas parce qu'elles ont été invitées à un week-end entre filles qu'elles doivent tout faire ensemble. Si elle a envie de sauter le déjeuner, elle sautera le déjeuner !

Elle se surprend pourtant à se lever pour suivre Dru-Ann à la table. Tout a l'air délicieux : les petits pains toastés généreusement garnis de homard à la mayonnaise et les sandwiches triangles au bacon, à l'avocat, à la tomate et à la laitue. Brooke prend une moitié de chacun. La salade de nouilles asiatiques a l'air légère, et elle en ajoute une quantité raisonnable dans son assiette, avant d'en mettre un peu plus, alléchée par l'odeur délicieuse de citron vert et de menthe. Elle prend aussi de la pastèque (ça, c'est vraiment léger !), puis elle se retrouve nez à nez avec les cookies.

Non. Elle ne cédera pas.

Elle s'assied à côté de Gigi, dont l'assiette déborde de nourriture. Elle mord dans son sandwich au homard et ferme les yeux d'extase.

— Comment fais-tu pour rester aussi mince ? lui demande Brooke.

Gigi se tamponne la bouche avec sa serviette. *On dirait une star de cinéma*, se dit Brooke. Une James Bond Girl. Ses cheveux courts sont légèrement humides autour des oreilles, le soleil fait scintiller sa peau, son paréo est noué à la perfection entre ses deux seins.

— Je savoure chaque bouchée. Et quand j'arrive à satiété, j'arrête de manger.

À satiété. Quelle formule élégante ! (Brooke croit savoir ce que ça signifie, mais elle vérifiera plus tard, pour être sûre à cent pour cent.) Elle approche son sandwich triangle de ses lèvres en se disant : *Je vais savourer cette bouchée.*

Elle essaie, elle essaie vraiment, mais soudain ses pensées s'emballent. Pourquoi Gigi ne lui préférerait pas Dru-Ann ? Elle est tellement plus intéressante… Peut-être que Brooke devrait plutôt essayer de se tourner vers Tatum, seulement dans ce cas ne risque-t-elle pas de se mettre Dru-Ann à dos ? Ces deux-là sont comme chien et chat. Le problème quand on est un nombre impair, c'est qu'il y a toujours quelqu'un sur le carreau. Hollis et Tatum forment un duo, et bientôt Gigi et Dru-Ann en formeront aussi un, laissant Brooke toute seule. Pendant qu'elle rumine, elle dévore son sandwich triangle, puis celui au homard. Elle va s'affaler sur sa chaise longue, tant elle se sent gonflée et lourde. Elle va donner une seconde chance à son roman de plage – elle en est à la quatrième lecture du premier paragraphe… à quel moment est-elle censée être accrochée par l'histoire ? Ses paupières sont lourdes… C'est sans espoir ; le livre tombe dans le sable.

Caroline s'est retirée dans sa chambre pour regarder les images tournées par le drone. Elles sont incroyables, et elle n'est pas du genre à s'enthousiasmer facilement. Elle a réussi à saisir la majesté de leur propriété – on voit la maison, la mare, la piscine et les cinq femmes sur la plage, en surplomb, comme si Dieu regardait la scène –, avant de plonger pour réaliser des plans plus rapprochés. Les images du phoque sont merveilleuses, on a l'impression de nager avec lui. La fréquentation du site Internet de sa mère va exploser grâce à ça ; Caroline en est certaine.

Elle prépare un petit extrait à envoyer à Isaac, techniquement un paysage mais amélioré par la présence d'éléments humains.

Elle entend soudain frapper à la porte de la maison.

— Maman ?

Personne ne lui répond. Elles doivent toutes être en train de déjeuner sur la plage. Caroline se lève pour aller ouvrir. Le livreur de sandwiches est déjà passé, mais sa mère a peut-être commandé autre chose. Pendant une seconde terrifiante, elle se demande si elle va trouver Sofia Desmione sur le perron.

D'autres coups retentissent, puis une voix masculine, dont elle ne parvient pas à discerner les propos. Dès qu'elle ouvre la porte, elle reconnaît aussitôt le visiteur, un type rouge et transpirant en bermuda kaki et chemise bleue ouverte sur un tee-shirt avec la tête du joueur de foot Tom Brady, des tongs et une casquette verte des Red Sox – le genre qu'on voit souvent à la Saint-Patrick.

— Caroline ! s'exclame-t-il en ouvrant grand les bras et en titubant vers elle.

Elle recule par instinct.

— Hé, Monsieur Kirtley !

Hors de question qu'il lui donne une accolade. Aux rares occasions où elle l'a laissé faire, il l'a serrée trop fort et trop longuement. Et puis pourquoi est-il ici d'abord ?

— Tu peux aller me chercher ma femme, s'il te plaît ?

Il mange un peu ses mots, ce qui n'a rien de très surprenant. Il ne pense qu'à s'amuser. Quand Caroline était au collège, elle trouvait ça stylé. Il était le genre de père qui emmenait tous les enfants faire de la luge les samedis de neige. Son cabinet possède une loge à la salle omnisports Boston Garden, et il invitait tous les amis de Will et Whitney aux matchs de basket des Celtics et aux matchs de hockey des Bruins. Pendant les trajets aller et retour, il mettait la musique qu'ils lui réclamaient, volume à fond, même si les paroles avaient un caractère sexuel – ou plutôt surtout si elles en avaient un. En grandissant, Caroline a compris que Charlie Kirtley était un de ces hommes qui ne deviennent jamais adultes. Un soir où il était venu chercher Will et Whitney à une soirée chez Owen Gaither, il s'est agenouillé pour boire de la bière dans un entonnoir. Quand on l'a applaudi, il a levé le poing en l'air. Caroline a-t-elle besoin d'en rajouter ? Ce souvenir définit à la perfection Charlie Kirtley.

— D'accord, lui répond-elle.

Elle sait qu'elle devrait l'inviter à entrer et lui proposer un grand verre d'eau glacée, mais elle a le pressentiment que la venue de Charlie Kirtley est synonyme d'ennuis. Il n'est pas au courant que c'est un week-end entre filles ? Qu'est-ce qui lui prend de débarquer comme ça, à l'improviste ? Il pivote sur lui-même et s'assied sur la première marche du perron avant de se prendre la tête dans les mains. Caroline referme la porte sans bruit et file chercher sa mère.

27

CALME, BIEN PRÉSENTE

Dru-Ann quitte la plage dès qu'elle a fini de déjeuner. Brooke dort à poings fermés sur sa chaise longue, en ronflant comme une bienheureuse, visage tourné vers le ciel ; Gigi lit, et Hollis débarrasse après avoir refusé toute aide en disant que c'était son moment de détente. La seule personne à qui Dru-Ann pourrait parler est Tatum, ce qui, pour des raisons évidentes, n'est pas souhaitable. Elle enfile sa tunique, emporte serviette et crème solaire, puis traverse les dunes, contourne la mare et la piscine avant de franchir un petit portillon et de s'engager sur un chemin dallé pour rejoindre la dépendance. L'atmosphère froide et sombre est agréable. Le silence règne, Dru-Ann est seule. Elle prend une, deux inspirations. « Tu es calme, bien présente. » Cette formulation l'amuse, et la flatte un peu. En réalité, Dru-Ann n'est jamais « présente ». Elle se précipite d'une tâche à l'autre, elle aime être efficace, passer à l'instant d'après. Et l'adjectif « calme » est franchement risible, lui. Dru-Ann ne connaît le calme que dans son sommeil, et encore.

Est-elle suffisamment calme et bien présente pour ouvrir son ordinateur portable afin de prendre connaissance du classement actualisé du British Open ? Sans doute pas, mais elle le fait malgré tout, et ce qu'elle découvre lui arrache presque un cri de surprise.

Phineas est en troisième position, avec cinq coups en dessous du par, derrière McIlroy et Hovland.

« Il a rêvé qu'il gagnait », a dit Posey.

Bon, il ne battra jamais McIlroy, ni probablement Hovland, mais enfin, personne ne crache sur une troisième place au

British Open. Il va rentrer avec une jolie récompense... et susciter l'intérêt de nouveaux sponsors. Un tournoi ne suffit pas à faire un joueur d'élite, néanmoins c'est une très bonne chose pour Phineas.

Oui, se dit-elle, *tant mieux pour lui.*

Les golfeurs ont terminé pour aujourd'hui, il ne leur reste plus qu'une journée de compétition. Phineas aura-t-il la trempe nécessaire pour consolider sa position et finir à la troisième place ? Le golf est un sport qui requiert autant de solidité psychologique que physique. Si elle était son agent – il est représenté par un sous-fifre sans charisme de chez ISE, Gannon –, elle lui conseillerait d'imaginer qu'il est à un enterrement de vie de garçon, et que le seul but de la partie est de frimer et de se faire offrir des verres. Sourire, se détendre, prendre du plaisir. C'est comme ça qu'il jouera à son meilleur niveau. Alors que Gannon va sans doute lui conseiller d'être combatif.

Elle referme son ordinateur et fixe un instant son téléphone. Elle lui voue une telle haine qu'elle se surprend soudain à rêver de lui mettre le feu. Ce qui ne changerait rien. Il n'est pas responsable de la situation épineuse dans laquelle elle se trouve.

Elle l'allume et la célèbre image de la pomme entamée apparaît sur l'écran. Peut-être découvrira-t-elle un gentil texto ou un message vocal de Nick. Ils ne se sont pas parlé depuis deux jours et demi, et il lui manque autant que si elle était privée d'eau chaude ou d'un second oreiller – en d'autres termes, elle survit, mais ce n'est pas agréable. Elle ferme les yeux en entendant son téléphone s'animer sous l'assaut des vibrations et des sonneries. Ça dure un petit moment. Si autant de gens veulent lui parler, Nick doit bien faire partie du lot.

Elle prend connaissance des notifications. Il y a trois appels en absence et un message de J. B. sur le répondeur, un autre de Jim, du service juridique, un autre de Zeke, son producteur de *Joue-la comme une fille,* et un dernier de Dean Falzarano, le rédacteur en chef du *New York Magazine* (d'autant plus inquiétant qu'ils ne se sont jamais parlé au téléphone, ils ne communiquent que par mail). Rosemarie Filbert, la présidente de l'association de Lincoln Park, le quartier où vit Dru-Ann, a aussi tenté de la joindre. Rosemarie est la pire fouineuse qui soit. Elle travaille pour une agence immobilière et met un point d'honneur à être constamment au courant de tout ce qui se passe – divorces, faillites, grossesses, parents souffrants –, dans l'espoir que cela pourrait aboutir à une acquisition ou une vente.

Nick n'a pas cherché à la contacter, lui.

Dru-Ann ouvre ses textos. *Allez, mon grand, je suis sûre que je te manque.* Mais il ne s'est pas non plus manifesté par écrit, pas même pour la tenir informée de l'incroyable performance de Phineas. Elle a toutefois un texto de Marla Fitzsimmon, qui présente l'émission avec elle. Nantucket ? Je suis jalouse ! Et Isabel Marant devrait te payer avec toute la pub que tu lui fais.

Hein ? s'étonne Dru-Ann. Comment Marla, qui couche avec la moitié des joueurs de l'équipe de baseball des White Sox et passe tous ses samedis après-midi à suivre des matchs, peut bien savoir qu'elle se trouve à Nantucket ? Et comment doit-elle interpréter ce commentaire sur Isabel Marant ?

Oh, non, se dit-elle soudain. L'horripilante musique omniprésente sur TikTok retentit alors dans son crâne : *Oh, non, non, non, non, non !*

Elle se connecte à Instagram et tape, dans le moteur de recherche, son nom accompagné d'un hashtag. Le premier résultat la renvoie à un compte intitulé SexyBexxx et, surprise, surprise !, sur la photo de profil elle reconnaît la jeune femme en Gucci. Elle a posté la vidéo de Dru-Ann qui essaie la veste en cuir rouge tout en tenant une coupe de champagne. « Je crois que je vais me faire plaisir aujourd'hui. »

Voilà le coup de grâce. Elle aurait pu publier des excuses officielles et se faire discrète quelque temps, au lieu de quoi elle a fait une remarque d'une désinvolture et d'une indécence crasses et s'est affichée avec un vêtement hors de prix, un verre de Moët et Chandon à la main.

La légende indique : Après avoir insulté sa cliente, qui souffre de troubles mentaux, @DruAnnJones se fait plaisir en dépensant l'argent que celle-ci lui rapporte en @isabelmarant. #dégoûtée #DruAnnJones #gypsynantucket

La vidéo, postée à midi, a déjà atteint les 692 000 vues. Dru-Ann ne peut s'empêcher de lire le premier commentaire : Dégagez cette sangsue ! Son autrice a réussi à copier l'avatar que Dru-Ann s'est créé – une adorable figurine noire avec une queue-de-cheval et une veste de tailleur – pour le placer dans un cercle rouge barré.

Dru-Ann rédige un commentaire sous le post de SexyBexxx : Je défends au contraire tous ceux qui souffrent réellement de troubles mentaux ! Elle l'efface aussitôt ; ça ne ferait qu'aggraver les choses.

Dru-Ann éteint son téléphone. Elle voudrait le jeter dans les toilettes, mais ça risquerait de causer de gros dégâts de plomberie, or elle ne peut pas faire ça à Hollis. Et si elle va l'enterrer dans les dunes, elle pourrait être accusée de ne pas respecter l'environnement !

Elle entend du bruit dehors et, l'espace d'un instant, elle craint que des journalistes, ayant découvert qu'elle loge ici, soient venus la débusquer pour obtenir une déclaration. Ce ne serait pas nécessairement une mauvaise chose ; peut-être devrait-elle prendre les devants et contacter la presse. Elle connaît quelqu'un chez *Sports Illustrated.* Elle pourrait rompre le silence avant que le silence ne la « rompe ».

Elle regarde dehors. Une espèce de mariole hurle sur Brooke en agitant les bras devant l'entrée de la maison.

Alors ça, il va voir de quel bois je me chauffe ! pense-t-elle en sortant aussitôt.

28

AVEC MES EXCUSES POUR LE DÉRANGEMENT I

Caroline va aussitôt prévenir sa mère, qui se prélasse sur la plage.

— M. Kirtley est ici. À la porte de la maison. Et je me demande s'il n'a pas bu un ou deux verres au Gazebo.

— C'est une plaisanterie ?

— Non. Il m'a demandé d'aller lui chercher Brooke.

Hollis se lève en grognant et secoue son amie pour la réveiller.

— Hé, ma chérie, Charlie est ici.

Brooke a le regard vide.

— Impossible, dit-elle.

— Il t'attend devant la maison, précise Caroline. Rien de grave, rassure-toi, je crois qu'il veut juste te voir.

— Non, répète-t-elle en fermant les yeux. Dis-lui d'aller au diable.

Caroline et sa mère échangent un regard. Peuvent-elles vraiment chasser Charlie ? Caroline brûle d'envie d'aller prendre sa caméra. Les conflits sont les meilleures sources de sujets. « Cherche le talon d'Achille. »

Brooke fait basculer ses pieds dans le sable, puis se dirige d'un pas mal assuré vers la maison, Hollis et Caroline sur les talons.

Au moment où Charlie voit apparaître sa femme, il lui lance :

— Ah, mon ange !

L'ange de Charlie. *Charlie's angel.*

À une époque, il n'y avait pas, aux yeux de Brooke, de surnom plus mignon.

C'était une soirée d'été, en 1995, et Brooke faisait la fête dans la boîte la plus courue de la marina de Boston. Elle dansait avec ses amies sur *Waterfalls*, de TLC – la chanson de l'été ! –, quand elle a senti quelqu'un se rapprocher par-derrière. En se retournant, elle a découvert un type mignon, dans le style ancien membre de fraternité – ce qu'elle adore ! –, et elle a été flattée d'avoir été préférée à ses deux amies, Amy et Megan, plus jolies qu'elle. Il lui a dit qu'il s'appelait Charlie, et Brooke l'a suivi au bar, où ils ont bu des shots de vodka. *Pouah ! Immonde !* Ces verres ont au moins eu le mérite de produire l'effet désiré, du moins sur lui. Cette nuit-là, elle l'a suivi dans la maison de ville que son frère et lui retapaient avec soin, dans le quartier de Dorchester. Lorsque Brooke s'est réveillée, le lendemain matin, Charlie lui a montré les moulures dans la salle à manger, le bardage en bois brut dans la cuisine et un banc d'église dans le hall d'entrée, qu'ils avaient trouvé à Salem. Brooke s'est imaginé qu'il s'intéressait à la restauration des bâtiments anciens, à l'artisanat et au travail bien fait – en réalité, ces qualités étaient celles du frère de Charlie, lequel se contentait de singer son discours pour impressionner sa conquête. La semaine suivante, elle l'a revu dans la même boîte, et ils ont repassé la nuit ensemble. Le lendemain, il l'a emmenée petit-déjeuner dans un bar de la rue, le Flanagan, où le vieux barman avec un accent irlandais appelait Charlie par son prénom et donnait du « ma belle » à Brooke. Ils ont mangé des œufs au plat, des saucisses, des tomates rôties. Ce repas a débouché sur une relation solide, jusqu'à leurs fiançailles et leur mariage, puis la naissance de leurs jumeaux et l'achat d'une maison dans le Poet's Corner de Wellesley.

***

Brooke sait que son mariage est loin d'être parfait – elle s'efforce de justifier les blagues salaces de son mari et son comportement déplacé depuis bien avant le premier procès –, mais elle aime sa vie. Elle a pu arrêter de travailler, et la maternité lui a procuré un bonheur immense. Will et Whitney ont été de chouettes mômes, exceptionnels même, et grâce à leur réussite, scolaire, théâtrale et sportive, Brooke a eu le sentiment de bien faire les choses, au moins dans un domaine. Même si leur relation à Charlie et elle lui a toujours donné l'impression d'être un peu fausse. En 1995, Brooke craignait de ne pas pouvoir trouver mieux que lui, et depuis elle en paie le prix.

— C'est un week-end entre filles, Charlie, lui assène-t-elle. Tu n'es pas le bienvenu, et franchement tu te ridiculises en venant ramper comme ça.

— Je nous ai réservé une chambre au Wauwinet ce soir. Et j'ai aussi une table au Topper pour le dîner. Tu pourras retrouver tes copines demain. Je te demande juste de passer la nuit avec moi, s'il te plaît. J'ai besoin de toi. Je ne vais pas bien, mon ange.

Brooke observe son mari. Il est écarlate et elle sent l'odeur du Jameson qu'il suinte par tous les pores.

— Tu as bu.

— J'ai pris une bière sur le ferry.

Elle lui jette un regard assassin.

— Et une seconde bière avec un shot pendant que je faisais les réservations pour l'hôtel et le restaurant.

Il tend sa main vers elle.

— Allez, mon ange.

— Non.

Elle a envie de lui hurler dessus. Il est poursuivi en justice parce qu'il a tripoté une jeune collègue qui n'avait rien demandé, la pauvre. Il a perdu son emploi parce que les hommes avec lesquels il travaille et qui sont aussi pitoyables que lui ont compris qu'il avait été trop loin. Ils n'ont pas les moyens de s'offrir une nuit au Wauwinet ou un dîner au Topper ! C'est bien lui, ça, d'avoir un comportement aussi excessif et déraisonnable ! Il aurait pu lui faire livrer des fleurs pour s'excuser – les autres auraient peut-être été jalouses –, au lieu de quoi il a dépensé dix ou vingt fois plus, pour un résultat nettement moins concluant. Brooke s'abstient de le lui dire, pourtant, parce qu'Hollis et Caroline se trouvent juste derrière elle.

Tout en suivant ce drame conjugal, Caroline songe qu'elle pourrait réaliser un documentaire entièrement dédié à la famille Kirtley. Un élément l'a toujours intriguée, d'ailleurs : alors que Brooke et Charlie sont aussi embarrassants l'un que l'autre, ils ont engendré deux des êtres humains les plus cools que Caroline connaisse. Will et Whitney Kirtley sont brillants, drôles, gentils, magnétiques. Will est dans une excellente fac, et Withney fait du théâtre à Yale. Ils sont littéralement éblouissants et n'ont pas le moindre point commun avec leurs parents. Au point que Caroline a un jour demandé à sa mère s'ils avaient été adoptés. (Il semblerait que non.)

Brooke baisse la voix.

— Tu dois partir, Charlie. S'il te plaît, ne me fais pas une scène, je t'en supplie.

J'ai déjà du mal à m'intégrer...

— Annule la réservation au Wauwinet et prends le prochain ferry pour rentrer, ajoute-t-elle.

Un rictus déforme les traits de Charlie.

— Espèce de sale ingrate, je me suis cassé le cul pour toi, pour les enfants, pour payer des frais de scolarité colossaux, la jolie maison qu'il te fallait absolument à Swellesley, la bagnole dont tu rêvais parce que tu pensais que ça impressionnerait Electra.

Elle ferme les yeux. *Pourquoi a-t-il fallu qu'il la mentionne ?*

— Pars d'ici tout de suite ! s'emporte-t-elle.

Elle sent son déjeuner lester son estomac, et elle est prise d'une telle nausée que, l'espace d'une seconde, elle craint de vomir dans les pots de fleurs. Elle inspire par le nez en essayant d'imaginer ce que ferait Gigi à sa place. Elle ne tolérerait pas ce genre d'agression verbale, c'est certain.

— Je ne partirai pas sans toi ! beugle Charlie.

Hollis pose une main sur l'épaule de Brooke et lui dit :

— Retourne sur la plage, d'accord ? Je vais appeler un taxi pour Charlie et lui réserver une place sur le ferry de 16 h 30.

Brooke sent des larmes de honte lui brûler les yeux.

— Je vais partir avec lui, gémit-elle avant de sangloter. Je suis la cinquième roue du carrosse ici, de toute façon.

— Quoi ? Mais pas du tout enfin !

— Toi, tu as Tatum, pleurniche Brooke. Et Dru-Ann a Gigi.

À cet instant, une porte claque, et toutes les têtes se tournent vers la dépendance. Dru-Ann fond droit sur Charlie.

— Il y a un problème ? lui lance-t-elle.

Il a aussitôt un mouvement de recul.

— Hé, mais... c'est vous la gonzesse de *Joue-la comme une fille*...

Elle lui tend la main.

— Dru-Ann Jones, se présente-t-elle avec un sourire crispé.

Brooke remarque qu'elle écrase les doigts de Charlie.

— Ne me traitez plus jamais, ni moi ni n'importe quelle autre femme d'ailleurs, de « gonzesse », je vous prie.

Il ouvre la bouche, mais elle l'arrête.

— Vous n'avez pas été convié à notre petit week-end, mon ami. Brooke va rester avec nous, et vous allez vous montrer respectueux, d'elle comme de notre hôtesse, Hollis, et de moi, en partant maintenant. Ai-je été claire ?

Enhardie par Dru-Ann – et son intervention digne de Wonder Woman ! –, Brooke ajoute :

— Oui, dégage d'ici, Charlie !

Il plie et déplie les doigts que Dru-Ann vient de broyer.

— Ma femme ne fait pas partie de ta bande de cougars, dit-il à Hollis. Vous êtes des... sorcières !

— Brooke est mon amie, Charlie, lui répond-elle. Je t'ai appelé un taxi. Tu devrais l'attendre près du portail.

Charlie remonte à contrecœur l'allée bordée d'hortensias. Il se retourne et crie :

— Amusez-vous bien ! J'imagine que vous allez brûler de la sauge en médisant !

Dru-Ann monte les marches du perron et prend Brooke par les épaules.

— Désolée, ma belle, je ne savais pas que tu étais confrontée à ce genre d'énergumène.

Caroline tombe sur Tatum dans la cuisine.

— Qu'est-ce qui se passe ? lui demande-t-elle. Elles sont où, toutes ?

Caroline laisse le soin à Hollis de lui exposer la situation quand elle le décidera. De son côté, elle vient d'avoir une idée.

— Tu es occupée ? Parce que j'aimerais beaucoup te parler seule à seule et te poser quelques questions sur ma mère.

— Je suis libre comme l'air, je te suis !

Hollis ne sait pas combien d'émotions fortes son cœur va encore pouvoir supporter. D'abord le petit déjeuner avec Jack, puis la nouvelle de la biopsie de Tatum, la découverte que Gigi a aussi perdu l'homme qu'elle aimait, les tensions entre Caroline et elle, et maintenant Charlie Kirtley qui débarque sans prévenir et les traite de sorcières ?

— Ça va ? demande-t-elle à Brooke.

— Ça va aller, répond Dru-Ann à sa place. Retournons sur la plage où le reste de l'univers ne pourra pas nous trouver.

Hollis aperçoit alors Tatum, qui suit Caroline dans l'escalier menant au sous-sol.

— Qu'est-ce que vous mijotez, toutes les deux ?

— On va discuter un peu, répond Caroline.

Hollis ne cache pas sa surprise.

— Discuter ? Mais de quoi ?

Caroline lui sourit.

— Je veux la faire parler de votre amitié.

— Ça n'était pas prévu au programme, plaisante Hollis. Ma chérie, je te suis très reconnaissante de faire preuve d'autant de créativité, mais je ne pense pas que Tatum ait envie qu'on la cuisine sur ce sujet.

— Ça ne me dérange pas, intervient celle-ci. Qu'est-ce qui t'arrive, Holly ? Tu as peur de ce que je vais pouvoir révéler ?

— Je cherche juste à établir un contexte historique, ajoute Caroline.

— Un contexte historique ? À t'entendre, on croirait qu'on a 100 ans.

— Ça me permettra d'apporter de la profondeur et de la matière à mes images. Sinon on va avoir l'impression d'un simple collage.

C'est exactement ce que veut Hollis, un collage. Elle est touchée de voir que Caroline prend sa mission au sérieux, mais ce n'est pas une raison pour se transformer en enquêtrice et réaliser des entretiens très poussés.

— Ce genre d'échange me semble trop personnel pour mon site Internet, argue Hollis. Je n'ai pas envie que les gens apprennent tous les détails de mes relations les plus intimes.

— Détends-toi, maman, d'accord ? Ce sont tes amies. Je veux juste creuser un peu vos relations. C'est ce qui donne tout son sens à ce week-end. Sinon il se résumera à des housses de couette et des noix de pécan.

Henrietta vient se frotter contre la jambe d'Hollis, sans doute parce qu'elle a perçu sa gêne.

— Entendu, finit-elle par lâcher avant de regarder Tatum en haussant un sourcil. Tu seras gentille ?

— Je serai honnête.

29

AVEC MES EXCUSES POUR LE DÉRANGEMENT II

Brooke et Dru-Ann sont retournées sur la plage, Tatum est avec Caroline. Mais où se trouve Gigi ? Sans doute aussi sur la plage, ce qui va laisser à Hollis le temps de préparer sa crème aigre aux oignons rôtis qu'elle servira à l'apéritif. Quand elle entend Henrietta grogner devant la porte de la bibliothèque, elle va vérifier ce qui se passe. Il s'agit sans doute de sa pièce préférée de la maison, avec ses étagères encastrées en bois blond remplies de livres, ses morceaux de bois flotté et sa collection impressionnante de coquilles de palourdes et de verres dépolis. Il y a aussi une cheminée et des fauteuils immenses, parfaits pour lire. La télévision se trouve aussi dans cette pièce ; c'est ici qu'elle regardait les matchs des Patriots avec Matthew, les rares fois où ils passaient des week-ends automnaux ici.

Hollis aperçoit Gigi à l'autre bout de la bibliothèque. Elle tient une photo encadrée.

— Oh, pardon, s'excuse Hollis. Je ne savais pas que tu étais là.

Elle est un peu… déconcertée par la présence de Gigi, même si elle est incapable d'en expliquer la raison. Elle ne devrait pas être surprise, sa nouvelle amie est apparemment une grande lectrice puisqu'elle a persuadé Brooke d'acheter un roman – et la bibliothèque se trouve juste en face de la chambre qu'elle occupe. Elle n'avait aucune raison de se priver d'y faire un tour. L'ordinateur portable d'Hollis est ouvert sur le vieux bonheur-du-jour, mais qu'a-t-elle à cacher ? Ses recettes ? La page Facebook de Jack ?

Est-ce que quelque chose dans leur échange sur la plage a modifié leur relation ? *Peut-être un peu.* Il faut bien reconnaître que, si Gigi a parfaitement trouvé sa place au sein du groupe, elle reste une parfaite inconnue.

Gigi s'est demandé pourquoi il n'y avait pas une seule photographie de Matthew dans la maison – c'est presque comme s'il n'avait jamais vécu ici. Elle en a déduit que tous les clichés devaient être réunis dans la chambre d'Hollis. Pourtant, en jetant un coup d'œil dans la bibliothèque, elle a entrevu une collection de cadres en argent sur lesquels étaient gravées des années. Le plus ancien remonte à 2007, à l'époque où Caroline était petite fille, et le plus récent date de l'été précédent. Les photos représentent toutes Hollis, Matthew, Caroline et un chien (un setter irlandais avant Henrietta), sur la plage devant la maison. Elles ont toutes été prises au moment du coucher du soleil, si bien que leurs visages sont baignés d'une lumière d'un rose doré.

Matthew, murmure intérieurement Gigi en prenant le dernier cadre. Elle n'a connu que cette version de lui, tel qu'il apparaît là et où, à ses yeux, il est le plus séduisant. Pensait-il à elle au moment où il posait ou était-il entièrement absorbé par cette tradition familiale ? Elle aimerait savoir à quelle date exacte la photo a été prise pour pouvoir regarder dans son agenda. Se trouvait-elle à Sorrente, ou peut-être au cap d'Antibes ? Elle l'espère, même si elle sait qu'il devait lui manquer, de toute façon – plus qu'elle ne lui manquait, elle en a maintenant conscience.

Elle sourit à Hollis.

— J'espère que tu ne me trouves pas intrusive.

Une veine palpite sur son front.

— Pas du tout, lui répond la maîtresse des lieux avant de tendre la main pour effleurer le cadre que Gigi tient à la main.

Cette dernière remarque alors la bague en diamant d'Hollis, son alliance.

— Elle date de l'été dernier. Laurie Richards nous prenait en photo chaque année, pendant la dernière semaine d'août.

Henrietta gémit comme un enfant qui pleurnicherait. C'est Gigi qui la perturbe ; la chienne sent quelque chose, les animaux ont cet instinct.

— Une belle famille, murmure Gigi.

Une belle famille, se répète Hollis.

L'été était toujours la meilleure saison avec Matthew. Il arrivait le jeudi soir et repartait le dimanche en fin de journée, ce qui leur laissait trois jours entiers ensemble. Ils avaient leurs petites habitudes : le jeudi soir Hollis préparait à dîner pour qu'ils puissent se raconter leur semaine, le vendredi Matthew allait au marché aux poissons, se faisait couper les cheveux et s'occupait dans le jardin avant de s'allonger au bord de la piscine pour lire des revues médicales. Le vendredi soir, ils allaient au Yacht-Club pour dîner sur la terrasse, au son d'un orchestre jazz. Le samedi, Matthew faisait du paddle à Sesachacha Pond avec Caroline. Hollis réussissait parfois à le convaincre de l'accompagner pour une balade à vélo (environ une fois par été), et dans ce cas ils allaient chercher des sandwiches chez Claudette. Le samedi soir ils étaient de sortie – ils étaient invités à des cocktails, des soirées caritatives ou ailleurs. Les éventuels excès de boisson avaient lieu le samedi soir ; et les éventuels ébats le samedi soir ou le dimanche matin au réveil. C'était une journée consacrée au farniente – Hollis préparait des omelettes ou des pancakes aux myrtilles, ils lisaient le journal et, enfin, ils allaient passer l'après-midi à la plage. À 16 heures, Matthew quittait sa chaise longue en soupirant pour rentrer se doucher et s'habiller. Hollis lui préparait toujours un pique-nique, et elle le déposait au ferry de 19 heures. Ils échangeaient un baiser, se disaient « à jeudi, passe une bonne semaine ».

Mais cet été-là était différent.

Quelque chose clochait, et Hollis n'arrivait pas à comprendre quoi, exactement. Matthew avait raté le week-end du Memorial Day en mai, à cause d'une conférence quelque part – elle ignorait où exactement : Rome ? Athènes ? Elle ne cherchait pas à en savoir plus, elle en avait assez, pourquoi acceptait-il toujours des déplacements qui empiétaient sur leur vie de famille ? Elle s'est retrouvée seule à vider la voiture et ouvrir la maison. Quand il a fini par venir à Nantucket, le premier week-end de juin, la situation était tendue entre eux deux ; il a refusé de se prêter aux rituels habituels. Elle avait préparé le dîner du jeudi soir, avec de la viande grillée, du pain de maïs et du coleslaw maison, mais il a décrété qu'il voulait sortir déguster du homard au 167.

— Ce sera pour demain, lui a-t-elle rétorqué, ce soir on va manger le dîner que j'ai préparé.

Elle a eu l'impression de parler comme la mère de Matthew, et ça lui a fait horreur. Le vendredi soir, ils sont allés se régaler de homards, selon les désirs de Matthew, ce qui a impliqué pour Hollis de reporter au samedi leur dîner au Yacht-Club avec les Gasperson, qui les ont conviés chez eux – le Yacht-Club organisait une soirée dansante. Matthew ne voulait pas y aller ; il n'avait aucun problème avec Kerri, mais son mari brûlait systématiquement tout ce qu'il cuisinait au barbecue, et Matthew préférait manger un sandwich au beurre de cacahuètes à la maison.

— Qu'est-ce qui te prend, enfin ? s'est emportée Hollis.

Elle était prête à une dispute, elle avait besoin de se délester de tout l'énervement qu'elle avait engrangé, pourtant Matthew s'est contenté de dire en secouant la tête :

— D'accord, je t'accompagne. Mais vraiment pas de gaieté de cœur.

Le dimanche, Hollis était invitée à un déjeuner à La Terrasse par l'une des joueuses de tennis du club. Elle viendrait accompagnée de son épouse. Laquelle occupait un poste de choix au magazine *Bon Appétit* et avait émis le souhait de rencontrer Hollis.

— Elle veut peut-être faire un article sur mon site Internet !

D'un ton inhabituel et qu'elle ne pouvait qualifier que de railleur, Matthew lui a répondu :

— Oh, surtout, il ne faut pas rater ça ! Je t'en prie, sacrifie notre dimanche pour aller te torcher au rosé !

Hollis n'avait aucune intention de se « torcher au rosé », et c'est pourtant ce qu'elle a fait tant elle était furieuse. Elle a laissé la Bronco sur le parking de La Terrasse et commandé un Uber pour rentrer, avant de s'endormir aussitôt installée sur une chaise longue près de la piscine. Lorsque Matthew l'a réveillée, le soleil était bas dans le ciel. Il était temps pour lui de partir prendre son ferry, et ils ont dû s'y rendre en Volvo parce qu'elle avait laissé la Bronco à La Terrasse. Ça a donné lieu, inévitablement, à une dispute : il lui avait bien dit qu'elle commettait une erreur en acceptant cette invitation à déjeuner, mais elle n'en avait fait qu'à sa tête et maintenant elle allait devoir se débrouiller pour récupérer la Bronco, qui avait peut-être déjà atterri à la fourrière.

— Ça ne te fatigue jamais de jouer les donneurs de leçons ? lui a-t-elle demandé de son ton le plus cruel.

Ça a mis un terme à la conversation. Ils n'ont pas prononcé un mot de plus, et ils n'ont pas échangé de baiser, ce qui n'avait rien d'une surprise, étant donné qu'ils n'avaient pas fait l'amour depuis avril.

Les choses ont continué sur cette lancée en juillet et en août. Hollis a eu la chance de se voir proposer un article dans *Bon Appétit*, ce qui était aussi une malchance, car le magazine souhaitait organiser un shooting dans la maison de Nantucket à la fin du mois d'août. Ce qui a mis Matthew hors de lui. Hollis a culpabilisé : c'était la dernière semaine avant que le rythme ne s'accélère à l'hôpital et que Matthew ne reprenne son cours à Harvard. C'était aussi la dernière semaine de Caroline avant son retour à New York.

— Je passerai du temps avec toi, ma chérie, puisque ta mère est très occupée, a-t-il dit.

Hollis a été tentée de lui demander qui avait « passé du temps » avec Caroline pendant les vingt premières années de sa vie, mais elle se sentait trop coupable pour ça. Le shooting a été très envahissant. Il y avait des gens habillés en noir partout, des appareils et des projecteurs, des coiffeurs, des maquilleurs, des habilleurs et des stylistes culinaires. En toute sincérité, c'était plus simple sans Matthew et Caroline, même si ce n'était pas la dernière semaine d'été qu'Hollis avait imaginée.

Le dimanche après-midi, l'équipe a fini par lever le camp. Hollis avait prévu l'habituelle photo de famille sur la plage avec Laurie Richards, à 17 heures, ce qui leur laissait une heure avant que Matthew ne doive partir prendre son ferry. Est-ce que ça faisait beaucoup après ces quelques jours de folie ? Oui, bien sûr. Mais Hollis avait-elle le choix ? Le shooting avait porté un coup à leur famille – elle n'aurait jamais dû l'accepter, et pourtant c'était important pour elle, cela augmenterait l'audience de son site Internet. Matthew et Caroline devaient bien le comprendre, non ?

Peut-être pas... Ils étaient partis faire du paddle dans la matinée et n'étaient toujours pas de retour. Hollis a tenté de les joindre sur leurs téléphones, et elle est directement tombée sur leurs deux répondeurs. Elle leur a écrit : Où êtes-vous ? N'oubliez pas que nous avons notre séance photo à 17 heures ! On vous attend avec Henrietta ! Elle n'a pas eu de réponse.

À 16 h 45, elle était dans tous ses états. Elle n'avait toujours aucune nouvelle et elle ne voulait pas faire perdre son temps à Laurie, mais elle n'avait pas non plus envie de rater la séance photo. Celle-ci avait lieu tous les ans, la dernière semaine de l'été, sur la plage ; c'était une tradition qui perdurait depuis quinze ans. Hollis s'est mis en tête que si elle n'avait pas lieu, sa famille éclaterait. Avant de se raisonner. Ce n'était qu'une photo.

Lorsque Laurie est arrivée, Hollis lui a expliqué que Matthew et Caroline étaient en retard. Aucun problème, a répondu Laurie, elle allait en profiter pour installer son matériel sur la plage. C'était une magnifique soirée, peut-être la plus belle en quinze ans. Hollis portait sa chemise signature, couleur lavande ; elle avait demandé à sa fille de s'habiller en blanc et à Matthew en bleu marine. À ce stade, elle était prête à les accepter dans n'importe quelle tenue, même nus, où étaient-ils ?

Hollis a tenté de les contacter une fois de plus, sans succès, et elle n'a pas envoyé de texto, de peur d'écrire des mots qu'elle regretterait par la suite. Ce matin-là, avant leur départ, elle avait mentionné devant eux la séance photo – mais elle s'est soudain demandé, en gémissant, s'ils n'avaient pas pu penser qu'elle parlait encore du shooting pour *Bon Appétit. Non, non, elle avait bien précisé : notre photo de famille prise par Laurie Richards.* À quoi ils avaient tous deux répondu « oui, d'accord », ou quelque chose dans ce goût-là.

À 17 h 30, pendant qu'Hollis se répandait en excuses – elle paierait la séance à Laurie bien sûr –, Matthew et Caroline ont surgi sur les dunes. Hollis aurait mérité un Oscar pour sa performance d'épouse et de mère à peine agacée.

— Où étiez-vous passés ? Laurie s'apprêtait à partir.

— On est allés jusqu'à Great Point, a répondu Matthew. J'ai pêché pendant que Caroline lisait. On a passé notre meilleure journée de l'été.

Hollis ne savait pas très bien comment interpréter cette dernière phrase. C'était la meilleure journée et elle l'avait ratée ? Ou c'était la meilleure journée parce qu'elle n'avait pas été là ?

Elle a cependant remarqué qu'il portait le polo bleu marine et Caroline le dos nu blanc à œillets, comme ils en avaient reçu l'instruction, et ils se sont regroupés en tenant Henrietta par son collier avant de sourire à l'objectif.

***

Pendant qu'Hollis regarde la photo par-dessus l'épaule de Gigi, elle songe que celle-ci ne sera pas capable de voir ce qui lui saute aux yeux à elle, à savoir que Matthew irradie de colère et de ressentiment. Gigi doit avoir l'impression qu'ils formaient un couple parfait.

Ce qui n'était pas le cas.

« Tu as changé. Et on a changé. »

Hollis a l'impression que Gigi tient un mensonge entre ses mains.

30

ABANDON I

Dans le sous-sol de la maison, où est installée une salle de projection, Caroline place deux fauteuils face à face, puis branche la lampe annulaire.

— Ça te va, si je filme ? demande-t-elle à Tatum.

Caroline pense avoir eu une idée de génie avec la réalisation de ces vidéos des amies d'Hollis. Elle n'a pas envie d'imiter la série *The Office* – il y a déjà tellement de copies de ce format à Hollywood ces temps-ci… Enfin, si, c'est exactement sa source d'inspiration, soyons honnêtes !

Tatum répond d'un haussement d'épaules.

— Je ne ressemble à rien, mais bien sûr, vas-y.

Ses cheveux, si brillants, si magnifiques la veille, sont humides après la baignade et coiffés en queue-de-cheval. Elle a pris un peu le soleil et des taches de rousseur ont fait leur apparition sur ses joues. Elle ne porte pas de tunique sur son maillot de bain contrairement aux autres invitées d'Hollis, mais un tee-shirt gris des Nantucket Whalers et un short en jean. Ses pieds sont encore pleins de sable dans ses tongs. (Elle n'a pas dû voir le pédiluve près de la porte – Hollis va avoir une crise cardiaque, enfin c'est trop tard, maintenant.) Caroline n'aurait pas fait mieux si elle avait dû intervenir sur son style. Tatum est l'incarnation parfaite d'une résidente permanente de Nantucket.

— Super, merci, lui dit-elle.

En toute sincérité, elle se sent un peu mal à l'aise, peut-être parce qu'elle a passé du temps avec le fils de cette femme la veille au soir et qu'elle s'est réveillée sur son canapé.

Tatum est au courant pour Caroline et Dylan, parce que pendant le petit déjeuner au Black-Eyed Susan, Jack leur a raconté qu'il avait rencontré Caroline sur leur perron. Comme elle ne trouvait pas de chauffeur, il lui a proposé de la reconduire en ville.

Et pendant qu'elle était sur la plage, Tatum a envoyé un message à son fils. Alors Caroline, comme ça ?

Il lui a répondu : On a juste échangé un baiser. Elle a dormi sur le canapé.

Tatum a ri. Son fils lui raconte tout. Sans doute parce qu'elle a réagi avec un calme olympien le jour où il lui a annoncé :

— Aubrey est enceinte, on va avoir un enfant.

Elle lui a écrit : Elle te plaît ???

Elle est sympa, a-t-il répondu.

Il n'y a vraiment rien de pire que de qualifier quelqu'un de « sympa », et Tatum est déçue. Elle voudrait que Dylan trouve une fille qui lui permettrait d'oublier Aubrey... Soudain elle a une idée insensée : si Dylan et Caroline se marient puis ont des enfants, Tatum et Hollis deviendront grands-mères ensemble – Tatum sera la grand-mère cool, et Hollis celle avec de l'argent. Tatum rit aux éclats, et Caroline la dévisage d'un air surpris.

— Je suis prête, lui dit Tatum. De quoi veux-tu parler ?

— Eh bien, commençons par le début, non ? Comment vous êtes devenues amies, ma mère et toi ?

— Je ne me souviens pas du temps où on n'était pas amies avec Hollis. Nos mères étaient toutes les deux instits à l'école maternelle, leurs classes étaient côte à côte, et ça a fait toute une histoire quand elles sont tombées enceintes en même temps, parce qu'elles ont dû prendre leur congé maternité simultanément, et à cette époque on s'arrêtait toute l'année scolaire. Elles se retrouvaient plusieurs fois par semaine, nous emmenaient faire un tour au parc. Ça a continué après leur congé maternité, et puis, alors qu'on était encore bien trop jeunes pour s'en souvenir, la mère d'Hollis, Charlotte, est morte.

C'est vrai, songe Caroline. *Une rupture d'anévrisme sous la douche.* Hollis avait 21 mois.

— Tom Shaw s'est retrouvé seul avec sa petite fille. Ma mère, Laura Leigh, lui a apporté son soutien. Il déposait Hollis chez nous en partant travailler. Ce qui fait qu'elle est présente dans mes tout premiers souvenirs. Elle avait sa brosse à dents chez moi, et un pyjama. C'est ma mère qui préparait un gâteau pour son anniversaire, et quand elle tombait malade, c'était aussi ma mère qui allait la chercher à l'école.

Tatum s'interrompt avant de reprendre :

— En CM1, pour la fête des Mères, la maîtresse nous avait demandé d'écrire un poème et de le lire devant toute la classe. Je me rappelle qu'Hollis a levé la main pour savoir ce qu'elle devait faire puisqu'elle n'avait plus de mère. J'ai bien cru, pendant une seconde, que la maîtresse allait pleurer. Puis j'ai murmuré à l'oreille d'Hollis qu'on pouvait partager la mienne. Et c'est ce qu'on a fait. On était comme des sœurs, elle et moi.

Caroline a besoin d'un peu de temps pour digérer ce qu'elle vient d'entendre.

— Ah oui… d'accord. Et vous êtes restées proches tout au long de votre scolarité ?

— Inséparables, oui !

Tatum dévisage Caroline. Comment peut-elle faire comprendre à cette gamine la nature de leur relation dans les années 1980 ?

Elles étaient en première. Tatum et Hollis régnaient sur le lycée avec Kyle et Jack. Ils appartenaient à l'équipe de foot et elles à l'équipe de softball. Ils participaient aux feux de joie de Gibbs Pond, comme des générations de lycéens avant eux. Ils prenaient leur petit déjeuner du samedi matin au Downyflake ; ils allaient voir des films au Dreamland avant de manger une pizza chez Vincent. Tatum a perdu sa virginité en premier, suivie par Hollis.

Il y a eu une semaine difficile quand Tatum a cru qu'elle était enceinte. Elle ne pouvait pas acheter de test de grossesse parce qu'on ne les trouvait qu'à la pharmacie, or son père était le pharmacien de l'île. Avec Hollis elles ont organisé une virée à Hyannis – deux heures aller en prenant le ferry, puis deux heures retour, soit un samedi entier gâché pour qu'elles puissent en acheter un au supermarché. Tatum est allée s'enfermer sans attendre dans une cabine des toilettes du centre commercial, pendant qu'Hollis restait postée devant.

— Qu'est-ce que tu feras si tu es enceinte ? lui a-t-elle demandé à travers la porte.

— Ma mère s'occupera du bébé le temps que je termine ma terminale.

Tatum a perçu le désarroi d'Hollis, malgré son silence.

— Et la fac ? a-t-elle fini par lâcher.

Mais avant que Tatum n'ait eu le temps de lui répondre qu'il était hors de question qu'elle se débarrasse de leur bébé, à Kyle et à elle, ou qu'elle l'abandonne à la naissance, les trois minutes étaient écoulées et il n'y avait pas de seconde ligne sur le test.

Négatif.

Elles ont fêté la nouvelle avec des smoothies. Tatum a été prise d'un vertige de soulagement, mais elle s'est aussi rendu compte qu'Hollis et elle étaient en train de devenir des individus distincts.

L'été précédant l'année de terminale, elles ont travaillé comme serveuses au Rope Walk, où elles étaient obligées de porter ces horreurs de jupes saumon typiques de l'île, si courtes qu'elles ne pouvaient pas se baisser sans montrer leurs culottes aux clients. Le patron prétendait que c'était « bon pour les affaires ». Tous les soirs, un type friqué lui notait, sur un dessous de verre, son numéro ou le nom de son yacht accompagné d'un message disant, en substance : *Rejoignez-nous pour trinquer !* Tatum n'a jamais envisagé d'accepter, alors qu'Hollis aurait été partante. Elle rêvait de boire du Dom Pérignon et de manger un blini avec du caviar, servi avec une cuillère en nacre. Contrairement à Tatum, elle était fascinée par l'argent et les avantages qu'il procurait, elle aspirait à découvrir le monde au-delà de Nantucket.

***

Tatum raconte tout ceci à Caroline, y compris sa grossesse suspectée, dont elle n'a jamais parlé à personne d'autre qu'Hollis et Kyle.

— Pour moi, une meilleure amie, c'est celle qui monte la garde devant la cabine des toilettes et qui garde ce secret pour toujours.

Caroline hoche la tête avec énergie, et Tatum se dit qu'elle a sans doute obtenu suffisamment de « contexte historique ».

Elle aurait bien un autre secret à lui confier, bien plus crucial, et qui concerne ce qui s'est produit durant un match du championnat régional de softball en terminale.

— La dernière année du lycée, les choses ont changé, reprend Tatum. On avait décidé tous les quatre, ta mère, Jack, Kyle et moi, d'aller ensemble à l'université publique du Massachusetts. Mais un jour, comme ça, Hollis nous a annoncé que notre prof de lettres, Mme Fox, lui avait dit qu'elle avait écrit le meilleur essai « qu'elle ait jamais lu en trente et un ans de carrière ».

Tatum s'en souvient comme si c'était hier : ils étaient sur le parking du lycée et ils faisaient tourner une cigarette, les feuilles de l'immense chêne au coin de Sparks et Surfside commençaient tout juste à changer de couleur.

— Elle veut que j'élargisse la liste des facs auxquelles je postule, a lâché Hollis. Elle pense que je devrais poser ma candidature à celle de Caroline du Nord, où elle a fait ses propres études. Je crois que c'est l'université publique la plus ancienne de tout le pays, non ?

— Mme Fox veut que tu suives ses traces, alors ? a observé Tatum avec une pointe d'ironie. Si c'est pas mignon...

— Elle m'a dit qu'elle me voyait bien là-bas, c'est tout, a rétorqué Hollis en haussant les épaules.

Tatum était sidérée. Ils se moquaient tous de cette prof qui s'habillait comme une quakeresse du XIXe siècle avec de longues jupes noires et des blouses sages à col montant. Hollis voulait vraiment finir pareille ?

— Mais tu comptes quand même postuler à l'université du Massachusetts ?

— Oui, oui, je vais peut-être envoyer une candidature en Caroline du Nord, pour voir, mais j'irai avec vous dans le Massachusetts.

Après un silence elle a ajouté :

— Mon père n'a pas vraiment les moyens de régler les frais de scolarité d'une autre fac.

Tatum s'est détendue et s'est persuadée que c'était vrai : Hollis allait seulement postuler ailleurs par jeu, pour voir si elle serait prise.

Les réponses des universités sont arrivées par courrier le 15 avril. Tatum, Kyle, Jack et Hollis étaient acceptés dans le Massachusetts, et dès l'heure du déjeuner le lendemain, tout le lycée était au courant. Mais alors que les deux amies étaient en train de se demander, au milieu d'un couloir, si elles devraient réclamer une chambre ensemble – Hollis étant d'avis qu'il était trop tôt, Tatum observant : « En même temps ça pourrait être une bonne chose qu'on loge chacune avec une autre étudiante, ça nous permettrait de rencontrer de nouvelles têtes et de bâtir un petit empire ! » –, Mme Fox s'est approchée (dans une robe bleu marine à col montant et qui frôlait le sol) pour serrer Hollis dans ses bras.

— Tu as été prise en Caroline du Nord ! s'est-elle exclamée. Avec une bourse en prime, je suis tellement fière de toi !

Hollis est restée silencieuse, Tatum, elle, était sous le choc.

— Oui, a fini par dire la première. Merci. Je vais devoir en parler à mon père d'abord.

Après le départ de Mme Fox, Tatum s'est tournée vers Hollis. À présent elle comprenait pourquoi son amie jugeait qu'il était trop tôt pour parler de partager une chambre.

— Pourquoi tu ne m'as pas dit que tu avais reçu une réponse positive ?

Hollis a pris une inspiration avant de répondre :

— Je ne sais pas, Tay. Parce que ça n'a pas d'importance ?

— Ça veut dire que tu ne comptes pas y aller, alors ?

— Bien sûr, a confirmé Hollis tout bas. Mon père ne voudra jamais. C'est à au moins douze heures de route de Hyannis.

Tatum était aussi terrifiée qu'énervée. Quelle importance si la fac de Caroline du Nord était la plus vieille université publique du pays ? Pourquoi Hollis voudrait-elle aller dans un endroit situé à douze heures de route et où elle ne connaîtrait personne ? Une seule réponse venait à l'esprit de Tatum : Hollis voulait partir, quitter l'île et tous ceux qui y habitaient. Dont elle.

Ils avaient jusqu'au 1er mai pour prendre leur décision finale, date à laquelle se jouait un match du championnat régional de softball.

Tatum a décidé de mettre le sujet sur le tapis pendant le trajet aller, sans doute parce que le match avait lieu dans la ville où se trouvait l'université du Massachusetts, Amherst.

— Tu as déjà envoyé l'acompte pour la fac ? lui a-t-elle demandé.

Hollis a rivé ses yeux sur la route 32, qui défilait derrière la vitre.

— Tay...

— Quoi ? a-t-elle répliqué, même si elle avait compris.

Hollis ne ferait pas ses études au même endroit qu'elle. Tatum a eu l'impression que ses rêves d'avenir commun pour eux quatre s'effondraient soudain avec un gros *splash* sur le sol du bus, comme des feuilles mortes trempées.

Hollis a fondu en larmes.

— Pourquoi est-ce que tu pleures, Holly ? C'est toi qui gâches tout.

— Je sais, mais...

Mais quoi ? a pensé Tatum. Elle se sentait abandonnée, trahie. Au point qu'elle a décidé de faire l'impensable.

Elle était la dernière à recevoir sur le marbre ; elle avait la meilleure moyenne à la batte, non seulement de l'équipe mais aussi de leur division, pourtant elle a été éliminée les deux premières fois pour n'avoir pas touché la balle, puis elle a commis une faute. Le tout, délibérément. Pendant la dernière manche, Nantucket menait d'un point, et une fille de l'équipe d'Amherst, Miranda Coffey, a pris la batte. Elle avait des cheveux platine coupés en brosse à la Brigitte Nielsen et un regard glacial. Son intention était d'envoyer la balle très loin, même si le lancer d'Hollis était difficile à frapper. Et comme si elle avait suivi un scénario à la lettre, Miranda a projeté la balle tout au fond du terrain, vers la joueuse de champ gauche, Tatum. En toute honnêteté, cette balle était parfaitement à sa portée. Elle a vu la coureuse en deuxième base foncer vers la troisième, et elle s'est dit : *L'équipe de softball féminine du lycée est en passe de remporter le championnat pour la seconde année consécutive.* C'était ce dont elles rêvaient, avec Hollis, depuis qu'elles étaient toutes petites et jouaient avec des balles en mousse. D'un autre côté, beaucoup de leurs rêves ne se réalisaient pas. Hollis irait étudier en Caroline du Nord... Celle-ci s'est retournée sur le monticule et, l'espace d'une seconde, Tatum lui a jeté un regard exprimant l'intensité de sa colère. *Comment as-tu pu me faire ça ?* Elle a attrapé la balle mais l'a laissée rouler par terre. Les coureuses ont pu marquer des points, et Amherst a remporté le match.

Comme ça, Tatum ne serait pas la seule à avoir le cœur brisé.

***

— J'ai saboté le match, avoue-t-elle à Caroline. Et j'ai honte depuis trente-cinq ans. Ce n'est pas seulement Hollis que j'ai privée de ce titre, c'est toute notre équipe, tout notre lycée, toute notre île même. J'ai vraiment tout gâché.

Le visage de Caroline exprime davantage de fascination que d'effroi – du moins Tatum en a l'impression. Elle n'espérait peut-être pas obtenir autant de confessions.

— Et qu'est-ce qui s'est passé ensuite ?

— Hollis est partie en Caroline du Nord, répond Tatum. Et elle n'est jamais revenue. Enfin pas vraiment.

Hollis est revenue passer ses vacances à Nantucket pendant sa première année de fac, mais durant l'été suivant, alors que Tatum pensait qu'elles retravailleraient ensemble au Rope Walk, Hollis lui a annoncé qu'elle avait accepté un job de serveuse dans un restaurant mexicain de Chapel Hill.

Pourquoi préfère-t-elle rester au milieu des marais particulièrement étouffants en été pour servir des fajitas alors qu'elle pourrait rentrer à Nantucket et se faire trois fois plus d'argent au bord de l'océan ? s'est demandé Tatum. Ça n'avait aucun sens !

Elle lui a téléphoné malgré le coût d'un appel longue distance pour la supplier d'y réfléchir à deux fois. Sa mère, Laura Leigh, était morte depuis un an, et son père fréquentait Alison, une jeune femme qu'il venait d'engager à la pharmacie. Tatum avait besoin d'Hollis. Hollis était sa sœur.

— Je te promets qu'on acceptera les invitations des types sur les yachts, lui a-t-elle dit, même si elle savait qu'elle n'en ferait rien à cause de Kyle. Je t'aiderai à te trouver un riche mari.

— Désolée, Tay. Avec Dru-Ann, on a décidé de passer l'été ici.

Dru-Ann. Évidemment. Hollis parlait constamment de la fille avec qui elle partageait sa chambre, Dru-Ann, dont le père était une sorte de gros bonnet de Chicago.

— On bossera au restau et le reste du temps, on s'occupera de notre programme de lectures pour la fac. Nella Larsen, Joan Didion, Angela Carter...

Tatum ignorait qui étaient ces autrices, et elle s'en fichait, ce qu'Hollis savait très bien. Elle s'est fait la réflexion que son amie était comme un serpent en pleine mue, qu'elle se débarrassait de son ancienne vie pour faire peau neuve.

***

— Alors quand ma mère n'est plus revenue passer ses étés ici vous avez cessé d'être amies ? demande Caroline.

— Non, non, on était toujours amies. Mais ce n'était plus pareil.

Elle s'interrompt ; elle a besoin d'une cigarette.

— Pour notre mariage, avec Kyle, j'ai demandé à ta mère d'être mon témoin. On a fait notre choré, tout allait encore bien. Et ensuite… elle s'est fiancée.

Hollis a appelé Tatum pour l'informer que Matthew allait bientôt terminer son internat en chirurgie et qu'ils avaient décidé de se marier. Tatum voulait des détails : comment était la bague, et la demande en mariage, avait-elle été romantique ?

— Il ne s'est pas agenouillé ni rien, a répondu Hollis. Je ne le vois pas du tout faire un truc pareil.

C'est vrai… Tatum non plus. Kyle et elle ont fait sa connaissance la seule et unique fois où Hollis l'a emmené à Nantucket. Ils sont sortis dîner au Lobster Trap, et Matthew s'est entièrement absorbé dans le décorticage de son homard pour ne pas perdre la moindre miette de chair. Chaque fois que Tatum ou Kyle lui posaient une question, il sursautait comme s'il avait oublié qu'il était à un dîner avec d'autres gens.

Hollis a expliqué qu'ils se marieraient à Wellesley, la banlieue où Matthew avait grandi, en février – c'était le plus pratique avec son emploi du temps. Sa mère, Judith, se chargeait de toute l'organisation. Hollis n'avait rien à faire.

— Super, alors ?

Leur cérémonie de mariage, à Kyle et à elle, s'était déroulée en petit comité, sur la plage de Brant Point, avant une réception au Admiralty Club de Madaket, mais Tatum avait pris toutes les décisions seule. Elle a voulu aborder le sujet qui, elle le supposait, était la cause de cet appel.

— Et tu auras combien de demoiselles d'honneur ?

— Six. Toi, bien sûr, Dru-Ann, la cousine de Matt, Cora, Gretchen et Ellie de la fac, Regency de Boston.

Tatum n'avait jamais rencontré Gretchen et Ellie, mais elle savait qu'elles étaient en couple, en revanche elle n'avait jamais entendu parler de Regency de Boston, ni n'avait même imaginé que Regency pouvait être un prénom… Enfin, bref.

— Envoie-moi leurs coordonnées, a-t-elle dit, pour que je puisse entrer en contact avec elles.

— Entrer en contact ?

— C'est bien moi qui vais chapeauter cette partie-là du mariage, non ? Je suis bien ton témoin ?

Le silence qui a suivi était ce que Tatum aurait qualifié de lourd. Voire d'artillerie lourde, susceptible de tuer leur amitié une bonne fois pour toutes.

— Mais oui, bien sûr ! s'est exclamée Hollis. Avec Dru-Ann ! Vous serez mes deux témoins.

La mère de Tatum, Laura Leigh, était institutrice, et elle avait toujours appris à sa fille à partager. Mais non, pas là, désolée. Hollis était censée choisir sa meilleure amie comme témoin. « Meilleure » étant un superlatif, il ne pouvait y en avoir qu'une. Sinon, le rôle se retrouvait dilué, il perdait de son importance. Tatum s'est sentie dévalorisée par Hollis, et sa réaction a été – elle s'en est beaucoup voulu – de pleurer.

— Je te connais depuis toujours, on n'est pas seulement amies, on est des sœurs l'une pour l'autre, ma famille s'est occupée de toi, ma mère t'a aimée comme sa propre fille !

Tatum s'est sentie offensée, en son nom propre et en celui de sa mère, qui avait tressé les cheveux d'Hollis, qui avait retiré les taches d'herbe de son uniforme de softball, qui l'avait aidée à choisir une robe pour le bal de promo. Tatum avait mesuré combien Hollis et Dru-Ann s'étaient rapprochées à la fac, et elle en avait ressenti une jalousie féroce – ce qui l'avait poussée à traîner avec Terri Falcone bien plus qu'elle n'aurait dû. Mais malgré tout il était impossible qu'Hollis soit devenue aussi proche de Dru-Ann qu'elle l'était de Tatum. Hollis était simplement impressionnée, à moins que Dru-Ann n'exerce une pression sur elle.

Hollis a tenté de limiter la casse.

— Je tiens absolument à ce que tu sois mon témoin, Tay, c'est juste qu'elle connaît mieux les autres filles et qu'elle a de super idées.

— Quel genre d'idées ?

— Elle m'a proposé d'organiser mon enterrement de vie de jeune fille au Ritz-Carlton de Boston avec une journée au spa puis un dîner chez Sorellina.

Tatum n'avait pas les moyens d'aller au spa du Ritz-Carlton et elle ne connaissait pas Sorellina.

— Donc si je résume, elle a plus d'argent que moi et meilleur goût.

— Mais non ! s'est exclamée Hollis avec une emphase qui ne pouvait signifier que l'inverse. S'il te plaît, a-t-elle ajouté avec un soupir, ne sois pas comme ça, Tay.

Les larmes de Tatum avaient séché ; elle ne ressentait plus que de la colère. Non, pas juste de la colère. De la fureur.

— Je suis comment, exactement ?

Elle connaissait très bien la réponse à cette question, évidemment. Elle se montrait possessive, mesquine et jalouse, alors qu'elle aurait sans doute dû dire : « Super, on va pouvoir se partager la charge, avec Dru-Ann, et on jouera à pierre-feuille-ciseaux pour savoir qui sera placée à côté de toi. »

Au lieu de quoi Tatum a rétorqué :

— Ne compte pas sur moi. Amuse-toi bien à ton mariage.

Et elle a raccroché.

Hollis l'a aussitôt rappelée. Tatum a laissé le répondeur s'enclencher. C'était au tour d'Hollis de pleurer, ce qui lui a fait plaisir pour des raisons très puériles. Hollis a dit qu'elle ne pouvait pas se marier sans elle, mais est-ce que Tatum pouvait essayer de comprendre qu'elle cherchait simplement à trouver un compromis, à contenter tout le monde et qu'elle se sentait comme l'enfant du jugement du roi Salomon – Tatum ne comprenait rien à ce charabia.

Le lendemain, elle a décidé d'être la plus mature des deux. Elle a décroché son téléphone pour dire que, d'accord, elle acceptait d'être témoin aux côtés de Dru-Ann du moment qu'elle était placée près d'Hollis.

***

— Ça m'a laissé un goût amer, explique Tatum face caméra. J'ai été très blessée. Ta mère s'était trouvé une nouvelle meilleure amie en partant loin d'ici, alors que moi qui n'avais pas bougé je n'avais personne d'autre. Hollis est toujours restée ma seule meilleure amie. Pendant toutes les années où on ne se parlait presque pas, je la considérais encore ainsi.

Caroline ne s'attendait pas à une telle confession. Elle avait imaginé que Tatum égrènerait des souvenirs et qu'elle pourrait prélever quelques extraits sonores pour le site Internet. Mais Tatum lui a ouvert son cœur, et ce qu'elle lui a confié est bouleversant.

— Tout s'est arrangé à la fin, non ? lui demande-t-elle. Puisque tu es ici.

Pas vraiment, songe Tatum. On pourrait croire qu'elles ont tourné la page, mais ça reste vrai : les choses n'ont plus jamais été les mêmes entre elles. Tatum fuit Hollis chaque été, prend ses jambes à son cou chaque fois qu'elle la croise à l'épicerie, décline la moindre invitation à dîner. Elle en veut toujours à Dru-Ann à cause de ce qui s'est passé pendant l'enterrement de vie de jeune fille à Boston et à cause de ce que Dru-Ann lui a dit dans les toilettes du country club de Wellesley pendant la réception de mariage.

Tatum n'en parlera pas. Elle est épuisée, émotionnellement : ce week-end lui demande beaucoup d'efforts, et puis elle a été bouleversée d'apprendre que Kyle et Jack avaient passé une soirée à s'amuser, elle s'interdit de penser aux résultats de la biopsie, ce qui revient à vouloir retenir un torrent. Elle rêve de sortir fumer, avant d'aller dans sa chambre appeler Kyle et faire une sieste.

Elle se lève. Fin de la séquence confessions.

31
À CŒUR OUVERT

Brooke est si heureuse qu'elle doit vérifier que ses pieds touchent bien le sol. Oui, oui, c'est le cas ; elle marche dans le sable mouillé qui borde l'océan. Dru-Ann lui a proposé d'aller faire quelques pas, rien que toutes les deux. Brooke aimerait tellement que Caroline les filme à cet instant ; elle se sent comme une actrice dans un film. Le soleil de l'après-midi s'est adouci, et une brise monte de l'océan. Les vagues écument autour de leurs chevilles, le bas du caftan ivoire de Dru-Ann est grignoté par l'humidité, ce qui ne semble pas la déranger, tout comme Brooke n'est pas gênée par son ventre saillant, dû à ses excès du midi. Elles cheminent côte à côte, ce qui facilite en un sens la conversation. Brooke a été émue de voir Dru-Ann passer un savon à Charlie, presque émoustillée.

À présent, Dru-Ann lui donne des conseils. « Rien ne t'oblige à accepter de vivre avec un type pareil, qui ne respecte pas les femmes, qui se croit tout permis pour la simple raison qu'il a un pénis, il ne te mérite pas, Brooke, tu es douce, gentille et jolie, il y a des tonnes d'hommes qui te traiteraient mieux que lui. »

Brooke n'en est pas convaincue. À 50 ans passés, elle n'a pas de carrière derrière elle, et une très mauvaise image de soi. Si elle quitte Charlie, il retrouvera quelqu'un d'autre en un claquement de doigts – les hommes trouvent toujours –, et elle sera condamnée, elle, à se créer un profil sur une application où elle rencontrera des hommes qui auront l'âge d'être son grand-père avec de fausses dents et des poils dans les oreilles.

Elle renoncera rapidement et déménagera en Floride pour vivre avec sa mère, à moins qu'elle ne reste dans la maison de Poet's Corner, tandis que Charlie emménagera à Seaport avec sa nouvelle copine – elle s'appellera Callie ou Brianna, elle sera présentatrice d'un journal télévisé, ou alors pom-pom girl pour l'équipe des Patriots –, et Brooke devra réfléchir au moyen de ne pas être un fardeau pour Will et Whitney qui finiront leurs études supérieures et entameront leur vie exceptionnelle. Quitter Charlie ne lui a jamais paru une option réaliste, parce que la vie sans lui a toujours semblé un brin moins séduisante que la vie avec lui.

Mais à présent qu'elle a cette conversation à cœur ouvert avec Dru-Ann – on ne pourrait pas la qualifier autrement –, elle commence à envisager les choses sous un autre angle. Elle est d'ailleurs déçue lorsqu'elles décident de rebrousser chemin.

— Et toi ? demande-t-elle à Dru-Ann. Tu as quelqu'un dans ta vie ?

— Ah, moi… C'est compliqué.

Tout est compliqué, Brooke a fini par le comprendre. Pourtant ses émotions, à cet instant précis, sont d'une simplicité, d'une clarté délicieuses. Elle se sent heureuse ! Libérée ! Elle revoit Charlie descendant l'allée bordée d'hortensias avec son air de chien battu et son tee-shirt ridicule à l'effigie de Tom Brady, et elle se dit : *Bon débarras, surtout ne te retourne pas, casse-toi loin, très loin d'ici…* Et toutes autres sortes de pensées franches qui caractérisent ceux dont la coupe est enfin pleine.

La bonne humeur de Brooke est légèrement douchée à leur arrivée dans le jardin d'Hollis, quand elle constate que Caroline les attend.

— J'aimerais beaucoup t'emprunter Dru-Ann une minute, ça ne te dérange pas ?

— Bien sûr que non, répond Brooke.

Même ses intonations sont différentes. Plus détendues, naturelles.

Elle a amplement le temps avant la prochaine activité du jour, à savoir l'apéritif sur la terrasse. Elle décide de s'enfermer dans sa chambre et de s'allonger sur son lit pour faire advenir un peu de magie.

32

LA CUITE

— Il y a eu du neuf ? demande Dru-Ann, en suivant Caroline vers la maison. Je suis convoquée pour témoigner devant le Congrès ?

— Non, non, je veux juste t'interroger sur ton amitié avec maman et te filmer, si tu es d'accord ?

Elle la conduit au sous-sol, dans la salle de projection.

— Rassure-moi, répond Dru-Ann, ces images ne sortiront jamais d'ici, hein ?

Après avoir vu la vidéo d'elle chez Gypsy, elle n'a vraiment aucune envie d'être filmée. *Merci beaucoup, SexyBexxx.* Son post doit en être à un million de vues maintenant.

— Au départ, je voulais simplement tourner des images pour le site Internet de ma mère, mais je commence à envisager autre chose... Je fais un stage avec Isaac Opoku, et...

— Je connais son travail, l'interrompt Dru-Ann. Il songeait à tourner un documentaire sur une ultramarathonienne que je représente.

— Isaac est un génie. C'est la personne la plus intelligente, la plus sensible que je connaisse.

— Oh, oh... J'ai bien l'impression que tu es tombée amoureuse de lui.

Le mot *amoureuse* irrite Caroline, elle n'a plus 12 ans.

— Je...

Est-ce qu'elle va vraiment se confier à Dru-Ann ? Garder ce secret la met à la torture, et c'est sa marraine après tout. Les marraines servent à ça, non ?

— Tu… ? l'encourage Dru-Ann en arquant les sourcils. Tu t'entends bien avec Isaac Opoku ?

Caroline se dégonfle légèrement. Il faut qu'elle utilise le passé.

— J'ai été avec lui pendant deux semaines. Sa copine était partie faire des photos en Suède.

— Par « copine », je suppose que tu veux parler de Sofia Desmione ? Je lis la presse *people*, tu sais.

— Oui, Sofia. À son retour, notre histoire s'est terminée, et je suis venue ici.

— Ah, donc c'est récent. Tu aurais dû m'en parler avant, mon chou.

— J'avais l'impression que tu avais suffisamment de choses à gérer de ton côté.

— Moi ?

Elles éclatent de rire.

— Isaac m'a prêté du matériel, et son drone. Au début, je me suis dit que j'allais tourner quelques images de nourriture et de franche camaraderie entre vous.

— Tu trouves qu'il y a de la camaraderie entre nous ? lâche Dru-Ann, avant de sourire. Je plaisante.

— Il y a aussi des tensions, je les sens, rétorque Caroline. Ce week-end me conduit à découvrir des choses que j'ignorais sur ma mère. Et j'aimerais te poser quelques questions sur votre amitié.

Le téléphone de Caroline vibre, mais la jeune femme l'ignore.

— Ça, c'est dans mes cordes, dit Dru-Ann.

Elle se sent « calme, bien présente ». Elle est dans une salle de projection insonorisée sur l'île de Nantucket, autrement dit Internet ne pourra jamais la débusquer là. Elle ne parlera ni de golf, ni de santé mentale, ni de *cancel culture*. Elle parlera d'Hollis.

— Comment vous êtes devenues amies, ma mère et toi ? demande Caroline.

Il y a une chanson que les collègues masculins de Dru-Ann adoraient écouter au milieu des années 2000, *I Love College*, d'Asher Roth. Cette chanson a un côté mâle blanc dominant

– il y est question de boire, d'idolâtrer les stars de basket de l'époque et de déshabiller des filles –, et tous les types qui avaient appartenu à une fraternité la vénéraient. Dru-Ann ne l'a jamais avoué, mais elle la trouvait entraînante, et elle partageait sa thèse principale : *I wanna go to college for the rest of my life.* Je veux rester à l'université jusqu'à la fin de ma vie.

Dru-Ann venait tout juste de sortir de Mother McAuley, une école catholique pour filles de Chicago. À l'instant où elle a pénétré sur le campus de l'université de Caroline du Nord, elle s'est sentie chez elle. Elle qui avait brillé sur les terrains de basket au lycée adorait le sport en général, grâce à son père et ses trois frères aînés. Elle était incollable aussi bien sur les saisons 1984-1985 de l'équipe de football des Chicago Bears, que sur les membres de l'équipe de basket des Bulls, remplaçants compris. Elle revendiquait être une fan de Michael Jordan devant l'éternel – peu lui importait que ce soit cliché. Elle était d'ailleurs tellement fan qu'elle rêvait depuis toujours de faire ses études dans cette université pour pouvoir fouler le même sol que son idole.

La fille avec qui elle allait partager sa chambre pour la première année était une blanche du nom d'Hollis Shaw, originaire de Nantucket, dans le Massachusetts. Dru-Ann ne savait rien de cette île, sinon qu'elle avait inspiré *Moby Dick* et des chansons paillardes au début du XXe siècle. Elle avait vaguement dans l'idée qu'il s'agissait d'un terrain de jeux estival pour les riches, un peu dans l'esprit de Petoskey, dans le Michigan, où ses parents avaient une résidence secondaire, au bord du lac. Hollis est un prénom qui fait très bon chic bon genre, mais au lieu d'être rebutée à l'idée de cohabiter avec une bourgeoise de la côte est, Dru-Ann était intriguée. Elle possédait un côté snob ; son père avait un poste important à la bourse agricole et sa mère était conseillère juridique pour un gros groupe de finance. Ils vivaient dans le quartier d'Oak Park, et leur maison était meublée avec goût chez Stickley. Dru-Ann connaissait le nom de cette marque depuis ses 8 ans.

Hollis lui a fait une première impression positive, et c'était réciproque, elle l'a senti. Le courant passait entre elles, et elles se sont facilement accordées sur l'organisation des lieux. Les deux parents de Dru-Ann l'ont aidée à emménager, tandis qu'Hollis n'était accompagnée que de son père, qui ne correspondait en rien à l'idée que Dru-Ann s'était faite de lui. Au point que lorsqu'elle a vu Tom Shaw la première fois, avec son jean et son tee-shirt à l'effigie d'une pizzeria, elle a pensé qu'il avait été envoyé par les services d'entretien pour une réparation quelconque. Il avait un accent de Boston prononcé. Il a serré la main des deux parents de Dru-Ann, mais semblait très mal à l'aise, et il a demandé à Hollis à trois reprises : « C'est tout bon, alors ? » Il devait reprendre la route. Il roulerait toute la nuit pour attraper le premier ferry, le lendemain matin.

Hollis a proposé de le raccompagner jusqu'à sa camionnette pour lui dire au revoir, et Dru-Ann en a déduit que quelques larmes risquaient de couler. Elle a quitté ses parents sans la moindre émotion, elle. Les Jones avaient déjà laissé trois fils à la fac. Et Dru-Ann avait beau les aimer, elle était prête pour la vie universitaire depuis sa cinquième.

Quand Hollis est revenue dans la chambre, les larmes au bord des yeux, Dru-Ann l'a interrogée sur sa mère.

— Tes parents sont divorcés…

— Non !

Elle a ouvert le paquet contenant des draps neufs, avant d'ajouter :

— Elle est restée à l'hôtel, mon père passe la prendre et ils rentrent.

— Elle ne voulait pas voir ta chambre ? s'est étonnée Dru-Ann.

Hollis a secoué la tête.

***

— Nous sommes vraiment devenues amies, précise Dru-Ann, pendant la soirée de recrutement de Beta Beta Beta.

(Ce n'est pas le vrai nom de la sororité en question, mais elle préfère surveiller ce qu'elle dit devant une caméra ; avec sa chance, elle s'exposerait sans doute à des poursuites !)

On peut affirmer sans mal que ni Dru-Ann de Chicago, ni Hollis de Nantucket ne mesuraient ce que cela impliquait de rejoindre une sororité du sud du pays. Toutefois c'était un chant des sirènes auquel il était difficile de résister. Des étudiantes de deuxième et troisième années faisaient le tour des dortoirs en distribuant des prospectus pour les inviter à des événements qui semblaient attrayants. Goûters, déjeuners, dégustations de fruits de mer, pique-niques autour d'un barbecue typique de la région. Dru-Ann et Hollis ont décidé de participer à autant de manifestations que possible pour choisir au mieux leur sororité. Et elles se sont mises d'accord, dès le départ, sur le fait qu'elles n'iraient peut-être pas dans la même. Ainsi, Dru-Ann envisageait de rejoindre les rangs d'Alpha Kappa Alpha, une sororité historiquement réservée aux étudiantes noires.

Elles ont toutes deux été décontenancées par l'investissement que l'on attendait d'elles. Les autres étudiantes se réveillaient à 3 heures pour mettre des bigoudis chauffants et se maquiller autant que si elles allaient à une soirée de gala. Et toutes, à l'exception d'elles deux, portaient des collants et des chaussures à talon. Dru-Ann, elle, mettait des vêtements de créateur qu'elle avait achetés de seconde main, et Hollis une de ses deux jupes – l'une, très courte, d'un rose saumon, l'autre trapèze, vert kaki –, qu'elle assortissait à des mocassins bateau et à un tee-shirt, blanc ou bleu marine. Aucune d'elles ne se maquillait, et elles se faisaient toutes les deux une queue-de-cheval – il faisait mille degrés à Chapel Hill en septembre.

Par chance, elles ont toutes les deux arrêté leur choix sur Beta Beta Beta. Cette sororité était composée d'un mélange équitable d'étudiantes du Nord et d'étudiantes du Sud, c'était la plus décontractée – elles avaient été conviées à une soirée pyjama – et elle possédait un programme de bénévolat contre la malnutrition des enfants. Beaucoup d'autres filles avaient aussi opté pour Beta. C'était la maison décorée avec le plus de goût et où l'on mangeait le mieux, et des « sœurs » de dernière année organisaient des fêtes autour de la piscine de leur location, dans Rosemary Street, le dimanche après-midi.

Dru-Ann avait confiance : elle serait acceptée – elle avait retenu l'attention des étudiantes les plus âgées (celles-ci lui avaient quasiment léché les bottes). C'était moins sûr pour Hollis. La dernière étape de la sélection avait lieu lors d'une soirée habillée. Dru-Ann portait un tailleur Chanel rose des années 1960, et Hollis sa jupe kaki avec une chemise rose et une paire de souliers noirs qu'on aurait plutôt vus aux pieds d'une fonctionnaire dans la force de l'âge. Dru-Ann lui avait bien proposé de lui prêter une tenue, mais Hollis était plus à l'aise comme ça.

Pendant la fête, la présidente de la sororité, Stacia Starmack, a pris Dru-Ann à part pour lui dire :

— Ta candidature va être acceptée, c'est certain. Les autres ont un petit doute sur Hollis, elles ne la trouvent pas assez raffinée, mais je suis prête à la défendre.

Elle a exercé une pression sur le bras de Dru-Ann.

— On a besoin de filles comme toi.

***

— Quand Stacia a dit qu'elles avaient besoin de filles « comme moi », explique Dru-Ann face caméra, le déclic s'est produit. Beta me voulait parce que j'étais noire. Est-ce que j'avais une susceptibilité excessive sur le sujet ? Est-ce que Stacia aurait pu vouloir dire qu'elles avaient besoin d'une fille sophistiquée avec un sens de la mode hors pair ? Peut-être, mais je n'ai pas non plus aimé la façon dont elle a parlé de ta mère. Parce que, dans sa bouche, « pas assez raffinée », ça voulait dire : « pas assez d'argent ». Alors je suis allée prendre Hollis par la main, et on a quitté la soirée sans dire au revoir. Elle ne m'a jamais demandé ce qui m'avait pris, même si je suppose qu'elle s'en est doutée. Ce soir-là, Hollis m'a confié que sa mère, Charlotte, institutrice en école maternelle, lui avait toujours appris que n'importe quel enfant pouvait s'en sortir du moment qu'il avait un véritable ami. Et on a décidé de former notre sororité à nous, toutes les deux.

Dru-Ann sent ses yeux s'embuer.

— Et depuis ça n'a pas changé.

Il y a des détails dans cette histoire qui mettent Caroline mal à l'aise, mais c'est la beauté de l'exercice. « Cherche le talon d'Achille. » Caroline s'efforce de se représenter sa mère, qu'elle a toujours pensée populaire et appréciée, avant même de devenir une star d'Internet, avec la mauvaise paire de chaussures, critiquée par la présidente d'une sororité.

— Alors vous avez été inséparables pendant toutes vos années de fac ?

— Exactement. On a vécu ensemble les quatre années. Et la dernière, rien ne pouvait nous arrêter.

Cette année-là, elles avaient toutes les deux 21 ans, ce qui signifiait que la vie nocturne de Chapel Hill leur appartenait ! Le mercredi soir, elles allaient au Goodfellows, le jeudi au Cave, à cause du guitariste craquant. Le vendredi et le samedi étaient dédiés à un autre bar où elles buvaient des bières dans des gobelets bleus. Le dimanche soir, elles se régalaient d'une pizza à l'IP3.

— Nous avions nos traditions, explique Dru-Ann. Pour nos anniversaires, on allait au restaurant mexicain. Et avant de sortir on écoutait systématiquement la chanson de Stephanie Mills : *Never Knew Love Like This Before.* « Je n'avais encore jamais connu un amour pareil. »

Caroline hausse les sourcils.

— Tu veux dire que c'était votre chanson ? Vous aviez une chorégraphie aussi, comme Tatum et ma mère ?

Dru-Ann ricane.

— Pas de chorégraphie, non. On ne fait plus ça après le lycée... Ah, soupire-t-elle, Chapel Hill était un petit havre de paix. On n'aurait jamais voulu en partir.

— Et ça vous arrivait de vous disputer ? Il y a eu quelques cahots le long de la route ?

— C'est une question intéressante... Pour y répondre, je dois revenir un peu sur mes pas.

En deuxième année, Hollis a demandé à Dru-Ann si elle pouvait passer Noël avec elle à Chicago.

— Tes parents ne vont pas être tristes ?

Hollis parlait rarement de sa famille. Dru-Ann savait simplement que sa mère était institutrice, son père, plombier, et qu'elle était fille unique.

Hollis a haussé les épaules.

— Je les appellerai.

Dru-Ann a bien compris qu'Hollis avait envie de tourner définitivement la page de Nantucket, et elle ne pouvait pas le lui reprocher. Cette île devait faire 20 kilomètres de long sur un peu plus de 6 de large. Et elle se trouvait à près de 50 kilomètres des côtes. L'été, elle était envahie de touristes et de milliardaires, l'hiver, elle était glaciale, venteuse et désolée. La définition d'un cauchemar.

Hollis a donc passé les fêtes de fin d'année chez les Jones, à Oak Park. Grâce à sa présence, Dru-Ann a retrouvé du goût pour leurs traditions familiales, qu'elle redécouvrait à travers les yeux d'Hollis – le sapin de Noël de plus de 3 mètres, le chocolat chaud que préparait sa mère, le dîner du 24 au Phoenix de Chinatown. Hollis contemplait tout avec un émerveillement enfantin, qui redonnait de l'éclat à tous ces rituels.

Le matin de Noël, après l'ouverture des cadeaux et les œufs Benedict, Hollis a téléphoné chez elle.

— Je n'en ai pas pour longtemps, a-t-elle dit à la mère de Dru-Ann. Je ne veux surtout pas faire exploser votre facture.

Elle s'est servie du téléphone dans la chambre de son amie, et Dieu sait quel instinct a poussé celle-ci à aller espionner la conversation dans la chambre de ses parents.

— Je suis désolée que tu sois tout seul pour Noël, papa, l'a-t-elle entendu dire.

— Ce n'est pas grave, tu sais. Je vais aller déposer une couronne sur la tombe de ta mère, puis je retrouverai quelques copains au club de pêche à la ligne.

Dru-Ann a raccroché le plus discrètement possible, en appuyant sur le bouton avant de reposer le combiné sur son socle. « La tombe de ta mère. » Pendant un an et demi, Dru-Ann avait été convaincue que Charlotte Shaw était encore en vie, qu'elle faisait peindre ses élèves et leur enseignait qu'ils n'avaient besoin que d'une chose dans la vie : un véritable ami.

Dru-Ann s'est-elle élancée dans le couloir pour aller réclamer des explications à Hollis ? Non. C'était Noël, sa mère avait fait rôtir une oie, leurs invités étaient en route, et parmi eux l'oncle de Dru-Ann, Jimmy, qui jouerait du piano pendant qu'ils chanteraient des chants de Noël. Elle a donc tenu sa langue, mais elle a dû ronger son frein. Hollis ne lui avait pas seulement caché quelque chose, elle l'avait dupée.

Dru-Ann n'a rien dit pendant les jours qui ont suivi. Le soir du 31 décembre, ses parents se sont rendus à une fête et ses frères sont allés faire la tournée des bars en ville. Les deux amies, restées seules, ont commandé des sandwiches italiens au bœuf pour manger devant la télé. Dru-Ann souhaitait partager une « tradition du Nouvel An » avec Hollis, une liqueur anisée, spécialité de Chicago. Elle n'avait jamais rien bu d'aussi mauvais, mais elle avait expliqué à Hollis que c'était un rite de passage. Elles en ont chacune bu un premier shot, dont elles ont chassé le goût par une bière, puis un second. Après la grimace inévitable, Hollis s'est détendue, et Dru-Ann a pensé : *Maintenant ! Maintenant qu'on est encore en 1988 et pas encore en 1989.* Si elle ne posait pas la question tout de suite, le mensonge risquait de suppurer jusqu'au jour de la remise des diplômes, où Hollis devrait bien expliquer pourquoi sa mère n'assistait pas à la cérémonie. Dru-Ann se refusait à imaginer la scène : ce serait trop horrible.

— Ta mère est morte, a lâché Dru-Ann.

Hollis s'est plaqué une main sur la bouche avant de se précipiter aux toilettes. Dru-Ann l'a suivie pour lui tenir les cheveux.

Dans l'heure qui a précédé la fin de l'année, Hollis a tout déballé :

— Elle est morte quand j'étais encore bébé. Je ne pouvais pas t'en parler le jour de notre emménagement, j'étais déjà trop émue. Je n'étais jamais partie de chez moi, et je n'avais jamais rencontré personne qui n'était pas au courant pour ma mère. Je n'avais pas les mots. Et puis une fois que j'ai commencé à mentir, je ne savais plus comment te dire la vérité. Je suis vraiment désolée, Dru-Ann. L'absence de mère, c'est sans doute une des choses qui me définit le plus. J'ai été élevée par mon père, et quelques autres personnes qui lui ont donné un coup de main. Je ne voulais pas que tu voies en moi quelqu'un de défaillant, ce qui est une façon de dire que je ne voulais pas, moi, me voir comme ça. L'université, ça a été un nouveau départ, et j'ai, sans doute, saisi cette occasion de réinventer ce que je n'aimais pas en moi.

Dru-Ann a réfléchi à la situation. Depuis plusieurs jours, elle bouillonnait, et elle attendait le moment de laisser libre cours à son indignation. *Tu m'as menti pendant un an et demi ! Et on ne parle pas d'un petit mensonge, Hollis !* Voilà ce que, dans cette position, n'importe qui aurait dit, sans doute. Mais la vérité, c'était qu'elle n'avait jamais été aussi heureuse que depuis qu'elle vivait à Chapel Hill, et ce pour une seule raison : cette fille, qui sentait l'alcool et reniflait, assise sur le sol des toilettes de ses parents.

— Ça a dû être si dur pour toi, lui a dit Dru-Ann. J'espère que tu te sens plus légère de m'avoir parlé.

— Oui.

— Je suis désolée que tu aies été privée de mère. C'est nul.

Hollis a haussé les épaules.

— Je n'ai rien connu d'autre… Mais c'est vrai que ça m'aurait fait du bien, parfois, d'en avoir une.

Ça oui, a songé Dru-Ann en se rappelant les tenues d'Hollis pendant la période de recrutement des sororités.

— Ta mère disait vraiment que pour qu'un enfant aille bien il avait juste besoin d'un véritable ami ?

— C'est ce qu'on m'a toujours répété en tout cas.

Dru-Ann l'a aidée à se relever. Hollis avait besoin d'une bonne douche.

— Eh bien, dans ce cas, ça devrait aller.

***

Caroline ne peut retenir une larme.

— Désolée, je ne m'attendais pas à être aussi émue. Je ne savais pas tout ça…

— Oui, ça ne me surprend pas. On n'en a quasiment plus reparlé, ta mère et moi. On a tourné la page.

Dru-Ann prend une profonde inspiration.

— Eh bien, c'était sympa cette petite plongée dans de vieux souvenirs.

Elle a beau ironiser, il y a du vrai là-dedans. Pendant quarante minutes, elle a fait un voyage dans le temps, à Chapel Hill. Quel cadeau inattendu !

— Il faudrait que j'aille me préparer pour le dîner maintenant.

— Oui, bien sûr. Merci, Dru-Ann.

Une fois seule, Caroline prend quelques minutes pour se ressaisir. Serait-elle en train d'avoir une révélation ? Elle sait depuis toujours qu'Hollis a perdu sa mère quand elle était toute petite. Mais ce n'est qu'aujourd'hui que Caroline en mesure la portée : Hollis n'a pas eu… d'Hollis. Elle a dû emprunter la mère de Tatum et, une fois partie de Nantucket, il lui a fallu se débrouiller.

Caroline a idéalisé le souvenir de son père parce qu'il est mort. Mais c'est sa mère qui lui apportait son étui à flûte si elle l'avait oublié, sa mère qui assistait à tous ses matchs de foot, sa mère qui l'a emmenée faire la tournée des facs et qui a passé six heures avec elle pour choisir une robe de bal. Sa mère toujours qui était témoin des drames avec ses copines, des drames avec les garçons, des drames avec les notes. Sa mère a été là tous les jours. Caroline pouvait compter sur elle, inconditionnellement. Comment Hollis a-t-elle su comment faire, elle qui n'a pas eu de modèle ? Plus elle y pense, et plus Caroline s'en émerveille.

Elle est tirée de ses pensées par les vibrations de son téléphone.

Isaac.

33

INTERMEZZO

Hollis parsème la crème aigre à l'oignon rôti de ciboulette provenant de la jardinière d'herbes aromatiques sur la terrasse. Elle prépare aussi deux bols de chips – nature et à la truffe – et sort les serviettes à cocktail qu'elle a achetées exprès pour ce week-end ; elles représentent deux femmes, l'une murmurant à l'oreille de l'autre : « Qui est cette Modération avec laquelle on est censées boire ? » La cuisine embaume. Hollis prend quelques photos des chips et de sa tartinade, puis elle fait un gros plan des serviettes. Ses abonnés vont devenir dingues.

Et elle s'en moque.

Elle se sert un verre de sancerre – ce matin, pourtant, elle s'est juré de ne plus jamais boire, mais elle a besoin d'un petit remontant. Avant de se rendre dans sa chambre pour se changer, elle lance la sélection de musique dédiée à Dru-Ann, et la première chanson est *Poison*, de Bell Biv Devoe. Hollis tente de retrouver l'énergie de ses 21 ans, à l'époque où elle dansait dans les bars de Chapel Hill, le tee-shirt trempé de bière. Elle a du mal à croire qu'elle a pu être jeune et insouciante. Sa robe en lin noir est accrochée au dos de la porte de la salle de bains. C'est une robe ample, et la couleur lui semble plus évocatrice de funérailles que d'élégance. Elle sort un jean blanc et un top en soie blanche qu'elle n'a pas portés depuis des années parce qu'elle n'aime pas montrer ses bras. Mais quelle importance ? Aucune. Le blanc lui donnera un air plus joyeux.

Elle avale une autre gorgée de vin et retire son élastique à cheveux. La chanson suivante est *Suicide Blonde*, d'INXS, et

Hollis songe que ces moments-là, quand elle se préparait à sortir, faisaient autrefois partie des plus joyeux de sa vie. La soirée promet d'être inoubliable – elles vont dîner au Nautilus avant d'aller danser au Chicken Box –, mais elle voudrait dire à tout le monde de sortir sans elle.

Elle s'assied sur le banc au pied de son lit et se prend la tête à deux mains.

Caroline a raison. Elle *est* bidon, elle accorde trop d'importance aux apparences. Son apéritif sophistiqué, ses serviettes à cocktail avec leur message. « Tu as changé, lui a dit Matthew. Et on a changé. »

Elle voudrait remonter le temps. *Comme tous les gens sur Terre !* Elle ne peut s'empêcher d'en avoir la certitude : Matthew et elle auraient pu être plus heureux. Ils auraient juste eu besoin de se donner une nouvelle chance.

Au réveil de sa sieste, Brooke constate qu'elle a quatre appels en absence de Charlie, ainsi qu'une salve de textos grossiers.

— Pfff...

Elle a de la peine pour lui. Il va reprendre la route de Wellesley avec un début de gueule de bois, pendant qu'elle profitera de la merveilleuse douche extérieure. Hollis ne plaisantait pas en disant que c'était la meilleure de la maison. Elle est située sous une tonnelle couverte de rosiers grimpants, l'eau est chaude, la pression aussi forte qu'un massage suédois, et Hollis a pris le soin de garnir l'étagère de produits luxueux qui embaument la citronnelle.

Brooke s'enveloppe dans la serviette blanche et moelleuse en coton turc, puis elle essore ses cheveux. Ce soir, elle va se faire un brushing pour les lisser, ce qui doit lui arriver environ deux fois par an. Sa peau tiraille à cause du soleil ; elle a dû prendre quelques couleurs. Un peu de crème hydratante lui donnera un éclat accentué par sa robe blanche à œillets. Elle adore cette idée de tenues assorties : toutes les cinq, elles vont donner l'impression d'être les membres d'un club très select.

Au moment de regagner sa chambre, elle croise Gigi dans une robe en soie rose.

— La douche extérieure est incroyable, lui dit-elle avec son nouvel accent britannique, qui lui a soudain échappé.

Mais pourquoi est-elle aussi embarrassante, enfin ?

Gigi rit de bon cœur.

— J'ai passé un très bon moment avec toi en ville ce matin. Asseyons-nous côte à côte au restaurant, d'accord ?

Brooke doit se retenir de laisser éclater sa joie. *Oui, bien sûr ! Moi aussi j'ai passé un super moment !*

— Avec plaisir, se contente-t-elle de répondre avant de s'éloigner dans le couloir.

Tatum est assise sur son lit, enveloppée dans une serviette. Elle passe quinze minutes sur des sites Internet proposant un « contenu médical expertisé », à la recherche d'informations sur les chances de survie à un cancer du sein. Au stade 0, la tumeur, localisée, ne s'est pas infiltrée aux tissus environnants. Au stade 1, avant que le cancer ne se soit propagé aux ganglions lymphatiques, on peut guérir, même si beaucoup de patientes subissent une mastectomie. Si le cancer est dit « triple positif », c'est une bonne chose, car cela signifie que les tumeurs réagissent à l'hormonothérapie, toutefois les patientes se voient alors souvent prescrire du tamoxifène, qu'elles détestent toutes car il fait prendre du poids et éteint la libido. Au stade 2, le cancer s'est propagé aux ganglions lymphatiques qui enflent parfois. Tatum se tâte sous les bras ; il lui a semblé sentir quelque chose la nuit dernière, mais ce soir, rien. Le cancer HER2 positif est très agressif – le traitement est efficace, même s'il implique presque toujours une chimiothérapie. On peut utiliser un casque réfrigérant pour ralentir la chute des cheveux, cependant il coûte très cher. *Un casque réfrigérant ?* Tatum se figure un bonnet de bain de grand-mère, entièrement glacé. Est-ce que ça refroidit le cerveau ? Au stade 3, la tumeur est plus grosse et, au stade 4, le cancer a produit des métastases, autrement dit il s'est répandu à d'autres parties du corps comme le cerveau ou le foie. On peut ralentir son évolution, mais il finira par avoir la peau de la patiente, à moins qu'elle ne soit renversée par un bus ou emportée par une vague.

Ou qu'elle ne fasse une crise cardiaque à force de regarder tous ces sites Internet, songe Tatum.

Elle se souvient si bien de l'expression de sa mère au moment de la séance photo avec Kyle, dans le salon, avant le bal des terminales. Un mélange de joie, de regret et de résignation. Elle savait qu'elle ne verrait plus jamais sa fille en robe de soirée. *Tu es magnifique, ma chérie.* Les yeux brillants.

Tatum se connecte à TikTok et au réseau de survivantes du cancer, pour la plupart encore plus jeunes qu'elle et qui ont subi une mastectomie puis une reconstruction mammaire. Toutes manifestent un entrain qui lui paraît ridicule. « J'adore mes nouveaux seins ! » « Je ne porterai plus jamais de soutien-gorge ! »

Tatum soupire. Elle ne veut pas de nouveaux seins ; elle aime ceux qu'elle a. Kyle aime ceux qu'elle a. Elle sait bien ce que ces femmes ne disent pas, en plus : elles n'ont plus aucune sensation. Toute sensibilité a disparu de leur poitrine, il ne peut plus y avoir d'excitation sexuelle. Et quelle importance peut bien avoir l'aspect d'une poitrine, si on ne sent plus rien ? D'un autre côté, Tatum tient à son aspect, il faut bien être honnête. Elle a entendu parler de mamelons tatoués ; une femme aurait choisi de les remplacer par deux doigts d'honneur. Tatum fera pareil, si elle en arrive là.

En arrivera-t-elle là ?

Elle finit par poser son téléphone pour s'habiller. Elle enfile son jean blanc et un bustier en dentelle noire qui vient de chez Forever 21 ; il est très décolleté. Quand on a du monde au balcon, autant le montrer. Et elle en a. Pour le moment, en tout cas.

Elle reprend son téléphone pour écrire à Kyle. On se retrouve en ville après le dîner ? Puis elle lui envoie un selfie.

Il lui répond sur-le-champ : Si c'est ce que tu portes, je te retrouve avant le dîner, oui.

Chic type, pense Tatum, mais des larmes lui brûlent les yeux.

Dru-Ann est d'humeur excellente après sa douche. Elle a troqué son uniforme habituel – jean et blazer –, pour une combinaison ivoire Halston. Elle regrettera peut-être ce choix quand elle devra aller aux toilettes, mais pour l'heure elle se sent bien. Au point de décider que le moment est venu d'affronter son répondeur.

Elle s'assied à la table en Formica dans la petite cuisine avec la bouteille de tequila et un verre à shot argenté.

Elle va se débarrasser du pire en premier : J. B. « Rebonjour, Dru-Ann, c'est encore J. B. Je ne peux pas dire que ça me fasse très plaisir d'annoncer ça à un répondeur, mais tu ne me laisses pas le choix. J'attends ta lettre de démission sur mon bureau à la première heure lundi matin. » Après un silence, il reprend : « J'ai demandé à Jim du service juridique d'entrer en contact avec toi, on a pris la peine de rédiger un communiqué de presse, et comme tu nous as ignorés tous les deux, j'en ai déduit que tu te fichais de ton image et de celle de cette boîte. Si tu ne démissionnes pas, Dru-Ann, je devrai te virer. » Son ton radoucit. « Pourquoi as-tu laissé la situation dégénérer à ce point ? Je croyais qu'on était amis. Je t'avais proposé une issue. » Il se racle la gorge avant de conclure : « Bref, lundi matin, s'il te plaît. »

Dru-Ann se sert un shot de tequila et le boit cul sec. *Démissionner... Il est sérieux ?* Bien sûr qu'il l'est, elle le sait bien. Elle a perdu le meilleur boulot du monde.

Elle écoute ensuite d'une oreille le message de Zeke. « Mettre un terme à ton contrat... te remplacer de façon permanente par Gabriella LeGrand... Désolé, meuf. »

Meuf ? N'importe quoi ! Zeke se croit *woke* parce qu'il produit une émission qui met en avant les femmes – et quand il envoie des textos, il utilise l'émoji pouce en l'air noir, alors même qu'il est aussi blanc qu'une tranche de pain de mie (est-ce qu'elle pourrait, elle, le faire « annuler » pour ça ?). Les fans de Dru-Ann vont se mobiliser. Personne ne supporte Gaby la Grincheuse, surtout pas Marla. Peut-être démissionnera-t-elle par solidarité ? Non, elle n'a aucune raison de le faire, puisqu'elle sera désormais la plus chevronnée des deux.

Dru-Ann se sert un autre shot ; elle a à peine ressenti l'effet du premier.

Elle passe au message de Dean Falzarano du *New York Magazine.* Elle se doute déjà de ce qu'il contient, à raison : il ne compte pas publier l'article sur l'épidémie de troubles alimentaires au sein de l'école de patins à glace la plus prisée de tout le pays. Cet article a pourtant demandé six mois de recherche à Dru-Ann et quatre voyages dans les villes de Minneapolis et de Saint-Paul ; elle a dû gagner la confiance des élèves et de leurs parents, mais aussi du psychologue et du médecin de l'équipe. Et ils ont parlé pour rien – à moins que le quotidien *USA Today* n'envoie un pigiste.

Dru-Ann se sert un troisième shot.

Plus qu'un, se dit-elle en lançant le message de Rosemarie Filbert.

« Salut, ma belle, c'est Rosemarie, ta voisine. Je venais juste aux nouvelles. »

Une longue expiration. Rosemarie est une grosse fumeuse à l'ancienne ; les filtres de ses Newport portent toujours la trace de son rouge à lèvres Revlon. « Si tu envisages de mettre ta maison en vente, tu sais où me trouver. Je t'en obtiendrai le double de ce que tu as payé. » Une inspiration. « Prends soin de toi, ma belle. »

Dru-Ann ferme les yeux ; sa disgrâce est donc totale. Rosemarie Filbert lui tourne déjà autour, comme une buse avec une charogne.

Elle se verse un quatrième shot. Elle a été renvoyée de ses trois boulots, et Rosemarie est sans doute en train de rédiger une annonce de vente. Dru-Ann fixe le verre rempli de délicieuse tequila, mais, au lieu de la boire, elle se lève de table pour la jeter dans l'évier, empoigne sa pochette, sort de la dépendance et traverse l'allée avec ses gravillons qui crissent sous les semelles, pour rejoindre la maison d'Hollis, où elle est attendue, au moins – à défaut d'être appréciée par toutes.

34

MON PETIT CHOU

Caroline n'est pas assez insensée pour répondre à l'appel d'Isaac – c'est forcément Sofia qui lui tend un piège ! Pourtant, un texto arrive aussitôt : Décroche, mon petit chou.

Isaac lui réserve cette expression française, *mon petit chou**, du moins elle l'espère. Il appelle Sofia *ma chérie**.

Le téléphone sonne de nouveau, et Caroline ne peut pas résister. Elle est son petit chou !

— Allô ?

Elle s'efforce d'adopter une voix aussi légère et lumineuse qu'un après-midi à Nantucket.

— Caroline, dit-il en accentuant la dernière syllabe de son prénom, qu'il prononce toujours à la française.

— Salut !

Elle a réussi à être forte jusqu'à présent, mais entendre sa voix lui fait trop d'effet.

— Qu'est-ce qui se passe ? lui demande-t-elle. Sofia m'a écrit, puis elle a tenté de me joindre.

— Elle se doute de quelque chose. Elle ne pense pas à toi, mais à quelqu'un en général. Elle dit que j'avais l'air trop heureux au téléphone pendant son absence. Elle cherche à te joindre pour savoir si j'ai reçu de la visite ou si je suis sorti.

Ces quelques phrases nécessiteraient des développements, mais Caroline est surtout soulagée.

— Elle n'a pas de soupçons sur moi, alors ?

— Non.

Caroline comprend soudain ce que cela implique : Sofia n'envisage même pas que cela puisse être elle et ne cherche à la joindre que pour obtenir des informations. Ça fait mal !

— Tu es sûr ? Parce que quand je l'ai rencontrée, elle m'a dit « Et s'il te plaît, pas d'histoires ». Qu'est-ce que ça signifiait alors ?

— Ne pas être en retard et ne pas regarder ton téléphone sans arrêt, être attentive et ne pas te servir de moi pour te constituer un réseau. Elle ne pensait pas à un autre genre d'histoires.

Pendant le silence qui suit, Caroline, et sans doute Isaac, réfléchit au genre d'histoires qu'elle a causées.

— Si elle te rappelle, dis-lui juste qu'il n'y a eu personne, que j'ai été un gentil garçon. S'il te plaît, fais-le pour moi.

— Parce que tu l'aimes ?

— Oui. Même si elle a raison, j'ai été heureux pendant son absence. J'ai été heureux avec toi.

Caroline aimerait lui faire remarquer que si c'est elle qui le rend heureux, alors peut-être devrait-il envisager de construire quelque chose avec elle plutôt qu'avec Sofia ! Elle a pourtant le pressentiment que ce terme d'amour recouvre quelque chose d'insaisissable, qu'elle n'est pas encore assez adulte pour comprendre. Une sorte de maxime qui dirait : « L'amour véritable fera ton malheur. »

— Comment se passe ton tournage ?

— Ah, dit-elle en retrouvant de l'élan, même si elle redoute d'en dire trop, de se porter la poisse. C'est plus prometteur que je ne le pensais.

— Formidable, à ton retour, on regardera ensemble tes images. D'accord, *mon petit chou** ?

Il a un côté presque condescendant, pourtant Caroline aime les imaginer tous les deux, épaule contre épaule, devant son ordinateur.

— D'accord, murmure-t-elle.

Elle rêve de clore leur conversation sur une note plus tendre, elle voudrait qu'il lui dise qu'elle lui manque... Sauf qu'à cet instant précis, elle entend un bip.

Sofia cherche à la joindre.

— C'est elle, elle appelle. Qu'est-ce que je fais ?

— Ne décroche pas, s'il te plaît. Elle est sortie déjeuner avec Mauricio et Gemma, je suis sûr qu'elle a bu. Rappelle-la demain, et rassure-la.

— D'accord.

Le bip cesse. Caroline sait que Sofia ne laissera pas de message.

— Tu rentres lundi ? lui demande-t-il.

— Non, mardi.

Il soupire (de regret ?).

— À dans trois jours, *mon petit chou**.

Ce n'était pas exactement ce dont elle rêvait, mais elle s'en contentera.

Elle a à peine raccroché qu'un texto de Sofia arrive. Tu es en ligne avec Isaac ?

Un frisson remonte le long de la colonne de Caroline. On ne se sent jamais aussi seul au monde, comprend-elle, que lorsqu'on se retrouve pris en étau entre deux personnes.

35

HAPPY HOUR III

Dans la cuisine, l'ambiance est festive quand Caroline arrive. La seule à ronchonner, c'est Henrietta, qui se remet à grogner à cause de Gigi.

— Je ne vais pas pouvoir continuer à mettre ça sur le dos de ma chatte, dit-elle. J'ai bien l'impression que cette chienne a une dent contre moi.

— Arrête tes bêtises ! s'exclame Brooke. Qui pourrait avoir quoi que ce soit contre toi ?

Caroline est bien forcée de le reconnaître : l'idée des tenues assorties fonctionne à merveille. Dru-Ann est en blanc, Gigi en noir, Brooke en blanc, et Tatum en noir et blanc.

La musique est géniale – *Fast Car*, de Tracy Chapman –, et elle surprend Tatum et Dru-Ann à chanter ensemble. Les quatre invitées d'Hollis ont pris des couleurs. Brooke montre à Dru-Ann ses coups de soleil sur ses épaules, tandis que Gigi regarde des photos d'Orion sur le téléphone de Tatum.

Caroline tourne quelques images des femmes qui dansent et chantent sur *Whatta Man*. Toujours pas la moindre trace d'une chanson du XXIe siècle... Peut-être demain ?

— Caroline, lui demande Brooke, accepterais-tu de prendre une photo de nous toutes avec mon téléphone ? Je pourrai la faire suivre ensuite.

Tout le monde adore cette idée, mais... une petite minute...

— Où est Hollis ? s'inquiète Gigi.

— Je vais la chercher, propose Tatum.

— Non, j'y vais, intervient Dru-Ann.

Caroline observe les deux femmes qui se regardent en chiens de faïence.

— Je m'en charge, dit-elle.

Puis elle s'éloigne dans le couloir.

Avant de frapper, elle colle son oreille contre la porte. Rien. Il y a un rai de lumière sous la porte. Il doit y avoir un problème. Hollis est toujours prête en premier. Et pour rien au monde elle ne voudrait rater l'apéritif qu'elle a préparé aussi méticuleusement. Oui, il doit y avoir un vrai problème.

Caroline frappe doucement.

— Maman ?

Pas de réponse.

Voilà un renversement de situation intéressant. Caroline ressent une culpabilité dévastatrice. Elle a été horrible. Elle s'est montrée égoïste, sarcastique, méchante. Caroline n'est pas la seule à avoir perdu quelqu'un. Sa mère a perdu un mari. Et, il y a longtemps, sa propre mère. Elle a encore bien en tête l'image d'Hollis à 9 ans, sans mère à qui dédier son poème, puis à 18 ans, cachant ce drame à son amie la plus proche. Est-ce si étonnant qu'elle ait passé toutes ces années à vouloir se créer une vie en apparence parfaite ?

Caroline ouvre la porte.

Hollis est assise sur le banc au bout de son lit, en sous-vêtements de maman, les coudes sur les genoux, la tête dans les mains.

— Je suis désolée, lui dit Caroline. Je suis tellement désolée, maman.

Lentement, Hollis lève la tête. Caroline lui ouvre les bras.

— Je suis désolée. Je suis tellement désolée, maman.

Caroline prend son élan pour ajouter quelque chose, mais Hollis n'a pas besoin d'en entendre plus. Elle se lève, et Caroline la serre par la taille. *Ça me suffit,* songe Hollis. Elle a enfin retrouvé sa petite fille.

Elles restent un long moment enlacées, à se balancer d'avant en arrière, jusqu'à ce que Caroline finisse par s'écarter.

— Maman, tu dois te préparer. Elles t'attendent toutes.

Un peu d'eau froide et d'anticernes. Puis un coup de brosse dans les cheveux, du rouge à lèvres, et quelques pulvérisations de Grand Soir.

Grâce à Caroline, l'arrivée d'Hollis passe inaperçue, car elle en profite pour réunir les cinq amies afin de prendre une photo de groupe. Où doivent-elles se mettre pour avoir un éclairage optimal ? Et dans quel ordre ? Hollis au milieu, propose Brooke. Bien évidemment. La crème aigre à l'oignon doit-elle figurer sur l'image ? Non, Hollis l'a immortalisée tout à l'heure, avant qu'elle ne soit saccagée ; elle postera ces images sur son site Internet, à la fin du week-end. Des verres à vin ? Pourquoi pas, oui, faisons naturel. Faut-il se rapprocher de la cheminée ? Mais, une minute, quelle idée de prendre une photo d'intérieur alors que la soirée est splendide ? Elles devraient aller sur la terrasse ! Gigi ouvre la marche, longue femme déliée en robe noire moulante qui effleure le sol. Le soleil commence tout juste à se coucher ; la lumière est aussi dorée que du miel. Hollis plante ses pieds dans le sol et ouvre les bras. Elle se sent mieux, plus forte.

Caroline est d'avis que Tatum et Dru-Ann devraient se placer d'un côté, tandis que Brooke et Gigi se mettraient de l'autre – afin d'avoir les amitiés par ordre chronologique. Sauf qu'évidemment Tatum et Dru-Ann sont chacune d'un côté différent. Gigi rejoint la première, Brooke la seconde.

— À trois, lance Caroline.

Elle tient le téléphone au-dessus de sa tête pour avoir un angle plus flatteur. Elle sait que sa mère n'aime pas son menton. Gigi et Dru-Ann ont le réflexe de poser un pied devant l'autre pour pivoter légèrement de biais. Caroline commence à les mitrailler avant même d'avoir dit :

— Un… deux… trois !

Tout le monde sourit.

Charmant, se dit Caroline. La chanson *Good Vibrations,* de Marky Mark retentit, et les cinq amies se jettent sur Caroline pour voir les clichés !

Caroline entraîne sa mère à l'écart.

— Je vais rester à la maison, ce soir, pour monter les images que j'ai tournées depuis le début. Faites vos photos et vos vidéos au Nautilus, je vous retrouverai sans faute au Chicken Box. Envoie-moi un message quand vous quittez le restaurant.

Caroline s'attend à des protestations, et peut-être à la mention des 2 500 dollars qu'elle a touchés, mais Hollis se contente de lui sourire.

— Promis, ma chérie.

Caroline suit la joyeuse bande dehors et les filme pendant qu'elles s'entassent dans la Bronco. Tatum monte devant, et Brooke se retrouve prise en sandwich entre Gigi et Dru-Ann à l'arrière. Dès qu'Hollis met le contact, on entend *Believe*, de Cher. Rien que ça. Caroline sait qu'elles vont toutes hurler sur le refrain dans l'air gorgé d'embruns. *Do you believe in life after love ?* « Vous croyez à la vie après l'amour ? »

Une fois qu'elles ont toutes bouclé leurs ceintures, elles se tournent vers Caroline en agitant la main.

— Au revoir, mesdames ! leur crie-t-elle. Amusez-vous bien !

— Compte sur nous !

Et Caroline se dit que c'est bien parti pour, en effet.

36

LA TABLE DU CAPITAINE

Seuls les plus chanceux d'entre nous aperçoivent Hollis Shaw et ses étoiles pénétrant dans le Nautilus. Il est, après tout, impossible d'y avoir une réservation. Ou *presque* impossible. Sharon la Blonde et sa sœur, Heather (qui est brune), sont assises à une table haute pour deux le long du mur, et Sharon a évidemment choisi la place lui permettant de surveiller les allées et venues dans la salle du restaurant, ainsi que ce qui se passe au bar. Lorsqu'elle découvre Hollis et ses amies, elle retient un cri de surprise, ce qui attire l'attention d'Heather – il faut savoir qu'avec le passage des années, Sharon est de plus en plus difficile à impressionner. *Qui cela peut-il bien être ?* se demande Heather. *La duchesse de Cambridge ? Sydney Sweeney ? L'adorable Jack Harlow ?*

— C'est Hollis Shaw, lui glisse Sharon en parlant sans remuer les lèvres, comme elle le fait dans ces circonstances. Et ses quatre étoiles.

Même Heather, pour qui la « cuisine maison » se résume à commander des sushis, sait qui est Hollis Shaw. Elle se retourne discrètement et aperçoit les cinq femmes dans la force de l'âge qui s'installent à la table du capitaine – évidemment. Une grande table en bois brut qui occupe l'entrée du restaurant. Ce n'est pas seulement la table la plus prisée du Nautilus, c'est la table la plus prisée de toute l'île.

— On devrait la réserver un jour, observe Heather.

— Ah ah ! s'esclaffe Sharon. Pour ça il faut connaître un des proprios.

Le serveur leur apporte leurs cocktails – à la tequila pour Sharon, à la vodka pour Heather.

— À notre mission en sous-marin... au Nautilus ! dit Heather en levant un toast.

Sharon est trop occupée à surveiller la tablée d'Hollis pour répondre.

Elles portent toutes du noir, du blanc ou les deux. S'agit-il d'une coïncidence ? *Impossible,* songe Sharon. Elles ont dû se coordonner – et Sharon valide cette idée. En ville, ce matin, il semblait y avoir un peu de discorde au sein du groupe, mais l'harmonie est revenue. Sharon se lève et fond sur la table.

— Bon ben, santé ! dit Heather, qui s'adresse à la chaise vide de sa sœur.

Elle avale une longue gorgée de son cocktail avant de se retourner pour voir quel genre d'ennuis sa sœur va s'attirer.

— Voulez-vous que je prenne une photo de groupe ? propose-t-elle.

C'est Hollis en personne qui répond.

— Oh oui, volontiers, merci beaucoup.

Elle lui tend alors son téléphone – sans doute celui avec lequel elle tourne les vidéos qu'elle publie sur son site Internet. Sharon est si émue qu'elle manque de le faire tomber.

Ressaisis-toi, ma vieille, pense Heather. Il ne serait pas excessif de dire que le restaurant tout entier regarde Sharon, qui demande à Hollis et ses amies de se rapprocher – encore plus ! –, avant de faire un million de photos, sous des angles différents. Ça dure un peu plus longtemps que nécessaire, mais Sharon finit par rendre son téléphone à Hollis.

— Vous formez un groupe époustouflant, dit Sharon.

Elle ne le dit pas seulement parce qu'elle est fan d'Hollis, ça vient du fond du cœur. Il y a Dru-Ann Jones, qu'elle a vue à la télé et qui est si glamour, une femme sublime à la coupe garçonne, une brune qui, si Sharon ne fait pas erreur, travaille pour Irina Services – elle fait appel à cette entreprise chaque fois qu'elle reçoit du monde, et il lui semble avoir déjà remarqué la silhouette incroyable de cette femme, non ? – et enfin une dernière aux cheveux bouclés qui a un sourire si large qu'on dirait que son visage va éclater et libérer une pluie de confettis. Sans oublier Hollis en personne, aussi resplendissante qu'une belle viennoiserie sortie du four.

— Merci, dit justement cette dernière.

Les autres femmes reprennent leurs places autour de la table et ouvrent le menu. Sharon s'apprête à se présenter et à donner son pseudo sur Instagram, pour le cas où Hollis voudrait la créditer pour la photo, lorsqu'elle sent qu'on la tire par le coude. C'est Heather, qui la raccompagne vers leur table. Leurs piments shishito sont arrivés.

— Veuillez excuser ma sœur, murmure Heather une fois qu'elles ont repris leurs places sur leurs tabourets hauts. Elle a une fâcheuse tendance à harceler les gens.

Sharon n'a rien contre les taquineries.

— Elles ont l'air si heureuses… Il n'y a qu'Hollis Shaw pour faire fonctionner une idée aussi folle.

Cette table est à la hauteur de sa réputation, songe Hollis. *On sent tout de suite qu'on est réunies pour une occasion spéciale.* Leur serveur, Sean, leur explique le menu, essentiellement composé de petits plats à partager et d'assiettes plus grandes. Puis il prend leur commande. Les convives énumèrent les plats qu'elles voudraient tester : wraps de laitue et de thon albacore, tacos d'huîtres en tempura, maïs grillé à la japonaise. Hollis ajoute un curry thaï au homard, du poulet frit et, son plat préféré entre tous, le riz sauté au crabe bleu avec deux œufs au plat.

Elle préside la table, avec Gigi et Brooke d'un côté, Tatum et Dru-Ann de l'autre – elle n'en revient d'ailleurs pas qu'elles aient accepté de s'asseoir côte à côte.

Elle lève son verre pour porter un toast.

— Je tiens juste à ce que vous sachiez combien il est important pour moi que vous soyez toutes venues.

Elle sent ses yeux s'embuer.

— Quand j'ai perdu Matthew, j'ai cru que mon monde allait s'écrouler. Mais ma vie est bâtie sur des fondations solides, autrement dit vous.

— Je t'aime, sœurette, lui dit Tatum, en entrechoquant son verre avec le sien.

— Tu es la meilleure ! s'écrie Brooke, un peu trop fort.

— Je suis sûre que je suis la seule à ne pas connaître cette histoire, dit Gigi, mais comment vous êtes-vous rencontrés, Matthew et toi ?

— À l'ancienne. Dans un bar.

Elle avale une gorgée de vin. Peut-elle raconter cette histoire ? Plus tôt dans la soirée, elle aurait sans doute répondu que non, car c'était trop douloureux de raviver ces souvenirs. À cet instant précis, elle se sent bien.

— Dans un bar à Boston, en 1995.

À 25 ans, Hollis menait exactement la vie dont elle rêvait. Elle louait un studio avec parquet et mur en brique apparente dans le quartier de Beacon Hill. Elle l'avait rempli de plantes, de bougies, de coussins et de guirlandes lumineuses. Elle passait parfois acheter à manger au restaurant thaï King and I et, en écoutant son CD de Natalie Merchant, elle s'émerveillait de son propre bonheur.

Elle avait un boulot de rêve : assistante de rédaction pour la rubrique culinaire du magazine *Boston*, poste qui l'autorisait à utiliser la carte de crédit de la revue. En février 1995, la cheffe de rubrique, qui avait contracté la mononucléose, a été arrêtée trois semaines. Ce qui a fourni l'occasion à Hollis de proposer un dossier intitulé : « Y a-t-il des restaurants corrects à Beacon Hill ? » En 1995, la majorité des gens pensaient que non, toutefois la rédactrice en chef était prête à donner sa chance à Hollis pour leur démontrer qu'ils avaient tort.

Elle est allée bruncher au Paramount – pour ça elle a fait la queue quatre-vingt-dix minutes, mais le pain perdu au caramel et à la banane en valait la peine –, et elle s'est aussi rendue au pub Cheers, où tout le monde l'appelait par son prénom – en réalité, personne ne la connaissait dans cet endroit bondé de touristes, mais elle a trouvé quelques mots gentils à dire sur les pommes de terre au four et la soupe de clams –, ainsi qu'au

Sevens, un rade sur plusieurs étages avec un sandwich chaud au bœuf braisé bien plus savoureux qu'on ne l'imaginerait dans ce cadre. Elle a testé les pizzas de Figs, les croque-monsieur au cheddar du Marliave et l'adresse chérie des habitants du quartier, Toscano – qui servait, selon elle, les meilleurs steaks de la ville. Elle a volontairement évité le désert gastronomique qu'était Cambridge Street, jusqu'à ce que son amie Regency, qui vivait juste au-dessus d'elle, lui dise qu'elle ne pouvait pas écrire un article sur les restaurants de Beacon Hill sans parler de Harvard Gardens.

Pouah, a pensé Hollis.

— Rien que le nom de cet endroit est un repoussoir. Le restaurant n'a aucun rapport avec Harvard, et il n'y a aucun jardin.

— Peut-être bien, lui a rétorqué Regency. Mais on y ramasse des internes craquants à la pelle.

***

— Visiblement Regency avait raison, conclut Hollis. Parce que ce soir-là, au bar, se trouvait Matthew Madden.

— Et ça a été le coup de foudre ? demande Gigi.

— Je parie que oui ! rétorque Brooke, enthousiaste.

Elle boit son cocktail bien trop vite, mais quelle importance ? Elle est assise à côté de Gigi et en face de Dru-Ann ; elle se sent jolie dans sa robe et elle veut connaître la suite de cette histoire. Elle ignore tout des circonstances dans lesquelles Hollis et Matthew ont fait connaissance.

— Pas du tout, répond justement celle-ci. Il ne m'a remarquée que parce que j'avais un carnet.

En entrant dans Harvard Gardens, Hollis s'attendait à être déçue dès la première impression, et pourtant elle a trouvé que le restaurant dégageait ce que l'on qualifierait quelques années plus tard de « bonnes ondes ». L'éclairage était tamisé, il y avait un brouhaha joyeux de conversations et de rires, et une odeur plaisante de frites et de bacon embaumait l'atmosphère.

Hollis s'est rendue au bar, où le seul tabouret vide se trouvait à côté d'un type à lunettes ébouriffé en blouse bleue. Il lisait un manuel en dévorant un sandwich « Reuben » ; elle a regardé un filament de choucroute tomber sur la page de son livre. Quand elle lui a demandé si la place était libre, il a répondu d'un grognement qui semblait affirmatif.

— Tu es médecin ?

Il a hoché la tête sans même un regard, mais elle ne s'en est pas offusquée. Elle suivait la série *Urgences*, et elle savait que les internes enchaînaient de longues heures sans manger ni dormir, que leur vie amoureuse avait lieu dans des salles de consultation vides.

— Le sandwich est comment ?

Elle a pressenti en voyant le pain de seigle doré et beurré, ainsi que l'emmental fondu, qu'il était exceptionnel. Elle en a commandé un alors même que le type n'avait pas daigné répondre à sa question. Elle n'était qu'un bourdonnement déplaisant dans son oreille.

Elle s'est aussi pris un verre de chardonnay – elle n'avait pas encore découvert le sauvignon blanc –, la soupe à l'oignon et une salade de roquette et de fraises – elle ne pouvait tout de même pas se contenter d'un seul plat du menu. Dès que la nourriture est arrivée, elle a sorti son carnet pour prendre des notes : *soupe à l'oignon classique avec un soupçon de bacon ; salade à la fois sucrée et poivrée ; Reuben bien équilibré, avec un ratio parfait entre la viande et la choucroute, la sauce russe est maison.* Surprise, surprise : il y avait donc de bons restaurants dans Cambridge Street, ce repas au bar en était la preuve !

Hollis a eu une surprise encore plus grande lorsque le type assis à côté d'elle a refermé d'un geste sec son manuel et s'est tourné vers elle pour dire :

— Qu'est-ce que tu écris ?

— Une critique. Je bosse pour la rubrique culinaire d'un magazine.

Elle n'a pas précisé qu'elle n'avait encore qu'un poste d'assistante, parce qu'en découvrant les yeux verts de ce type derrière les verres de ses lunettes, elle a soudain eu très envie de l'impressionner.

— Sensass, a-t-il dit.

Hollis a gloussé. Qui, en 1995, utilisait encore le terme « sensass » ?

— Je m'appelle Matthew Madden, je fais mon internat en chirurgie juste en face. Désolé d'avoir été grossier tout à l'heure, j'étais concentré pour finir de me renseigner sur la cardiomyopathie de Takotsubo, ou « syndrome du cœur brisé ». J'ai lu un article sur un cas inhabituel dans une revue de cardiologie et ça m'a intrigué.

— Je m'appelle Hollis Shaw.

Elle a échangé une poignée de main avec l'interne aux yeux verts. *C'est sensass qu'il sache comment fonctionne le cœur humain et qu'il soit capable de le réparer s'il se brise*, a-t-elle pensé.

Ils ont, possiblement, prolongé la conversation. Elle a dû mentionner qu'elle vivait à quelques pas de là, et lui qu'il habitait encore chez ses parents, à Wellesley, ce qui ne faisait pas autant pitié qu'on aurait pu le croire, étant donné qu'il passait sa vie à l'hôpital. Elle a dû lui dire qu'elle avait grandi à Nantucket, et lui que sa famille partait en vacances dans le Maine. Hollis n'en a gardé qu'un vague souvenir. Elle se rappelle très bien, en revanche, qu'après avoir réglé l'addition avec la carte bleue du magazine et rangé son carnet de notes dans son sac, il lui a dit :

— L'hôpital organise un gala de bienfaisance vendredi soir prochain. Je suis censé y participer, et venir accompagné. Tu serais libre, par hasard ?

Elle aurait dû être surprise – ils se connaissaient depuis une trentaine de minutes et il l'invitait à une soirée pro ? N'y avait-il pas une centaine d'infirmières canon au Massachusetts General Hospital ? Elle n'a pourtant pas hésité la moindre seconde.

— Je suis libre, et ça me ferait très plaisir.

— C'est une soirée habillée, a-t-il précisé. Au Ritz. Je passe te prendre à 18 h 30 ?

— Parfait ! s'est-elle exclamée avec un sourire.

De retour à la maison, elle a glissé un message sous la porte de Regency. *Tu avais raison. Les internes se ramassent à la pelle !*

***

Sean, le serveur, leur apporte leur repas, et elles se jettent toutes les cinq dessus.

— Si vous vous imaginez que je vais partager ce poulet, lance Dru-Ann, vous rêvez ! Regardez-moi cette beauté !

Gigi se sert de riz sauté au crabe bleu.

— Alors votre premier rendez-vous c'était un gala organisé par l'hôpital ? Et vous avez vécu heureux à partir de ce moment-là ?

Sa curiosité a été piquée au vif, de façon presque malsaine. Matthew ne lui a jamais parlé de sa relation avec Hollis.

— En résumé, oui, dit-elle, même si c'est vraiment une simplification excessive.

Ces formules – « amour au premier regard », « ils vécurent heureux » – ne correspondent en rien à la réalité de son expérience. Mais Hollis a toujours eu un don pour déceler la qualité, que ce soit dans son assiette, dans le service, dans le linge, dans les films, dans les livres… et dans les gens.

À l'instant où Hollis a découvert Matthew Madden sur son trente et un – cheveux coupés et coiffés, lunettes nettoyées –, bien droit dans son smoking – un smoking qui lui appartenait, il ne l'avait pas loué –, elle s'est rendu compte qu'elle avait trouvé une perle. Elle n'avait pas seulement mis la main sur le plus brillant des internes en chirurgie, mais sur un gentleman. Il possédait un smoking, s'y connaissait en vin – il lui ferait découvrir le sauvignon blanc –, il était capable de suivre des conversations exigeantes sur des sujets aussi variés que les portraits de John Singer Sargent exposés au Isabella Stewart Gardner Museum, le gouffre financier que représentait l'énorme chantier du projet autoroutier souterrain, le Big

Dig, ou le talent de Seiji Ozawa, le chef d'orchestre du Boston Symphony Orchestra.

Hollis a aussi été éblouie par l'aisance de Matthew sur la piste de danse, puis par les baisers qu'ils ont échangés quand il l'a raccompagnée chez elle.

La semaine suivant le gala, Matthew l'a invitée à dîner chez ses parents. La demeure en brique, à Wellesley Hills, était grandiose mais chaleureuse ; il y avait du feu dans la cheminée de la bibliothèque, où, à l'apéritif, ils ont parlé de leurs lectures en buvant des cocktails. Le père de Matthew, Robert, avocat de son état, adorait les romans policiers qui se déroulaient à Boston – il a prêté à Hollis *Les Copains d'Eddie Coyle*. La mère de Matthew, Judith, qui siégeait au conseil d'administration de la bibliothèque municipale de Boston, a entrepris Hollis sur Barbara Kingsolver et, comme celle-ci s'intéressait à la gastronomie, sur les œuvres complètes de Mary Frances Kennedy Fisher. Ils ont dîné dans la salle à manger de réception, et le repas, qui aurait pu avoir un côté guindé, a été parfaitement intime et décontracté grâce à Robert et Judith. Ils étaient de toute évidence fous amoureux, et ils avaient entrechoqué leurs verres puis s'étaient embrassés avant de manger. Hollis les regardait, médusée. Elle a fait une blague sur le nombre de fourchettes en leur demandant de ne pas lui en tenir rigueur si elle n'utilisait pas la bonne car elle avait grandi dans une minuscule maison sur une île à près de 50 kilomètres des côtes.

— Tu pourrais manger avec tes doigts qu'on te trouverait tout de même délicieuse, lui a répondu Judith.

Au moment du départ d'Hollis, Judith l'a serrée dans ses bras.

— J'espère te revoir souvent.

Hollis a eu l'impression que sa rencontre avec Matthew était un coup du destin incroyable, même si, au fond, c'était assez logique. Elle n'avait pas eu de relation sérieuse depuis sa séparation avec Jack Finigan, sept ans auparavant. Elle attendait le bon... et sa patience a fini par payer.

***

— Avec Matthew, on s'est bâti une belle vie, ensemble, conclut Hollis. Notre rencontre a été une bénédiction.

En général, rien n'irrite plus Tatum que d'entendre le mot « bénédiction », même si, en toute honnêteté, elle aurait bien besoin d'une bénédiction elle aussi. *Si Gigi prend son verre de vin avant que je n'arrive à dix, alors je n'ai pas de cancer.* Tatum compte très lentement, mais, de toute façon, Gigi est entièrement accaparée par Hollis.

Tatum a soudain un coup au cœur. *Un cancer HER2 positif*, se dit-elle, *c'est sans doute celui que maman avait. Très agressif.*

Dru-Ann lui tend l'assiette de poulet grillé accompagné de frites dorées.

— Goûte, tu vas aimer.

Tu n'as aucune idée de ce que j'aime ou pas ! Tatum accepte malgré tout l'assiette et prend un morceau de poulet. C'est vrai que les frites ont aussi l'air bonnes. Elle s'est retrouvée placée près de Dru-Ann parce que Brooke a annoncé :

— Gigi m'a demandé de m'asseoir à côté d'elle.

On aurait dit deux gamines à la cantine du collège...

Elle se tourne vers la vitrine pour chercher Jack et Kyle du regard. Ils ont promis de les retrouver « plus tard », Hollis et elle – et Tatum aimerait déjà être « plus tard ».

Dru-Ann s'efforce d'être calme, bien présente. Elle ne doit surtout pas penser au fait qu'elle a été renvoyée de ses trois boulots. C'est au fond assez cocasse (d'un point de vue nihiliste, disons), de penser qu'elle a réussi à détruire sa vie avec une seule phrase. Et maintenant ? Eh bien maintenant elle savoure son cocktail, puis elle se sert un peu de curry thaï au homard tout en se demandant comment Hollis réagira lorsqu'elle lui demandera si elle peut s'installer définitivement dans *La Sensation.*

Gigi veut en savoir plus, dans le moindre détail, elle veut connaître toute l'histoire d'Hollis et de Matthew, comment s'est passé l'achat de leur toute première maison, de quel côté du lit ils dormaient, comment ils ont choisi le prénom de leur fille et les noms de leurs chiens ? Et quand les choses ont-elles commencé à mal tourner ? Qu'est-ce qui a conduit Matthew Madden à devenir un homme qui prétendait être divorcé lorsqu'il a discuté avec une femme rencontrée dans le salon d'un aéroport – et qui a maintenu ce mensonge pendant sept mois ensuite ?

Gigi a malgré tout la jugeote de ne pas se montrer trop insistante. Elle jette donc son dévolu sur Tatum.

— Qu'est-ce que tu fais, dans la vie ? Je ne crois pas le savoir.

— Je suis employée dans une boîte qui s'appelle Irina Services, je fais le ménage chez des gens, je me charge aussi de leurs courses.

— Ça doit être tellement sympa ! s'exclame Brooke.

Elle a arrêté de travailler après son mariage. Charlie est de ces hommes qui veulent subvenir seuls aux besoins de leur famille. Une question d'estime de soi, mais aussi de pouvoir ; ces vingt dernières années, il s'est autorisé à tout décider, parce que c'était lui qui faisait « bouillir la marmite ».

— J'aimerais tellement avoir un boulot, moi aussi. On fait la même chose en gros, du ménage et des courses, sauf que personne ne me paie, moi.

— C'est un métier honnête, ajoute Dru-Ann.

— Je me passerai volontiers de votre condescendance, dit Tatum. D'accord, je ne représente pas des sportives dans le vent, je ne suis pas pilote de ligne, je ne suis pas connue sur Internet. Je suis une bonne à tout faire et je travaille pour des gens comme vous.

Dru-Ann voudrait répondre qu'il n'y avait aucune condescendance dans sa remarque, mais elle sait que Tatum ne la croirait pas.

— Si je quitte Charlie, lâche Brooke, je ferai sans doute le même genre de travail que toi.

— Au rythme où vont les choses, ajoute Dru-Ann, ce sera sans doute aussi mon cas.

— Arrêtez ça, par pitié. Pas la peine d'essayer de me mettre sur un pied d'égalité. Je suis une grande fille, j'assume ma vie.

Pendant qu'un silence gêné plane sur la table, Gigi se mord les doigts d'avoir posé cette question.

Hollis sent que le navire dont elle est le capitaine est sur le point de chavirer. Comment faire pour redresser la barre ? Elle s'apprête à dire que son premier boulot, en sixième, était d'ouvrir des coquilles Saint-Jacques sur les quais, mais à cet instant précis, une femme vêtue d'une robe spectaculaire avec des zigzags noirs et blancs pénètre dans le restaurant. La première pensée qui traverse l'esprit d'Hollis, c'est que cette femme fait partie de leur groupe.

Sauf qu'elles sont déjà au complet. Il se trouve juste qu'elle porte une tenue noir et blanc – *quelle drôle de coïncidence, on devrait lui payer un verre !* Hollis se demande alors s'il ne s'agit pas d'une fan sans limites qui a décidé de s'incruster – parmi les très nombreux abonnés à la newsletter de son site, il y en a forcément quelques-uns qui manquent de perspicacité…

Puis Hollis remarque les cheveux roux foncé, l'expression narquoise – sourcil arqué, lèvres pincées –, et elle se dit : *Seigneur, prends pitié de moi…*

Electra Undergrove.

Si un tigre de Sibérie affamé était entré, elle aurait été moins inquiète.

Electra doit être ici pour les vacances. Hollis a ouï dire que celle-ci avait conservé ses habitudes à Nantucket, et que peut-elle bien y faire ? L'île ne lui appartient pas ! Par réflexe, elle baisse la tête. Elles ont fini de manger, il ne reste plus, dans leurs assiettes, que des os de poulet, une trace de jaune d'œuf, quelques brins d'herbe. Elle comptait proposer à ses convives des espressos martinis pour le dessert, mais tant pis.

L'amitié d'Hollis et d'Electra s'est terminée il y a cinq ans, dans de mauvaises circonstances, à cause de la façon dont Electra avait traité Brooke… Brooke ! Hollis jette un coup d'œil pour voir si elle a remarqué quelque chose. Oui, Brooke ouvre des yeux ronds comme des soucoupes et elle secoue la tête en direction d'Electra, qui fond néanmoins sur la table et dit :

— Bonsoir, mesdames !

Hollis se lève. Elle se fait l'impression d'une reine sur un échiquier, ou d'un personnage de *Game of Thrones*, face à sa rivale. *Pauvre Brooke*, se dit-elle. *D'abord Charlie, maintenant Electra.* Mais elle va la protéger.

— Qu'est-ce que tu veux, Electra ?

Celle-ci rejette la tête en arrière et éclate de rire. Elle a changé de couleur – elle était brune – et de maintien – elle bombe la poitrine. *Mais oui*, se souvient Hollis, qui a entendu dire qu'elle avait eu recours à la chirurgie esthétique. C'est réussi, tant mieux pour elle, Simon doit être ravi... enfin Hollis s'en moque, elle. Pendant des années, cette femme a été sa plus grande confidente. Elles se sont soutenues pendant que les enfants étaient petits, à l'époque où elles risquaient de perdre la boule. Hollis adorait le sens de l'humour d'Electra, sa joie de vivre. Chaque rendez-vous était une fête grâce à elle, elle qui a su offrir une vie sociale enviable aux mères de l'école élémentaire Fiske, puis à celles du collège et du lycée. Ses après-midi rock'n foot sont entrés dans la légende, au point qu'il y a eu un article à leur sujet dans *Globe*.

Ensuite, tout s'est dégradé.

Electra lance :

— J'ai partagé une bouteille de rosé avec Brooke hier, au Slip 14. Elle m'a montré le planning de votre petit week-end, et j'ai eu envie de venir voir comment il se passait.

— Tu...

Hollis a du mal à croire ce qu'elle entend. Brooke et Electra se sont vues ? Hier après-midi... mais quand exactement ? Avant que Brooke n'arrive à la maison ? Celle-ci a parlé des deux verres de rosé qu'elle avait déjà bus, et Hollis a pensé qu'elle les avait pris à bord du ferry.

— Vous avez partagé une bouteille de rosé ?

Electra rive son regard laser sur Brooke.

— Tu veux dire que tu n'as pas parlé à Hollis de la petite bouteille que je t'ai offerte ?

— Tu ne m'as rien offert, c'est moi qui ai payé. Enfin on a partagé *a minima*.

— Cette bouteille coûtait 150 dollars. Tu ne m'as même pas donné la moitié. Mais je ne t'en tiens pas rigueur, on avait quelque chose à fêter.

— Quelque chose à fêter ? répète Brooke.

— Oui, le retour de flamme de notre amitié, dit Electra avant de sourire à Hollis. Brooke va revenir participer à mes rendez-vous rock'n foot cette année. Dimanche 10 septembre. Elle l'a noté dans son téléphone.

— Pas du tout ! proteste Brooke. Enfin, si, mais on n'a aucune intention de venir, avec Charlie.

— C'est vrai, à ce qu'on m'a dit, il risque d'être très occupé au tribunal. Liesl m'a appelée cet après-midi, il a encore tripoté une collègue qui veut le traîner en justice, c'est bien ça ?

Brooke voudrait se cacher sous la table, mais non, elle ne se débinera pas. Pas devant Gigi et Dru-Ann. Elle lève le menton et, du ton le plus glacial possible, assène :

— Fiche-moi la paix, Electra.

Bravo, songe Hollis, même si elle n'en revient toujours pas que Brooke ait été assez crédule et, oui, lâchons le terme !, faible, pour retomber dans les griffes d'Electra. Hollis imagine cette dernière promettant à Brooke de l'inclure à nouveau pour obtenir des informations. Hollis n'avait envoyé le planning qu'aux abonnés à sa newsletter.

Au moment où Hollis compte lui donner l'estocade finale – « Fiche-nous à toutes la paix, Electra, tu n'es pas la bienvenue ici » –, elle remarque que celle-ci dévisage Gigi, bizarrement.

— On s'est déjà rencontrées, non ?

Gigi se décompose, et Hollis pense : *Mon Dieu, même elle, elle est intimidée par Electra.*

— Je ne pense pas, répond Gigi. Je ne suis pas d'ici.

— L'accent anglais ! Si, je suis certaine qu'on s'est croisées quelque part...

— Vous faites erreur.

La voix de Gigi est cinglante.

Tatum termine son verre de vin. Elle s'était représenté les amies d'Hollis exactement comme cette femme : des garces à la *Real Housewives*. Elle devrait sans doute s'estimer chanceuse que Brooke et Gigi soient gentilles, normales. Même Dru-Ann est un ange à côté de ce démon.

Dru-Ann meurt d'envie de se lever et de remettre cette intruse à sa place – personne ne parle à Hollis ou à Brooke sur ce ton, pas en sa présence –, mais du coin de l'œil elle remarque que ses vieilles amies, Gucci Bex et Laura Ingalls, viennent d'entrer dans le restaurant. *Non,* se dit-elle, *impossible.* Bien sûr que si, c'est possible, puisqu'il semble écrit qu'elle ne sera pas autorisée à souffler un seul instant ce week-end. Dru-Ann a tout perdu, elle ne peut pas tomber plus bas, pourtant elle n'a pas le courage de causer un esclandre en présence de ces deux-là.

Il se trouve que l'intervention de Dru-Ann n'est pas nécessaire, car quelqu'un d'autre vient attraper Electra par le bras, l'attire à l'écart de la table et lui susurre avec férocité quelques mots à l'oreille. Il s'agit de Sharon la Blonde. Elle a reconnu Electra Undergrove à la seconde où celle-ci est entrée dans le Nautilus, car, plus tôt dans la journée, elle a reçu un texto de son vieil ami Eddie l'Éclair, le célèbre agent immobilier. Je te présente la pire locataire que j'aie vue en trente années de carrière. Tu n'en reviendras pas quand je te raconterai ! Et dessous se trouvait une photo de cette femme.

Sharon se contente d'intimer à Electra :

— Vous allez immédiatement laisser cette table tranquille, ou je veillerai à ce que vous soyez bannie à tout jamais de cette île. Et croyez-moi sur parole, j'en ai le pouvoir.

Electra semble hésiter, un instant, à défier Sharon, pourtant elle décide de prendre la menace à la dérision et agite la main.

— Je trouvais juste amusant que nos tenues soient assorties. Je me disais qu'elles pourraient m'offrir un verre, mais ne vous en faites pas, je file chez LoLa !

Et elle quitte le restaurant.

37

CHANGEMENT DE PROGRAMME II

Brooke doit parler à Hollis seule à seule. Elle doit s'expliquer. Mais Hollis cherche à attirer l'attention de leur serveur pour avoir l'addition. Dru-Ann et Gigi sortent leurs cartes de crédit, et Hollis refuse.

— Non, non, vous êtes mes invitées pour l'ensemble du week-end.

Son ton guilleret a l'air contraint malgré tout. Toute la chaleur, toute la lumière qu'elles ont amenées avec elles dans le restaurant ont disparu. Comment Brooke pourrait-elle sauver cette soirée ?

— On va bien au Chicken Box ensuite ?

Elle attend ce moment depuis le début du week-end. Elle est d'humeur à écouter de la musique et à danser sur un sol poisseux de bière comme si elle était redevenue célibataire.

— Je suis complètement claquée, dit Gigi. Je vais prendre un taxi pour rentrer, mais amusez-vous, surtout. Merci pour le dîner, Hollis, et bonne nuit !

Elle se lève si rapidement que, le temps qu'Hollis relève la tête – elle était occupée à calculer le pourboire –, Gigi est déjà en train de passer la porte du restaurant.

— En toute honnêteté, soupire-t-elle, je ne suis pas sûre d'avoir très envie d'y aller.

— Moi non plus, s'empresse d'ajouter Tatum.

Elle vient de recevoir un texto de Kyle. On prend un verre au Queequeg, Jack et moi. Fais-moi signe quand vous aurez terminé, et on se retrouve.

— Alors personne ne veut aller danser ? insiste Brooke.

Pourquoi est-elle aussi surprise ? Elles ont toutes entendu Electra parler des frasques de Charlie et des poursuites judiciaires qui lui pendent au nez. Et la réputation de Brooke en est ternie par contamination. Plus personne ne veut être vu avec elle.

— Si, finit par lâcher Dru-Ann, moi, je vais t'accompagner.

D'un coup d'œil par-dessus son épaule, elle aperçoit Gucci Bex et Laura Ingalls assises au bar à sushis.

— Mais allons-y sans traîner.

— Merci ! Je dois juste faire un saut aux toilettes, je n'en ai pas pour…

— Tout de suite. Avant que je ne change d'avis.

Elle fait un clin d'œil à Hollis et articule en silence : *Tu me revaudras ça.* Puis elle prend Brooke par la main et l'entraîne dans la nuit noire de Nantucket.

Hollis se tourne vers Tatum.

— Tu veux que je te dépose chez toi ?

— Tu es devenue folle ? Les gars sont au Queequeg. Ils veulent qu'on les rejoigne.

— Quoi ? Hors de question. Je ne peux pas faire ça.

— Et pourquoi ?

— Parce que c'est trop tôt pour tourner la page.

— Holly, il faut qu'on parle sérieusement, toi et moi.

Tatum l'attrape par les épaules et plante son regard dans le sien.

— Personne ne te demande de tourner la page. Il s'agit juste d'un verre. Et ce n'est pas comme si je cherchais à te caser avec un inconnu. C'est Jack Finigan. Arrête de te prendre la tête.

— Si je sors ce soir, il faut que j'aille au Box. Caroline est censée nous y retrouver.

— Crois-moi, elle préférera cet endroit sans sa mère. De toute façon, c'est moi qui décide. Tu m'accompagnes.

Pendant qu'elle suit Tatum dehors – en remerciant, d'un geste de la main, l'adorable blonde qui l'a sauvée d'Electra –, Hollis se dit : *la soirée s'est déjà complètement délitée puisque tout le monde est parti, et puis ce n'est qu'un verre.* Jack et elle ne vont pas se remettre ensemble et partir en croisière.

Au moment où elle aperçoit Jack devant le Queequeg, elle manque de prendre ses jambes à son cou. Il est si séduisant. Il porte un jean, des tongs, une chemise en lin blanc aux manches retroussées. Ses fossettes aux joues s'accentuent quand il la voit approcher.

— Tu ne peux plus te passer de moi.

— Je n'étais pas au courant, se défend Hollis, qui laisse malgré tout un demi-sourire se peindre sur ses lèvres. J'ai même opposé de la résistance.

— De la résistance ? J'aurais aimé voir ça.

— J'ai une idée, intervient Tatum.

Elle a l'air mille fois plus heureuse qu'au dîner (et pour cette seule raison Hollis se félicite de l'avoir suivie). Kyle l'enlace par les épaules et elle presse sa tête contre son torse.

— Allons prendre un verre au Brotherhood, propose-t-elle.

Ha ! Il y a trente millions d'années, ils ont dîné dans ce restaurant, tous les quatre, juste avant le bal de première. Depuis, l'établissement a été vendu et redécoré, puis revendu et de nouveau redécoré, mais le rez-de-chaussée a conservé l'atmosphère douillette d'un pub aux murs de briques, avec un éclairage tamisé et une cheminée. Pourtant c'est à l'étage que Tatum les entraîne.

Il n'y avait que le rez-de-chaussée à l'époque où ils étaient lycéens, mais maintenant on y trouve, d'un côté, un bar à whiskey sophistiqué et, de l'autre, un espace plus détendu, avec, le long des murs, des planches de surf et des photos de Lauren Marttila. Par miracle, quatre places leur tendent les bras au bar, près d'un type qui joue de la guitare acoustique. Les gars commandent des bières, Hollis et Tatum des espressos martinis.

Quand Hollis entrechoque son verre à martini avec la bouteille givrée de Jack, elle lui dit :

— Je n'en reviens pas d'être assise ici avec toi.

Elle ne sait pas très bien comment qualifier le sentiment qui monte en elle. De la nostalgie, peut-être ? Elle se remémore ce mois de mai 1986...

Hollis portait une robe blanche pour le bal de première ; et son père, Tom Shaw, s'est montré inhabituellement émotif pendant la séance photos. Il a embrassé Hollis sur le front et lui a dit :

— Fais-moi plaisir et ne te marie pas en cachette cette nuit.

— On va attendre le bal de terminale pour ça, Monsieur, lui a rétorqué Jack avec un clin d'œil en aidant Hollis à monter dans son pick-up, qu'il avait lavé et aspiré pour l'occasion.

Au dîner à Brotherhood, à une table juste en dessous de l'endroit où ils se trouvent à cet instant précis, Hollis et Tatum ont commandé du poulet piccata – elles avaient envie de burgers, mais elles avaient trop peur que les oignons leur donnent mauvaise haleine et que le ketchup ne tache leurs robes –, et les garçons se sont demandé tout bas si on allait exiger leurs cartes d'identité dans le cas où ils commanderaient des bières.

— Oui, leur a dit Tatum. Ce restau est tenu par le frère de Terri. Tout le monde nous connaît et sait qu'on est des lycéens qui vont à leur bal de promo.

Un couple assis à la table voisine s'est penché vers eux pour leur dire :

— Profitez-en, les jeunes. Le temps file.

Ouais, ouais, s'est dit Hollis. *Profitez de votre jeunesse au maximum, et bla, bla, bla.* Tout ce qu'ils voulaient, eux, à cet instant précis, c'était être plus âgés.

À la fin de leur repas, le serveur leur a appris que le couple avait réglé l'addition de leur table.

— Zut ! a dit Kyle. Je savais que j'aurais dû prendre le homard.

***

Le temps file, songe Hollis. Que se serait-il passé si elle avait eu une boule de cristal, ce soir-là, et avait pu les voir, tous les quatre, trente-sept ans plus tard, attablés ensemble au nouveau bar de l'étage ? Qu'aurait-elle pensé ? C'est vertigineux.

Jack avale une gorgée de bière, puis se lève et lui glisse :

— Je te préviens, tu ne vas pas rester assise longtemps.

Il s'approche du guitariste, lui murmure quelque chose avant de lui glisser un billet.

Est-ce qu'Hollis sait ce qui se trame ?

Bien sûr qu'elle le sait, mais les premiers accords de la chanson lui donnent quand même des frissons. Le guitariste a le même timbre que Mick Jagger dans sa jeunesse. *I know living is easy to do...*

Soudain, Jack est derrière Hollis et il lui chante à l'oreille :

— *The things you wanted, I bought them for you...*

Il lui prend la main.

— Viens danser, Holly.

Elle jette un coup d'œil à Tatum, mais Kyle et elle sont dans leur bulle. Il lui caresse les cheveux, elle a les yeux fermés.

Hollis est intimidée – il n'y a pas d'autres danseurs –, d'un autre côté... qu'en a-t-elle à faire des autres ? Avec Jack, ils entament un slow dans l'espace entre le guitariste et le bar. Elle s'accroche à lui, respire son odeur, pense au gamin qui faisait plus de 10 kilomètres à vélo tous les samedis matin pour venir à Squam et coupait du bois avec Tom Shaw dans l'espoir de passer ensuite une heure seul avec elle, sur la plage. Elle se rappelle son père, qui lui a demandé de ne pas se marier en cachette, et à la réponse de Jack : « On va attendre le bal de terminale pour ça, Monsieur. » Ce n'était qu'à moitié une plaisanterie. Ils avaient l'intention de le faire. Ils nourrissaient ce projet depuis qu'ils étaient ensemble.

Oh, Jack ! Elle a du mal à se figurer la peine qu'elle a dû lui causer.

Wild horses, se dit-elle. *Les chevaux sauvages... Un jour on les chevauchera.*

Mais la vie a suivi son cours, tel que le destin l'avait écrit. Hollis devait épouser Matthew, elle n'a aucun doute sur ce point.

Elle sent quelqu'un lui taper sur l'épaule. Tatum.

— On file.

— Tu reviens bien dormir à la maison ce soir ?

— Je te promets de la raccompagner chez toi, lui dit Kyle en lui faisant un clin d'œil. On va juste prendre le chemin des écoliers.

Une fois qu'ils ont disparu dans l'escalier, Jack lui propose de lui offrir un autre verre.

— Je crois que j'ai assez bu pour ce soir… J'ai garé ma Bronco dans India Street, mais je vais rentrer en taxi, c'est plus sage.

— Je vais prendre le volant de la Bronco. Kyle me raccompagnera quand il aura déposé Tatum.

Il incline la tête pour ajouter :

— On va prendre le chemin des écoliers, nous aussi.

Hollis n'aurait jamais été capable de retrouver leur endroit – celui, dans les marais, où ils avaient l'habitude d'aller se garer, au lycée. Jack, lui, s'y rend sans même avoir à réfléchir. C'est à moins de 500 mètres de Gibbs Pond, où les lycéens organisent leurs soirées, une minuscule enclave entourée de conifères, la rotonde. Après tout ce temps, le lieu n'a pas changé – raison supplémentaire, aux yeux d'Hollis, de continuer à soutenir la Fondation pour la conservation de Nantucket. Jack coupe le moteur et les phares. Ils aperçoivent quelques étoiles dans le ciel, devant eux, mais le croissant de lune est masqué par les arbres.

— À ton avis, demande Hollis, combien de couples sont venus se garer ici après nous ?

— Et avant nous ?

— Dire qu'on y a été tranquilles pendant des années…

En première et en terminale, et l'été entre les deux, ils venaient ici presque tous les week-ends. Les autres lycéens savaient que c'était leur territoire réservé.

— J'ai envie qu'on discute, Hollis, raconte-moi tout.

— Toi, raconte-moi tout. Qu'est devenue Mindy ?

— On a passé un bon moment ensemble. Sept ans et demi. C'était une chouette fille, elle me laissait respirer. Elle bossait pour une boîte pharmaceutique qui vendait du Botox, ce genre de trucs. Ça la perturbait un peu, toutes ces femmes qui voulaient pétrifier leur visage, mais ça lui plaisait. Elle était douée aux fléchettes et elle faisait un poulet à la cacciatore à tomber par terre.

— Mais ?

— Elle voulait se marier. Pour ses 40 ans, j'ai organisé une fête surprise dans mon bar, et après le départ de tout le monde, elle m'a fait asseoir pour me dire que je devais rapidement la demander en mariage, sinon elle me quitterait.

— Elle t'a posé un ultimatum, quoi...

— Elle a épousé un autre type, elle est plus heureuse, tout s'est arrangé.

— Sauf que tu te retrouves seul.

— On peut être en couple et se sentir seul, tu sais...

Il se racle la gorge, puis reprend :

— Comment tu te sens, Hollis ? J'imagine que ça a été très dur.

Elle soupire.

— Je ne suis pas sûre d'avoir les mots pour décrire ce que j'ai vécu. Tout a basculé en un instant. Ma vie tout entière s'est résumée à cet accident de voiture. Sauf que je devais être forte, pour Caroline, bien sûr, mais aussi parce que j'avais le sentiment que c'était ce que les gens attendaient.

— Les gens ?

— Mes amis, mes voisins, mes abonnés. Tout le monde me voit comme, je ne sais pas, une sorte de...

— Déesse du foyer ? Mère nourricière ?

Il n'est sans doute pas très loin du compte.

— Je donne l'impression de contrôler les situations, d'être solide, équilibrée. C'est moi qui réconforte les autres. Je ne me sentais pas autorisée à craquer.

Des larmes coulent sur ses joues. C'est si bon de pleurer qu'elle laisse les sanglots monter. Jack la prend dans ses bras et murmure dans ses cheveux :

— Je suis là, Holly Berry.

Hollis se redresse et cherche à tâtons son sac à main, à ses pieds. Elle a toujours sur elle des mouchoirs parfumés à la lavande ; elle reste fidèle à sa réputation, même quand elle craque.

— Il y a de la culpabilité, aussi, dit-elle avant de se moucher. On traversait une mauvaise passe, Matthew et moi. Une crise rampante, sans coup d'éclat théâtral ; on s'éloignait juste l'un de l'autre. Il était accaparé par son travail, et lorsque mon site Internet a démarré j'y ai mis toute mon énergie. Caroline était partie à la fac, je parlais plus à la chienne qu'à Matthew, et pareil pour lui.

Elle se tamponne le dessous des yeux.

— Le matin de l'accident, on a eu une conversation difficile. On cherchait à exprimer, chacun, à quel point on était malheureux. Il m'a dit que j'avais changé, qu'on avait changé, et il avait raison.

— Oh, Holly...

— Quand ça allait mal avec lui, je prenais de tes nouvelles, tu sais. Façon de dire que je me connectais à ta page Facebook. Ça m'arrivait chaque fois que j'avais un coup de mou et que je voulais me rappeler ce que ça faisait d'être vraiment aimée.

Les larmes recommencent à couler. Quoi qu'elle ait pu imaginer pour ce week-end, ça ne se terminait pas dans la rotonde à confesser ses secrets les plus intimes à Jack Finigan.

— J'avais vu une photo de Mindy et toi...

— Il y a quoi ? Trois ans ?

Il rit, et comment le lui reprocher ? Elle se sent si idiote.

— Je voulais savoir si vous étiez encore ensemble. Enfin, je pense que ce que je voulais vraiment savoir, c'est si tu pensais encore parfois à moi.

— Bien sûr que je pensais à toi, Holly. Tu fais partie de moi pour toujours.

— Mais tu ne reviens jamais à Nantucket ?

— De temps en temps.

Sans réfléchir, Hollis lâche :

— Je t'ai vu, une fois.

— À Thanksgiving.

Oui. En quelle année cela pouvait-il bien être ? Caroline était au collège, ça doit donc remonter à près de dix ans.

C'était le vendredi suivant Thanksgiving, et les trois Shaw étaient en ville pour l'illumination des sapins. C'était l'une des soirées préférées d'Hollis – tout Nantucket se réunissait dans Main Street, où avait lieu la cérémonie, près d'un mois avant Noël. Elle portait un pull en laine épais et une doudoune ; ils avaient l'habitude, avec Matthew et Caroline, d'aller ensuite au Languedoc, manger une bisque de homard et un steak frites. Hollis flottait sur un petit nuage.

Pourtant, au moment où Main Street s'est éclairée d'un coup, elle a été saisie par l'apparition d'un visage dans la foule. Elle a plissé les yeux. Était-ce bien lui ? Jack ? Oui, et il la regardait. Il lui a souri, ce qui a fait apparaître ses fossettes, et a levé une main pour la saluer.

Hollis a ressenti une bouffée d'émotions à laquelle elle ne s'était pas attendue. Jack ! Elle s'est soudain sentie très gênée. Elle a cherché Matthew autour d'elle, mais il s'était éloigné avec Caroline pour prendre des photos des sapins illuminés. Jack a dû penser qu'elle était seule, et elle en a été heureuse. Elle a soutenu son regard en se disant : *Et maintenant ?* Le plus naturel aurait été d'aller chercher son mari et sa fille pour faire les présentations. *Voici Jack Finigan, un ami du lycée.* Matthew aurait compris que c'était son ancien petit ami, même si ça ne lui aurait fait ni chaud ni froid ; elle ne connaissait pas moins jaloux que lui. Pourquoi n'est-ce pas ce qu'elle a fait ? Parce qu'elle ne voulait pas leur présenter Jack, elle ne voulait pas qu'il sache qu'elle avait une famille. À cet instant, elle avait eu envie d'aller le prendre dans ses bras, de l'embrasser même. De l'entraîner dans Quince Street pour se cacher entre deux résidences secondaires et se rouler des pelles comme des adolescents.

Au lieu de quoi, elle s'est contentée d'agiter la main à son tour, puis de se détourner et, quand elle a rejoint Matthew et Caroline, elle a prétexté une migraine.

— Je vais prendre un taxi pour rentrer, allez au restaurant sans moi.

— C'est ridicule, lui a-t-il répondu. On va tous rentrer. On a plein de restes.

Il avait raison. Hollis avait préparé un repas de Thanksgiving pour dix personnes alors qu'ils n'étaient que trois.

— On en a déjà mangé ce midi. Allez-y tous les deux, on a une réservation, ce serait grossier de ne pas l'honorer. Je vais trouver un taxi, vous me rejoindrez tout à l'heure. Je vous aime, au revoir !

Hollis s'est alors frayé un chemin dans la foule en direction de l'endroit où elle avait aperçu Jack, mais il s'était volatilisé. Elle l'a cherché un moment, bien consciente d'agir de façon insensée – elle était une épouse et une mère comblées, à l'époque –, même si ça lui était bien égal. Elle voulait juste le voir. Était-il accompagné ? Elle savait que c'était une possibilité, néanmoins s'il était seul ils pourraient partager un bref moment ensemble. C'était tout ce à quoi elle aspirait : un moment avec Jack, seule à seul.

— Je t'ai cherché, lui confesse-t-elle. J'ai planté Matthew et Caroline pour essayer de te retrouver.

— Je sais. Je t'ai observée. J'ai pensé que c'était peut-être ce que tu ferais.

— C'est vrai ? Mais pourquoi tu ne t'es pas manifesté ?

Il soupire.

— Parce que tu n'étais plus à moi, Holly.

Il l'attire de nouveau contre lui.

— Viens là, dit-il.

Elle s'abandonne contre lui et, sans même réfléchir, elle lève son visage vers le sien, et ils s'embrassent, malgré ses larmes et son nez qui coule. Les émotions d'Hollis sont exacerbées au point d'en être lyriques, son désir se mêle à sa tristesse et sa confusion. Depuis combien de temps n'a-t-elle pas reçu un baiser pareil ? Matthew et elle étaient mariés depuis longtemps, ils n'échangeaient plus de baisers passionnés. Quelque part au cours de leur mariage, ils ont cessé de s'embrasser avec cet appétit presque désespéré qu'expriment les lèvres et les langues.

Elle retrouve soudain cette extase avec Jack. Elle ne peut plus s'arrêter. Elle remonte le temps. Elle a de nouveau 17 ans, et ils sont garés exactement au même endroit, à la fin du mois d'août 1987. Le lendemain matin, elle partira pour Chapel Hill. Elle veut – elle a besoin ! – que ce soit un baiser dont ils se souviendront pour le restant de leur vie.

Jack s'écarte et elle se dit : *Il a raison, qu'est-ce qu'on fabrique !* Elle n'est pas prête à vivre ce genre de choses – même si elle se sent, à cet instant précis, tout à fait prête. Elle se demande si Jack n'est pas d'humeur finalement. Mindy a dix ans de moins qu'eux, après tout. Il n'a peut-être aucun désir pour une femme de 53 ans.

— Des phares, chuchote-t-il. Là-bas. D'après toi, ils viennent vers nous ?

Elle regarde dans la direction qu'il lui montre et aperçoit le véhicule à travers les arbres. Elle croise les doigts pour qu'il s'engage sur un autre chemin – les marais sont sillonnés d'étroites routes sablonneuses –, mais les phares approchent résolument vers eux. Serait-ce la nouvelle génération d'amoureux qui espèrent pouvoir se garer ici ? Hollis attend qu'ils remarquent que la place est prise – par un couple de vieux ! – et fassent demi-tour.

— Tu crois que c'est Kyle et Tatum ? demande-t-elle soudain.

Ce serait drôle. Ils pourraient très bien avoir deviné où Hollis et Jack terminaient la soirée et, sur l'insistance de Tatum – elle a toujours été la farceuse de la bande –, ils auraient débarqué.

La voiture se rapproche.

— Est-ce qu'on ne devrait pas partir ? s'inquiète-t-elle.

Il n'y a rien de plus incriminant que d'être surpris dans une voiture stationnée à l'écart… Mais il est trop tard, la voiture s'est garée derrière la Bronco et les empêche de quitter la rotonde.

— Et merde, lâche Jack.

C'est la police de Nantucket.

Oh, non ! La honte absolue, se dit-elle. De toutes les fois où ils sont venus se garer ici, avec Jack, ils n'ont rencontré que deux accrocs : la fois où la batterie les a lâchés – ils ont appris à cette occasion qu'il ne fallait pas écouter la radio si le moteur ne tournait pas –, et celle où ils se sont embourbés – durant un mois d'avril singulièrement humide. Ils n'ont jamais été surpris par la police, les véhicules de patrouille de l'époque ne pouvaient pas emprunter ces routes. Cette fois-ci, c'est un SUV qui s'est arrêté derrière eux.

Un policier en sort – Hollis l'entend claquer la portière, et elle est trop mortifiée pour se retourner –, et il lance :

— Bonsoir, bonsoir. Comment ça va, ici ?

Jack ouvre sa portière pour descendre, et Hollis se dit : *Pitié, laissez-moi disparaître sous terre.*

— Non, mais ça alors ! s'exclame Jack. Kevin ?

Le lieutenant Kevin Dixon n'en croit pas ses yeux. Il est passé à la rotonde par habitude – deux lycéens, Zack Crispin et Abigail Montero, qui seront en terminale à la rentrée, ont la fâcheuse tendance de venir s'y garer dernièrement, et il les a avertis que la prochaine fois il préviendrait leurs parents. Ce n'est pas sur Zack et Abby qu'il tombe cette fois, mais sur un couple de son âge. Et pas n'importe quel couple de son âge : Jack Finigan et Hollis Shaw !

Quoi ? Aurait-il pris une machine à remonter le temps sans s'en rendre compte ? Serait-il à nouveau en 1987 ?

— Non, mais ça alors ! Kevin ? C'est Jack Finigan, mec, comment tu vas ?

Dixon lui serre la main avant de l'attirer vers lui pour lui donner une accolade fraternelle. Jack Finigan était un sacré coéquipier pour Dixon, qui jouait en position d'attaquant. Il ne l'a pas croisé depuis des siècles – Jack ne participe jamais aux réunions d'anciens élèves.

— Ça fait plaisir de te voir, mec.

Il se tourne ensuite vers Hollis.

— Hé, Holly, la forme ?

— Salut, Kev.

Elle descend de la Bronco pour venir échanger une accolade avec lui, elle aussi. Dixon l'a aperçue dans les parages, la plupart du temps au volant de cette fameuse Bronco, d'ailleurs – c'est une voiture magnifique, difficile de ne pas la remarquer –, mais ils ne se sont pas souvent parlé. Une année, il l'a aperçue à un gala de charité, et l'été suivant il est tombé sur elle dans la meilleure boulangerie de l'île – elle était là pour les brioches, alors qu'il voulait un sandwich. L'ex-femme de Kevin est obsédée par le site Internet d'Hollis et se vante d'ailleurs auprès de ses amies qu'il était au lycée avec elle. Il a lu dans le journal que le mari d'Hollis était mort. Était-ce cet hiver ou le précédent ? Il est arrivé à cette période de la vie où les années se confondent. De toute façon, il ne compte pas lui présenter ses condoléances, parce qu'il est évident qu'Hollis et Jack sont venus ici ensemble. Et quand il dit ensemble… C'est marrant, parce qu'il lui semble que c'est justement l'endroit où ils avaient l'habitude de se rendre au lycée, non ? Ils s'en étaient d'ailleurs arrogé la propriété en un sens, personne n'osait la leur contester.

Il aimerait bien prendre de leurs nouvelles, féliciter Hollis pour ses nombreux succès, mais il sent bien qu'il est de trop. Elle est légèrement ébouriffée et elle a des traînées de mascara sombres sur les joues. Ils n'ont sans doute aucune envie de parler.

Il lève une main pour s'excuser.

— Je ne voulais pas vous déranger. Je fais juste un tour pour m'assurer qu'il n'y a pas de mômes en train de boire ou de fumer. L'été est si sec qu'un seul mégot pourrait mettre le feu à la végétation, par ici. Bref, ça m'a fait plaisir de vous croiser.

Il éclate de rire.

— Je ne m'attendais pas du tout à tomber sur vous !

Il retourne à son SUV et, tout en enclenchant la marche arrière, il regarde Jack et Hollis remonter dans la Bronco.

Tant mieux pour eux, songe-t-il. Il ricane tout le long du trajet retour jusqu'à Milestone Road.

38

PENDANT CE TEMPS-LÀ AU CHICKEN BOX...

La première personne sur qui Caroline tombe en entrant dans le Box est... Dylan McKenzie.

Une minute... quoi ?

Il est debout au bar, seul. Dès qu'il l'aperçoit, son visage s'éclaire et il lui tend une Corona glacée.

— J'espère que ça t'ira, ils n'ont pas de Pol Roger.

— Euh... salut ? Qu'est-ce que tu fais là ?

— Le restau était privatisé pour la soirée, j'ai fini plus tôt et je me suis dit que j'avais des chances de te croiser ici.

Elle avale une gorgée de bière. Aurait-elle fait une erreur d'interprétation sur ce qui s'est passé entre eux la veille ? Il espérait la trouver ici ? C'est vraiment bizarre.

— Merci pour la bière, lui dit-elle.

— Tu es très en beauté ce soir.

Il se trouve qu'elle est, en effet, très en beauté. Elle a fini par délaisser son pantalon de jogging pour enfiler un jean et un top dos nu jaune de la taille d'un mouchoir. Elle s'est fait un brushing et elle s'est maquillée, parce qu'elle a un plan pour ce soir, à savoir se photographier en train de s'amuser au Chicken Box, et poster ces images sur Instagram et Snapchat. Elle est sûre qu'Isaac les verra, et elle veut qu'il se rende compte de ce qu'il rate.

Ce serait encore mieux si elle postait une photo d'elle en train de s'amuser avec Dylan.

— Faisons un selfie, lui propose-t-elle afin de s'assurer qu'il n'a aucune objection à s'afficher avec elle.

Il l'enlace aussitôt par les épaules et sourit à pleines dents – il est tellement canon, qui pourrait prétendre le contraire ? Elle prend plusieurs clichés.

— Ma mère est là ? lui demande-t-elle.

— Non, et la mienne non plus. Ce qui ne me fait pas plus de peine que ça.

Le groupe, Maxxtone, joue *The Middle*, de Jimmy Eat World, et même si elle est contente d'entendre autre chose que des chansons du siècle dernier – les sélections musicales de sa mère sont franchement pénibles –, elle s'excuse le temps d'aller faire un saut aux toilettes.

— Je t'attends ici, lui répond-il. Ensuite on ira danser.

Elle se fraie un chemin à travers la foule de jeunes estivants à la beauté agressive. Dylan pourrait séduire n'importe quelle fille – sans exception –, et elle se demande pourquoi il lui accorde autant d'attention, même si ça fait du bien à son ego égratigné. Une fois assise à l'intérieur d'une cabine, elle fait défiler les photos pour choisir celle où 1) ils sont les plus craquants, 2) ils ont le plus l'air « ensemble », et en légende elle écrit Pendant ce temps-là, au Chicken Box... Mission accomplie.

De retour dans la salle, elle remarque que Dylan a commandé deux nouvelles bières, mais quelqu'un l'appelle avant qu'elle ne l'ait rejoint.

Caroline tourne la tête : Dru-Ann et Brooke viennent d'arriver. Elle leur fait signe de la retrouver au bar, et elle leur présente Dylan.

— C'est le fils de Tatum. Dylan, voici Dru-Ann, que maman a rencontrée à la fac, et Brooke, que maman a rencontrée à Wellesley.

— Waouh, Madame Jones ! s'exclame Dylan. Je vous regarde toutes les semaines dans *Joue-la comme une fille*. J'adore cette émission. Vous faites partie des invitées du week-end avec ma mère ? Elle ne me l'avait pas dit.

Eh bien, mon gars, il y a une bonne raison à ça, se dit Dru-Ann. *Et j'ai été virée par la chaîne de télé, ce que tu découvriras en allumant ton poste mardi et en voyant Gaby la Grincheuse à ma place.* N'ayant cependant aucune envie de gâcher la fête ce soir, elle répond donc, en lui tendant la main :

— Oui.

Après avoir jaugé la carrure de Dylan, elle ajoute :

— Ne me dis rien… Tu jouais au lacrosse à la fac ?

— Bien vu. J'étais dans l'équipe de Syracuse pendant un an.

Syracuse ? Elle est impressionnée.

— Seulement un an ?

— Oui, ensuite il y a eu quelques imprévus.

Ainsi que Dru-Ann l'a appris au contact des jeunes sportifs, l'expression « imprévus » peut recouvrir différents champs : fac, drogue, sexe. Ce gosse est sans aucun doute un tombeur, elle pariera donc sur le sexe.

— Je peux vous offrir une tournée de shots ? propose-t-il.

— Avec plaisir ! s'exclame Brooke.

Il fait si chaud qu'elle attache ses cheveux en chignon au sommet de sa tête. Elle doit avoir les joues rouges : elle n'en revient pas d'être dans une boîte avec Dru-Ann, qui est une star – même le fils de Tatum l'a reconnue ! Qui se fiche d'Electra Undergrove ? (Au moment où cette pensée traverse son esprit, elle se met à la chercher autour d'elle, car si elle se trouve dans les parages, Brooke devra s'enfuir.)

— Des sex on the beach ? propose-t-elle.

— Il n'y a qu'un type de shots acceptable, lâche Dru-Ann.

— Tequila ! s'écrient Caroline et Dylan en chœur.

Cette génération n'est peut-être pas complètement perdue, se dit-elle.

Il commande quatre shots de tequila, et ils trinquent avant de vider leurs verres cul sec.

Le groupe enchaîne avec *Kiss*, de Prince.

— Je veux danser ! lance Brooke en regardant Dru-Ann.

— Je ne suis pas ta baby-sitter, ma grande. Va te trouver un type sexy sur la piste de danse.

Brooke aimerait que Dru-Ann l'accompagne. Elle n'est pas assez ivre pour oublier qu'elle est une banlieusarde d'âge mûr, mère au foyer. Mais elle ne veut pas se montrer possessive. Après tout, c'est dans un bar de ce genre qu'elle a rencontré

Charlie ; il lui suffira de raviver la Brooke de 25 ans et de tenter d'attirer un type qui sera à l'exact opposé de Charlie. Elle fonce dans la foule vibrante.

— Je ne dirais pas non à un second shot, dit Dru-Ann. Et vous ?

Les jeunes acceptent sa proposition et elle brandit sa carte de crédit comme la femme de tête qu'elle a longtemps été.

Une heure plus tard – et après un nombre de shots de tequila qu'on ne dévoilera pas –, Dru-Ann, Caroline et Dylan décident d'aller eux aussi sur la piste de danse. Ils trouvent Brooke au milieu d'un cercle de gosses de riches, des « Chad » comme on dit ici – Brooke a frappé fort ! Ils portent tous des pantalons blancs, des polos pastel et des ceintures tissées par leurs mères friquées et désœuvrées, ainsi que des mocassins sans chaussettes. Ils font déborder leurs vodkas sodas en acclamant leur nouvelle mascotte. Brooke !

— MILF, s'écrie le Chad à chemise rose, pendant que le Chad à chemise lilas la fait tournoyer.

— Je dois intervenir, dit Dru-Ann.

Elle tape Brooke sur l'épaule, qui pousse un cri en la voyant et se jette à son cou.

— C'est mon amie !

— Hé, c'est Dru-Ann de *Joue-la comme une fille !* lance le Chad à chemise pêche.

Il dégaine son téléphone pour prendre un selfie, mais Dru-Ann le repousse.

— Pas de photos.

— Eh, on vous a *cancel,* non ? s'écrie le Chad à chemise vert écume.

— Qu'est-ce que ça peut me faire ? rétorque-t-elle.

Elle jauge le groupe et conclut : *ils ne sont pas assez grands pour le basket et pas assez baraqués pour le foot américain ou le jockey, ni assez élancés pour le lacrosse. Ils doivent (mal) jouer au golf et (encore plus mal) au tennis.*

— Je vous emprunte la MILF. À plus, les gars.

Elle entraîne Brooke à l'écart, près de la sortie de secours, où il y a un peu d'espace pour respirer.

— Ils venaient juste de s'approcher, dit-elle à Dru-Ann.

Celui à la chemise pêche, Archie, a remarqué Brooke pendant que le groupe de musique faisait une pause. Le DJ avait lancé *Through the Storm*, et elle hurlait chacune des paroles. (Ses deux enfants n'écoutaient que du rap et du hip-hop, et elle avait entendu cette chanson des centaines de fois.) Archie a eu l'air de penser qu'une mère qui appréciait YoungBoy Never Broke Again était cool – ou peut-être une rareté –, et il lui a présenté ses amis. Elle s'est bien amusée, mais elle aurait préféré, et de loin, danser avec Dru-Ann.

Quand le groupe commence à jouer *Watermelon Sugar*, Dylan se place derrière Caroline. Elle lève le bras avec son téléphone pour prendre quelques photos. Ça va rendre Isaac fou. Le groupe enchaîne avec *Champagne Supernova*, et Dylan pose ses mains sur les hanches de Caroline pour la faire pivoter vers lui. Puis il se baisse et l'embrasse. Ce baiser est beaucoup plus réussi que le précédent – peut-être à cause de la musique, de la pression de la foule de corps autour d'eux ou de toute cette tequila ! Caroline emballe Dylan McKenzie et ça lui plaît !

Une seconde plus tard, un jet glacial l'atteint à la tempe. Le contenu d'un verre dégouline le long de sa joue puis dans son cou – elle identifie une odeur de rhum et de Coca –, avant de laisser une tache brune sur son top jaune. Caroline s'essuie les yeux et découvre – surprise, surprise ! – cette horrible Aubrey Collins, un gobelet vide à la main.

— Lâche-le ! hurle-t-elle.

— Mais ça va pas, Aubrey ! s'exclame Dylan. Je suis vraiment navré, ajoute-t-il en se tournant vers Caroline.

Il sort un torchon de sa poche arrière et le lui tend pour qu'elle s'essuie.

— Comme ça vous avez officialisé sur Instagram ? lance Aubrey en fusillant du regard Caroline. J'ai vu ton post. Je suis désolée de te l'apprendre, c'est le père de mon enfant, alors tu dégages.

Oh, mon Dieu, se dit Caroline. *Est-ce que je suis en train de revivre exactement la même scène ?* La grande différence, c'est qu'aujourd'hui elle sait exactement quoi faire. Elle y réfléchit depuis des années.

Elle sourit, glisse le torchon trempé et collant dans la main d'Aubrey. *Pendant ce temps-là, au Chicken Box,* se dit-elle.

— Je te le laisse, espèce de cinglée.

Et elle se dirige vers la sortie du bar, mouillée, poisseuse, mais profondément satisfaite de cette issue.

39
PIZZA

Le groupe enchaîne les tubes – Violent Femmes, The Cure, Weezer –, et la bande de Chad veille à ce que les verres de Brooke et de Dru-Ann ne soient jamais vides. Quand les lumières se rallument pendant la dernière chanson, Dru-Ann entraîne Brooke vers la sortie, en esquivant les couples qui s'apprêtent à conclure. Elles tombent sur une file d'attente interminable pour les taxis.

Hors de question, se dit Dru-Ann. Elle va réserver un Uber. Ou pourquoi pas un Alto, l'application de chauffeurs privés la plus chère au monde. Est-ce qu'il y a des chauffeurs Alto à Nantucket ? Apparemment pas. Un Uber alors. Sauf que le plus proche ne sera pas là avant 37 minutes. Elles auraient dû partir plus tôt. Il est 1 heure passée maintenant ; à ce rythme, elles ne seront jamais chez Hollis avant 2 heures du matin. Dru-Ann confirme la course – elle n'a pas le choix de toute façon, elles ne peuvent pas rentrer à pied –, puis remarque que la pizzeria d'en face, Sophie T, est ouverte.

Ouf ! Elle est affamée ! Le poulet et les frites du Nautilus remontent à une éternité.

— Suis-moi, dit-elle à Brooke. On va s'acheter à manger.

Quelques instants plus tard, elles tiennent chacune une part brûlante et délicieusement molle de pizza au pepperoni. Elles sortent avec leurs assiettes en carton pour s'asseoir sur le trottoir, jambes étendues devant elles sur le bitume du parking.

J'en suis arrivée là, songe Dru-Ann.

— Alors, c'est quoi cette histoire avec ton mari ? Il a des ennuis ?

— Il a tripoté une collègue de travail. La nouvelle responsable marketing de 23 ans, Irish Fahey.

— Joli nom.

— Elle le traîne en justice pour agression sexuelle. Il a reçu sa convocation jeudi.

— Et il en dit quoi ?

— Il jure que c'était pour s'amuser. Mais ce que Charlie juge « amusant » est souvent grossier, déplacé, et offensant.

Brooke mord dans sa pizza et tire sur un filament de fromage avec une dextérité impressionnante. Dru-Ann cherche à la rassurer :

— Je connais des tas de Charlie, tu sais.

— Ce n'est pas la première fois. Il a aussi tripoté une serveuse au Oak Room à Boston, il y a deux ans. Ils sont parvenus à un accord financier.

— La vache, Brooke.

— Je sais. C'est un gros nul. Et cette fois il s'est fait virer.

Elle fond brusquement en larmes.

— Il n'a plus de boulot, nos jumeaux vont entrer en dernière année à Yale et Wesleyan...

— Tu as des jumeaux ? Qui étudient dans deux des meilleures facs du pays ?

Comment Dru-Ann n'était-elle pas au courant ? Brooke est décidément pleine de surprises.

— Will et Whitney sont formidables, mais j'évite de parler d'eux parce que je suis à peu près convaincue que c'est l'une des raisons pour lesquelles Electra m'a exclue de notre groupe d'amies.

— Electra... c'est celle qui s'est pointée au restaurant ?

Brooke hoche la tête, et ses larmes redoublent.

— C'est le bazar total. Je lui ai montré le planning, et c'est vrai que j'ai noté son invitation dans mon agenda, du coup maintenant Hollis me déteste.

— Hollis ne te déteste pas.

— Si, c'est pour ça qu'elle n'est pas venue au Chicken Box. Elle ne voulait pas être avec moi.

— Tant pis pour elle dans ce cas.

Dru-Ann pose son assiette en carton et ajoute :

— Grâce à toi, je me suis bien amusée ce soir.

Brooke se tourne vers elle, la pizza lui a laissé une trace orangée sur le nez.

— C'est vrai ?

— Oui.

Dru-Ann essuie la trace avec une serviette en papier.

— Oui, je me suis bien amusée pendant notre petit rancard.

Brooke se touche le nez et, avant que Dru-Ann n'ait le temps de comprendre ce qui se passe, elle se penche vers elle et l'embrasse. Au début, Dru-Ann attribue ce geste à l'enthousiasme excessif de Brooke, mais alors elle sent la langue de celle-ci s'immiscer entre ses lèvres. *Oh là !* Elle pose les mains sur les épaules de Brooke et la repousse doucement. Ce n'est pas la première fois qu'une femme essaie d'embrasser Dru-Ann. Entre son métier d'agent de sportives et sa veste de tailleur signature, les gens s'imaginent souvent qu'elle est gay.

— Brooke.

Celle-ci la dévisage avec de grands yeux un peu vaseux, la lippe frémissante.

— Je ne t'attire pas, c'est ça ? Tu as dit que tu t'étais bien amusée. Tu as parlé de rancard, et à ta façon de danser avec moi, j'ai pensé...

Dru-Ann a-t-elle eu des mouvements lascifs sur la piste avec Brooke ? Peut-être un peu, mais uniquement par jeu, parce qu'elle la pensait hétéro. Elle n'a en aucun cas cherché à la draguer. Elles ont dansé ensemble comme deux copines qui s'amusent !

Le portable de Dru-Ann sonne : le Uber est à une minute. *Dieu soit loué !* Elle ramasse son assiette et les serviettes sales, puis elle aide Brooke à se relever.

— Notre carrosse est là.

Sur la banquette arrière, Brooke s'endort la tête sur l'épaule de Dru-Ann. Pendant qu'ils suivent Polpis Road, une longue route sinueuse, cette dernière tente de se figurer la réaction d'Hollis quand elle lui apprendra que Brooke l'a embrassée sur le parking de Sophie T. Avec la langue ! Elle pouffe en imaginant l'expression d'Hollis.

Ce week-end est décidément plein de surprises.

40

Should I Stay or Should I Go?

Dès que Gigi pose un pied dans *Première Lueur*, Henrietta, la chienne, se met à grogner. Gigi soupire.

— Je sais que tu me détestes, et tu as toutes les raisons pour ça.

Elle se sert un verre d'eau glacée avant de s'engager dans le couloir pour rejoindre le *Paradis des hibiscus*. Elle retire sa robe en jersey pour enfiler un tee-shirt et un short de sport, puis elle fait ses valises.

Elle n'en revient pas de ce qui est arrivé au restaurant. Cette femme, Electra. « Je suis certaine qu'on s'est croisées quelque part. »

Gigi doit être prête à partir rapidement.

Elle se couche, mais ne trouve pas le sommeil. Elle passe plus d'une heure allongée avant d'entendre des voix dans la cuisine. Hollis et… Tatum, apparemment. Elles gloussent. Gigi reconnaît le bruit de succion de la porte du frigo, le froissement d'un sachet de chips. Un petit encas tardif pour accompagner une conversation entre amies que Gigi gâcherait en l'interrompant, même si Hollis aurait la délicatesse de prétendre l'inverse.

Les voix finissent par décroître, et Gigi s'assoupit… Elle est réveillée un peu plus tard par du bruit dans le couloir. Elle a l'impression que Dru-Ann aide Brooke à se coucher.

— Tiens, voilà de l'eau et deux Advil. Fais-moi confiance, tu vas en avoir besoin.

— Mais tu n'es pas fâchée, hein ? Tu promets ? Je suis vraiment, vraiment, vraiment désolée.

— Non, Brooke, je ne suis pas fâchée. Essaie de dormir un peu. Demain matin, tu auras tout oublié.

Gigi entend la porte de la chambre de Brooke se refermer, puis Dru-Ann soupirer. Gigi regarde son téléphone. Elle a reçu un texto de son voisin, Tim. Comment ça se passe ??? Est-ce qu'elle sait ? Tu comptes lui dire ? Donne-moi des infos !

Gigi répond : Bien, non, je ne sais pas… Elle efface le message. Il est d'un ennui…

Elle écrit : Disons que j'y suis toujours ! Puis elle l'envoie, avant de penser : *Mais qui peut dire de quoi demain sera fait…*

41

LEVEZ-VOUS !

À 8 heures le lendemain matin, Henrietta est la seule de la maisonnée à être debout. Ce qui est très inhabituel : Hollis ne fait la grasse matinée que le 1er janvier ou quand il pleut à verse.

Henrietta a besoin de sortir. Elle traverse rapidement la cuisine – le petit déjeuner n'est pas prêt, il n'y a même pas de café en train de couler, que se passe-t-il enfin ? – et réfléchit aux options possibles. Elle est assez grande pour ouvrir la porte moustiquaire de derrière avec sa truffe, mais elle devra aboyer pour qu'on la fasse rentrer. Mieux vaut simplement aller trouver Hollis.

Henrietta entre à pas de loup dans sa chambre et entend sa maîtresse ronfler doucement. La chienne déteste la réveiller ; pendant des mois après le décès de Matthew, elle a à peine dormi. Henrietta n'a pas le choix, malgré tout. Elle approche sa gueule du visage d'Hollis – elle a une haleine si infecte (on le lui a suffisamment répété) que ça va forcément la tirer du sommeil.

Sauf que ça ne marche pas et qu'Henrietta est donc contrainte de lui lécher le visage. Ça lui vaut parfois une tape sur la truffe, mais ce matin Hollis se contente de rire, de lui attraper la tête et de lui faire des bisous.

— Bonjour, ma belle ! lui dit-elle en bondissant du lit. Tu as besoin d'aller lever la patte ?

Elle enfile une robe de chambre, et la chienne la suit sur la terrasse. Le soleil est déjà haut dans le ciel, et même si la rosée a séché sur l'herbe, il y a encore beaucoup de bonnes odeurs matinales. Avant de partir en exploration, Henrietta se retourne vers sa maîtresse, qui se tient les épaules avec un sourire impénétrable aux lèvres.

Que lui arrive-t-il ?

Dans la chambre *Cinquante nuances de blanc*, Tatum découvre, au réveil, un sachet entamé de Doritos sur sa table de nuit. A-t-elle laissé des traces orange sur la couette ? Oui, quelques-unes – mais qui ne résisteront pas à un mélange de bicarbonate de soude et de jus de citron (chez Irina Services, Tatum a appris une astuce pour chaque tracas domestique). Elle n'en revient toujours pas que Kevin Dixon ait surpris Hollis et Jack dans la rotonde ! Hollis lui a raconté qu'elle a d'abord cru que c'était Kyle et elle qui venaient leur faire une blague. Et Tatum a été déçue de ne pas y avoir pensé – quelle super idée ! Remarque, c'est encore mieux que ce soit Kevin Dixon qui ait débarqué. Qu'a-t-il bien pu se dire ?

Tatum s'autorise à imaginer, un instant, un avenir dans lequel Jack et Hollis se remettraient ensemble et vivraient à Nantucket avec Tatum et Kyle.

Puis elle se touche la poitrine. La zone où la biopsie a été pratiquée n'est plus douloureuse, pourtant elle sait que la tumeur est toujours là, comme de la pourriture gangrenant une pomme d'apparence parfaite.

Elle ne doit pas penser à l'avenir avant lundi.

Brooke se réveille avec une migraine carabinée. Un verre d'eau et des comprimés d'Advil l'attendent sur sa table de nuit. Elle se redresse sur un coude pour les prendre, puis s'affale de nouveau sur les oreillers moelleux.

Elle a embrassé Dru-Ann la nuit dernière. Et même si cette dernière ne lui a pas rendu son baiser, ça n'a pas été totalement vain. Elle a révélé son grand secret. Elle s'est révélée à elle-même.

Et elle est incapable d'expliquer à quel point c'est bon. Pendant toute sa vie d'adulte, elle a eu l'impression d'être la pièce d'un puzzle qui ne parvenait pas tout à fait à s'emboîter avec les autres pièces – il était de travers, un peu bancal, pas tout à fait comme il faut.

Et hier soir, enfin, elle a trouvé.

Hollis appelle Henrietta pour la faire rentrer – il faut qu'elle lance le café, qu'elle sorte le granola et la salade de fruits –, quand elle voit Gigi traverser le pont sur la mare. Elle agite la main d'un air un peu penaud.

Sans surprise, la chienne grogne. Hollis l'attrape par son collier et la secoue.

— Tu vas arrêter ça, oui ? Gigi est notre invitée. C'est notre amie.

Gigi hausse les épaules.

— Elle a bien le droit d'avoir un avis différent.

— Tu es bien rentrée hier soir ? Je te dois des excuses pour la façon dont le dîner s'est terminé. Cette femme était une de mes amies, mais on s'est fâchées, et on ne se parle plus.

— Aucun problème, s'empresse de répondre Gigi. Et oui, j'ai trouvé un taxi devant le restaurant. Je suis rentrée en un éclair, je te remercie.

Elle contourne Hollis et plonge ses pieds dans le pédiluve avant de se diriger vers la porte moustiquaire.

— Je peux te proposer un café ou un fruit ? lui lance Hollis. Du granola ?

— Non, je te remercie. Je suis encore un peu fatiguée, je vais sans doute passer la matinée dans ma chambre.

— Ah… d'accord.

Hollis est bien consciente qu'elle connaît à peine Gigi, pourtant elle a l'impression que quelque chose cloche. Où est la Gigi lumineuse et joyeuse, toujours partante ? Elle est peut-être épuisée par tous ces drames… et comment le lui reprocher ?

— Tout va bien, Gigi ?

— Oui, répond-elle sans vraiment se retourner. Pourquoi ça n'irait pas ?

Quand Dru-Ann ouvre les yeux dans son lit sous le lustre à bulles face à l'horloge vintage George Nelson « Sunburst » fixée au mur d'en face, elle se dit : *je ne quitterai jamais cet endroit.*

Quelle raison aurait-elle de rentrer chez elle après tout ?

Elle va demander à Hollis si elle peut rester une semaine de plus, peut-être deux. Celle-ci aura sans doute envie d'être tranquille après avoir été envahie tout le week-end, mais une fois que Dru-Ann lui aura annoncé qu'elle a été renvoyée de tous les endroits clés de sa vie, Hollis sera forcée d'accepter.

Tout en se préparant un expresso, Dru-Ann se demande comment Brooke se sent. La pauvre... Elle n'a jamais eu d'orgasme avec son mari parce qu'elle n'est pas branchée par les mecs !

Dru-Ann est en train de choisir le programme du vélo quand son téléphone lui signale l'arrivée d'un message. *Ça doit être Brooke qui me supplie de ne le répéter à personne.* Et Dru-Ann est déjà parvenue toute seule à la conclusion qu'elle ne pouvait pas raconter à Hollis ce qui s'est passé sur le parking de la pizzeria. Ce n'est pas à elle de lui annoncer ça.

Le message vient de Nick en réalité. *Tiens donc, il respire encore alors.*

Phineas est à la première place ex aequo.

Dru-Ann pousse un cri et ouvre aussitôt son ordinateur. En effet, Phineas Pine et Rory McIlroy sont à égalité, à huit coups en dessous du par. Ils vont attaquer les neuf derniers trous.

« Il a rêvé qu'il gagnait. »

Avec tout ce qui s'est passé, est-ce que Dru-Ann se fiche du score de Phineas ? Au fond, c'est à cause de lui et de sa participation au British Open qu'elle se retrouve là où elle est aujourd'hui. En théorie, elle devrait souhaiter le voir perdre – se vautrer, même. Au lieu de quoi, elle ressent de l'excitation. A-t-il la solidité mentale de battre McIlroy ? Neuf trous, c'est beaucoup. S'il prend trop confiance, il risque de faire un, deux ou trois bogeys. Hovland, pour sa part, est à six coups en dessous du par, et il a la réputation de réussir la fin de ses parcours. Rien n'est gagné. La retransmission télévisée, aux États-Unis, débute à midi, soit l'heure où elles vont sortir déjeuner, zut !

Doit-elle répondre à Nick ? S'il l'informe des résultats de Phineas, c'est au moins le signe qu'il pense à elle.

Elle décide de le prendre comme un point positif et de sauter en selle.

Caroline entend son portable vibrer sur sa table de nuit, mais elle est dans cette phase où elle a l'impression d'être sous l'eau et de ne pas pouvoir bouger. Les vibrations s'interrompent et elle replonge dans un sommeil profond, comme une pierre dévalant vers le fond de l'océan.

Les vibrations reprennent et, pour une raison mystérieuse, Caroline se réveille en sursaut cette fois. *C'est bon, c'est bon, je suis là.* Elle se jette sur son téléphone.

Sofia.

— Allô ?

Elle sait qu'elle doit lui mentir… à moins qu'elle ne doive plutôt lui dire la vérité ? Elle ne se souvient plus.

— Caroline ?

Sofia prononce son prénom de la même façon qu'Isaac, à la française, en mettant l'accent sur la dernière syllabe. De sa part, ça a un côté agaçant.

— Oui, Sofia, bonjour.

— Tu ne m'as pas rappelée hier soir.

Caroline s'assied et se racle la gorge. Peut-elle se permettre de hausser légèrement le ton avec Sofia ? Elle décide que oui.

— Je sais bien, oui. Je suis en plein tournage à Nantucket. Je n'ai pas eu le temps, je suis désolée. Qu'est-ce qui se passe ?

— Il faut qu'on parle d'Isaac.

— Il va bien ? demande-t-elle en feignant l'inquiétude. Il lui est arrivé quelque chose ?

— Il a été infidèle.

Sofia parle avec une telle détermination que la peur bondit comme une flamme dans la poitrine de Caroline. Est-ce qu'Isaac se serait trompé ? Sofia la soupçonnerait-elle ?

Elle prend son élan. Elle en est capable.

— C'est ridicule, enfin. Il ne te serait jamais infidèle. Il t'aime.

— L'amour et le sexe sont deux choses différentes.

Aïe ! Caroline ne répond rien. Elle craint trop de se trahir.

— Qui est venu le voir au loft pendant que j'étais en Suède ? insiste Sofia.

— Personne.

— Personne à part toi ?

— Exactement. Personne à part moi.

Son cerveau turbine. Il n'y a pas de portier dans l'immeuble d'Isaac ni de voisins suffisamment proches que Sofia pourrait interroger et qui lui apprendraient qu'ils ont vu Caroline partir très tard le soir, voire parfois pas du tout. N'est-ce pas ?

— Et il t'a prêté sa caméra ? Son trépied ? Son drone ? Isaac ne prête jamais rien à personne, surtout pas à une petite stagiaire.

Petite ?

— Oui, j'en avais besoin pour le week-end.

— C'est ce qu'il m'a dit. Que tu tournais des images pour ta mère. Un genre de fête de famille.

Caroline secoue la tête... Peu importe. Elle ne va pas se fatiguer à expliquer le concept du week-end cinq étoiles à Sofia, ça, c'est une certitude.

— Personne n'est venu au loft pendant toute la durée de ton absence. Je te le dirais si c'était le cas.

Elle l'entend souffler au bout du fil ; Sofia fume.

— Je pourrais me faire des idées sur Isaac et toi, mais...

Elle pouffe.

— Non, ce serait ridicule !

Caroline bouillonne. *C'était tout sauf ridicule, Sofia. Ton mec et moi, on a eu... non, on a de vrais sentiments l'un pour l'autre. Et au lit, c'était incandescent.*

— Ridicule, répète-t-elle.

— Mais oui, j'ai vu ta publication hier soir, avec ce garçon. À croquer ! Je l'ai montrée à Isaac. Il était du même avis que moi, vous êtes magnifiques ensemble.

C'est vrai, Caroline et Dylan ont l'air magnifiques sur cette photo Instagram – sauf qu'Instagram, ce n'est pas la réalité. Dans la réalité, Dylan a utilisé Caroline pour rendre Aubrey jalouse. Elle a reçu une salve de textos après son départ du Chicken Box.

Est-ce que ça va ?

Aubrey est juste très jalouse de toi, c'est comme ça depuis le lycée.

Je vais la raccompagner chez elle, on discutera demain matin, on envisage de se donner une seconde chance. MDR, mes parents vont être furax. Ils la détestent. Mais ce sera mieux pour Petit O.

C'était sympa de passer du temps avec toi ce week-end. Merci.

Caroline a rédigé plusieurs réponses, allant de *Tu te fous de moi, là ?* à *C'est logique, vous êtes faits l'un pour l'autre.* Au bout du compte, elle a simplement envoyé : Pas de problème. Elle se fiche de Dylan McKenzie, au fond. Ce sera sans doute mieux pour Petit O d'avoir ses parents réunis, et si Caroline a pu participer à leur réconciliation, tant mieux. C'est une source de satisfaction immense de savoir que c'est d'elle qu'Aubrey Collins est jalouse.

— Je vais faire des efforts pour mieux aimer Isaac, dit Sofia. Je vais ralentir sur les voyages, je ne sortirai plus en boîte.

Elle inspire, expire.

— On pourrait se marier, avoir un...

— Génial, Sofia, l'interrompt Caroline.

Elle a l'impression que celle-ci vient de lui transpercer le cœur avec le talon d'un de ses stilettos. Elle ne peut pas en supporter davantage.

— Je rentre mardi, on se verra à ce moment-là.

— On pourrait sortir dîner tous les trois. Tu nous raconteras ton petit week-end.

Hors de question ! Pourtant Caroline répond :

— D'accord, ciao !

Puis elle raccroche. Une seconde plus tard, elle est tentée de rappeler Sofia pour lui dire : « C'était moi ! C'est moi qui ai couché avec Isaac ! » Mais elle n'en fait rien. Elle laissera Sofia et Isaac être heureux ensemble. Pareil pour Dylan et Aubrey.

Et elle, il lui reste... son drôle de petit projet documentaire. Pour ça, elle doit se remuer les fesses et sortir de ce lit. Il faut qu'elle parle à Brooke.

42

ABANDON II

Caroline trouve Brooke dans la cuisine, où celle-ci se prépare un thé. Elle porte toujours sa robe blanche de la veille au soir, qui vient de chez LoveShackFancy et qui est très jolie, Caroline doit bien le reconnaître, même si, à présent, elle est un peu froissée, dégage une odeur typique du Chicken Box – bière et transpiration – et a une coulure orange sur le devant – on dirait une trace d'huile piquante de pizza.

— Tu t'es bien amusée hier soir ? lui demande Caroline, qui s'attend à ce que Brooke lui réponde : « Comme une folle, meilleure soirée de ma vie, ces gamins étaient tellement mignons, je n'en reviens pas qu'ils aient eu envie de danser avec moi ! »

Brooke se contente pourtant de sourire et de remuer son sachet de thé dans sa tasse ; une vapeur parfumée au jasmin parvient aux narines de Caroline.

— Est-ce que tu aurais quelques minutes à m'accorder pour me parler un peu de ton amitié avec ma mère, en tête-à-tête ?

— Naturellement, répond Brooke. Je te suis.

Caroline installe Brooke puis la lampe annulaire.

— J'ai l'impression que je devrais connaître cette réponse, lui dit-elle une fois qu'elle a lancé la caméra, mais ce n'est pas le cas. Comment vous êtes-vous rencontrées, ma mère et toi ?

Brooke prend le temps d'inspirer.

— J'ai rencontré Hollis dans le cabinet du Dr Lambert, à l'hôpital de Newton-Wellesley. Elle était enceinte de toi, et son terme était prévu trois mois avant le mien, mais nos ventres faisaient déjà la même taille. Ça l'a étonnée, elle a dû penser que j'avais abusé des Oreos, jusqu'à ce que je lui annonce que j'attendais des jumeaux.

Caroline éclate de rire. Elle n'en revient pas du naturel de Brooke face à la caméra. Elle est calme, posée. Elle a ça dans le sang !

— Hollis s'est présentée, elle m'a expliqué que ton père et elle venaient de quitter Boston pour emménager à Wellesley. On a échangé nos numéros et on est devenues amies. À ta naissance, je lui ai apporté un assortiment de sandwiches du Linden Store. Et à la naissance de Will et Whit, elle m'a apporté, elle, un poulet rôti avec un gratin de pommes de terre, une salade verte avec sa vinaigrette, du pain frais, une tarte au chocolat et au caramel, un pack de bières belges qui stimulaient, d'après son expérience, la production de lait, et deux langes d'une douceur incroyable. J'ai compris, au temps et à la prévenance que ta mère avait investis dans ce repas et dans ces cadeaux, que nous serions amies au moins jusqu'à ce que nos enfants quittent le lycée.

Brooke fait un clin d'œil à l'objectif.

— Et j'avais raison, conclut-elle.

— Quels sont tes meilleurs souvenirs avec ma mère ?

Elle prend le temps d'y réfléchir.

— Il y a eu l'époque bénie, les années entre vos 9 et 11 ans. Le CM1 et le CM2.

Elle marque un silence avant d'ajouter :

— Bien sûr, on ne sait qu'une époque est bénie qu'une fois qu'elle est terminée.

En 2011, les jumeaux de Brooke et la fille d'Hollis étaient inscrits à l'école élémentaire Fiske. Les deux femmes faisaient partie d'un groupe de mères incluant Liesl, Bets, Rhonda... et Electra Undergrove, qui en était la meneuse tacite. Le mercredi, elle avait prévu un café au Maugus, une fois les enfants déposés à l'école, et il y avait une « sortie entre mamans », une fois par mois, dans le centre-ville de Boston, où elles allaient dans des restaurants comme le Mistral ou le Bristol

Lounge avant, inévitablement, de finir par chanter au Howl at the Moon, accompagnées par deux pianos. (Le lendemain matin, le groupe était systématiquement inondé de messages des mères se plaignant d'avoir trop bu et de ne pas être en état de conduire leur progéniture à l'entraînement de foot – les pères devraient s'en charger pour une fois !) Mais c'était si bon de se sentir libre pour une soirée, de pouvoir agir de façon inconséquente, de ne penser qu'à soi et de ne plus être simplement une épouse et une mère.

À l'entrée des enfants au collège, Electra a inventé les dimanches rock'n foot. Il s'agissait de passer une journée divertissante chez elle. Elle possédait un immense rez-de-chaussée ouvert avec un gigantesque téléviseur et un sous-sol entièrement aménagé pour ses enfants, Carter et Layla : fauteuils poires, jeux vidéo, table de billard et frigo rempli de sodas. Tous les dimanches durant la saison de foot, les parents et leurs enfants se réunissaient chez les Undergrove. Electra se chargeait du plat principal – tacos au poisson, fricassée de poulet aux haricots blancs, jambon braisé –, et ses amies apportaient les entrées, les accompagnements ainsi que le dessert. Le mari d'Electra, Simon, s'occupait des cocktails. Il transformait les bières en micheladas ; il inventait ses propres recettes, qu'il servait dans une immense fontaine en verre avec un minuscule robinet ; il proposait aussi des margaritas et des daïquiris pour les amateurs. Les parents s'enivraient donc gentiment pendant que les enfants s'amusaient au sous-sol, bien en sécurité.

À la fin des rencontres de foot retentissaient les premières notes du générique du magazine d'information *60 Minutes*, la plupart des gens l'auraient pris comme un signal pour rentrer chez eux avec leurs enfants et se préparer à la semaine chargée qui s'annonçait, mais chez les Undergrove, on mettait de la musique. Simon jouait les DJ – il aimait que ça fasse du bruit –, et la jeune classe accourait. Tout le monde dansait.

La petite fête durait une heure, parfois davantage, selon l'humeur ambiante – et le degré d'alcool des cocktails. Liesl, Bets et Rhonda pouvaient rentrer à pied. Hollis devait prendre le volant, mais elle avait à peine plus d'un kilomètre à conduire. Brooke et Charlie étaient ceux qui vivaient le plus loin, ce qui contraignait celle-ci à surveiller sa consommation d'alcool – parce qu'elle ne pouvait évidemment pas compter sur son mari.

Le lundi matin, devant l'école, les mères du groupe s'échangeaient des vêtements, des paires de lunettes de soleil et des plats vides. Les enseignants et les autres parents le remarquaient, tout comme ils notaient les yeux rouges, la posture un peu avachie. Une rumeur prétendait que les Undergrove organisaient des orgies tous les dimanches, et que les participants échangeaient leurs partenaires habituels.

Electra adorait ces rumeurs. « Ce sont de gros jaloux ! »

Ces dimanches rock'n foot étaient l'événement le plus cool de Wellesley. Brooke les guettait dès le lundi : elle se rancardait sur les équipes en compétition, réfléchissait à sa tenue, commandait un plateau de fromages chez Wasik – elle ne savait pas cuisiner, et c'était sa contribution hebdomadaire. Ce qu'elle aimait le plus, ce n'était ni la nourriture ni la danse, c'était la franche camaraderie. Élever des enfants est une tâche difficile (surtout quand on a des jumeaux), et on pouvait se sentir seule. Grâce à ce petit groupe soudé, pendant des années, Brooke avait eu l'impression de ne pas être seule face à cette épreuve, d'appartenir au fameux village proverbial.

***

Caroline se souvient de ces fêtes, oui. Les enfants n'étaient pas aussi sages que leurs parents le croyaient, au sous-sol. Un dimanche, ils ont regardé *Ted*, alors que les adultes le leur avaient expressément interdit. Et à partir de la quatrième, Carter Undergrove a pris l'habitude de piquer des bières à son père, qu'ils faisaient tourner, pour en boire chacun une ou deux gorgées. Puis il y avait des couples qui se retrouvaient dans les toilettes, Will Kirtley et Layla Undergrove, par exemple. Caroline n'en dira rien à Brooke. Pourquoi gâcher ses souvenirs idéalisés ?

— Et tu te rappelles aussi de choses moins agréables ?

Sa question est orientée : elle sait pertinemment que la réponse est oui. Brooke a été exclue du petit paradis des Undergrove, même si Caroline était trop jeune pour comprendre ce qui s'est passé exactement.

— Ça oui, dit Brooke. Electra m'a abandonnée.

Tout le monde savait que ces dimanches rock'n foot étaient régis par une hiérarchie implicite : Electra et Hollis occupaient le sommet de la pyramide, tandis que Liesl, Bets, Rhonda et Brooke se trouvaient tout en bas. Brooke ne s'intéressait pas vraiment à Liesl, Bets et Rhonda. Des femmes tout à fait sympathiques avec des maris qui l'étaient tout autant et des enfants de l'âge des siens. Pour pinailler, elle aurait pu dire que Bets était encline à la critique et que Liesl était un brin terne. Quant à Rhonda, elle passait son temps à répéter combien son mariage était épanouissant – signe qu'il ne devait pas l'être tant que ça. Brooke préférait la compagnie d'Hollis et d'Electra, qui se résumait souvent à celle d'Electra tout court.

Brooke proposait toujours son aide pour débarrasser, emboîtant le pas à Electra dès qu'elle quittait la pièce, la complimentant sur ses cheveux, ses boucles d'oreilles, le nouveau miroir dans ses toilettes ; elle s'immisçait dans les conversations entre Hollis et elle, avant de s'excuser trop profusément. De façon générale, elle avait, elle le savait, un besoin d'affection embarrassant, un peu comme ces lycéennes qui implorent les filles les plus populaires de signer leur annuaire de fin d'année. Electra, de son côté, avait un toc : elle faisait une fixette sur la réussite des enfants de Brooke. Will était capitaine de l'équipe de foot, de basket et de lacrosse, mais aussi délégué de classe. En prime, il avait fondé un club d'échecs. Whitney tenait le premier rôle dans la pièce du lycée et elle faisait partie des meilleurs élèves. Brooke s'efforçait de ne pas les mentionner, parce que le faire revenait à se vanter, cependant Electra l'interrogeait constamment : où Brooke trouvait-elle des professeurs particuliers, faisait-elle appel à des coachs privés, les supplémentait-elle en vitamines ?

— Non, ce sont juste des gosses faciles, a-t-elle répondu un jour. Je ne sais pas pourquoi.

Puis elle a ajouté (trop tard ?) :

— Ça ne leur vient ni de moi ni de leur père.

Comment savoir ce qui avait provoqué la rupture – une de ces raisons ou toutes –, mais un jeudi banal, Brooke a reçu un SMS d'Electra. Ça n'avait rien d'inhabituel : Electra écrivait au groupe tous les jeudis. Sauf que ce texto n'était destiné à personne d'autre.

On a envie d'un peu de changement cette semaine. On vous regrettera, Charlie et toi, dimanche. Merci pour ta compréhension ! Bises. E

***

Ce n'est qu'avec le recul, aujourd'hui, que Brooke est en mesure de s'avouer qu'elle avait un très gros faible pour Electra, ce qui la rendait vulnérable et, lâchons le mot, exaspérante. Brooke fixe l'objectif.

— J'ai parfois du mal à saisir les messages qu'on cherche à me faire passer, mais là, même moi, j'ai compris : on n'était plus invités, Charlie et moi, aux dimanches d'Electra.

Brooke a aussitôt décroché son téléphone pour lui parler, mais elle est tombée sur le répondeur. À la deuxième tentative : toujours le répondeur. À la troisième, quatrième et cinquième, idem. Elle a fini par enregistrer un message si pitoyable qu'elle ne supporte pas d'y penser. « Electra, je ne comprends pas ce que j'ai fait de mal. S'il te plaît, appelle-moi, discutons-en. »

Elle a envisagé de joindre Charlie ou même Simon Undergrove, mais c'était des « potos », et ils ne résoudraient rien.

Quand elle a fini par contacter Hollis, elle était en pleine crise d'hystérie. Elle parvenait à peine à articuler une parole cohérente et elle a donc raccroché pour faire suivre le message d'Electra. Que pouvait bien lui dire Hollis ?

— Tu as raison, ça donne l'impression que, peut-être...

— Est-ce qu'elle t'a aussi écrit ?

D'une voix penaude, Hollis a répondu :

— Oui, pour annoncer qu'elle préparait du riz sauté aux crevettes. Je vais apporter des raviolis chinois.

— Et qui d'autre était destinataire du message ?

Hollis a pris le temps de vérifier : Liesl, Bets et Rhonda.

— Je suis navrée, Brooke. Je n'ai pas remarqué que tu avais été exclue. Tu as toujours été dans la boucle.

Ça n'avait aucun sens ! Brooke s'est creusé les méninges pour tenter d'identifier ce qui, le dimanche précédent, aurait pu causer sa disgrâce. La sœur d'Electra, Nadine, qui vivait à Manhattan, était venue lui rendre visite. Cette femme était une version encore plus clinquante d'Electra, coiffée, maquillée, habillée, parfumée, les ongles faits. On aurait dit qu'elle était émaillée de la tête aux pieds. Brooke n'avait échangé que quelques mots avec Nadine avant que celle-ci ne se tourne vers Rhonda. Avait-elle demandé à sa sœur pourquoi elle invitait une personne aussi insipide que Brooke à ses réunions du dimanche ? Une idée effroyable avait alors traversé son esprit. Charlie avait-il eu un comportement déplacé avec Nadine, par exemple en la suivant aux toilettes pour lui faire des avances ?

— Est-ce que tu pourrais lui parler ? a-t-elle demandé à Hollis. Pour savoir ce que j'ai fait.

— Oh, Brooke... je ne tiens pas à m'en mêler. Il faut que vous arrangiez ça entre vous.

— Je l'ai appelée six fois, j'ai laissé des messages. Elle ne veut plus m'adresser la parole. Elle m'a... dégagée, comme si on était des gamines au lycée.

— Je suis vraiment navrée, Brooke. Ça ne sera pas pareil sans toi.

***

— Ta mère a continué à se rendre chez Electra. Pas seulement ce premier dimanche, mais tous ceux qui ont suivi, jusqu'à la fin de la saison de foot. Elle y est allée en sachant qu'Electra m'avait évincée.

Brooke lève une main avant de poursuivre :

— Je comprenais pourquoi Liesl, Bets et Rhonda ne réagissaient pas, c'étaient des suiveuses. Mais ta mère était quelqu'un de bien, de fort, et je m'attendais, je crois, à ce qu'elle prenne ma défense.

— Elle a fini par le faire, non ? rétorque Caroline. Electra et elle ne se parlent plus.

— Elle a attendu que le Super Bowl soit passé. Electra et les autres avaient prévu d'aller à Harbor Island dans les Bahamas pour les vacances de printemps. C'était l'année de votre terminale. Hollis lui a dit qu'elle ne viendrait pas. Elle m'a appelée, et on a organisé un petit séjour aux îles Vierges, toutes les deux.

— Ah...

Caroline se souvient. Elle a en effet accompagné Hollis aux îles Vierges, avec Brooke et les jumeaux Kirtley. Charlie est resté à Wellesley, parce que c'était la saison des déclarations d'impôts, et Matthew avait une conférence quelque part. Caroline avait été ravie d'être débarrassée de Carter, Layla et les autres enfants. Elle avait bien sûr compris qu'un psychodrame se jouait du côté des adultes, mais elle n'y accordait aucune importance. Les jumeaux et elle avaient 18 ans ; étant autorisés à boire à Saint John, ils avaient passé leur semaine à siffler des punchs en écoutant des concerts au Beach Bar.

Caroline coupe la caméra.

— Dis donc, Electra est une vraie teigne. Je suis désolée que tu aies dû subir ça.

Brooke hausse les épaules. En racontant cette histoire, elle a ressenti pour la première fois une forme de détachement, comme si elle parlait de quelqu'un d'autre. C'était rafraîchissant.

— Electra est une femme mesquine qui marche sur les autres pour se donner de l'importance.

Craignant de faire de la psychologie de comptoir, elle ajoute :

— Pour sa défense, j'ai toujours manqué de confiance en moi au sein de ce groupe, et dans ma vie de façon plus générale. Ce qui avait une incidence sur mon comportement. J'en faisais trop pour compenser. Je pensais que pour être appréciée je devais redoubler d'efforts au lieu de me montrer naturelle.

Brooke soupire.

— Ça n'a plus aucune importance, aujourd'hui. Nous sommes amies, ta mère et moi. Et Electra ne fait plus partie du paysage.

Caroline trouve Brooke changée ce matin, même si elle n'arrive pas à identifier en quoi. Jusqu'à présent, elle était une véritable caricature d'elle-même – l'immense chapeau de paille, les confessions bien trop intimes sur sa vie sexuelle avec Charlie, les gros coups de soleil alors qu'elle s'emmitouflait dans sa serviette comme dans un sarcophage… À présent elle irradie de calme et d'assurance. À croire qu'elle a suivi un séminaire sur la puissance de la vulnérabilité dans son sommeil.

— Il faudrait que j'y aille, dit-elle. Je voudrais lire un peu mon nouveau roman près de la piscine avant le déjeuner.

Caroline regarde son téléphone. Il est déjà 10 h 45, comment est-ce possible ? Elle n'aura jamais le temps de parler avec Gigi maintenant, ce qui implique de reporter l'entretien après la sortie en mer. C'est si dommage de la faire passer en dernier. Mais bon, elle ne connaît sa mère que depuis peu, et c'est une relation essentiellement virtuelle. Gigi ne pourra jamais lui faire de confession à la hauteur de celles qu'elle a reçues de Tatum, Dru-Ann et Brooke. C'est juste impossible.

43

TABLE 20

La meilleure table du Galley Beach est une table ronde pour six dans un angle de la terrasse, au bord de la plage. La table 20. Ceux d'entre nous qui déjeunent dans cet établissement, ce dimanche-là, ne sont guère surpris de voir Hollis Shaw et ses étoiles y prendre place à midi. Elles portent toutes des tenues roses, orange ou les deux, ce qui apporte une tache de couleur estivale au cadre déjà époustouflant du restaurant.

Sur la terrasse, les tables sont recouvertes de nappes blanches et entourées de fauteuils en rotin. Il y a un bar en zinc et, sur la plage, un espace de détente, avec des chaises longues et des tables braseros. Sur la gauche se trouve la vue délicieuse de l'hôtel Cliffside Beach Club, avec ses célèbres parasols bleus, verts et jaune canari plantés en rangées régulières et cinq fauteuils inclinables bleus abrités sous un chapiteau. Les œuvres d'art exposées dans le Galley Beach sont éclectiques, tout comme sa clientèle. C'est ici que les célébrités viennent (même si nous faisons mine de ne pas les reconnaître).

Ethan et Terri Falcone dégustent une bouteille de rosé sur une table haute en extérieur – ils travaillent tous les deux enfermés et profitent du soleil à la moindre occasion. Terri a une vue imprenable sur Hollis et ses amies lorsqu'elles prennent place à leur table. Elle trouve le coup des tenues assorties un poil excessif, mais c'est peut-être l'envie qui parle. Elle remarque aussitôt la présence de Tatum McKenzie parmi les invitées. Terri était au lycée avec Hollis et elle. Enfin, elle est surtout devenue la meilleure amie de substitution de Tatum après le départ d'Hollis pour la fac en Caroline du Nord.

Ethan partage la fin de la bouteille de rosé entre leurs deux verres. (Ça lui fait mal de payer 140 dollars une bouteille qui lui en coûte 28 quand il la commande pour son magasin, mais il sait bien qu'ici on paie la vue.)

— Tu veux rester pour le déjeuner ? propose-t-il à sa femme.

Il suppose qu'elle va décliner, jugeant que la carte est trop chère. Terri est la plus économe des deux.

— On peut aussi passer acheter des sandwiches chez Something Natural pour aller les manger sur la plage.

— On reste, dit-elle en gardant ses yeux rivés sur la table d'Hollis et de Tatum.

Ethan est agréablement surpris ; il meurt d'envie de goûter le ceviche de flétan servi sur des tacos. Il fait signe à leur serveur.

— Cet endroit est divin, observe Gigi. J'ai l'impression d'être à Saint-Tropez.

Tatum a toujours pensé que c'était un restaurant prétentieux, mais elle revoit son jugement maintenant qu'elle y est attablée. Elle se retrouve, une fois de plus, à côté de Dru-Ann, qui ne lâche pas son téléphone. Tatum ne peut se retenir d'y jeter un coup d'œil : qu'y a-t-il de plus fascinant que la vue du Galley ? Elle aperçoit un type avec une visière qui joue au golf dans le brouillard. Elle ne la comprendra décidément jamais.

— Ça vous va, du champagne ? demande Hollis.

Elle hèle leur serveur, Louis, et lui commande un magnum de Veuve Clicquot. Elle veut célébrer ce moment – elles occupent la meilleure table du Galley, par un magnifique dimanche d'été. Elles sont toutes en rose et en orange. Et même si Dru-Ann est à tomber dans sa robe moulante fuchsia, c'est sans conteste Brooke qui remporte la palme de la meilleure tenue, avec sa tunique à imprimé rose et orange, avec des pompons, qui lui dénude l'épaule.

Après que Louis a présenté l'étiquette du magnum à Hollis puis fait sauter le bouchon, elle lève sa flûte – bien qu'elle sente que tous les autres clients les observent à la dérobée.

— À votre santé, mes amies. Joyeux dimanche.

— À ce week-end de beuveries cinq étoiles, dit Dru-Ann avec un clin d'œil appuyé.

Elle est aussi impatiente que les autres de soigner le mal par le mal. Les chaînes américaines ont commencé leur retransmission du British Open, et elles ne parlent que d'une chose : Phineas Pine et Rory McIlroy sont au coude à coude. Il ne leur reste plus que quatre trous.

Tout en avalant une gorgée de Veuve Clicquot frais et pétillant, Tatum regarde le ferry. Elle se surprend à regretter que le week-end touche déjà à sa fin. Contre toute attente, elle s'est habituée à cette petite immersion dans le luxe, et elle craint d'avoir du mal à retrouver sa vie quotidienne. Elle sait que Kyle et Jack sont allés pêcher à Great Point et, pour la première fois, elle ne regrette pas de ne pas être en leur compagnie.

On part déjeuner au Galley, a-t-elle écrit à Kyle tout à l'heure. Puis sortie en mer sur l'*Expérience* !

Brooke se tourne vers Tatum.

— On a fait la connaissance de ton fils au Chicken Box hier soir, avec Dru-Ann.

Elle avale une gorgée de champagne, puis ajoute :

— Je le tiens pour responsable de ma gueule de bois.

— Dylan était au Box ?

— Oui, avec Caroline.

Tatum échange un regard avec Hollis.

— Arrêtez ça, toutes les deux, intervient Caroline. Je suis navrée de vous l'apprendre, mais l'ex de Dylan a débarqué et elle m'a jeté son verre à la figure avant de dire qu'il lui appartenait.

— Pfff, soupire Tatum, Aubrey est insupportable.

— Ce n'est pas moi qui l'ai dit !

Caroline sort sa caméra pour filmer les cinq amies autour de la table. Louis vient prendre leur commande. Caroline zoome sur Gigi, qui porte un dos nu rose vif et de longues boucles d'oreilles à pampilles orangées. Les couleurs tranchent sur le décor de sable et d'océan derrière elle.

— Elle t'a jeté son verre à la figure et tu n'es pas venue me chercher ? lance Dru-Ann.

— Tu dansais avec Brooke.

Cette dernière se sent rougir. Elle doit avoir les joues de la même couleur que sa tunique.

Brooke devrait être affamée – elle a sauté le petit déjeuner à cause de l'interview avec Caroline –, pourtant elle a envie de quelque chose de léger. Elle choisit l'omelette du jour (aux courgettes sautées, au brie et au thym), accompagnée d'une salade verte. Louis leur apporte des petits pains chauds, et elle n'est même pas tentée d'en prendre un. À côté d'elle, Gigi a opté pour le burger, accompagné d'un monceau de frites fines et croustillantes, mais Brooke refuse d'en goûter une lorsqu'elle le lui propose. L'omelette lui suffit ; elle se marie à merveille avec son champagne, même si, contrairement aux autres, elle n'a encore bu qu'un verre.

Gigi, elle, en est à son troisième, et les bulles lui sont montées droit à la tête, puisqu'elle a aussi sauté le petit déjeuner. Elle ne s'explique pas pourquoi elle se sent nerveuse alors que le week-end est presque terminé. C'est absurde, non ? Elle doit encore être sous le choc de ce qui s'est passé la veille avec cette femme affreuse. Sans parler de ses propres envies impulsives de tout déballer à Hollis. Non, elle ne peut vraiment pas faire ça. Elle l'apprécie, et elle apprécie aussi ses amies, elle veut profiter de la fin de ce week-end le plus tranquillement possible, puis rentrer et trouver le moyen de se pardonner.

Dru-Ann hume son sandwich au homard avant de s'excuser pour aller aux toilettes, où sont diffusés, à sa grande surprise, des bruits de vagues et des cris de mouettes. Assise sur l'abattant, elle regarde son téléphone. McIlroy vient de réussir un birdie au quinzième trou, ce qui signifie sans doute qu'il vient d'enterrer Phineas. Hovland a deux coups de retard. Les images basculent sur Phineas, qui joue justement le quinzième trou. Il doit réussir un coup à près de 25 mètres pour faire lui aussi un birdie, et même si elle est assise là depuis bien trop longtemps pour trouver comment justifier son absence ensuite, elle ne parvient pas à détacher son regard de l'écran. Phineas s'accroupit pour repérer le trou avec une concentration qui lui rappelle celle de Phil Mickelson, puis il se redresse et frappe la balle.

Elle roule, roule, dévie vers la gauche, et Dru-Ann se surprend à se pencher vers la droite en murmurant :

— Allez, allez !

Et comme par magie, à la toute dernière seconde, la balle décrit une courbe et tombe dans le trou.

Elle fait un bond. Il a réussi un birdie lui aussi ! Elle n'en revient pas ! Est-ce qu'elle peut trouver un prétexte pour sécher la sortie en mer ? Il faut qu'elle voie la fin de la partie. Nick doit être fou ! (Posey aussi, mais elle se fiche de Posey.)

Quand elle regagne la table, les assiettes ont été débarrassées et remplacées par les cartes pour les desserts. Caroline s'est éloignée sur la plage, pieds nus, avec sa caméra, pour réaliser des plans d'ensemble permettant de planter le décor, avant de filmer la table d'un autre point de vue. Tout le monde agite la main, même si Dru-Ann a un temps de retard.

— Vous avez envie d'un dessert ? demande Hollis. Le brownie avec la glace à la vanille est un incontournable.

— Moi, ça va, répond Brooke. Je prendrai juste un café.

— Je veux bien partager, dit Gigi.

— Commande, sœurette, ajoute Tatum.

Zut, pense Dru-Ann, qui aimerait accélérer la cadence. Elle a passé tellement de temps aux toilettes qu'elle pourrait très bien dire à Hollis qu'elle est dérangée et qu'il vaut mieux qu'elle évite de monter à bord d'un bateau. Elle pousse un soupir. Elle a trouvé son prétexte. Elle sera devant sa télé dans trente minutes, quarante max, ce qui lui laissera tout le temps de suivre la fin de la compétition.

Le brownie coulant accompagné de glace à la vanille et de crème fouettée fait une première fois le tour de la table, puis une seconde. Tatum annonce alors qu'elle va le terminer. Au moment d'avaler la dernière bouchée, elle aperçoit un couple sur une table haute près du bar. *Oh, non !* Il s'agit de Terri et

Ethan Falcone. *Comment ont-ils les moyens de manger ici ? La cave d'Ethan doit bien tourner.* Terri observe la grande table ronde et dit quelque chose à son mari. Tatum est tentée de leur faire un signe, mais elle n'a aucune envie qu'ils s'approchent.

Elle se redresse sur son fauteuil en rotin. *Oui, Terri, je porte une robe Lilly Pulitzer orange et je déjeune à la table 20 avec Hollis Shaw. C'est la vie !*

Terri parle d'elles, c'est sûr et certain. Pour dire quoi ?

— Tu sais à quoi je pense toujours quand je vois Hollis Shaw et Tatum Grover ensemble ? lance Terri à son mari.

— Non, répond-il en repoussant son assiette et en partageant ce qui reste de leur seconde bouteille de rosé entre leurs verres.

Ça, c'est la belle vie, songe-t-il. Se prélasser au soleil en buvant un bon vin et en savourant un déjeuner sans se presser. Terri est bien éméchée, et il se dit qu'avec un peu de chance la suite de la journée pourrait lui apporter un autre type de satisfaction.

— Je pense à notre finale perdue en championnat, l'année de terminale. Tatum, qui jouait en champ gauche, a laissé échapper la balle, ce qui a permis à l'autre équipe de nous doubler au score.

Ethan hoche la tête. Il a entendu cette histoire un nombre incalculable de fois. Il est tenté de chantonner *Glory Days,* de Bruce Springsteen, mais Terri n'a aucun humour sur le sujet.

— Tatum adorait faire des blagues, et pendant un quart de seconde, j'ai cru qu'elle faisait semblant de lâcher la balle pour nous causer une frayeur, un genre de tour de passe-passe, tu vois. Elle aurait fini par sortir la balle de son gant. Parce que j'ai eu l'impression qu'elle l'avait bien attrapée. Et pourtant, la seconde d'après, la balle était dans l'herbe.

— Tu veux dire qu'elle l'aurait lâchée exprès ?

Voilà qui apportait un éclairage neuf sur cette histoire.

— Mais pourquoi elle aurait fait une chose pareille ? s'exclame Terri. Je ne connais personne qui soit aussi porté sur la compétition que Tatum. N'empêche, ce ratage m'a toujours contrariée.

Elle garde son regard rivé sur la table 20.

— Enfin bref, c'est à ça que je pense à chaque fois.

Ethan lui serre la main. C'est une des choses qu'il a toujours aimées chez sa femme : dans son cœur, elle a éternellement 17 ans.

Hollis demande l'addition, qui met une éternité à arriver – c'est du moins l'impression de Dru-Ann. Elle lorgne discrètement son portable sous la table. Hovland est au seizième trou. L'addition arrive, Hollis tend sa carte de crédit.

— Merci, Hollis, disent-elles toutes en chœur.

Dru-Ann, avec un temps de retard.

Profitant d'un moment de calme dans la conversation, Brooke, qui est restée étonnamment silencieuse pendant le déjeuner, se racle la gorge.

— J'aimerais faire une annonce qui risque de vous surprendre.

Dru-Ann redresse la tête. Est-ce que Brooke compte réellement faire son coming out maintenant ?

Elle n'a pas le temps de poursuivre, car elle est interrompue par l'arrivée d'une femme en caftan vaporeux rose et orange qui fond sur elles depuis la plage. Elle porte des lunettes de soleil d'une taille si démesurée qu'on dirait qu'elle les a piquées à une diva des années 1970, et Dru-Ann met une minute à comprendre que cette femme est la cinglée de la veille.

Elle passe juste devant Caroline – toujours en train de filmer – pour s'approcher de la tablée.

— Bonjour, mesdames !

Hollis se retourne et tombe nez à nez avec Electra. En tenue rose et orange. C'est une plaisanterie, n'est-ce pas ?

Caroline zoome sur Electra Undergrove au moment où celle-ci salue tout le monde – alors qu'Hollis et elle ne sont plus amies ! Elles sont même devenues des ennemies en un sens. Electra porte une tenue assortie à celle des autres. Qu'est-ce qui se passe enfin ?

Brooke ricane.

— Tu n'es pas sérieuse, là ! Tu te ridiculises, Electra. Personne ne veut de toi ici.

Hollis est impressionnée par le cran de Brooke, mais elle n'a vraiment aucune envie de provoquer une scène au Galley après leur déjeuner si réussi.

— On allait partir, lui dit-elle en prenant son sac à main.

Elle croise le regard de Brooke pour lui signifier de se lever. C'est la seule solution : quitter cet endroit. Brooke se lève à son tour, mais les trois autres femmes restent assises et observent Electra.

— Je suis juste passée parce que j'ai fini par me rappeler, hier soir, pourquoi vous me disiez quelque chose.

Electra remonte ses gigantesques lunettes de soleil sur le sommet de sa tête et dévisage Gigi.

— Je vous ai croisée avec Matthew à Atlanta. Vous sortiez de l'Optimist, où nous entrions, avec mon mari et mon fils.

Quoi ? se dit Hollis. *J'ai bien entendu « avec Matthew » ?*

— S'il te plaît, Electra, arrête, intervient-elle. Gigi n'a jamais rencontré Matthew. Nous sommes devenues amies après sa mort.

Electra ne lâche pas Gigi du regard.

— C'était bien vous. Vous étiez avec Matthew. Je me souviens de votre visage, et de votre accent.

— Mais qu'est-ce qui te prend enfin ? s'emporte Hollis. Ça confine au harcèlement, tu sais.

Elle cherche du regard alentour quelqu'un qui pourrait intervenir. Le restaurant est bondé et le personnel affairé ; Louis prend une commande à l'autre bout de la terrasse. Personne ne leur accorde la moindre attention, ce qui devrait sans doute être un soulagement pour Hollis.

— J'ai pensé qu'il valait mieux que tu sois au courant, insiste Electra.

— Au courant de quoi, enfin ? Que tu es une sociopathe ?

— Que cette femme, ton amie, ton « étoile », était avec Matthew à Atlanta. Ils étaient *ensemble.*

Hollis secoue la tête. C'est absurde, c'est impossible, et de toute façon on ne peut jamais se fier à un seul mot qui sort de sa bouche. Hollis se tourne vers Gigi, mais son fauteuil est vide. Elle l'aperçoit alors qui se faufile entre les tables vers la sortie. Elle part.

Gigi ! Hollis ne l'appelle pas tout haut, bien décidée à conserver son sang-froid.

— Merci pour la discussion, mesdames, conclut Electra. Profitez de votre séjour à Tuck !

Tuck ? songe Tatum en levant les yeux au ciel. Seuls les touristes les plus horripilants utilisent cette expression.

Mais qu'a donc fait Electra ? s'inquiète Brooke.

Gigi rentre-t-elle à la maison ? se demande Dru-Ann. *Est-ce que je peux la suivre ?*

Caroline éteint la caméra et l'abaisse le long de son flanc. Elle voit Gigi monter dans un taxi sur le parking du restaurant.

— Maman ?

Hollis ne s'est pas rassise.

— Allez directement à l'embarcadère, toutes les quatre. Gigi et moi, on vous rejoint.

44

LE VOILIER DE L'AMITIÉ

Leur sortie en mer à bord de l'*Expérience* doit se dérouler de 14 heures à 16 heures, mais à 14 h 15, ni Hollis ni Gigi ne sont arrivées, et Caroline a bien remarqué que le capitaine Jim commençait à devenir fébrile. Il est secondé par son fils, James, lequel demande à Caroline combien de temps encore ils vont devoir patienter.

— Elles devraient arriver d'une seconde à l'autre. Elles sont en train de se garer.

Quelques minutes plus tard, elle reçoit pourtant un message de sa mère qui dit : Allez-y sans nous.

Sérieusement ? répond Caroline. Vous êtes où ?

Allez-y. S'il te plaît.

— Finalement, ma mère ne vient pas, informe-t-elle James. Nous pouvons donc y aller.

Caroline, Brooke, Dru-Ann et Tatum choisissent des places dans la cabine et écoutent James leur exposer des instructions – emplacement des gilets de sauvetage, interdiction de jeter quoi que ce soit dans les toilettes, y compris le papier hygiénique, etc. Il leur livre ensuite un bref historique du bateau. L'*Expérience* est un « sloop friendship » de 31 pieds que le capitaine Jim a construit de ses propres mains.

Classe, se dit Dru-Ann, qui jette malgré tout des coups d'œil à son téléphone pendant l'exposé de James. Hovland a fait un bogey au dix-septième trou ; il est dans les choux. Phineas et McIlroy sont toujours ex aequo et vont attaquer le dernier trou.

J'aurais dû suivre Gigi et Hollis.

Tatum envoie un message express à Kyle : Tu ne croiras jamais ce qui est arrivé au déjeuner ! Une nana nous harcèle ! Au fond d'elle, elle trouve que tous ces mélodrames sont une bonne chose, ils lui changent bien les idées. Elle repense à l'accusation portée par cette Electra. A-t-elle vraiment suggéré que Gigi était *avec* Matthew, au sens où ils auraient eu une liaison ? Difficile de reprocher à Gigi de s'être éclipsée. Tatum aurait fait pareil ; mais elle aurait d'abord giflé la cafteuse.

Brooke écoute James, même si elle reste ébahie par l'impudence d'Electra. Elle a quand même eu le toupet de venir troubler un déjeuner au restaurant pour accuser l'une d'elles d'avoir couché avec le défunt mari d'une de ses amies ! La provocation est le superpouvoir d'Electra, et pourtant quelque chose chiffonne Brooke. Elle se souvient de ce qu'Electra lui a dit au Slip 14, au moment où elle a mentionné sa rencontre fortuite avec Matthew. « Je crois qu'il a été surpris de nous croiser dans ce lieu. » Est-ce qu'Electra cherchait à sous-entendre qu'il était accompagné ? *Peut-être bien... Mais il ne pouvait pas s'agir de Gigi !*

Caroline, elle, s'inquiète pour sa mère. Est-ce que tout va bien ?

Oui, ma chérie, tout va bien. On se voit à votre retour à la maison.

Elle a l'air dans son état normal. Elle doit être en train de préparer la pâte à pizza pour la dernière soirée du week-end. Gigi l'aidera pour les garnitures, et elles riront ensemble de cette peste d'Electra.

Caroline sort sa caméra et réalise ce qui sera sans doute le plan le plus époustouflant de tout le week-end. Dès que le sloop a quitté la marina, le capitaine Jim hisse les voiles, qui grondent dans le vent. Il coupe le moteur et le monde devient silencieux ; ils dépassent la plage de Brant Point Light, où un type pêche et où des gosses bâtissent un château de sable. Ils agitent la main, et Caroline et Brooke leur répondent. Elle filme les résidences secondaires majestueuses qui bordent le port. Il n'y a rien de tel que voir Nantucket depuis l'océan pour retomber amoureux de l'île.

Dru-Ann se dirige vers la proue pour savourer la sensation du vent sur son visage. D'accord, elle a su profiter d'un moment où elle était calme, bien présente… mais maintenant elle doit aller voir ce qui se passe à Saint Andrews. Elle retient un cri : le driver de McIlroy au dix-huitième trou atterrit dans l'eau. Il va avoir beaucoup de mal à revenir dans la course. Phineas passe après lui. Il réussit une balle magnifique qui franchit le fairway jusqu'au green. *Nom d'un petit bonhomme ! Il a sa chance !*

« Il a rêvé qu'il gagnait. »

— Salut.

Dru-Ann sort le nez de son téléphone. Tatum s'assied à côté d'elle.

— Je sais que j'ai été odieuse tout le week-end.

Vraiment ? lui répond intérieurement Dru-Ann.

— Je me suis dit qu'on pourrait parler.

— Maintenant ?

Dru-Ann rêve d'apaiser les tensions entre elles depuis le début du week-end, et c'est pile au moment où son attention est accaparée ailleurs que Tatum est enfin prête. Logique.

— Oui, maintenant.

Évidemment, autant rendre ces explications aussi cinématographiques que possible ! ironise Dru-Ann à part elle. Elles sont assises à la proue d'un sloop friendship – « voilier de l'amitié » !!! –, le visage baigné de soleil, du vent dans les cheveux. Et même s'il lui en coûte, elle pose son téléphone.

— Vas-y, je t'écoute.

— Tu dois trouver ça puéril, ou mesquin, ou je ne sais quoi, de rester rancunière après tout ce temps.

Dru-Ann soupire.

— On était jeunes, j'étais possessive avec Hollis.

Elle s'éclaircit la voix, puis ajoute :

— Et toi aussi, Tatum.

— Tu m'as balancé une horreur le jour de son mariage.

— Dans mon esprit, c'était une blague, mais si tu veux que je te présente des excuses sincères, je le fais de bon cœur. Je te demande pardon, Tatum. C'était bête, cruel et pas du tout drôle.

— Ce n'était pas seulement cette blague. Il y avait aussi eu le week-end d'enterrement de vie de jeune fille, ta façon de prendre des décisions unilatérales sans te préoccuper des moyens financiers des autres.

Kyle serait amusé de l'entendre employer des expressions pareilles, mais il faut dire qu'elle prépare ce discours depuis très, très longtemps. Et autant se présenter armée face à son ennemie, non ?

C'était à l'automne 1998. Le mariage d'Hollis aurait lieu au mois de février, et Dru-Ann était son témoin. Son amie l'a informée que Tatum serait « aussi » son témoin, enfin son témoin « principal », et que sa seule requête était d'être placée à côté de la mariée. Dru-Ann en a été irritée.

— Pourquoi tu cèdes systématiquement à tous ses caprices ?

— Je la connais depuis toujours, elle est comme une sœur pour moi. S'il te plaît, Dru-Ann, sois la plus adulte des deux et montre-toi coulante.

Dru-Ann étant, de toute évidence, la plus adulte des deux, elle a décidé de se montrer coulante. Sa « seule » requête à elle était d'organiser l'enterrement de vie de jeune fille à Boston.

Ce serait un week-end inoubliable. Elles passeraient deux nuits au Ritz-Carlton d'Arlington Street, le vendredi soir elles iraient dîner dans un italien du North End, le samedi elles feraient du shopping dans Newbury Street, réserveraient un massage au spa et, le soir, elles s'offriraient un repas raffiné au Biba. Dru-Ann a écrit à toutes les filles de la liste fournie par Hollis, pour leur décrire les activités et estimer le coût du week-end en dehors du logement – puisque tout dépendait du type de chambre qu'elles souhaitaient réserver au Ritz. Elle comptait pour sa part prendre une suite et inviter Hollis à la partager avec elle.

Elle estimait le prix total du week-end, par personne, entre 600 et 700 dollars, car elles devaient, bien évidemment, ajouter à leurs propres frais ceux d'Hollis, répartis entre elles.

Je ne peux pas y aller, s'est dit Tatum. *Ça représente trop d'argent. Le Ritz, Biba, un massage ?* Elle était serveuse au Lobster Trap, qui fermait dès novembre pour l'hiver. Elle bossait un peu au Anglers Club pendant cette période. Elle devait gagner dans les 300 dollars par semaine. Elle avait les traites de sa voiture, et avec Kyle ils économisaient pour acheter une maison.

Elle a appelé Hollis pour lui annoncer qu'elle ne pouvait pas venir à Boston. Fidèle à elle-même, Hollis est passée en mode « résolution de problèmes ». Tatum pourrait se dispenser du massage et du séjour au Ritz même. Pourquoi ne dormirait-elle pas dans l'appartement d'Hollis, qui se trouvait à dix minutes à pied ? Il ne lui resterait qu'à payer le bateau et le bus jusqu'à Boston, puis ses repas.

— Tu ne peux pas rater ça, Tay. Tu es mon témoin.

C'était la première fois que Tatum et Dru-Ann se rencontraient en personne. Dru-Ann l'a serrée dans ses bras dès qu'elle l'a vue.

— J'ai l'impression de te connaître, tu sais. Hollis parle sans arrêt de toi, je sais tout. Vraiment tout !

Comme c'est gentil de dire ça ! a pensé Tatum. Sauf que ce n'était que de la poudre aux yeux. Dru-Ann a passé le reste du week-end à lui faire sentir combien elle était décalée – une sorte de citoyenne de seconde classe, le maillon faible de la bande. En logeant chez Hollis plutôt qu'à l'hôtel, elle se privait des meilleurs moments du week-end – le petit déjeuner en chambre, le champagne que Dru-Ann a fait servir dans la suite avant le dîner au restaurant italien, les discussions au retour jusqu'aux petites heures du matin. Tatum n'a pas pu réserver de massage et elle a suivi les autres, sans un mot, dans des boutiques hors de prix de Newbury Street. Chez Biba, elle a commandé du poulet, quand les autres prenaient du crabe, du homard et du foie gras ! Elle passait son temps à compter l'argent qu'elle dépensait ou risquait de dépenser dans l'heure suivante. C'était éreintant. Le samedi soir, en rentrant chez Hollis, elle a acheté un ticket de loterie. Elle s'est dit que si elle gagnait 10 000 000 de dollars, elle réserverait sur-le-champ une suite au Ritz et elle réglerait la note de tout le monde. Il y aurait du caviar au petit déjeuner, et elle rentrerait à Cape Cod en limousine – et pas en bus ! Elle n'a pas gagné ; bien sûr qu'elle n'a pas gagné. Et une fois dans l'appartement d'Hollis, elle a appelé Kyle et fondu en larmes.

***

— Tu t'es complètement approprié l'enterrement de vie de jeune fille d'Hollis. Et moi, je n'ai toujours pas fini de le payer…

— Je sais et je suis désolée. Quand j'y repense aujourd'hui, je mesure à quel point je vous ai forcé la main, c'était odieux.

Tatum observe le profil de Dru-Ann. Est-elle sincèrement désolée derrière ses lunettes de créateur ?

— J'étais jalouse, lâche-t-elle. Tu avais un passé commun avec Hollis, des années d'avance sur moi, vous aviez grandi ensemble. Tu savais qui elle était depuis toujours, moi je ne connaissais que ce qu'elle aspirait à devenir depuis qu'elle avait quitté son île natale. Et, c'est vrai, je suis comme ça, j'aime la compétition. Je voulais être sa meilleure amie. Celle qui l'aimait le plus, et était le plus aimée.

— C'était pareil pour moi… Je pensais que son amour était un gâteau dont je voulais la plus grosse part. Non, soyons honnêtes, je le voulais tout entier !

— Comme je ne parvenais pas à diminuer ton importance aux yeux d'Hollis, j'ai essayé de te rabaisser dans d'autres domaines. Ce que je t'ai dit lors de la réception était inexcusable. Crois-moi, Tatum, je suis désolée, du fond du cœur. Chaque fois que j'y repense je me déteste.

La cérémonie religieuse et la réception au country club de Wellesley étaient toutes les deux délicieuses. Tatum, accompagnée de Kyle bien sûr, a constaté qu'Hollis n'avait convié personne d'autre de Nantucket – à l'exception de son père. Presque tous les invités étaient des amis des parents de Matthew. Très bien, ce n'était pas ce qui empêcherait Tatum de s'amuser.

Les demoiselles d'honneur, et les témoins, portaient toutes des fourreaux en soie rose poudré, et Mme Madden leur avait demandé, à toutes, d'avoir « un ras-du-cou en perles, surtout pas un collier plus long type sautoir ». Tatum ne possédait pas de collier de perles, ni court ni long, et elle avait donc dû en acheter un.

Mme Madden a offert à toutes les demoiselles d'honneur leur mise en beauté complète. Tatum a opté pour une tresse en couronne, laquelle était piquée de roses pâles. À sa demande, elle était placée à côté d'Hollis pendant la cérémonie, et le programme indiquait son nom en premier dans la rubrique des témoins, alors que Dru-Ann aurait dû la précéder selon l'ordre alphabétique. Bref, Tatum était ravie.

Juste avant le début de la réception, Dru-Ann l'a informée qu'elle se chargerait du discours. Tatum avait composé un poème en rimes, mais en réalité elle était terrifiée à l'idée de parler en public, et elle a donc accepté cette annonce de bonne grâce – elle remettrait son poème à Hollis plus tard. Mme Madden, qui avait entendu les deux jeunes femmes parler entre elles, a informé Dru-Ann que les seules personnes à prononcer un discours seraient son mari et le témoin du marié.

Bien fait, a pensé Tatum, en décochant à Dru-Ann un sourire bidon, avant d'aller se chercher une autre coupe de champagne.

Au milieu du bal, le chanteur du groupe s'est adressé à l'assemblée entre deux chansons.

— Et maintenant une dédicace de notre mariée à sa témoin Tatum McKenzie !

Le groupe a joué les premières notes de *Take My Breath Away,* et Tatum a rejoint Hollis sur la piste. Elles ont exécuté leur petite chorégraphie pendant que les autres convives – qui commençaient à être éméchés – les applaudissaient. Tatum n'aurait pas pu imaginer de plus grand honneur.

Vers la fin de la réception, elle s'est rendue aux toilettes. Elle avait beaucoup bu et elle avait mal aux pieds à force d'avoir dansé dans ses souliers en soie assortis à sa robe. Elle défaisait sa tresse devant le miroir – elle avait mal au crâne à cause de toutes les épingles –, et elle a tiré sur son collier sans le faire exprès. Le fil a cédé et les perles se sont mises à rouler sur le carrelage au moment où Dru-Ann sortait d'une cabine.

Elle a observé Tatum dans le miroir en se lavant les mains.

— C'est ce qui arrive quand on se fournit dans un supermarché, lui a-t-elle asséné avant de sortir.

***

En y repensant, Dru-Ann a envie de se jeter par-dessus bord. Qui dit des horreurs pareilles ? Elle était vraiment aussi indélicate et stupide que certains jeunes qu'elle a le déplaisir de fréquenter aujourd'hui.

— Je te demande pardon d'avoir fait une blague aussi méprisante. C'était vraiment minable de ma part, je me fais l'effet d'une raclure.

Elle pose une main sur l'avant-bras de Tatum et le presse.

— Je te demande pardon.

Tatum reste silencieuse un instant ; Dru-Ann prie pour qu'elle sente combien ses excuses sont sincères.

— Je te pardonne, finit-elle par dire. J'ai des sujets de préoccupation bien plus graves que mon collier de supermarché, aujourd'hui.

Dru-Ann rit de bon cœur.

— Oui, moi aussi.

Caroline se rapproche à pas de loup de la proue, avec sa caméra. Elle réussit à filmer la scène entre Dru-Ann et Tatum. Elles se sont enfin réconciliées.

Comme Dru-Ann et Tatum se sont isolées à la proue, et que Caroline tourne des images, Brooke se retrouve seule dans la cabine. Hier encore ça l'aurait chagrinée, mais aujourd'hui elle est heureuse de se contenter d'admirer le paysage et de réfléchir. Le second du capitaine, James, passe prendre de ses nouvelles.

— Tout va bien ?

Il a l'air d'un gosse sympa, et son intonation donne l'impression qu'il veut sincèrement savoir si elle va bien.

Elle lui sourit.

— Je suis enfin sortie du placard ce week-end, lui lâche-t-elle.

À la façon dont il incline la tête, elle se dit qu'il a entendu ce qu'elle disait mais pas compris.

— Je suis gay.

Un sourire d'étonnement étire les lèvres de James. Il ne s'attendait sans doute pas du tout à ça.

— Tant mieux pour vous ! Félicitations !

Elle sait que ses proches ne verront pas tous dans cette annonce un sujet de réjouissances, mais le second du capitaine, oui. Elle adore les gosses de cet âge. *L'avenir est plein d'espoir*, conclut-elle.

45

AU NEZ ET À LA BARBE

Hollis fonce dans la Bronco aussi vite que possible sans risquer d'attirer l'attention de Kevin Dixon ou de n'importe quel autre policier de Nantucket.

« Je vous ai croisée avec Matthew à Atlanta », a dit Electra.

Le mot sur lequel Hollis ne s'est pas suffisamment appesantie jusqu'à maintenant est « Atlanta ». Comment Electra peut-elle savoir que Gigi vit à Atlanta ? Ce n'est pas écrit sur le programme.

« Ils étaient *ensemble* », a dit Electra.

Et si Gigi était partie du restaurant, s'était *enfuie*, parce qu'elle a été prise sur le fait ?

Matthew et Gigi ?

Quand Gigi a-t-elle commencé à poster sur *Le Tableau* ? Six mois avant la mort de Matthew ? Neuf ? Gigi a-t-elle cherché à s'attirer les faveurs d'Hollis ? Ses commentaires fréquents n'étaient-ils qu'une ruse pour capter l'attention d'Hollis ?

Cela expliquerait-il sa présence à Nantucket ?

Hollis repense soudain aux confessions de Gigi lors de leur balade sur la plage. « Cet homme... nous n'étions pas mariés et nous n'avions pas d'enfant ensemble. Même si ça rend les choses plus difficiles en un sens. Je n'ai plus grand-chose à quoi me raccrocher maintenant qu'il est mort, à part mes souvenirs. » Parlait-elle de Matthew ? Elle la revoit observant leurs photos de famille dans la bibliothèque. Puis elle songe à des détails plus insignifiants, plus idiots : Gigi qui demande le premier soir laquelle d'entre elles a déjà feint un orgasme,

Gigi qui veut connaître l'histoire de la rencontre entre Hollis et Matthew...

Elle appuie sur l'accélérateur. Le vent soulève ses cheveux comme une cape dans sa nuque, et ses yeux s'embuent derrière ses lunettes de soleil. Elle va finir par perdre le contrôle de sa voiture et se tuer, mais elle est impatiente d'arriver chez elle. Electra est une vraie peste... Pourtant, à mesure que les champs et les étangs de Polpis Road défilent le long de la route, Hollis est de plus en plus convaincue qu'elle a dit la vérité.

Matthew et Gigi. Ça la rend malade. Hollis s'est confiée à elle ! Elle lui a raconté leur dispute juste avant qu'il ne parte pour l'aéroport, puis son petit déjeuner avec Jack. Et pendant tout ce week-end, Gigi lui a semblé une vraie planche de salut face aux petits drames qui l'ont ponctué.

Coup de théâtre : c'est Gigi qui a causé le vrai drame.

Hollis a envie de hurler. Elle le fait d'ailleurs, à tue-tête, dans l'après-midi ensoleillé de Nantucket. Elle égrène un chapelet d'injures et ne s'interrompt que lorsqu'elle aperçoit deux femmes à bicyclette le long de la route.

Les deux cyclistes sont Sharon la Blonde et sa sœur, Heather. Sharon pile brusquement, et Heather manque de la percuter.

— Hé ! s'exclame-t-elle en donnant un grand coup de guidon.

Sharon éclate de rire. On dirait un duo comique.

— J'ai rêvé ou c'est Hollis Shaw qui vient de passer en hurlant des insanités ?

— Elle devait chanter, rétorque Heather. Et la prochaine fois que tu décides de freiner aussi brutalement, préviens-moi !

Hollis veut croire qu'il existe une explication raisonnable à tout ceci. Peut-être que le compagnon de Gigi avait une maladie cardiaque rare que seul le Dr Matthew Madden du Massachusetts General Hospital était capable de guérir, et que, malgré son talent, ledit compagnon est mort sur la table d'opération. Se rappelant que Gigi vivait à Atlanta, Matthew l'a invitée à dîner pour prendre de ses nouvelles.

Ou alors peut-être que Matthew ou Gigi a fait un test ADN et découvert qu'ils étaient cousins, ou frère et sœur.

Hollis se berce d'illusions bien sûr. Matthew et elle se sont éloignés ; il était sans arrêt en déplacement, et lorsqu'il rentrait il se montrait ailleurs. Elle sait qu'à d'innombrables moments elle a remarqué qu'il la regardait sans la voir. Il pensait à Gigi.

Hollis s'engage dans l'allée bordée d'hortensias, et sa beauté est un camouflet. Elle était si bien, si contente d'elle, qu'elle n'a pas vu ce qui se trouvait sous ses yeux.

Ce qui se trouve sous ses yeux à cet instant précis, c'est Gigi, qui descend les marches du perron avec sa valise et son fourre-tout. Elle regarde son téléphone, sans doute pour savoir à quelle distance est son chauffeur. Quand elle aperçoit la Bronco, une expression de terreur se peint sur ses traits.

Non, pas de terreur, rectifie intérieurement Hollis. *De culpabilité.*

Elle descend de voiture et claque la portière si fort que le bruit doit résonner à l'autre bout de l'île. Elle pointe un doigt sur la maison.

— Rentre, dit-elle en desserrant à peine les dents.

— Je m'en vais, je ne veux pas causer davantage d'ennuis...

— Rentre ! répète Hollis en gravissant les marches.

Elle ouvre la porte, derrière laquelle l'attend Henrietta. La chienne grogne en voyant Gigi.

Évidemment, comprend Hollis. *Henrietta savait depuis le début.*

46

SUR LA SELLETTE

Au sous-sol, dans la salle de projection, deux fauteuils sont placés face à face comme pour une interview. À côté de l'un d'eux se trouvent un trépied et une lampe annulaire. Hollis s'y installe et fait signe à Gigi de s'asseoir sur l'autre.

— Tu avais une liaison avec Matthew ?

Gigi confirme avec un hochement de tête. *La vérité va te libérer*, se dit-elle. C'est un cliché, mais il n'est pas loin du compte. Elle a presque la sensation de flotter. Il existe de nombreux moyens pour donner l'impression que ce n'est pas aussi grave qu'il y paraît, pourtant elle a l'intention de dire la vérité, tout entière. De livrer un témoignage cinq étoiles.

— Elle a duré combien de temps ? demande Hollis.

— On s'est rencontrés en octobre de l'année précédente. Nous avons donc passé un peu plus d'un an ensemble avant sa mort. Le soir de notre rencontre, je devais prendre un avion pour des vacances en Argentine, et il cherchait à rentrer à Boston. Je l'ai croisé dans le salon voyageurs de Delta. Il y avait une tempête, tous les vols de la soirée et de la nuit étaient annulés.

« En octobre de l'année précédente. » Hollis regardera dans son agenda. Que se passait-il dans sa vie à cette époque ? Elle imagine qu'elle empilait des rondelles de pommes de terre pour préparer un gratin, qu'elle perfectionnait ses pommes caramélisées ou qu'elle était au pressing pour récupérer des pulls en cachemire.

— À quelle fréquence vous êtes-vous vus ?

Le champagne et le repas de midi lui pèsent sur l'estomac ; elle a la tête qui tourne et les joues qui brûlent. Elle est si furieuse qu'elle pourrait plaquer Gigi au sol et l'étrangler. A-t-elle jamais été aussi furieuse ? A-t-elle jamais connu pareille trahison ? Bien sûr que non.

— Où êtes-vous allés à part Atlanta ?

— On se voyait toutes les deux ou trois semaines. Soit je m'arrangeais pour me rendre dans la ville où il donnait une conférence, San Francisco, Baltimore, soit il me rejoignait là où je me trouvais. Madrid, Rome...

— Madrid ? Rome ? Vous avez exporté votre liaison à l'étranger ?

— C'étaient des destinations professionnelles, à l'époque.

Alors Matthew a menti à Hollis. Il s'est inventé des conférences, car il savait qu'elle ne vérifierait jamais. Il a aussi dû mentir à l'hôpital, peut-être, prétexter un week-end romantique avec sa femme.

Monsieur Merveille.

Hollis les imagine déambulant dans Madrid et Rome en se tenant par la main. Ils avaient sans doute des endroits fétiches – des petits bars à vin, des cafés de poche, des boutiques où Matthew lui offrait une étole ou une ceinture. Ils s'arrêtaient pour écouter ou regarder des artistes de rue. Elle avait dû l'impressionner par sa maîtrise des langues étrangères. Et pourtant les imaginer dans d'autres pays est bien moins douloureux que de le faire dans des endroits qu'Hollis et Matthew ont aussi visités ensemble.

— Où descendiez-vous à San Francisco ?

C'est une question masochiste, mais elle éprouve le besoin de savoir.

— Ah...

Gigi prend le temps de réfléchir un instant.

— Une fois au Four Seasons...

Matthew a donc eu la décence de l'emmener ailleurs qu'au Fairmont. Il n'aura pas le droit à des bons points pour autant : le Four Seasons est encore plus chic.

— Une autre au St Regis, et puis à l'auberge du Soleil de Napa.

— Tu l'as retrouvé là-bas trois fois ?

Elle est tellement horrifiée par ce qu'elle apprend qu'elle n'arrive même pas à pleurer. Matthew a emmené Gigi à Napa ? *Non mais ce toupet !* Il aurait pu tomber sur des tas de gens qui le connaissaient. Il a vraiment joué avec le feu.

— Je n'ai découvert qu'il était marié qu'en mai dernier, reprend Gigi. Le soir de notre rencontre, il m'a dit qu'il était divorcé et qu'il avait une fille…

Un cri échappe à Hollis.

— Et je l'ai cru, poursuit Gigi. Il ne portait pas d'alliance, il n'était pas sur les réseaux sociaux et mes recherches Google ne me conduisaient qu'à des liens sur ses prouesses médicales, son profil professionnel.

— Mais il a fini par t'avouer la vérité ?

— Oui. Nous étions en Grèce, à Santorin.

— En Grèce !

Où cela va-t-il s'arrêter ? Hollis doit se rappeler de respirer. La Grèce en mai dernier… oui, quand elle se trouvait ici et qu'elle ouvrait la maison toute seule.

— Il m'a annoncé qu'il ne serait pas très disponible pendant l'été parce qu'il le passerait à Nantucket avec sa fille… et sa femme.

Gigi s'interrompt un instant.

— J'ai hurlé, j'ai pleuré, j'ai jeté des objets, mais j'étais trop amoureuse de lui pour mettre un terme à notre histoire, à ce stade.

Elle regarde Hollis droit dans les yeux et conclut :

— Voilà mon crime.

Oui, se dit Hollis. Matthew avait une épouse, une fille, deux résidences, un chien, des amis, des collègues qui le respectaient, des voisins, une vie. Poursuivre la relation avec lui en connaissance de cause était un crime.

Gigi a piqué sa curiosité en disant qu'elle était trop amoureuse de lui pour mettre un terme à leur histoire.

— Est-ce qu'il était amoureux de toi, lui aussi ? Il te l'a dit ?

— Non. Je pense qu'il avait des sentiments pour moi, mais je ne suis pas certaine qu'on puisse parler d'amour.

C'est le moment, se dit-elle.

— Il faut que tu saches autre chose...

Hollis lève la main pour l'interrompre.

— Je n'ai pas terminé !

Elle n'en revient pas de s'entendre parler sur ce ton. Elle se sent possédée.

— À quel moment t'es-tu connectée pour la première fois sur *En cuisine avec Hollis* ?

— Juste après qu'il m'a parlé de toi et dit qui tu étais.

— Mais pourquoi ? Pourquoi enfin ?

Gigi se plaque les deux mains sur les joues comme si elle cherchait à imiter *Le Cri* de Munch, et elle soupire.

— Je crois que c'est assez naturel de vouloir tout savoir sur la femme de son amant.

Hollis a un rire amer.

— Ah oui ?

Elle se retient d'ajouter : « Je ne sais pas moi, je n'ai pas eu d'amant. » Elle vient de se souvenir qu'elle a cliqué sur la page Facebook de Mindy après l'avoir vue sur les photos de Jack. Et comme il y avait un édredon, sur cette page, elle a fait une recherche sur les clubs de couture dans ce coin du Massachusetts, sans doute dans l'espoir de trouver d'autres informations sur Mindy...

— Oui, confirme Gigi. Et tu étais connue, alors les renseignements étaient à ma disposition.

— Mais pourquoi avoir cherché à entrer en contact ? Tu ne t'es pas contentée de m'observer, tu commentais toutes mes publications, tes observations étaient fines, tu voulais que je te remarque. Alors que tu couchais avec mon mari !

— C'était peut-être un peu limite... Je voulais que tu me connaisses, même si tu ne savais pas qui j'étais en réalité. Je voulais que tu... que tu m'apprécies.

— Et ça a bien marché ! Je t'ai appréciée. À la mort de Matthew, j'espérais que tu me ferais signe. Il t'a fallu une semaine.

— Oui, je ne savais pas comment réagir.

— Puis tu m'as dit que tu étais là pour m'écouter.

— C'était la vérité.

— Je me suis confiée à toi. Je t'ai avoué des choses dont je n'ai parlé à personne d'autre. Je me croyais en sécurité parce que je ne te connaissais pas. Tu étais comme une... psy virtuelle. Je t'ai raconté que nous nous étions disputés, Matthew et moi, juste avant son départ pour l'aéroport...

Hollis a la gorge nouée et elle doit déglutir.

— ... Et tu m'as ignorée ! À cause de toi j'ai eu l'impression que j'étais responsable de l'accident.

— Oh, Hollis... Est-ce que je peux parler maintenant s'il te plaît ?

— Non. Je n'en suis pas encore arrivée au meilleur. Tu veux savoir quel est le meilleur, Gigi Ling ?

Gigi empoigne les bras en daim pâle du fauteuil club. Rien ne l'oblige à rester. Elle peut commander un autre Uber pour l'aéroport, prendre un avion pour Boston, New York ou Washington, et rentrer à Atlanta de là. De l'extérieur, sa vie ne changera pas beaucoup. Elle fera des câlins à Mabel, ira dîner chez Tim et Santi, effectuera ses vols – elle demandera peut-être à retourner en Europe. Elle peut très bien laisser Hollis et ce mélodrame en plan.

Sauf que ce ne serait pas elle.

Gigi a très bien compris que par « le meilleur » Hollis entend « le pire ».

— Le meilleur, c'est que tu m'as invitée à ton week-end cinq étoiles et que j'ai accepté. Ce qui nous amène ici aujourd'hui.

— Tu es venue chez moi, tu as mangé les plats que j'avais préparés, tu as bu mon vin, tu as dormi dans ma plus belle chambre d'amis. En toute honnêteté, je voulais que ce soit toi qui l'occupes, parce que je voulais t'impressionner. Tu t'es aussi prélassée sur ma plage. J'ai sélectionné des chansons pour toi, enfin ! Qui correspondaient, d'après moi, aux goûts d'une femme « brillante », parce que je pensais que ça te plairait.

Hollis s'interrompt un instant : elle s'effraie elle-même.

— Tu as rencontré mes amies, des femmes que je connais depuis des années. Des femmes qui ont été là pour moi, qui m'ont soutenue. Des femmes qui m'aiment. Tu t'es fait une place parmi elles, alors que tu es une menteuse, une tricheuse, une traîtresse !

— Oui.

— Pourquoi ? Pourquoi es-tu venue ?

Toute la question est là, non ? Gigi pourrait fournir de nombreuses réponses : « Je suis venue pour la même raison que celle qui t'a poussée à m'inviter : parce que le courant passait entre nous. » « Je suis venue parce que je voulais me rapprocher de Matthew. » « Je suis venue pour découvrir des choses sur votre mariage. » « Je suis venue parce que j'étais inexplicablement attirée par la personne que j'ai trahie. » Elle pourrait même dire : « Je suis venue parce que je me sentais seule. »

Gigi n'est pas venue à Nantucket pour lui révéler son secret, mais maintenant qu'il a été découvert, Hollis doit savoir autre chose. Une chose capitale.

47

SOUS INFLUENCE II

L'*Expérience* ramène ces dames dans la marina à 16 heures. Caroline s'attend à ce qu'Hollis soit sur le quai avec un plateau de thés glacés et peut-être des gougères maison pour s'excuser d'avoir raté la sortie en mer. Aucun signe de sa mère, pourtant. Elle sort son téléphone et constate qu'Isaac lui a envoyé un texto.

Elle ressent une poussée d'adrénaline en découvrant son nom. S'est-il rendu compte qu'il n'était pas amoureux de Sofia finalement, est-ce que la photo que Caroline a postée, celle de Dylan et d'elle, l'a rendu jaloux, n'arrive-t-il plus à nier les sentiments qu'il ressent pour elle ?

Tant qu'elle ne prendra pas connaissance du message, les réponses à ces questions peuvent toujours être oui.

Elle appelle sa mère, mais elle tombe directement sur le répondeur. *Très bien, on va prendre un taxi.*

Caroline observe les trois amies de sa mère, qui semblent toutes absorbées par leurs pensées.

Tatum se dit qu'à cette heure-là, demain, elle connaîtra la réponse. Elle se dit aussi qu'elle est impatiente d'apprendre à Hollis que Dru-Ann lui a enfin présenté des excuses. *Il lui aura fallu vingt-cinq piges, mais maintenant tout va bien entre nous.* Mieux que bien, même. Contre toute attente, Tatum et Dru-Ann sont en train de devenir amies. Parce que, à la vérité, Tatum aime plutôt bien Dru-Ann.

Dru-Ann, elle, se dit que c'est véritablement miraculeux que Phineas Pine, qui occupe la 127e place du classement mondial, ait remporté le British Open. (Elle est allée aux toilettes, sur le bateau, pour regarder son téléphone.) C'est pour ça qu'elle adore le sport et les compétitions – divertissement aussi excitant qu'imprévisible. Tout le monde adore voir gagner un joueur qui ne partait pas favori.

Et Brooke se dit que ça a été très facile, au fond, d'avouer à James son homosexualité. Elle a voulu lui donner un pourboire à la descente du bateau, mais il lui a rendu l'argent et lui a serré la main.

— Vous m'avez déjà fait un cadeau. Merci de m'avoir fait confiance en m'annonçant votre grande nouvelle.

Vraiment, quel chou !

En longeant la sandwicherie Provisions, Caroline aperçoit un type assis à une table extérieure qui ressemble, de dos, à Dylan. De plus près, elle constate que la fille assise en face du type ressemble, elle, à Aubrey. Puis elle remarque le petit gars entre eux deux avec une tranche de bacon dans la bouche.

Dylan, Aubrey et Orion déjeunent – à moins qu'il ne s'agisse d'un dîner de bonne heure avant que Dylan ne prenne son service.

Caroline sent une main sur son bras. C'est Tatum, qui l'entraîne dans la direction opposée.

— Tu n'as pas envie de te faire asperger encore une fois, si ? Faisons comme si on ne les avait pas vus.

Un minivan des taxis Roger les attend le long du trottoir devant le Club Car. Caroline monte, suivie de Brooke et de Tatum. Dru-Ann s'apprête à les imiter quand elle entend quelqu'un crier son nom.

Elle voit alors Gucci Bex et Laura Ingalls, qui viennent de sortir de la boutique de mode Blue Beetle sur le trottoir d'en face. Gucci Bex agite les deux bras.

— Dru-Ann ! Attendez !

Tu veux que je t'attende pour que tu puisses me ridiculiser devant mes amies ? Non, merci.

— Dru-Ann, je suis désolée, nous sommes désolées !

Gucci Bex traverse la rue pavée en courant sur ses babies à plateformes.

— On avait tort, ajoute-t-elle, essoufflée.

Dru-Ann n'en croit pas ses oreilles.

— Au sujet de Posey, précise Laura Ingalls.

(Dru-Ann remarque qu'elle porte une autre robe à fleurs, parfaitement en accord avec le surnom dont elle l'a affublée.)

— Comment ça ? leur répond-elle.

Son petit ami vient de remporter la plus belle victoire de l'année. Il va faire la une de Sports Illustrated *cette semaine, je n'ai aucun doute là-dessus. C'est dingue !*

— Est-ce qu'on y va ou pas ? s'impatiente le chauffeur de taxi. À ce rythme, on n'y sera jamais avant la nuit. J'espère que vous avez prévu un encas.

— En voiture, sœurette ! lance Tatum.

Dru-Ann ne peut retenir un sourire. *Sœurette !*

— Regardez Twitter, insiste Gucci Bex. Et on vous présente encore toutes nos excuses.

— D'accord, lâche Dru-Ann avant de s'engouffrer dans le taxi et de fermer la porte coulissante.

Le taxi s'éloigne en cahotant sur les pavés.

— C'étaient des fans ? s'enquiert Brooke.

Dru-Ann roule les yeux.

— Des influenceuses.

— Elles étaient tellement stylées ! s'exclame Brooke. Tu pourras me donner leurs noms ? Je vais les suivre !

48

L'ACCIDENT II

Gigi lance :

— Tu sais que Matthew devait participer à une conférence à Leipzig ?

La mention de cette ville réveille aussitôt tous les souvenirs d'Hollis : ce matin de décembre, la neige qui tombait, la lotion après-rasage de Matthew, ses boutons de manchette en forme de rennes, la magnifique part de quiche qui a fini dans la gamelle d'Henrietta, les chants de Noël. Le coup à la porte. Hollis se pétrifie comme si Gigi braquait une arme sur elle.

— Oui ? murmure-t-elle.

— Je devais le retrouver le vendredi soir à Paris, pour le week-end. On aurait fêté notre Noël.

— Votre Noël ? À Paris ? Ce samedi-là, on avait prévu notre fête de fin d'année traditionnelle. Matthew m'avait annoncé qu'il allait la rater. Il m'a expliqué qu'il voulait rester à Leipzig jusqu'à la fin de la conférence, puis aller voir un de ses anciens professeurs à Berlin.

Expliquer à Gigi toutes les trahisons dont elle a été la victime lui donne l'impression d'être nue devant elle.

— Je sais, répond Gigi. Il m'a parlé de votre fête.

Il lui en a parlé !

— Va-t'en ! s'emporte Hollis en lui montrant l'escalier. Va-t'en d'ici tout de suite et ne me contacte plus jamais. Je vais te bloquer sur mon site Internet.

Hollis ressent une douleur fulgurante, comme si elle avait reçu un coup de poignard, sous son sternum. Elle repense à Matthew le soir où elle a fait sa connaissance au Harvard

Gardens. « J'étais concentré pour finir de me renseigner sur la cardiomyopathie de Takotsubo, ou "syndrome du cœur brisé". »

Syndrome du cœur brisé...

— Laisse-moi juste terminer, je t'en supplie, Hollis. Matthew m'a appelée le matin de sa mort. Il m'a appelée de sa voiture.

Quoi ?

— On profitait souvent de ses trajets en voiture pour discuter, c'était plus sûr, aucune oreille ne traînait. Il m'a réveillée, je ne devais prendre mon avion pour Paris que dans la soirée.

— Arrête, s'il te plaît, je ne veux pas le savoir.

— Si, justement.

Matthew a expliqué à Gigi qu'il était en route pour l'aéroport ; il était en retard et la neige tombait dru.

— J'ai eu une conversation avec Hollis avant mon départ.

Après un silence interminable, il a ajouté :

— Je me sens très partagé.

— Partagé ?

Gigi a pensé que Matthew avait une crise de conscience – ça lui arrivait de temps en temps. Il devait se sentir coupable de laisser Hollis seule à cette période de l'année, de rater la fête.

— Je ne suis pas sûr de pouvoir aller à Paris, lui a-t-il asséné.

Voilà ce qui arrive quand on couche avec un homme marié, s'est-elle morigénée.

— Tu veux que je te rejoigne à Leipzig ? a-t-elle proposé.

Une seule nuit valait mieux que rien.

— Hollis m'appelle, a-t-il dit.

— D'accord, tu veux me rappeler après ?

— Gigi...

Elle n'a pas du tout aimé le ton de sa voix. Un ton qui semblait présager...

— Je veux essayer de sauver mon mariage.

Ils sont restés silencieux un moment, même si Gigi entendait les pulsations discrètes d'un autre appel sur la ligne.

— Est-ce que... tu es en train de me quitter ?

Il a soupiré.

— Ce n'est pas juste de te faire passer en second, Gigi. Tu méritérais la première place.

— Ah, non. Tu ne vas quand même pas prétendre que tu mets un terme à notre histoire par souci pour moi.

Elle a entendu le frottement des essuie-glaces sur le pare-brise. Gauche, droite. Gauche, droite.

— Tu as raison, a-t-il fini par lâcher.

Elle a entendu un tic-tac. Son clignotant ?

— Je veux être là pour Hollis. Je ne vais pas aller à Leipzig.

— Tu n'es pas sérieux ?

Matthew comptait rater une conférence où il s'était engagé à se rendre ? Ou était-ce un prétexte pour qu'elle ne vienne pas le rejoindre dans sa chambre d'hôtel ?

— Je l'aime, Gigi.

— Vous êtes mariés. Moi je ne suis qu'une femme rencontrée dans le bar d'un aéroport que tu peux quitter au téléphone dix jours avant Noël.

— Je suis navré, Gigi. Pour tout. Prends soin de toi.

***

— L'accident a dû avoir lieu peu de temps après qu'on a raccroché. Je n'ai appris sa mort qu'en voyant ton message, sur ton site.

Gigi se lève.

— Je suis désolée, Hollis. Je sais que tu ne peux pas envisager les choses sous cet angle, mais j'ai perdu quelqu'un, moi aussi. Et je me suis tournée vers la seule autre personne capable de comprendre ce que je ressentais.

Matthew avait décidé d'annuler son voyage ? Il a dit à Gigi qu'il voulait sauver son mariage ? Hollis veut le croire de toutes ses forces, mais Gigi a peut-être tout inventé pour adoucir la nouvelle de sa liaison. Comment croire un seul mot qui sort de sa bouche ?

— Je tiens aussi à ce que tu saches que j'ai passé un merveilleux week-end, ajoute Gigi. Tu as beaucoup de chance d'avoir une fille aussi talentueuse...

Elle se racle la gorge pour chasser le trémolo dans sa voix.

— Et des amies comme Tatum, Dru-Ann et Brooke. Alors même si ça paraît complètement tordu, je veux te remercier de m'avoir associée à cette réunion amicale. Je ne regrette pas d'être venue.

Sur ces mots, Gigi tourne les talons.

— Attends.

C'est peut-être tout le matériel de tournage autour d'elle, mais Hollis a l'impression d'être une actrice. Pourquoi retient-elle Gigi ? *Laisse-la partir enfin !* Hollis ne peut quand même pas lui pardonner.

— Est-ce que tu peux attendre ? Je voudrais vérifier quelque chose. Tu veux bien te rasseoir ici une minute ? Je reviens tout de suite.

Gigi redescend lentement l'escalier – même si elle ne sait pas très bien pourquoi. Elle devrait partir avant le retour des autres. Hollis ne la laissera jamais passer une nuit de plus sous son toit.

À moins que…

Hollis se rend dans la bibliothèque et ouvre son ordinateur portable pour cliquer sur le dossier intitulé MM. Parmi tous les documents – le certificat de décès, l'assurance vie, les actes notariés –, elle trouve le rapport de l'accident.

Que cherche-t-elle exactement ? Elle ne le sait pas elle-même.

Nom du conducteur : Matthew Madden

Hollis fait défiler la page jusqu'à la mention **Décès ou Incapacité.** Les cases **Décès** et **Conducteur** sont toutes les deux cochées. Hollis essaie de contrôler sa respiration. Elle descend un peu plus bas.

Il y a un schéma du lieu de l'accident. La légende stipule que la ligne continue symbolise la trajectoire avant le choc, celle en pointillé après. Les deux croix représentent la biche et son faon. Hollis suit le tracé des pointillés : ils changent brusquement de direction avant que le véhicule ne quitte la chaussée pour pénétrer dans le champ où il a fait des tonneaux. Elle a les mains moites et la nausée. C'est pour cette raison qu'elle n'a jamais consulté ce rapport.

Elle lit le commentaire qui accompagne le schéma : **Le véhicule roulait sur Dover Road en direction du sud-est.**

Le sud-est... Pour se rendre à l'aéroport, Matthew aurait dû prendre la direction du nord-ouest au contraire. Elle vérifie qu'elle ne s'est pas trompée, ouvre l'application Plans sur son téléphone.

Gigi doit donc dire la vérité : Matthew avait fait demi-tour. Il rentrait à la maison.

Elle baisse la tête, ferme les yeux.

Elle s'autorise, un instant, à réécrire le passé.

C'est le 15 décembre et Matthew est parti pour l'aéroport. Hollis emballe la quiche qu'il n'a pas touchée dans du papier d'aluminium et la place au frigo à côté de la pâte à tarte. Elle s'assied devant son ordinateur, mais au lieu d'espionner Jack Finigan sur Facebook, elle se connecte à son site, *En cuisine avec Hollis,* pour poster sa recette des tartelettes au cheddar – ses fans la lui réclament à cor et à cri. Les enceintes diffusent la chanson *Carol of the Bells.*

Elle entend la porte s'ouvrir, puis des bruits de pas, et le tintement du collier d'Henrietta. Le temps qu'Hollis regagne la cuisine, elle trouve Matthew, la tête et les épaules saupoudrées de neige, les lunettes pleines de buée. Avant qu'elle ne puisse lui demander s'il y a un problème, il a retiré son trench et sa veste. Il ôte aussi rapidement ses boutons de manchette en forme de rennes et défait sa cravate avec les pères Noël en hors-bord.

Hollis est suffisamment proche pour sentir sa lotion après-rasage.

— Tu n'y vas pas, alors ?

— Je n'y vais pas, lui répond-il.

Elle s'apprête à lui proposer de lui réchauffer son petit déjeuner, quand il la prend par la main pour la conduire à l'étage.

***

Gigi est aussi immobile qu'une statue dans son fauteuil. Hollis est impressionnée. À sa place, elle en aurait profité pour prendre ses jambes à son cou.

— Je viens de consulter le rapport de l'accident, dit-elle en s'asseyant face à elle. Matthew venait de faire demi-tour. Il rentrait à la maison.

Gigi hoche la tête sans dire un mot.

Hollis ne sait plus très bien quoi dire ou faire à présent. Gigi lui évoque une élève délinquante qui attend d'être renvoyée. Est-ce ce qu'Hollis devrait faire ? Dire à Gigi qu'elle peut y aller ?

Soudain Hollis entend du bruit au rez-de-chaussée : un aboiement joyeux d'Henrietta, Brooke qui lance qu'elle réquisitionne la douche extérieure, Tatum qui demande s'il reste de la crème aux oignons parce qu'elle est affamée, et Dru-Ann, enfin, qui annonce qu'elle va se changer dans la dépendance mais qu'à son retour elles ont intérêt à se tenir prêtes, parce qu'elle a une demi-bouteille de tequila à terminer avant la fin du week-end.

Caroline dit alors :

— Je crois que j'ai tourné assez d'images pour un court métrage. Vous imaginez si je vous rends toutes célèbres ?

— Tant que c'est pour de bonnes raisons, lui rétorque Dru-Ann. J'ai suffisamment occupé de place sur les réseaux sociaux pour les mauvaises.

— Vos entretiens à toutes les trois, c'est vraiment ce dont je suis le plus fière. J'ai appris beaucoup de choses sur ma mère, je vous remercie pour votre sincérité. Je sais que certains souvenirs n'étaient pas évidents à évoquer.

Hollis n'a pas besoin de regarder ces entretiens pour se remémorer toutes les fois où elle a déçu les femmes qui se trouvent au-dessus de sa tête. Elle avait promis à Tatum de rester dans le Massachusetts, mais elle est partie en Caroline du Nord, elle a menti à Dru-Ann au sujet de sa mère pendant un an et demi, elle n'a jamais tenu tête à Electra, qui avait évincé Brooke de leurs réunions du dimanche.

Tatum, Dru-Ann et Brooke lui ont pardonné. Ce qui est la preuve, Hollis le comprend soudain, de leur profonde décence, générosité, noblesse d'âme. Elle pourrait toujours arguer que la trahison de Gigi est, en un sens, plus grande que toutes celles dont elle s'est rendue coupable. Gigi a couché avec son mari, Gigi s'est servie d'*En cuisine avec Hollis* pour l'espionner, Gigi les a toutes séduites avec son élégance et son accent irrésistibles dans le but de les duper.

Hollis prend une inspiration, puis deux, avant de réfléchir au concept de ce week-end. Et plus précisément à celui de « cinq étoiles ». Pour elle, il signifie « remarquable, meilleur dans sa catégorie, d'une qualité exceptionnelle, extraordinaire ». C'est une chose de disposer des fleurs fraîches sur une table de nuit ou de composer une planche de charcuterie digne de figurer sur Instagram. Et si l'expérience « cinq étoiles » était plus profonde que ça ? Et si elle incluait ce moment précis ? Et si au lieu de chasser Gigi, Hollis lui disait : « Reste, s'il te plaît. Je ne suis peut-être pas encore capable de te pardonner, car la douleur de la trahison est trop récente, trop vive… mais je finirai par y parvenir, et en attendant je suis prête à jouer le jeu. »

Est-ce qu'il serait possible d'imaginer un pardon cinq étoiles ? Sinon, Hollis peut-elle l'inventer sur-le-champ ?

— Reste, dit-elle à Gigi.

— Quoi ? Non, Hollis, hors de question.

Elle se lève de son fauteuil pour aller à la rencontre de Gigi. Son charme est une douleur renouvelée à l'idée que Matthew y a été si sensible… mais elle doit oublier le passé.

— S'il te plaît, insiste-t-elle.

Elle n'a pas la force de serrer Gigi dans ses bras, alors elle lui tend une main pour l'aider à se relever.

— Il ne reste plus qu'une soirée. Si j'en suis capable, toi aussi.

— Tu comptes le dire aux autres ?

Elle se voit déjà lapidée par les amies d'Hollis comme dans une nouvelle de Shirley Jackson.

— Bien sûr que non ! Cette affaire ne nous regarde que toi et moi. Et elles ont toutes d'autres sujets de préoccupation.

49

LA SENSATION

Dru-Ann rêve d'essayer la platine en bakélite depuis son arrivée dans la dépendance. Elle s'approche de l'alcôve et parcourt la petite sélection d'albums sur l'étagère en dessous. The Turtles, Marvin Gaye, Joni Mitchell. Toutes les pochettes sont usées, elles sont passées entre de nombreuses mains, et Dru-Ann se demande si Hollis les a commandées en ligne, sur un site Internet spécialisé dans les vieux vinyles, ou s'ils appartenaient à ses parents.

Elle sort le Marvin Gaye – qui lui semble concorder avec son humeur –, puis son regard se pose sur le 45-tours encadré, juste au-dessus de la platine.

Chubby Checker, « la Sensation du twist ». Le disque est signé !

Et voilààààààà ! se dit Dru-Ann.

Est-ce que la Sensation pourrait avoir un autre sens pour Dru-Ann à cet instant ? C'est en tout cas ce qu'elle se demande en découvrant les nombreuses notifications sur son téléphone – elle l'a entendu vibrer dans le taxi, mais elle ne l'a pas sorti de son sac pour autant.

« Regardez Twitter », lui a dit Gucci Bex.

Dru-Ann cligne des yeux. A-t-elle un problème de vue ou le hashtag #soutienàDruAnn est-il en tendance ?

Elle ne peut s'empêcher de chanter avec Marvin Gaye :

— *What's going on? What's going on?*

Oui, que se passe-t-il ? Dru-Ann fait défiler les publications jusqu'à ce qu'elle tombe sur une adorable photo de Phineas

Pine brandissant très haut la célèbre coupe en argent, la Claret Jug – elle n'est pas aussi connue aux États-Unis que la veste verte des Masters de golf, mais qui peut affirmer que Phineas ne va pas remporter ce tournoi ensuite ? À côté de lui se trouve Posey Wofford, qui porte un regard énamouré sur son fiancé.

Twitter a un avis à donner sur cette photo. Posey Wofford n'a-t-elle pas quitté son propre tournoi de golf à cause de « problèmes de santé mentale » ? L'aurait-elle utilisée comme prétexte pour pouvoir se rendre en Écosse et soutenir son petit ami ? C'est bien l'impression que ça donne, conclut Twitter. Et dans ce cas, quelle horreur ! Posey Wofford nuit non seulement au combat féministe – puisqu'elle fait passer la carrière de Phineas avant la sienne –, mais elle se montre aussi irrespectueuse avec les gens qui ont des troubles anxieux et dépressifs.

Posey Wofford souffrait de « dépression » jusqu'à ce que son chéri @phinpinegolf enchaîne les coups gagnants. Ensuite elle a retrouvé le moral ! #défensesantémentale #cancelPosey #soutienàDruAnn

Elle reconnaît bien là l'habituelle bouillie de Twitter – ces gens se rendent quand même bien compte que Posey pourrait avoir l'air heureuse extérieurement et souffrir intérieurement, non ? Dru-Ann tombe ensuite sur un extrait de la conférence de presse de Phineas. Il irradie de joie. Ce n'est pas rien de remporter le British Open à Saint Andrews. Son nom marquera l'histoire, et Dru-Ann est certaine qu'à chaque fois qu'il cligne des yeux il voit apparaître de nouveaux dollars.

Lorsqu'un journaliste l'interroge sur la présence de Posey à ses côtés, Phineas répond :

— J'avais rêvé que je gagnais, et je tenais à ce qu'elle soit là pour voir ça.

— Vous voulez dire qu'elle ne se débat pas contre les démons de la santé mentale, alors ?

— Les démons de la santé mentale ? répète Phineas. Posey ? Mais pas du tout.

Il a l'air si incrédule que Dru-Ann se demande s'il cherche délibérément à gâcher la réputation de Posey. Peut-être que maintenant qu'il est devenu le chouchou du monde du golf, il envisage de trouver une autre fiancée. Peut-être que le mois prochain, il s'affichera au bras de Zendaya.

Ah ! Voilà qui ferait sensation !

Elle reçoit alors un texto de Nick. Je crois que Posey a besoin de ton aide pour gérer tout ce bazar.

Je ne représente plus Posey, répond-elle du tac au tac. Mais je suis prête à faire de Phineas mon premier client masculin. Dis-lui de m'appeler.

Elle voit les trois points s'animer dans la bulle. Et moi ? Est-ce que tu peux pardonner à un père qui s'est aveuglé ?

Je rendrai ma décision après examen des pièces au dossier, lui réplique-t-elle.

Elle écoute ensuite les messages sur son répondeur. Dean Falzarano lui présente des excuses. Le magazine compte non seulement publier l'article de Dru-Ann sur les patineuses, mais il aimerait aussi lui commander un texte sur « l'affaire Posey Wofford ». Dean veut savoir si elle a des choses à dire sur le sujet ? *Ah, ça !* se dit-elle.

Zeke, de *Joue-la comme une fille,* lui a aussi laissé un message :

— On t'attend au studio mardi, à l'horaire habituel. Désolé pour la méprise.

Dru-Ann aimerait lui répondre d'aller voir ailleurs si elle y est, mais elle aime tellement cette émission... Et puis elle se sent investie du devoir de sauver Marla, et les téléspectateurs, de Gaby la Grincheuse. C'est peut-être le bon moment pour demander un meilleur créneau horaire, néanmoins. Le lundi soir, juste avant *SportsCenter* ?

Et enfin, il y a un message de J. B., qui n'attend plus sa démission. Elle soupire. Elle hésite entre le poursuivre en justice, orchestrer une prise de contrôle de sa boîte et appeler l'agent de Phineas, Gannon, pour lui proposer de monter, ensemble, une nouvelle agence.

Elle va prendre le temps d'y réfléchir.

Caroline est assise sur les marches du perron de *Première Lueur*, d'où elle peut voir les hortensias qui bordent l'allée. Elle ouvre le message d'Isaac.

C'est un selfie de Sofia et lui, joue contre joue. Ils sourient comme des gosses, on peut lire l'amour dans leurs yeux. Sous la photo il a écrit : Merci.

Elle referme le texto. C'est injuste : d'abord Dylan et Aubrey, maintenant Isaac et Sofia. Elle se retrouve sans personne.

Elle entend une porte et voit Dru-Ann sortir de la dépendance.

— J'ai l'impression que quelqu'un broie du noir.

Elle vient s'asseoir à côté de Caroline sur les marches, puis ajoute :

— Allez, crache le morceau, qu'est-ce qui se passe ?

C'est idiot, se retient de dire Caroline, car elle sait que Dru-Ann a réellement envie de l'entendre lui parler de ses problèmes. Alors elle raconte tout, de façon décousue : le feu de joie avec Dylan, il y a longtemps, pendant lequel Aubrey lui a envoyé du sable au visage, les larmes d'Isaac à cause de sa mère, qui est morte quand il avait 9 ans, Orion qui suçait sa tranche de bacon, « pas d'histoires s'il te plaît », les changements de programme et la chanson des One Direction, le trajet avec Jack, le thé jaune d'Isaac et les noix de cajou de chez Kalustyan, leur baiser, la leçon de drone dans Central Park, le train électrique à l'effigie de Thomas, le retour de Sofia, Dylan qui l'attendait au Chicken Box, leurs baisers, les textos de Sofia, la photo qu'elle a postée sur Instagram, le verre qu'Aubrey lui a jeté au visage, son coup de fil avec Sofia, Dylan qui se trouvait avec Aubrey et Orion chez Provisions, *mon petit chou**.

Quand Caroline finit par s'interrompre le temps de reprendre son souffle – est-ce que ses explications avaient un sens au moins ? –, Dru-Ann lui lance :

— Tu veux dire que tu es sortie avec le garçon pour lequel tu en pinçais au lycée et que tu as une brève aventure torride avec le génie qui te sert de patron ?

Caroline confirme d'un hochement de tête.

— Est-ce que tu te rends compte que pour la plupart d'entre nous il s'agit de rêves jamais réalisés ?

— Et puis mon père me manque.

— Oh, ma puce…

Elle la prend dans ses bras, et Caroline finit par s'abandonner aux larmes.

— Ça veut juste dire que tu es humaine.

Brooke se trouve dans la *Chambre des surfeurs* et elle enfile sa minijupe rose saumon et le nouveau pull à col bateau qu'elle a achetés chez Murray's Toggery. Avant de se rendre dans la cuisine, elle ouvre son ordinateur portable pour se connecter à sa page Facebook. Elle envisage de publier un message collectif pour annoncer sa grande nouvelle, parce que le faire individuellement lui paraît trop intimidant. Elle écrit : Salut, la compagnie, grande nouvelle : je suis gay !

Ses amis lui laisseront des messages de soutien, de genre On est avec toi ! Et avec un peu de chance, ceux qui ne « comprendront pas » ne se manifesteront pas. Sa mère l'appellera en larmes, pas parce que sa fille est homosexuelle, mais parce qu'elle l'a appris sur Facebook.

Non, elle ne peut pas faire une annonce de ce type sur un réseau social. Du moins pas encore. Elle doit d'abord parler à Charlie, aux jumeaux, à sa mère. Elle sait ce que Whitney lui dira : « Un baiser en état d'ébriété ne signifie pas nécessairement que tu es gay, maman. Prends peut-être le temps d'explorer le sujet. »

Elle envoie un message à ses deux enfants : Est-ce qu'on peut dîner ensemble demain soir au Juniper ? J'ai une grande nouvelle à vous annoncer !

Will répond qu'il sera à la salle de sport jusqu'à 20 heures mais pourra les retrouver après. Whitney demande : C'est vraiment une grande nouvelle, ou tu t'emballes comme d'hab ?

Brooke préfère ne pas mettre la barre trop haut et répond : C'est sans doute moi qui m'emballe. Mais ça vaut quand même la peine de déplacer un rendez-vous Bumble.

Une fois divorcée de Charlie, est-ce qu'elle se créera un profil sur Bumble, elle aussi ? Il existe peut-être une application pour les femmes qui cherchent d'autres femmes ? Peut-être même une pour les bi et une autre pour les queers ? Il va falloir qu'elle fasse des recherches.

Quelques notes de musique lui parviennent de la cuisine. *Stacy's Mom*, de Fountains of Wayne. Brooke adore cette chanson ! Ça doit enfin être le mix qu'Hollis a concocté en son honneur. Elle est impatiente de l'aider à préparer les pizzas en se servant un verre de rosé et de danser dans la cuisine.

Mais d'abord, elle rouvre Facebook et supprime Electra de sa liste d'amis.

Tatum entend les premières notes de musique alors qu'elle retire sa robe. Au programme de la soirée, pizzas, glaces et feu d'artifice. Elle a envie d'être à l'aise. Elle plonge la main dans sa valise pour récupérer son short en jean… et pousse un cri !

Ce maudit serpent en caoutchouc est caché à l'intérieur.

Elle rit. Ha ha ha, Dru-Ann l'a bien eue ! Elle a failli faire pipi dans sa culotte. Au moment où elle jette le serpent à l'autre bout de la pièce, son téléphone émet une sonnerie. C'est Kyle.

Qu'est-ce que tu dirais si avec Jack on vous rejoignait en douce pour le feu d'artifice ?

Tatum a du mal à y croire, mais sa première pensée, c'est *non*. C'est leur dernière soirée. Elles doivent rester entre filles.

Elle a subi un lavage de cerveau complet !

On va rester entre filles ce soir. Dis à Jack de reporter son départ d'un jour, il pourra voir Hollis demain, quand elles seront toutes parties.

Il envisage de revenir à l'automne pour une semaine ! On ne va plus pouvoir se débarrasser de lui.

Oh, oh, il ne dormira peut-être pas chez nous cette fois, écrit Tatum en ajoutant l'émoticône qui fait un clin d'œil.

Caroline reconnaît l'air de *Since You've Been Gone* en entrant dans la cuisine. C'est forcément le mix de Brooke

– même Caroline se souvient de son obsession pour l'interprétation qu'en a faite une candidate de téléréalité.

Hollis est occupée à former des ronds parfaits de pâte à pizza sur le plan de travail en marbre.

Caroline l'étreint.

— Tout s'est bien passé avec Gigi ? lui demande-t-elle. Elle ne connaissait pas papa, si ?

— Bien sûr que non.

Hollis lui tapote le dos pour achever de la rassurer. Elle a pris la bonne décision avec Gigi, ne serait-ce que pour sa fille. Celle-ci n'a pas besoin de perdre son père une seconde fois.

— C'était du pur Electra. Gigi se prépare dans sa chambre.

— D'accord.

Caroline s'écarte pour observer sa mère. Ce n'est pas parce que cette dernière ne croise pas son regard qu'elle lui ment – elle a des pizzas à préparer après tout. Et si, se dit Caroline, Gigi s'était liée d'amitié avec sa mère sur Internet parce qu'elle couchait avec son père justement ? Puis à la mort de celui-ci, les deux femmes se seraient rapprochées et sa mère aurait convié Gigi à son week-end cinq étoiles comme son « amie de la maturité » sans connaître sa véritable identité ?

Ce serait un sujet passionnant pour un podcast !

Pendant qu'elle filme les cinq amies, Caroline est surprise par la mélancolie qu'elle ressent. Le week-end touche à sa fin. Elles se servent à boire en dévorant le guacamole et les chips. Dru-Ann les régale du récit de son retour en grâce – Internet la célèbre de nouveau.

Gigi est la dernière à arriver, et elle est aussi fascinante que jamais, avec sa robe jaune pâle. Hollis fait sortir tout le monde sur la terrasse. Le soleil illumine la surface de la mare d'un rose de feu, et des nuages s'empourprent à l'horizon. Il y aura de la barbe à papa dans le ciel ce soir.

La sélection musicale de Brooke est la préférée de Caroline, elle contient les chansons que ses parents écoutaient quand elle était petite : *Umbrella*, de Rihanna, *Need You Now*, de Lady A, *M. Brightside*, de The Killers.

Tatum raconte la sortie en mer à Gigi.

— Je vis à Nantucket depuis toujours, mais faire un tour en bateau par un jour pareil reste un émerveillement.

De son côté, Dru-Ann dit à Hollis :

— Tu as de la chance que je sois revenue en grâce, parce que j'étais prête à emménager définitivement dans ta dépendance.

Hollis met la première pizza, une margherita, dans son four portable. *Tu t'en sors bien,* se dit-elle. *Concentre-toi sur le dîner.* Mais alors la chanson *Fake Ass Friends* – « Les amis faux-cul » – retentit et, tandis que tout le monde danse, elle sent son humeur changer. Elle sort la pizza, et elle découvre avec horreur qu'elle est carbonisée, fumante ; toute la garniture tombe sur le sol de la terrasse.

Mais non, elle a une hallucination, sa pizza est parfaite – le fromage est parfaitement fondu sur la fine croûte croustillante.

Son corps entier est tendu par la colère. Elle ne peut pas s'asseoir à la même table que Gigi… Tant pis, elles mangeront toutes debout.

Gigi a l'impression d'avoir une trace de peinture sur le visage, ou une marque au fer rouge sur la poitrine. Elle est l'Hester Prynne de *La Lettre écarlate,* coupable d'adultère. Elle perçoit qu'Hollis garde ses distances – chaque fois que Gigi se rapproche d'elle, elle sent un froid aussi glacial que si elle passait devant un frigo grand ouvert –, et elle a l'impression que les autres femmes l'évitent également. Caroline a sorti sa caméra – la culpabilité que Gigi ressent à son encontre est d'un tout autre niveau, et elle fait tout pour ne pas se trouver dans le cadre. Elle sait que les autres amies lui ont donné des entretiens, et depuis la veille, pour des raisons évidentes, elle redoute que son tour ne vienne. Heureusement le temps leur manque et, de toute façon, Gigi a subi un autre genre d'interview à l'insu de Caroline.

Elle ne sait pas comment elle pourrait avaler quoi que ce soit. Elle accepte une part de pizza par pure politesse, pour ne pas attirer les soupçons. Dès la première bouchée, elle se rend compte qu'elle n'en a jamais mangé de meilleure, même en Italie. Elle envisage de le dire à Hollis – « ta cuisine, c'est de la sorcellerie » –, mais Hollis y verrait sans doute une tentative de flatterie, alors Gigi se contente d'aller se resservir pour goûter la pizza aux crevettes et au homard, ainsi que celle au brie et à la poire. Elle se rend à l'extrémité de la terrasse et se tourne vers la mare.

Brooke s'approche. Elle porte la jupe et le pull marinière à col bateau que Gigi l'a aidée à choisir… était-ce vraiment hier seulement ? Elle a l'impression d'être à Nantucket depuis des semaines.

— Tu es ravissante, dit-elle à Brooke.

Celle-ci a pris des couleurs, et elle a coiffé ses cheveux bouclés en chignon ; le décolleté souligne la finesse de ses clavicules, et la jupe dévoile la minceur de ses mollets.

— Tu savais que Matthew a fait construire ce pont un hiver pour surprendre Hollis ? Parce qu'elle adorait celui qu'elle avait vu dans la maison de Monet, à Giverny. C'est romantique, non ?

— Très.

Si c'est douloureux à entendre, ça l'aide aussi à aller de l'avant. Gigi s'est immiscée entre deux personnes qui s'étaient bâti une existence commune. Matthew a fait construire un pont pour Hollis.

Gigi aimerait bien que quelqu'un ait la même attention pour elle un jour – d'un point de vue métaphorique, au moins. « Tu mériterais la première place », lui a dit Matthew lors de leur dernière conversation. Elle a trouvé ça condescendant sur le moment, pourtant elle sait qu'il avait raison. Elle le mériterait.

— Je suis si heureuse de t'avoir rencontrée, Gigi. Tu as vraiment eu une bonne influence sur moi.

— Oh, non, Brooke, arrête…

— C'est vrai.

Elle pivote vers les autres.

— Hé, les filles, est-ce qu'on n'adore pas toutes Gigi ?

Tatum lève son verre de vin sans dire un mot car elle a la bouche pleine. Dru-Ann lance :

— Mais oui, on t'aime, Gigi.

Son ton est à la fois taquin et tendre.

Caroline pose sa caméra une seconde pour pouvoir manger.

— Il n'y a vraiment que ma mère pour inviter une parfaite inconnue qui se révèle aussi cool que toi, Gigi.

Un ange passe. Attendent-elles toutes qu'Hollis se prononce ? Elle relève la tête de sa planche à découper.

— Qui veut une part de pizza végétarienne ?

50

BOUQUET FINAL

À 21 heures, le glacier gare son camion devant la maison, et ces dames sortent choisir leurs parfums.

Ça change des cartes habituelles, songe Dru-Ann, avant de commander le parfum cheese-cake Snickers dans un pot. Brooke, elle, opte pour de la vanille avec des cerises à l'eau-de-vie dans un cornet. Tatum ne parvient pas à trancher entre les parfums tarte au citron et crumble à la pêche. Elle a plus envie du second, mais son esprit a renoué avec ses mauvaises habitudes : *Si je prends la tarte au citron, la tumeur sera bénigne.* Elle choisit donc ce parfum-ci dans un cornet. Gigi jette son dévolu sur le parfum banane et crème fouettée. Il ne lui reste qu'à tenir jusqu'à la fin du feu d'artifice, puis elle s'excusera et rentrera se coucher. Elle a réservé le premier vol qui quitte l'île, à 6 h 45. Personne ne sera encore levé quand elle partira. Les autres seront peut-être désolées, ou froissées, qu'elle ne leur ait pas dit au revoir. Et, qui sait, Hollis pourrait leur annoncer la nouvelle à ce moment-là, et elles en profiteraient pour baver sur elle autour du café du matin.

Hollis se faufile à côté de Gigi et lui glisse tout bas :

— C'est drôle, c'était aussi le parfum préféré de Matthew.

Hollis étale des plaids sur la plage et installe des glacières pour les bouteilles de vin, avec des bols de pop-corn à la truffe. Elle a prévu ce week-end dans le moindre détail… et pourtant rien ne s'est déroulé selon ses plans.

Caroline accompagne Malik, l'artificier, près de la piscine.

— C'est dément ici ! Je vis sur cette île depuis mon entrée en sixième, et je n'étais jamais venu dans ce coin.

— Bienvenue à Squam, lui dit-elle.

Ils franchissent ensemble les dunes pour rejoindre la plage ; il va devoir installer ses fusées à distance des spectatrices, des dunes et de la maison, sinon ça risque de devenir littéralement dément.

— Tu vois un inconvénient à ce que je te filme ? lui demande-t-elle.

— Tu veux dire que c'est enfin mon quart d'heure de célébrité ? lui rétorque-t-il avec un sourire.

Malik est plutôt mignon, se dit-elle. Et un peu plus tôt dans la soirée, James, le second de l'*Expérience*, a demandé à la suivre sur Snapchat.

I'm still standing, songe-t-elle. *Je suis toujours debout.* Puis elle gémit. Elle est en train de se transformer en mix de musique de sa mère.

Même si Caroline est la seule à avoir appris les noms des différents tirs d'artifice – pistils argentés puis pivoine rouge, pistils blancs puis pivoine bleue –, le résultat est apprécié de toutes. Dru-Ann remarque que Brooke est plus que jamais semblable à elle-même ; elle applaudit et acclame chaque fusée. Elle s'extasie tout particulièrement sur les « lucioles » – ces flashs qui crépitent. Dru-Ann préfère les fusées sifflantes qui montent très haut et laissent des traînées dégoulinantes comme les branches d'un saule pleureur.

Si le prochain est bleu, se dit Tatum, *tout ira bien.*

Le suivant est violet. *Violet*, se raisonne-t-elle, *c'est presque bleu.*

Gigi a toujours adoré les feux d'artifice sur l'eau : les lumières dans le ciel se reflètent à la surface de l'océan. Elle se ressert de vin, mange quelques grains de pop-corn beurrés et parfumés à la truffe. Que penserait Matthew s'il pouvait la voir ici, séparée par trois personnes de sa femme ? Lui en voudrait-il d'avoir espionné Hollis en ligne ou s'en voudrait-il, à lui, d'avoir créé cette situation – d'avoir poussé Gigi à espionner Hollis ? Serait-il épaté de voir que Gigi a tenu tout le week-end ? *Matthew,* aimerait-elle lui dire, *tu étais marié à une femme exceptionnelle.*

Malik est fier de son bouquet final. Il a entendu dire que la dame qui l'a engagé était une blogueuse culinaire connue – sa mère la suit –, et il a donc ajouté quelques fusées supplémentaires. Il les allume avec beaucoup de précision, pas seulement pour des raisons de sécurité, mais aussi pour obtenir un résultat parfait, une explosion continue de lumière et de couleur, des spirales et des fleurs, des ronds et des couronnes, dans un concert de sifflements et d'explosions. *Boum, boum, boum !* Il adore ce bruit, il adore l'odeur de la cordite, et surtout il adore entendre les spectateurs pousser des oh ! et des ah !, et voir leurs expressions d'émerveillement brièvement éclairées.

Et voilà, se disent Brooke, Dru-Ann et Tatum quand le ciel redevient noir. *C'est terminé.*

Elles rentrent, rapportant les bols vides et les verres de vin.

Tatum secoue les plaids et les replie. Dans moins de douze heures, elle sera fixée.

Sur la terrasse, Gigi commence à empiler les assiettes sales et à placer les déchets dans le bol qui contenait le guacamole.

— Non ! lui hurle Hollis. Arrête !

Sa voix est si cassante, si violente, que Gigi manque de lâcher la pile d'assiettes. Elle la pose délicatement.

— Je suis désolée.

Les autres se sont pétrifiées sur place. Brooke remarque qu'Hollis est livide et que ses yeux lancent des éclairs sur Gigi.

— Holly ? s'inquiète Dru-Ann. Est-ce que ça va ? Elle voulait juste t'aider.

Gigi se liquéfie. *Ça y est.* La grande confrontation dramatique va avoir lieu maintenant, à la fin du week-end. Le véritable feu d'artifice. Ce maudit bouquet final. *Vous ne devriez pas la défendre !* dira Hollis. *Elle se tapait mon mari ! Elle était sa maîtresse ! Ils se retrouvaient à Atlanta, mais aussi à San Francisco, Madrid, Rome !*

Pourtant elle semble se ressaisir ; l'esprit qui la possédait desserre son étau.

— Pardonnez-moi, dit-elle, tandis que ses yeux s'embuent de larmes. C'est parce que ça se termine, je ne suis pas prête.

— Je ne peux pas parler au nom des autres, dit Brooke, mais je me souviendrai de ce week-end jusqu'à la fin de mes jours.

— Tu nous as pourries gâtées, sœurette, ajoute Tatum. Merci de m'avoir permis de vivre comme une vacancière pendant quelques jours.

— C'était l'escapade dont j'avais besoin, conclut Dru-Ann, merci, Holly.

Gigi voudrait apporter sa pierre à l'édifice, mais elle n'ose pas ouvrir la bouche. Quand il est évident qu'elle ne dira rien, Brooke reprend la parole. *Qu'elle soit bénie*, se dit Gigi, *elle et son aversion pour les silences.*

— Tu dois être si fière de toi, Hollis. Il n'y a pas eu le moindre accroc !

Les invitées d'Hollis se retirent dans leurs chambres dans l'ordre inverse de leur entrée dans sa vie. Gigi en premier – et Hollis ne peut pas nier le soulagement qu'elle éprouve lorsque celle-ci leur souhaite bonne nuit. Brooke l'imite peu après. Puis Dru-Ann serre Hollis et Tatum dans ses bras avant de s'éclipser, et Hollis n'en croit pas ses yeux. Que s'est-il passé à bord de l'*Expérience* ? Ces deux-là ont presque l'air… amies ?

Il ne reste plus qu'Hollis et Tatum.

Ça se finit comme ça a commencé, songe-t-elle. Elles essuient les verres de vin et les rangent ; Hollis nettoie les plans de travail et prépare la cafetière pour le lendemain matin.

— Kyle m'a parlé de la biopsie, Tay. Quand tu es partie aux toilettes du Black-Eyed Susan, hier matin.

Tatum hoche lentement la tête. Elle n'est pas surprise. Kyle McKenzie n'a pas été capable de garder un seul secret de son existence.

— Oui, murmure-t-elle. Je… J'ai peur… Je n'ai pas envie de finir comme ma mère. Le diagnostic, la chimio et ensuite… et ensuite la mort.

Elle dévisage son amie ; elle est trop terrifiée pour pleurer.

— Je n'ai pas envie de mourir, Holly.

Hollis la prend dans ses bras.

— Tu ne vas pas mourir, Tatum McKenzie, tu m'entends ? Je sais que tu as peur, mais tu ne seras pas seule. Je vais passer l'automne à Nantucket cette année. J'envisage de vendre la maison de Wellesley pour revenir ici à l'année.

Tatum peut-elle s'autoriser à rêver ? Elle se voit déjà appeler Hollis pour lui proposer un film au Dreamland au milieu du mois de février. Elle imagine des petits déjeuners au Downyflake et des après-midi à lézarder au bord de la piscine de bourge d'Hollis. Bon sang, Tatum est même prête à se mettre au yoga si elle peut retrouver sa meilleure amie.

— C'est vrai ?

— C'est vrai, confirme Hollis. Est-ce que Kyle me prendrait dans l'équipe de softball des Solutions de chauffage et de climatisation McKenzie ?

— Figure-toi qu'il nous manque une lanceuse.

Elle éclate de rire.

— Bon, je vais me coucher. J'aurai le résultat de la biopsie demain matin.

— Tu vas réussir à dormir ?

— Ça oui ! Je suis épuisée.

Hollis l'embrasse sur le front.

— Fais de beaux rêves, sœurette.

Celle qui a du mal à trouver le sommeil, c'est Hollis. À minuit, Henrietta la rejoint dans la cuisine – elle a parfois un côté oiseau de nuit – et se laisse tomber aux pieds de sa maîtresse, qui s'y est installée avec son portable pour se connecter à son site Internet. Elle a promis à ses abonnés un récit complet de ce week-end, mais par où commencer ? Une part d'elle aimerait dire la vérité à tout le monde, bien sûr : Gigi Ling, la femme qu'Hollis a trouvée parmi eux, s'est révélée être la maîtresse de son mari. Qu'auraient à en dire Molly Beardsley ou Bailey Ruckert ? On s'indignerait, on se scandaliserait. Ils seraient rares ceux qui « comprendraient » son pardon, personne ne s'y attendrait. Ils auraient plutôt pensé qu'Hollis lui botterait son arrière-train parfait.

Elle repense aux mots de Brooke et écrit : Il n'y a pas eu le moindre accroc !

Tout en effaçant ces mots – elle ne peut pas mentir aussi éhontément, il y a eu tellement de coups de théâtre pendant le week-end qu'on pourrait écrire un roman dessus –, son téléphone vibre et lui annonce l'arrivée d'un texto. Henrietta redresse la tête.

— Je sais, bizarre... Qui peut bien m'écrire à une heure pareille ?

C'est Jack. Je viens de rentrer chez moi, j'aurais aimé pouvoir te dire au revoir. C'était bon de te voir, Holly Berry.

Oui, c'était bon, répond-elle.

Ce baiser, pense-t-elle. Si Kevin Dixon n'avait pas débarqué, elle aurait pu regretter de ne pas avoir lu cet article, « Sex and the Widow ».

Mais ce qui s'est passé entre eux ce week-end lui suffit. Elle va pouvoir recommencer à l'espionner en ligne.

Et devine quoi ? écrit-il.

Quoi ? Une part d'elle aimerait qu'il lui dise qu'il est en réalité juste à côté, sur leur plage, et qu'il attend qu'elle le rejoigne avec un plaid.

Elle répond : ?????

Je serai de retour à Nantucket la première semaine d'octobre. On pourrait aller à la pêche aux coquilles ensemble.

Tout ça pour que je te révèle l'endroit secret de mon père.

Tu reconnaîtras que j'ai été patient. Alors, on prend rendez-vous ?

Elle sourit. Wild horses, écrit-elle.

Puis elle souhaite une bonne nuit à Henrietta et va se coucher.

51

ET ILS VÉCURENT HEUREUX...

Gigi se réveille avec les premiers chants des oiseaux, même s'il fait à peine jour. Elle s'habille, range ses dernières affaires et défait le lit pour empiler les draps avec les serviettes. Personne ne pourra dire qu'elle a été grossière.

Elle reçoit une alerte sur son téléphone pour l'informer que son chauffeur Uber est à cinq minutes, et elle décide d'aller l'attendre près du portail. Elle tient à faire une sortie discrète ; elle sait qu'elle ne supportera aucun adieu.

Dans ce but, elle quitte sa chambre sans bruit et dépasse la porte de Brooke sur la pointe des pieds pour se rendre dans la cuisine. C'est son jour de chance, la chienne n'est pas dans les parages.

Elle sent l'odeur du café et remarque qu'Hollis a préparé des gobelets à emporter, avec du lait d'amande et du sucre roux. Cette femme pense décidément à tout. Au moment où Gigi place le couvercle sur le gobelet, elle entend le bruit feutré de pieds nus sur le parquet. Hollis apparaît dans le couloir.

Le cœur de Gigi dégringole aussitôt. Elle a failli réussir.

— Bonjour, dit-elle.

Hollis porte un tee-shirt de la Harvard Medical School. La lumière qui filtre par la fenêtre fait scintiller son énorme bague de fiançailles.

— Tu pars ? demande-t-elle.

— Oui. Mon Uber est quasiment là.

Elle réfléchit au moyen de rendre ce moment moins pénible pour elles deux.

— Merci, Hollis. Pour tout.

Hollis la dévisage, puis secoue la tête.

— J'aurais aimé ne pas te trouver aussi chouette. Ça faciliterait grandement les choses.

Gigi opine.

— Je ressens exactement la même chose.

La chambre de Tatum est la plus proche de la cuisine, et elle entend donc Hollis, Brooke et Dru-Ann discuter.

— Le café est prêt…

— Prends-le dans un gobelet à emporter.

— Quelqu'un veut du granola ?

— Cette salade de fruits est décidément immortelle…

— Gigi est déjà partie ?

Henrietta aboie.

— C'est vraiment drôle, ça, observe Dru-Ann. Ta chienne a définitivement une dent contre Gigi, Holly.

— Je ne comprends pas pourquoi, rétorque Brooke. Elle était géniale. Alors que tu ne la connaissais pas, Hollis. Ça aurait pu être une tordue.

Cette remarque est accueillie par un silence.

Puis Tatum entend Caroline se joindre aux autres.

— J'ai réservé un vol plus tôt. J'ai hâte de rentrer à New York pour commencer le montage. Je sens que ça va être vraiment bien, surtout les entretiens.

— Est-ce que je vais pouvoir les voir un jour ? demande Hollis.

Cette question aussi est accueillie par un silence.

— Je vous enverrai le résultat final à toutes les cinq, quand j'aurai terminé, finit par lâcher Caroline. Est-ce que quelqu'un va à l'aéroport ?

— Moi, dit Dru-Ann. Et mon chauffeur est arrivé, d'ailleurs. Va chercher tes affaires, ma puce.

Tatum regarde son téléphone, il est 7 h 50. Elle a reçu un message de Kyle : Tu veux que je t'attende à la maison pour être avec toi quand tu appelleras le médecin ?

Non. Je te préviendrai dès que je saurai. Et on se voit après le travail.

Mais tu appelles ce matin, hein ?

Promis, chéri.

Je t'aime, Mme McKenzie.

Tatum entend des bruits de pas et de bagages qui rebondissent sur les marches du perron. Puis des portières de voiture claquent, un coffre, et des pneus crissent sur les gravillons. Au revoir, Caroline et Dru-Ann. Tatum ferme les yeux pour tenter d'atteindre un état « zen » mais le tic-tac de son horloge mentale est trop fort. Dans quelques minutes, elle sera fixée.

Elle entend Brooke dire :

— Je ne t'ai même pas offert mon cadeau. C'est une bougie parfumée d'un supermarché. Et je crois que mon cadeau, ça va être de ne pas te l'offrir.

Hollis rit, et Tatum se dit : *Bien joué.* Pour Noël, Irina a offert à tous ses employés des bougies parfumées de mauvaise qualité et les toilettes chez Tatum sentent encore l'huile de monoï.

— Je voudrais te dire autre chose, reprend Brooke.

— Ne t'en fais pas pour cette histoire avec Electra, surtout. Elle cherchait juste à attirer l'attention, comme toujours.

— Ce n'est pas ça. Je voulais que tu saches que j'ai compris…

Elle glousse de nervosité.

— Bon, ça va te faire un gros choc, je te préviens, mais, bon, j'ai compris… que j'étais gay.

Waouh ! réagit intérieurement Tatum. Ce week-end ne manque décidément pas de surprises. Brooke est gay !

Hollis bredouille un instant.

— Euh… d'accord, c'est vrai que je ne m'y attendais pas… mais évidemment la seule chose qui m'a toujours importé, c'est ton bonheur.

Elles discutent, Brooke est un peu émotive : elle compte annoncer la nouvelle à son mari et ses enfants à son retour chez elle. Tatum est tentée de sortir de sa chambre pour aller la prendre dans ses bras ; c'est très courageux d'accepter un tel chamboulement dans son existence à son âge. Et tant mieux pour elle, elle va quitter son abruti de mari, se trouver une nana sexy et recommencer sa vie.

Brooke a un ferry à prendre, son chauffeur vient d'arriver ; Hollis et elle se disent au revoir, puis la maison est plongée dans le silence. Tatum entend son amie d'enfance demander à Henrietta si elle veut sortir se promener.

Tatum sort de son lit et s'approche discrètement de la fenêtre pour regarder la chienne et sa maîtresse s'éloigner dans l'allée bordée d'hortensias.

Il est 8 h 03 maintenant.

Elle s'assied au bord du lit. Son estomac émet un gargouillis. Faut-il qu'elle aille aux toilettes ? *Mais non, appelle, enfin !*

Sa correspondante décroche à la première sonnerie.

— Allô ? Ici la docteure Constable.

— Bonjour, c'est Tatum McKenzie…

Elle se racle la gorge avant de poursuivre :

— Vous m'avez laissé un message jeudi matin pour me dire que vous aviez reçu les résultats de ma biopsie…

— Oh, bonjour, oui, je suis désolée qu'on se soit ratées.

Tatum ne peut plus parler, elle retient son souffle. Elle entend des papiers bruisser à l'autre bout du fil. Parce que le médecin consulte son dossier ? cherche les résultats ? Elle ne s'en souvient donc pas ?

La Dr Constable pousse un long soupir.

— Bon, les résultats ne sont pas…

Les pensées de Tatum s'emballent. C'est la fin du match, il ne reste plus que deux coureuses, Nantucket mène d'un point. Si elle devait recommencer, elle ne lâcherait pas cette maudite balle.

Elle aurait choisi le service du midi, au Lobster Trap, pour passer toutes ses soirées avec Dylan quand il était petit.

Elle serait venue dîner chez Hollis dans Squam Road chaque fois que celle-ci l'invitait.

Kyle, se dit-elle. *Dylan, le Petit O. Et Holly.* Sa meilleure amie, qu'elle vient juste de retrouver. Tatum n'a jamais laissé beaucoup de monde l'approcher, mais elle a été entourée des meilleures.

Et elle a vécu au meilleur endroit du monde : Nantucket. Elle passe mentalement en revue ses plages préférées : Steps, Ladies, Smith's Point. Elle dérive vers les marais ; elle adore la randonnée à travers bois jusqu'à Jewel Pond et la vue au sommet d'Altar Rock. Pour le week-end du 4 juillet, elle demande toujours à Kyle de l'emmener à Siasconset pour qu'elle puisse prendre en photo les rosiers ; le village en est couvert, on se croirait dans un conte pour enfants. Tatum se revoit alors assise sur un banc de Main Street en avril, quand la ville sort de son hibernation : les arbres bourgeonnent, les boutiques rouvrent, mais il n'y a encore que les habitants du coin pour les visiter. Elle connaît chacun des passants qui défilent devant elle.

Nantucket a aussi été l'amour de sa vie.

— … ceux que nous craignions, poursuit la Dr Constable. La biopsie est négative.

— Pardon ?

Tatum est perdue. *Négative* est une bonne chose dans ce contexte, n'est-ce pas ?

— La biopsie est négative. Il s'agit juste d'un kyste, vous n'avez aucune raison de vous en faire. Même si avec vos antécédents familiaux nous devons rester vigilantes. Garder un œil sur ces choses. Mais pour aujourd'hui, tout va bien.

Tatum raccroche et, au moment où elle libère son souffle, les larmes coulent. Sans réfléchir, elle enfile son short en jean et ses baskets pour courir sur le perron.

— Holly ! Holly !

Hollis et Henrietta n'ont pas fini de remonter l'allée. Dès qu'elle entend Tatum, Hollis lâche la laisse de la chienne et court vers la maison.

Tatum descend les marches à toute vitesse. Elle pleure, mais ce sont des larmes de soulagement, Hollis le voit tout de suite.

Elle la serre dans ses bras et elles sautent. On pourrait croire, en les voyant, qu'elles viennent de remporter 10 000 000 de dollars à la loterie.

On a gagné bien plus que ça, pensent-elles ensemble.

Épilogue

Nantucket

Dès le mercredi suivant, les discussions au sujet du week-end cinq étoiles d'Hollis Shaw se sont taries, même si ceux d'entre nous qui suivent *En cuisine avec Hollis* continuent de guetter patiemment les recettes qu'elle nous a promises. La crème aigre aux oignons rôtis ! L'espadon mariné au citron vert et à la coriandre ! Et les cookies au pamplemousse et à la tequila !

Bien que Sharon la Blonde soit très occupée – elle cherche une place de parking près de la plage de Nobadeer Beach, car elle conduit ses ados récalcitrants à l'observatoire Maria Mitchell pour qu'ils puissent assister à un spectacle qui ne se produit que tous les soixante ans, l'apparition de Neptune, tout en essayant d'obtenir une table au bar de Cru –, elle constate qu'elle continue à penser au week-end d'Hollis.

— Tu commences à me faire peur, tu sais, lui dit sa sœur, Heather. Ça tourne à l'obsession.

Sharon est incapable d'expliquer la cause de cette fixette. Elle a souvent entendu parler de week-ends entre filles (réunion d'anciennes étudiantes à Tulum, virée de mamans à Coachella), mais celui-ci est différent. Un parcours de vie résumé par ses amitiés. Sharon ne connaît pas bien Hollis – elle ne la connaît même pas du tout pour être honnête, et malgré tout une part d'elle regrette de ne pas avoir participé à ce week-end.

— J'ai la solution, lui lance Heather. Organise ton week-end cinq étoiles à toi !

Mais oui ! Sharon se dit que c'est ce qu'elle va faire. Il ne lui reste plus qu'à déterminer la liste de ses invitées.

***

Oh, que de choses peuvent changer en une année…

Hollis Shaw vend sa maison de Wellesley pour s'installer de façon permanente ici. Nous sommes fous de joie de voir qu'elle a repris la place qu'elle n'aurait jamais dû quitter parmi nous. Mais est-ce une fin suffisamment heureuse pour Hollis ?

Non… elle mérite mieux que ça.

Hollis Shaw et Jack Finigan recommencent, petit à petit, à se fréquenter, même s'il vit encore dans l'ouest du Massachusetts. La distance leur est bénéfique à tous les deux ; ils ont chacun leur espace, ils prennent leur temps, même s'ils discutent parfois de la possibilité pour Jack d'acheter un petit pied-à-terre à Nantucket.

La fille d'Hollis, Caroline, obtient son diplôme avec mention de l'université NYU et se voit proposer le boulot de ses rêves – assistante de production chez KeepItReal Films, à Los Angeles. La lettre de recommandation dithyrambique d'Isaac Opoku a aidé, mais la boîte de production a surtout été impressionnée par le court métrage qu'elle leur a envoyé, *Un week-end à Nantucket.*

Maintenant que Caroline est sur les rails du succès, Hollis et Jack décident de partir en voyage. D'aucuns jugeraient leur choix un peu bateau, puisqu'ils optent pour une croisière en Italie. Pendant le cocktail de bienvenue, ils s'entendent demander depuis combien de temps ils sont ensemble, et Jack répète à l'envi qu'ils étaient amoureux au lycée. Aucun d'entre eux n'a envie de fournir davantage d'explications. Précisons que Tatum et Kyle McKenzie sont aussi à bord du bateau de croisière – après tout, ils ont beaucoup de choses à célébrer. Il y a également Dru-Ann Jones et son fiancé, Nick Wofford, ainsi que Brooke Kirtley et sa nouvelle compagne, Trinh Nguyen. (Trinh est enseignante à l'université de Wellesley et c'est elle qui organise le club de lecture qui intimidait tant Brooke – elle est depuis devenue une lectrice vorace et formule toujours des remarques pertinentes pendant les échanges.)

Une réunion cinq étoiles... ou presque.

À bord du vol retour de Rome, ils entendent l'annonce habituelle :

— Bonjour, chères passagères, chers passagers, ici votre commandante de bord.

La voix est reconnaissable entre mille.

Brooke attrape l'avant-bras d'Hollis à travers l'allée.

— C'est Gigi ! C'est elle qui pilote notre avion ! Je n'en reviens pas... il faut absolument qu'on aille la saluer !

Hollis est-elle inquiète ou même horrifiée d'apprendre que Gigi est aux manettes ?

Pas le moins du monde. Même si elles n'échangent plus de messages, il arrive qu'Hollis zoome sur *Lumières en cuisine* pour voir les lueurs du côté du quartier de Buckhead, à Atlanta. Elle imagine Gigi dans sa cuisine, peut-être en train d'essayer sa recette fracassante de poulet frit. Hollis espère qu'elle a rencontré quelqu'un, peut-être un autre pilote de ligne, peut-être un type croisé à la salle de sport, peut-être le vétérinaire de Mabel. Peu importe qui, du moment que Gigi est sa priorité.

— On ira, répond-elle à Brooke. Mais attendons pour ça d'avoir atterri au bon endroit.

Elle pose sa tête sur l'épaule de Jack et ferme les yeux.

Elle a déjà atterri au bon endroit.

Remerciements

Je dédie ce roman aux deux hommes les plus importants de ma vie : Michael Carlisle et David Forrer, mes agents chez Inkwell Management. J'ai rencontré Michael à l'époque où je participais à l'atelier d'écriture de l'université de l'Iowa. Il y aurait un roman à écrire pour raconter cette histoire, mais pour faire court, nous nous sommes liés autour de notre amour mutuel pour Nantucket, et quand j'ai annoncé à Michael que j'écrivais un roman situé sur l'île, intitulé *Beach Club*, il m'a demandé de le lui envoyer. Ça remonte au printemps 1998 ; et aujourd'hui ça fait vingt-cinq ans qu'il est mon agent. (Je dis toujours que les relations entre agent et auteur ressemblent aux mariages – la moitié d'entre elles se terminent par un divorce. Mais heureusement, nous fêtons, Michael et moi, nos noces d'argent !) David Forrer a rejoint l'équipe à l'été 2006, pour nous faire bénéficier de son œil éditorial affûté, de son sens de l'humour, de son attention portée aux détails et de ses réserves infinies de bonté. Michael et David ont créé une bulle protectrice pour moi dans le monde souvent chaotique de l'édition. Je ne serais pas en train de rédiger les remerciements de mon vingt-neuvième roman sans eux. Ce sont non seulement des agents cinq étoiles, mais aussi des êtres humains cinq étoiles.

Je remercie mon éditrice, Judy Clain, qui a remis ça ! Je suis admirative de sa sensibilité ; elle sait encore et toujours tirer le meilleur de mon écriture et me pousser à imaginer une histoire plus captivante.

Je suis infiniment reconnaissante à toute l'équipe chez Little, Brown, notamment (mais pas exclusivement) Anna de la Rosa, Mariah Dwyer, Bryan Christian, Danielle Finnegan, Jayne Yaffe Kemp, Tracy Roe, Terry Adams, Craig Young, Karen Torres, Brandon Kelly, Lauren Hesse, Sabrina Callahan, Bruce Nichols, cette légende de Michael Pietsch et ma si chère attachée de presse Katharine Myers.

Les descriptions détaillées de la vie à Wellesley, dans le Massachusetts, fournies par Debbie Briggs, m'ont été d'une grande aide. (Toute approximation, modification ou déformation serait de mon seul fait.) Quand j'emprunte un second décor, je m'efforce de lui rendre justice, et je n'aurais jamais pu y parvenir si Debbie ne m'avait pas parlé du Linden Store, des petites flasques de whisky Fireball lors du match de foot entre les équipes de Wellesley et de Needham le jour de Thanksgiving, du quartier de Poet's Corner et de toutes les autres raisons qui valent son surnom à cette ville : Swellesley.

Je remercie aussi Grace Bartlett de m'avoir aidée à créer le personnage de Caroline, qui aspire à réaliser des documentaires (et qui peut espérer arriver un jour à la cheville de Grace !).

Mes inspirations pour les recettes d'Hollis proviennent de différentes sources. Les noix de pécan au bacon et au romarin sont une création de Lulu Powers (elle me les a servies à l'automne 2021 et j'y pense encore tous les jours). Je dois l'idée de la crème aigre aux oignons confits à l'une de mes blogueuses culinaires préférées, @bevcooks. Le cobbler à la pêche avec sa coque de sucre est une création de la cheffe Renee Erickson. Et tous ceux qui ont été reçus chez Liz Georgantas à Nantucket savent où j'ai pioché l'idée de la soirée pizza – et du lustre en bouteilles de Coca.

Je remercie mon mari de travail, Tim Ehrenberg du compte Bookstagram @timtalksbooks, et directeur marketing de Nantucket Book Partners. Je n'ai pas les mots pour te dire combien je t'aime et combien j'ai besoin de toi. Santi est un petit chanceux.

Je n'oublie pas Timothy Field, qui dit, fait et est tout ce dont je peux avoir besoin chaque jour de l'année.

Merci aussi à ma sœur, Heather, qui a toujours, toujours, toujours assuré mes arrières – depuis l'époque où on portait un uniforme scolaire avec des chaussettes montantes rouges et une coupe au bol.

Merci à toute la bande de Nantucket : Rebecca Bartlett, Wendy Hudson, Wendy Rouillard, Margie et Chuck Marino, Richard Congdon, Anne et Whit Gifford, Liz et Beau Almodobar, Evelyn et Matthew MacEachern, Helaina Jones, Heidi Holdgate, Shelly Weedon, West Riggs, Manda Riggs, David Rattner et Andrew Law, Sally Horchow, Sue Decoste, Linda Holliday, Jeannie Esti, Melissa Long, Katie Norton, Deb Gfeller, la fabuleuse Jane Deery, Bill Emery et Julie Lancia (vive les épingles à chignon !). Je veux également remercier mon ex-mari, Chip Cunningham, qui partage avec moi la présidence de la famille Cunningham et qui est aussi un ami précieux.

Ce qui m'amène aux enfants : Maxx, Dawson, Shelby et Alex. Pendant cette année, je vous ai regardés grandir, déployer vos ailes et creuser votre beau sillon dans ce monde. J'ai beaucoup de chance, dans beaucoup de domaines, mais j'ai surtout celle de vous avoir.

L'amour d'une mère est plus fort que tout.

LE ROMAN DE VOTRE ÉTÉ

Le Livre de Poche

DERNIÈRES PARUTIONS

M. J. Arlidge
Ainsi font font font

Catherine Bardon
Almah

Harold Cobert
Le Procès Mein Kampf

Kate Collins
La Maison idéale

Frédéric Couderc
Les Secondes chances

Claudia Cravens
L'Affranchie

Frédéric Germain
Nos vies volées

Emilia Hart
Les Sirènes

Ismaël Khelifa
Ce que la vie a de plus beau

Gilly Macmillan
De si bons voisins

Rebecca Makkai
J'ai quelques questions à vous poser

Ann Napolitano
Les Bien-aimés

Heather O'Neill
Perdre la tête

Martin Page
La Tendresse des catastrophes

Lina María Parra Ochoa
La Main qui guérit

Valérie Paturaud
La Cuisinière des Kennedy

Marie Pavlenko
Traverser les montagnes, et venir naître ici

Roland Perez
Bonne fête des mères, Papa !

Alexis Schaitkin
Autre part

Cat Shook
Les Magnolias de Myrtle Lane

Catherine Steadman
Jeux en famille

Antje Rávik Strubel
Femme bleue

J. Courtney Sullivan
Retour à Lake Grove

Akli Tadjer
De ruines et de gloire

Karen Viggers
Sur la touche

Alice Winn
Les Ardents

Pour en savoir plus sur l'actualité des Escales,
vous pouvez consulter notre site Internet
www.lesescales.fr
et nous suivre sur les réseaux sociaux

Editions Les Escales

@LesEscales

Pour plus d'information :

#lisez! engagé
www.lisez.com
Imprimé sur du papier issu de forêts gérées durablement.

Achevé d'imprimer par
Normandie Roto Impression s.a.s.
N° d'impression : 2501484
Imprimé en France